都市夜未眠

骆烨 著

——骆烨影视编剧作品十年精选集

中国言实出版社

图书在版编目（CIP）数据

都市夜未眠：骆烨影视编剧作品十年精选集 / 骆烨
著 . -- 北京：中国言实出版社，2020.9
ISBN 978-7-5171-3528-9

Ⅰ．①都… Ⅱ．①骆… Ⅲ．①剧本—作品综合集—中
国—当代 Ⅳ．① I230

中国版本图书馆 CIP 数据核字（2020）第 145340 号

出 版 人　王昕朋
责任编辑　代青霞
责任校对　张国旗

出版发行　中国言实出版社
　　　　　　地　　址：北京市朝阳区北苑路 180 号加利大厦 5 号楼 105 室
　　　　　　邮　　编：100101
　　　　　　编辑部：北京市海淀区花园路 6 号院 B 座 6 层
　　　　　　邮　　编：100088
　　　　　　电　　话：64924853（总编室）　64924716（发行部）
　　　　　　网　　址：www.zgyscbs.cn
　　　　　　E-mail：zgyscbs@263.net
经　　销　新华书店
印　　刷　北京温林源印刷有限公司
版　　次　2021 年 1 月第 1 版　　2021 年 1 月第 1 次印刷
规　　格　710 毫米 ×1000 毫米　1/16　22.5 印张
字　　数　323 千字
定　　价　59.80 元　　　ISBN 978-7-5171-3528-9

目录

都市夜未眠

1. 空镜头

最繁华的杭州夜景（钱江新城）。

2. 空镜头

镜头从繁华夜景转向杭州脏乱差的农民房。

3. 出租房，夜，外

一栋二十世纪九十年代建造的农民房，破旧、肮脏、嘈杂，镜头移向农民房的其中一间出租屋。

出租屋外面晾晒着一些衣服，有内衣、内裤、丝袜，还有一件快递公司的工作服。

刚洗的衣服滴着水。

在滴水声中，传来一个女孩儿的叫床声。

4. 出租房，夜，内

在昏暗的光线中，一个女孩的赤裸的背影。

女孩钱西溪坐在男孩王留下的身上。

叫床声更响了。

5. 出租房外，夜，外

一双脚慢慢地、轻轻地靠近了出租房的门口。

这个黑影站在外面听房，猥亵地动作。

黑影的脑袋贴近房门，就差把耳朵贴在上面了。

6. 出租房，夜，内

王留下的动作更加猛烈了，床也发出激烈的声音。

突然钱西溪听到了什么，想要推开王留下，对王留下："外面好像有人……"

王留下没有停下动作："什么？"

钱西溪："外面有人，我刚才听到脚步声。"

王留下："啊？"

7. 出租房外，夜，外

黑影站在那里没有动，但还是侧耳想要听叫床声。

8. 出租房，夜，内

王留下："没人啊，外面没有什么声音。"

钱西溪已没有兴趣再做，王留下又开始运动起来。

突然外面传来一声脚步移动的声音。

钱西溪一把推开了王留下："真的有人，你去看下。"

王留下无奈地从西溪身上爬下来，去开房间门。

王留下刚打开房门。

门外那个黑影吓了一大跳，慌乱地逃离开。

王留下喝了一声："是谁？给我站住！"

黑影往楼下逃走。

王留下拿了一件衣服掩着自己的下体追了上去。

钱西溪用被子掩盖住自己的身体，皱起了眉头。

9. 出租房，楼下，夜，外

王留下追下楼去，喊着："站住，给我站住。"

黑影很熟悉这一带农民房的路，拐了个弯便消失了。

王留下还想追上去，但看到周围有人围着他看，对他指指点点的，他看了一眼自己还光着的身子，只能跑了回去。

10. 出租房，夜，内

王留下回到了出租房。

钱西溪急忙地："那个偷窥狂呢？"

王留下："逃走了！"

钱西溪："啊？有没有看清他的样子？"

王留下摇摇头："没有。"

钱西溪："要不我们报警吧？"

王留下："这点小事情，警察怎么可能受理！况且那人也抓不住，这一片都没有摄像头。"

钱西溪看着这个小小的出租房："我们要是有一套自己的房子就好了。"

王留下坐在钱西溪身边，心里有愧疚，他将钱西溪搂入怀里："西溪，对不起，让你受委屈了。"

钱西溪："留下，我们奋斗吧，像景芳和黄龙他们一样，先定一个小目标，在杭州买一套房子。"

王留下看着钱西溪："小目标？买一套房子？西溪，说实话，感觉这个梦想还是蛮不现实的，凭我们现在的收入，能在杭州活下去就不错了。"

钱西溪有些生气地："你这人怎么这样啊，梦想总要有的，一定会有实现的那一天。"

王留下："好啦好啦，还是早点睡吧，明天还要上班呢。"

王留下说着便躺倒在床上。

钱西溪看了一眼王留下，轻叹了一口气，她也躺回了床上。

王留下开始打起了鼾。

黑暗中，从窗子外面透进来一丝光亮。

钱西溪看着屋顶，久久没有入眠。

11. 景芳住处，晨，内

景芳和黄龙的住处也是一间出租房，几乎和王留下他们的住处相同，没有多少摆设。

黄龙在洗手间刷牙。

景芳一边穿着衣服，一边对黄龙："我说黄龙，老余杭那边的房子这周末我们再去看一下。"

黄龙嘴里含着牙膏："嗯，听老婆大人的。"

景芳："别都听我的，你觉得老余杭那边怎么样？"

黄龙："可以是还可以，就是稍微远了一点。"

景芳："是远了一点，不过靠近未来科技城板块，关键是价格上便宜一点。"

黄龙："嗯，感觉以后发展起来还是会很不错的。"

景芳："要是地铁通到那里就好了。"

黄龙："肯定会的，G20 不是要开了嘛，以后杭州就是一线城市了。"

景芳："哈，房子，房子，我们争取在明年年底前，住进自己的房子里。"

黄龙："哈哈，加油。"

景芳面带幸福的微笑："嗯，加油。"

12. 出租房，晨，内

钱西溪一脸疲惫，她化了一个淡妆，对王留下："我去上班了。"

王留下在看手机："嗯，好。"

钱西溪："这周末是不是要开同学会了？"

王留下："同学会？毕业才三年，有什么好开的，又不像人家毕业十年八年了。"

钱西溪："时间过得好快啊，都三年了啊。不知道我们还有多少同学在杭州。"

王留下眼睛看着手机屏幕，在玩一个小游戏："管他呢，反正我没兴趣去开什么同学会。"

钱西溪又看了一眼王留下，没有再多说什么，匆匆出门去。

13. 出租房下，道路上，日，外

道路上脏乱差，鱼龙混杂。

钱西溪穿着职业套装，蹬着高跟鞋穿过这条道路，她在一个早餐摊停了下来，买了早餐。

路边有几个中年男人色眯眯地盯着钱西溪看。

钱西溪拿起早餐匆忙赶去上班。

14. 公交车站旁，日，外

一路公交车已经启动，钱西溪拼命地跑上来："等等，师傅，等一下。"

钱西溪好不容易才上了公交车。

15. 公交车上，日，内

公交车很是拥挤。

钱西溪脚下没站稳，额头撞在扶杆上，她摸了摸额头，看了看周围的人，周围的人都是一副冷漠的表情。

突然一个男人往钱西溪身边挤了过来，钱西溪厌恶地瞪了他一眼。

那男人稍稍收敛了一会儿，过了一会儿，随着公交车的摇晃，又挤了上来。

钱西溪忍受着这个男人。

16. 城市道路上，日，外

王留下穿着快递公司的工作服，骑着电瓶车飞奔在这座城市里。

17. 地铁站，日，内

钱西溪等在地铁门口，门口已排满了上班族。

地铁到站，钱西溪和人群拥入了地铁里。

地铁里还是没有座位，但站在那里不会摇摇晃晃，西溪拿出了早餐来，正要吃一口，坐在座位上的一个杭州妇女瞪了她一眼。

钱西溪没好意思再吃，把早餐又放回了包里，西溪拿出了化妆盒子，补了一下妆，在小镜子里，西溪看到了自己狼狈、疲惫的样子。

18. 小区里，日，外

烈日当空，王留下满头大汗地正在派送快递，往一栋单元楼跑去。

19. 钱江新城，钱西溪所在公司，办公室，日，内

钱西溪匆匆地跑到公司的打卡机旁边打卡，打卡机前排着几个人。

西溪看了一下时间，眼看着上班时间就要到了，她很是焦急。

财务部的李申花插了队，打了卡。

后面有人嘀咕："还插队，财务部有什么了不起的！"

李申花回头，傲慢地看了那人一眼，随后转身离开。

轮到钱西溪打卡的时候，时间从 8 点 30 分，刚好跳到了 8 点 31 分。

钱西溪瞪大了眼睛："不是吧，老天爷，你这是在跟我开玩笑吗？"

后面一个叫夏小秋的小姑娘："完了，又是五十块钱没有了，这个月已经第八次迟到了。"

钱西溪看了一眼夏小秋，苦笑了一声，正要往自己的办公桌走去。

身后上来一人，拍了一下钱西溪的肩膀："西溪。"

钱西溪回头，看到是老总的儿子，富二代康桥。

康桥对钱西溪微微一笑，把打包好的星巴克咖啡递给钱西溪："给你带的咖啡。"

钱西溪来不及推脱，康桥已往自己的办公室走去，随后又回过头来，对钱西溪眨了一下眼睛。

钱西溪愣了一下，看着手中的咖啡。

财务室那边，李申花往钱西溪这边望过来，对钱西溪露出嫉妒的神色来。

20. 高档小区，白灵隐住处，门口，日，外

王留下把一个快递送到了白灵隐住处，敲了门："快递，白灵隐。"

没人应答。

王留下又敲了敲门："快递。"

还是没有人答。

王留下："刚才还说在家的。"

王留下正打算再打电话，房门打开。

里面出来一个少妇，穿着半透明的睡衣，是白灵隐。

王留下看着她，有些说不出话来："你，你好，你的快递，请签收一下。"

白灵隐随便签了一下名字，看了一眼王留下，随即就关上了门。

王留下转身要下楼去，手机响了。

王留下看了一眼号码，接起电话："黄胖子，有什么事？"

21. 华三科技公司，办公室，日，内

黄龙在给王留下打电话："留下啊，这周末是我们同学会，你小子一定要来啊。"

电话那头的王留下："我尽量吧。"

黄龙："什么尽量吧，一定得过来。我们留在杭州的同学已经不多了，其余的同学从外地赶过来，你这个在杭州的不过来，实在说不过去。"

电话那头的王留下有些不耐烦地："好，好，好，我知道了。"

王留下挂掉了电话。

黄龙："这个王留下，真是的……"

黄龙的老板站在黄龙背后："开什么同学会啊，你不知道你这个月又是垫底的！"

黄龙："啊，老板，对不起，对不起，我现在就干活，现在就给客户打电话。"

黄龙老板："现在很多大学毕业生都找不到工作，你今天工作不努力，明天就得努力找工作。"

黄龙低下头，去翻客户资料。

22. 舞蹈学校，教室里，日，内

教室里，景芳在教学生们练舞蹈。

已到了吃饭时间，景芳对学生们："好了，今天就练到这里。"

学生们："景老师拜拜。"

景芳微笑着："拜拜。"

学生们相继离开教室。

景芳拿出早上买来的白馒头，倒了一杯开水，正准备吃午饭。

景芳的女同事凌翠路过，对景芳："景老师，一起去吃午餐吧？"

景芳已咬了一口白馒头。

凌翠："景老师你怎么又在吃白馒头啊？这样营养会跟不上的。"

景芳："白馒头挺好，你看我最近是不是又胖了，我得减肥啊，不然还怎么教学生练舞蹈呢！"

凌翠："景老师你是不是有什么困难？有困难的话，我们大家一起帮你。"

景芳连连摇头："没有，没有，我怎么会有困难呢！谢谢你凌老师，我吃白馒头，真的是为了保持身材。"

凌翠："好吧，那我去吃饭了。"

景芳笑了笑："嗯。"

景芳看着凌翠离开后，又啃起了白馒头，就着白开水解决了午餐。

景芳低头翻看着一些楼盘信息：看来看去，还是她心仪的那个楼盘性价比最高。

景芳随后打通了一个号码："喂，你好。"

电话那头售楼小姐："你好，景小姐啊。"

景芳："嗯，我想问一下，你们这个楼盘现在价格有降下去吗？"

电话那头的售楼小姐："景小姐，现在这个价格是很合理了，不太可能再下降了，我劝你啊，还是买了吧。"

景芳："没有降价了，那好，我再看看别的楼盘。"

售楼小姐："好的，景小姐，你自己考虑吧。"

景芳挂了电话："哼，有什么了不起的，这么偏的楼盘还不肯降价，你们不降价，我们可以选择别的楼盘。"

景芳自言自语着，寻找别的楼盘信息。

23. 钱江新城，钱西溪所在公司，办公室，日，内

康桥走到了钱西溪的办公桌旁边："西溪，一起去吃饭吧，我请客。"

钱西溪看到是康桥："不了，我已经让小秋她们帮我打包了。"

康桥："打包的饭菜不健康，走吧。"

钱西溪："谢谢康总，真的不用了，下次我请你吃饭。"

康桥："好吧，那就下次吧，不许耍赖啊。"

钱西溪点点头："嗯。"

康桥离开。

夏小秋拿着打包好的饭菜上来："西溪，你的饭。"

钱西溪："谢谢。"

夏小秋："嘿，刚才那个不是我们的太子爷吗，他早上请你喝星巴克，中午是不是要请你吃饭？"

钱西溪："没，没有。"

夏小秋："感觉他喜欢你呀。"

钱西溪："怎么可能，他怎么会看上我呀？"

夏小秋："我觉得他蛮不错的，是个暖男呢。"

钱西溪没有回夏小秋的话，吃起打包来的饭菜。

钱西溪看着手机，点开了大学同学的微信群。

特写：班长："这周六下午，大学毕业三年同学会，大家都要来，谁不来就是不给我这个老班面子。"

几个同学回复班长："一定来。"

黄龙也回复："来的，来的，一定来，早上我叫了留下，我们在杭州的，肯定都来。"

钱西溪看了一眼信息，没有回复，而是打电话给王留下。

24. 小区楼下，日，外

王留下正在派件，电话响起，王留下看了一眼，没有接电话。

手机铃声还是不断响着。

王留下无奈接了起来："喂，我在忙呢。"

钱西溪："周末的同学会你去参加的吧？"

王留下："不太想去，周末要送的快递很多。"

钱西溪："黄龙说你去的。"

王留下："要不，你去吧，我不太想去。"

钱西溪："我们在杭州都不过去，好像有些说不过去。"

王留下："那你去吧。"

钱西溪："我……"

王留下："不跟你说了，我在工作。"

王留下说着就挂掉了钱西溪的电话。

25. 钱江新城，钱西溪所在公司，办公室，日，内

钱西溪看着被王留下挂掉的电话，有些愣神。

26. 校园里，日，内

校园里落叶缤纷，钱西溪躺在王留下的怀里，他们坐在草坪上。

两人说着山盟海誓的话。

钱西溪："以后我们打电话，只有我先挂掉，你要是先挂了，我可要好好地惩罚你的。"

王留下："不敢不敢，我肯定不敢先挂老婆大人的电话。"

钱西溪："谁是你老婆啦？"

王留下："你啊，钱西溪，钱西溪是我王留下的老婆。"

钱西溪嬉笑着打了一下王留下："你就是流氓。"

钱西溪还要打王留下，王留下站了起来，对西溪："嘿嘿，我就是要对你耍流氓。你来咬我啊。"

钱西溪："哼，王留下，你给我站住，站住了。"

钱西溪和王留下在校园里嬉闹着。

回到现实中，钱西溪的眼角竟然有泪水。

钱西溪自言自语地："不以结婚为目的的恋爱，都是耍流氓。我和王留下同居都已经三年了……"

27. 空镜头

西湖全景，日出日落。

28. 空镜头

延安路的车水马龙。

29. 空镜头

钱江新城夜景，灯光秀。（空镜头体现杭州元素）

30. 大学旁边垃圾街，奶酸菜鱼馆，日，内

黄龙、景芳以及他们班的大学同学聚集在他们大学旁边的新安江奶酸菜鱼馆。

班长赵武林："来了多少人，黄龙你点了吗？"

黄龙："点了，差不多有二十人，半个班的人都到了。"

赵武林："人有点少啊，留在杭州这边的同学都到齐了吗？"

黄龙："就差留下和钱西溪了。"

赵武林："不是让你叫了吗，赶紧的，再打电话给他们。"

黄龙："那我现在打。"

黄龙打王留下的电话。

31. 出租房，日，内

王留下已回到了出租房，他的手机拿在手里，似乎在等待着什么。

电话铃声响起。

王留下惊了一下，看了一眼电话号码。

他没有接。

电话一直响到铃声结束。

32. 大学旁边垃圾街，奶酸菜鱼馆，日，内

黄龙："留下他不接电话。"

赵武林："怎么回事？再打。"

黄龙继续打王留下电话。

景芳在一旁："留下可能在忙吧，要不我打一下西溪的电话？"

景芳找钱西溪的号码。

33. 出租房，日，内

王留下看着黄龙打来的电话，还是不接。

钱西溪下班回来，看到王留下坐在床上，手机铃声一直响着。

钱西溪："谁的电话啊，怎么不接？"

王留下："陌生号码。"

这时，钱西溪的电话响了起来，西溪接了起来："喂，景芳啊。"

34. 大学旁边垃圾街，奶酸菜鱼馆，日，内

景芳对赵武林他们："西溪这边接了。"

景芳和钱西溪打电话："西溪，王留下下班了吗？同学们差不多都到齐了，就差你们俩了，你们快点赶过来吧。"

35. 出租房，日，内

钱西溪："留下，留下他……"

钱西溪看着王留下，王留下摇了一下头，表示不去了。

钱西溪："留下他还在工作，今天特别忙。"

电话那头的景芳："那西溪要不你过来吧，王留下就随他去吧。"

钱西溪："我，我一个人过来啊？"

36. 奶酸菜鱼馆，日，内

景芳："哎呀，大家都是老同学，又不会把你吃了的。"

电话那头的钱西溪犹豫。

景芳的电话被赵武林抢了过去："喂，西溪啊，你们都快过来吧，你看看我们的老同学从北京都赶过来了，你们两个在杭州的不过来的话，还是不是老同学？一点同学情谊都没有了。"

37. 出租房，日，内

王留下似乎也听到了电话里班长的声音。

钱西溪很是为难地："班长，我今天不舒服，要不过会儿我打一下留下的电话？"

38. 奶酸菜鱼馆，日，内

赵武林："好啦，少废话，就算不舒服，这么多同学来了，也过来坐坐，我现在开车来接你们两个。你们住在哪里？"

黄龙："我知道他们的住处，我和你一起去吧。"

赵武林点点头："好。"

39. 出租房，日，内

钱西溪一听班长要来接他们，有些紧张了，捂住了电话，对王留下："班长说要来这里接我们过去。怎么办？"

王留下深深地叹了一口气，从床上起来："去吧，我们自己去。"

钱西溪对电话那头的赵武林："班长，不用麻烦你们了，我们自己过来，留下差不多应该也要下班了，我和他一起过来。"

赵武林："一定要过来啊，可不能忽悠我们。"

钱西溪："不会，不会的，我们一定过来。"

赵武林："老地方，新安江奶酸菜鱼馆。"

钱西溪："嗯，知道的。"

钱西溪挂了电话，对王留下："我们准备一下，过去吧。"

王留下没有回钱西溪的话，但还是起身去换衣服，他脱下了身上快递公司的工作服，换上了平时最好的一身衣装。

40. 奶酸菜鱼馆，夜，内

黄龙他们聚集在奶酸菜鱼馆里，两桌子同学，挤得满满的。

酒菜已经上来，赵武林对奶酸菜鱼馆老板："老板，酒太少了，每人至少一箱啤酒，谁不喝完，以后就别做同学了。"

老板很开心地："好，每人一箱。"

黄龙："哎呀，这王留下和钱西溪怎么还没到？景芳，要不你再打一下他们的电话？"

景芳："好的，我问一下他们到哪里了。"

景芳正要打电话，王留下和钱西溪从外面进来。

黄龙看到了王留下他们："哎呀，终于来了，来来来，大家都在等你们呢。"

赵武林："留下，你个狗日的，最近在哪里发财啊，有这么忙的啊！"

王留下笑笑："没，没有……"

赵武林："你们两个迟到了，罚酒三瓶。"

钱西溪："我，我不会喝酒。留下他也不能多喝。"

赵武林："哎呀呀，你们俩不是还没有结婚吗？西溪啊，你可不能把留下管得这么死。"

钱西溪："没有，怎么会管他呢。"

赵武林："留下，西溪就算了，但是你这三瓶可得喝啊。"

王留下："喝就喝。"

王留下心里郁闷，上前去，拿起酒瓶子就吹瓶。

同学们欢呼着："哎，这王留下真是真人不露相啊。"

赵武林："不错不错，有我老同学的风范嘛。"

钱西溪皱着眉头看着王留下。

王留下一连吹掉了两瓶酒，迅速地又要喝第三瓶，他打了个饱嗝，差点把刚才的啤酒吐出来。

钱西溪劝说："留下，还是慢慢喝吧。"

王留下："没事，不就是三瓶啤酒嘛。"

王留下又一口气喝掉了啤酒。

黄龙鼓掌："嚯，厉害厉害，留下，你牛。"

赵武林："好了，王留下同学也自罚了，接下来我们树人大学物流管理班的同学，集体来一个。"

男同学们拿起酒瓶子，就吹瓶。

女同学也象征性地喝了几口。

赵武林："来来来，坐，都坐下吧。我们毕业三年，大家好像都没有什么变化嘛。"

其中一个叫沈美琳的女同学叫起来："什么没有变化啊，你看黄龙那肚子，感觉都快六个月了。"

赵武林："是哦，黄龙你现在怎么胖成这样了？你看看景芳，这么瘦。"

黄龙笑了笑。

沈美琳："我说景芳、黄龙，你们什么时候结婚啊，结了婚就可以要小孩了。"

景芳："还早，还早，等买了房子。"

赵武林："牛逼啊黄龙，你和景芳都要买房子了啊，在杭州买房子可不容易啊。你们两个也算是修成正果了，到时我们同学们一定都来喝你们的喜酒。"

黄龙："嘿嘿，谢谢，谢谢。"

王留下和钱西溪坐在一旁一直没有说话。

沈美琳："我们班大学时期恋爱的，到现在还在一起的好像就两对了啊，景芳和黄龙，西溪和留下。你们的爱情真是太坚贞啦。"

钱西溪淡然一笑。

赵武林："留下、黄龙，来，咱们来一个。敬你们坚贞的爱情。"

三人又把酒喝了下去。

景芳："老班，你和韩丹后来怎么样了？"

赵武林："什么怎么样，分了呗。"

景芳："真分了啊，那时看你们的感情很好。"

赵武林："别提了，别提了，她不是去了美国吗，出国前就分了。"

景芳没有再问下去。

赵武林："真羡慕你们，这一瓶，我喝了。"

赵武林又喝了一瓶。

这时，服务员端上来招牌菜——新安江奶酸菜鱼。

赵武林招呼大家："来来来，同学们，吃吃吃，我赵武林吃遍大江南北，还是最怀念我们大学时候最喜欢的奶酸菜鱼啊。"

黄龙刚吃了一口就吐了出来："不对，不对。"

景芳："怎么了？"

黄龙："这奶酸菜鱼的味道不对。老板，老板。"

饭店老板走了过来："同学怎么了？"

黄龙："这奶酸菜鱼的味道不对。和以前的不一样了。"

饭店老板："嘿，同学，原来你是老顾客。我们这儿的厨师已经换了，所以鱼的口味就稍微有点儿变化了。"

黄龙："唉，三年没来舟山东路，很多东西都变了。"

赵武林："我们的青春也变了，青春逝去了，人也变了。不过希望我们物流班的同学情谊不变。来来来，喝喝喝。"

同学们又举起杯子来喝酒。

钱西溪劝王留下："少喝点吧。"

王留下："我知道。"

赵武林："哎，留下，你现在到底在干吗啊？"

王留下："我……"

黄龙："留下现在还真在做我们专业这一行……"

王留下看着黄龙，眼神有乞求之色，示意黄龙不要说下去。

景芳在桌子底下踢了黄龙一脚。

赵武林："到底在干吗？我们专业物流管理，无非就是运输和仓储，你不是在开卡车吧。哈哈哈。"

王留下："没有，没有。"

突然，旁边一个男同学："留下，我上次好像看到你在送快递，我叫你，你没有应我，那人不会真是你吧？"

王留下听了同学这话，脸一下子就红了："我，我……"

赵武林："快递哥啊，哈哈哈，这个还真是我们物流管理班的本行啊，看来留下这个大学没有白读嘛。"

黄龙没心没肺地："对哦，我们物流管理班，好像就留下一人学对了专业。"

赵武林："来来来，我们再敬留下。"

赵武林又开了几瓶酒。

王留下的脸色已由红色变成铁青色。

钱西溪拉了一下王留下。

王留下把火气发到钱西溪这里："你拉我干吗？"

王留下拿起酒瓶子一口气喝掉了啤酒，重重地放下瓶子："你们以为自己有多了不起吗？"

留下随即转身走出饭馆去。

钱西溪："留下，留下……"

黄龙："唉，这留下怎么了？"

景芳瞪了黄龙一眼："叫你闭嘴，你怎么不听？"

黄龙："我，我说什么了？"

景芳："西溪，你快去看看留下。"

钱西溪对同学们："真是不好意思。"

钱西溪说着追了出去。

41.杭州，舟山东路，夜，外

王留下跑到了舟山东路上，钱西溪追了上来："留下，留下，你站住。"

王留下没有停住脚步，走到了一棵老树边，猛然间呕吐起来，西溪连忙上去拍留下的背脊："没事吧，留下？"

王留下没有说话，继续吐。

钱西溪："你刚才喝得太急了。我去给你买瓶水。"

王留下："不用。"

钱西溪："如果你不想再去参加这个同学会，我们现在就回去吧。"

留下回过头来，看着钱西溪："西溪，你是不是也觉得我很没用？"

钱西溪犹豫了一下："不，没有……"

王留下苦笑了一下："西溪，对不起，你跟了我这么多年，却还跟着我住在出租房里。是我没用，我没用。"

钱西溪抱住了王留下："不，留下，我钱西溪既然和你在一起，就是爱你，就是要和你一辈子在一起。"

王留下抬起头来，眼睛含着泪水，看着钱西溪。

钱西溪："我知道刚才同学们的话伤害到了你，但是我们不偷不抢，靠自己的工作养活着，就算是做快递哥又怎么了，总比那些啃老族、那些富二代要强。留下，我爱你。"

王留下吻住了钱西溪："谢谢你，西溪。"

留下和西溪身边走过学弟学妹，朝他们看来。

42. 奶酸菜鱼馆，夜，内

黄龙："这个留下也真是的，我们没有看不起他啊。"

景芳："你还说，人家本来就不想让同学们知道他在送快递。"

赵武林："可能伤到他的自尊心了。"

景芳："走，黄龙，我们去把留下和西溪叫回来，和他们说声对不起。"

黄龙："啊？"

景芳："啊什么啊，以后还要不要做老同学了？"

黄龙："是是是，听老婆的。走。"

景芳和黄龙走了出去。

43. 舟山东路，夜，外

景芳和黄龙来到舟山东路，寻找着王留下他们的身影。

黄龙："跑哪儿去了？"

景芳指着吻在一起的王留下和钱西溪："在那里。"

黄龙："嘿，这两人还在这里回味青春时光啊。"

景芳："少废话。"

景芳和黄龙走到留下他们身边。

景芳："西溪。"

钱西溪听到是景芳的声音，和王留下停止了接吻，梳理了一下自己的头发。

景芳拍了一下黄龙，示意他上前去和王留下道歉。

黄龙很听话地："留下啊，刚才我们同学们的话都是无意的，对不起，对不起，请你不要放在心上。"

王留下："没事，是我太情绪化。"

黄龙拉了一下王留下："留下，我们老同学聚一次也不容易，尤其是他们从外地赶过来的，你和西溪还是回去吧，不然他们的心里也会有愧的。"

王留下看了一眼钱西溪。钱西溪点了一下头。

王留下："好，走吧。"

44.奶酸菜鱼馆，夜，内

王留下他们又回到了座位上。

赵武林："留下，对不起，老班我嘴巴欠揍。"

赵武林打了两下自己的嘴巴。

赵武林："刚才同学们的话，你不要往心里去。我老班自罚两瓶。"

赵武林说着，一口气喝掉了两瓶啤酒。

黄龙鼓掌："好好，我们的老班真是厉害，一箱子已经干掉了。"

赵武林："嘿嘿，小意思，小意思。"

黄龙："我看啊，今天还早，反正今晚上大家都住在杭州了，现在钱塘江边的灯光秀可是杭州的一大亮点，以前我们读书的时候没有看过。我提议啊，现在我们赶去钱塘江边看灯光秀，怎么样啊？"

景芳："这个可以有。"

赵武林："看灯光秀，好，这个提议好。"

景芳："西溪、留下，走吧一起。"

钱西溪看着王留下，征求他的意见。

王留下："去，一起去，我们在杭州的，也没有去看过灯光秀，我们在

G20 到来前，去看看杭州的繁华盛世。"

钱西溪听了王留下的话，脸上露出了微笑。

45. 空镜头

杭州城的夜景，车来车往。

46. 钱塘江边，夜，外

钱塘江边的灯光秀已经亮起。

王留下、钱西溪、景芳他们从出租车里出来，往钱塘江边跑来。

王留下拉着钱西溪的手。

一群同学站在灯光秀的正对面。

47. 空镜头

钱江新城灯光秀全貌，最绚丽的画面。（实拍或是钱江新城影像作品中剪辑处理）

48. 钱塘江边，夜，外

同学们看着灯光秀都呼喊了起来。

钱西溪："这灯光秀真的太美了。"

景芳："是啊，真的好美，好壮观，我们可真是赶上了一个好时代。"

黄龙："对对对，只是狗日的房价，实在是太贵了。"

钱西溪对景芳："景芳，你们真好，都快买房子了吧？"

景芳笑了笑："在看房呢，不知道房价会不会降一点。"

钱西溪有些羡慕地："买了房就可以结婚了，结了婚就能生宝宝了，我们同学中，你们是最早修成正果的。"

景芳："你和留下也抓紧啊。"

钱西溪笑了笑没有说话。

赵武林感叹着："杭州这繁华盛世真是好啊！"

王留下："盛世是他们的，我们只是盛世下的蝼蚁，这座城市里的为了活着而活着的蝼蚁。"

黄龙："唉，留下啊，你太悲观了，这盛世是大家的，我们虽然小得像蝼蚁一样，但是我们也会长大，我们还年轻。"

钱西溪听到了王留下他们的谈话："对，黄龙说得对，我们还年轻，年轻就是我们的资本。留下，我们要好好奋斗，争取早日能够买房。"

钱西溪抓住了王留下的手，王留下也握紧了钱西溪的手，两人搂在一起。

景芳："别秀恩爱了。今晚上我们物流管理班的同学，面对着杭州最繁华的地方，喊出我们心里的梦想。"

黄龙："好，老婆的这个想法好。我先来。"

黑夜下，钱江新城的灯光秀格外绚丽夺目，一派大都市的感觉。

黄龙拼命地对着灯光秀喊了起来："我黄龙，要在杭州买房、买车，有存款，把全世界最好的，都给我老婆景芳。"

赵武林："哈哈哈，黄龙你小子可真会拍景芳马屁啊。"

黄龙："绝对不是拍马屁，我黄龙是真心实意的，一辈子就爱景芳一人。"

景芳："好了好了，当着这么多同学的面，也不知道害臊。"

黄龙："嘿嘿嘿，咱们都是老夫老妻了，当然不害臊了。老婆，你也说出你的梦想吧。"

景芳："嗯。我景芳现在就一个梦想，就是在杭州有一个家，有属于自己的一套房子。"

黄龙又喊叫起来："房子，房子，在杭州有一套房子，一个家。"

赵武林："嘿，这两人其实也蛮庸俗的。"

黄龙："那老班你的梦想是什么啊？"

赵武林："我的梦想啊，就是骑上我的宝马，游遍全世界。"

黄龙："哈哈哈，你的宝马？不就是一辆自行车吗？"

赵武林："我的自行车很多时候比宝马车还厉害，宝马车能上山地吗？不能，但是我的宝马可以啊。"

黄龙："你厉害，厉害。哎，留下，说说你的梦想吧。"

王留下："我……我没什么梦想。我没有想过梦想这事。"

黄龙："啊，那你现在最想得到什么？"

王留下："我没有想过，反正每天就这样工作。"

在场的同学们都看着王留下。

空气静止。

江对面的灯光秀也静止了。

钱西溪打破了沉默："我钱西溪的梦想，就是和留下在一起，不管清贫还是富裕，不管在杭州还是回到乡下。留下，你说呢？"

王留下点头："是的，我的梦想也是能永远和西溪在一起。"

景芳："好好好，很好呢，我们大学时候恋爱的几对，好像只剩下我们两对，维持维持，一直到最后。"

沈美琳："真好，真好，多么羡慕你们这些能秀恩爱的。"

钱西溪："你也抓紧啊。"

沈美琳："嗯。"

景芳："哈，秀恩爱多好，像杭州这灯光秀一样，让全世界都看到我们在秀。"

钱江新城灯光秀如梦如幻。

同学们的欢呼声。

赵武林："来来来，我们物流管理班的同学，唱一首我们读书时候的班歌《光辉岁月》。"

王留下、黄龙："好。"

同学们面对着灯光秀，大声唱了起来："……年月把拥有变做失去 / 疲倦的双眼带着期望 / 今天只有残留的躯壳 / 迎接光辉岁月 / 风雨中抱紧自由 / 一生经过彷徨的挣扎 / 自信可改变未来 / 问谁又能做到……"

49. 出租房，夜，内

钱西溪和王留下参加完同学会，回到了出租房，两人躺在床上。

西溪："其实今天蛮开心的，和老同学三年没有见面了。"

王留下看着头顶上斑驳的屋顶："嗯。"

钱西溪："景芳和黄龙估计买了房子，明年就要结婚了。"

王留下："挺好的。"

钱西溪："留下，G20 期间，我们公司放假，你们快递公司不是也不收发件了吗，也要放很多天啊。"

王留下："哦，是的。"

钱西溪："跟我回家去见我爸妈吧？"

王留下回过身来，看着钱西溪："去见你爸妈？"

钱西溪："嗯，怎么了？我们在一起都这么多年了，同居都已经三年了。"

王留下："我，我……我还没有心理准备。"

钱西溪握住了王留下的手："留下，去见我爸妈是迟早的事情啊，这次我们去我家里，等国庆节的时候，我和你去见你的爸妈。"

王留下："哦，好吧。"

钱西溪在王留下的嘴上亲了一口。

王留下也吻住了钱西溪的嘴。

两人激吻起来，随后王留下爬到了钱西溪的身上。

50. 空镜头

出租房外，农民房夜景。

51. 空镜头

钱江新城外景，高楼大厦林立，尽显盛世的感觉。

52. 钱江新城，钱西溪所在公司，办公室，日，内

钱西溪在办公室工作着，康桥走到了西溪面前，放了一杯星巴克咖啡，对西溪微微一笑："中午一起吃饭。"

钱西溪："康总，我……"

康桥："不要再找理由拒绝我了，只是吃个饭，我又不会把你吃了。"

钱西溪："我约了别的同事一起……"

康桥："好了，就吃个饭，你上次不是说，你请我吗？难道还想要赖？"

钱西溪："没，好，那中午一起吃个饭。"

康桥对钱西溪笑了笑："我在万象城王品牛排等你。"

钱西溪："哦……"

康桥离开，钱西溪的眉头皱了一下。

财务室门口，李申花看到了康桥和钱西溪，对钱西溪怒视着，吃醋地："就知道勾引小老板。"

53. 万象城，王品牛排餐厅，日，内

钱西溪被服务员带进了餐厅。

康桥已等在了那里，见钱西溪过来，对她微微一笑，又亲自为她拉开了椅子。

漂亮的服务员为钱西溪递上了一杯香槟酒。

钱西溪："谢谢。"

服务员："很高兴为您服务。"

钱西溪和王留下从来没有来过这样高档的餐厅，西溪朝周边望了望。

康桥："这里环境还可以，至少不会有人来打扰我们。"

钱西溪："嗯。"

康桥："来，你看看，点什么？"

康桥送上了菜单。

钱西溪一看菜单上的价格，眼睛都瞪大了。

康桥："我们还是第一次吃饭。"

钱西溪点点头："嗯。"

康桥："随便点，我请客。我有这里的贵宾卡。"

钱西溪看了一眼康桥，有些不好意思，也点不好。

康桥："王品的台塑牛排味道还可以。来一份吧？"

钱西溪又点点头："好。"

康桥喊了一下服务员："给这位小姐来一份台塑牛排，还有法式香煎鹅肝沙拉、香颂玫瑰露、金皇杞果慕斯。"

服务员："好的，康总。"

康桥对钱西溪优雅地笑了笑："我随便点的，希望你喜欢。"

钱西溪笑着点点头："谢谢康总。"

康桥："嘿，谢什么啊，能和你吃饭，是我康桥的荣幸。"

钱西溪抬头看康桥："康总，我……"

康桥："来，我们先喝点香槟酒，我敬你。"

钱西溪："我不会喝酒。"

康桥："嘿，这香槟酒是甜的，不会醉，你尝一口。"

钱西溪试着喝了一口。

这时，服务员端上了牛排来："请慢用。"

康桥："尝一尝这牛排。"

钱西溪从来没有和王留下去吃过牛排，但在电视剧里看过别人怎么吃牛排，但她还是不好意思去吃。

康桥似乎看出了钱西溪的为难之色，很是细心地为她切好牛排："来吧。"

钱西溪更加不好意思地："谢谢康总。"

康桥："小事情，不要总是说谢啊。吃吧。"

康桥也为自己切下一块牛肉，吃了起来。

钱西溪终于吃了一块，她从来没有吃过这么美味的牛肉。

康桥："味道还行吧？"

钱西溪点点头："嗯。"

康桥拿起酒杯又敬了一下西溪。

西溪拿起杯子，喝了一口酒。

康桥："西溪，其实我，我喜欢你。"

钱西溪嘴里的酒含在那里，她没有去看康桥，也没有说话。

康桥："我知道我这样向你表白，有些唐突，但是我自从第一眼看见你，就喜欢你了。"

钱西溪："康总，我很普通，你身边的女孩子那么多……"

康桥："不不不，西溪，她们这些胭脂水粉怎么能和你相提并论呢？你的清纯，是独一无二的。"

钱西溪："康总，我没有你想象中那么好，而且，而且……"

康桥："而且什么？"

钱西溪："我有男朋友的。"

康桥笑了笑："男朋友？呵，就算你已经结婚了，我也会追求你的。"

钱西溪："康总，你不要这样子，你完全可以有更好的女孩子，现在大学刚毕业的女孩，都很清纯。"

康桥冷笑一声："她们怎么可能会清纯？西溪，我知道我这样直接，可能吓到了你，但我是真心的。"

钱西溪："对不起，康总，我和男朋友在一起很久了，我们不可能分手的。"

康桥还是淡然一笑："我能等。"

钱西溪："康总……"

康桥："好了，不要说了，我们还是把这顿饭吃完。"

钱西溪低下头去，但她没有心思再享用美食。

54. 钱江新城，钱西溪所在公司，办公室，日，内

康桥和钱西溪一起回到公司里。

钱西溪有意走在康桥后面，不让公司的同事看到。

康桥笑了笑往自己办公室走去。

钱西溪随后才走向自己的座位。

在钱西溪身后，李申花站在办公室门口看着他们，极度嫉妒和生气的样子。

55. 高档小区，白灵隐住处，门口，日，外

王留下把快递送到了白灵隐住处门口，他正要敲门，听到里面的吵架声。

白灵隐的声音："你给我滚，我再也不想见到你。"

郑总："灵隐，你听我说，你一个人住在这儿不是很好吗？我一星期过来看你三次，你也能做一点你自己喜欢的事情。"

白灵隐："我不想要这样的生活，你一星期过来三次，无非就是和我做爱三次，你把我当什么了，你当初是怎么说的，你说可能跟我结婚。"

郑总："我……灵隐，这个只是时间上的事情，等时机成熟了。"

白灵隐："骗子，骗子，我不要听这些话，这些话你已经跟我说过不下十次，骗子，你这个骗子，给我滚。走啊！"

王留下听到了里面白灵隐的哭泣声。

随后门被打开了。

郑总从里面走了出来。

王留下有些尴尬地："快……快递。"

郑总没有理睬王留下，往电梯口方向走去。

王留下拿着快递只有朝屋子再喊了一声："你好，有你的快递。"

里面传出白灵隐的声音："帮我拿进来吧。"

王留下犹豫了一下，还是往屋子里走了进去。

王留下看着白灵隐在哭泣，脸上流着泪痕。

王留下："你，你的快递，我放这里了……"

白灵隐："为什么？为什么所有事情发展到最后都会成这样？我白灵隐成了一个贱女人。我这样做为了什么，我把我的青春都丢了，我没有了青春，我还有什么？郑生，你这个混蛋。呜呜呜。"

王留下愣在那里，不知该怎么办。

白灵隐看着王留下："对，对不起，我失态了。快递是吧？"

王留下："嗯，请你签收一下。"

白灵隐："好。"

白灵隐一边擦拭眼泪，一边签了字。

王留下开口安慰："你不要伤心，没有什么事是过不去的，船到桥头自然直。"

白灵隐又重新抬起头打量了王留下："谢谢你的安慰。"

王留下笑了一下："没什么。"

白灵隐："刚才不好意思，我请你喝咖啡吧，我刚研磨好了巴厘岛带来的咖啡。"

王留下："不不不，谢谢了。我还有很多快递要送呢。走了，拜拜。"

王留下转身离开了白灵隐住处。

白灵隐看着王留下的背影消失在电梯口。

56. 钱江新城，钱西溪所在公司，办公室，日，内

钱西溪正在工作，突然李申花过来，把一份文件拍在了钱西溪的办公

桌上："怎么回事？"

钱西溪抬头看李申花："怎么了？"

李申花："你看看这个月华东地区原材料进货数据，老板都说了，现在经济形势不好，要开源节流，结果你给他们比上个月报的还要多，你是不是拿了他们的回扣啊？"

钱西溪："没，没有。"

李申花："哼，我必须把这事跟财务总监，不，得跟大老板汇报一下。"

钱西溪："申花，我真的没有拿过他们什么回扣，你知道，现在的原材料从品质上来说，肯定是比以前的要好。"

李申花："不要解释了，如果你没有拿回扣，就是你乱报，是不是想从这笔钱上拿点油水？"

钱西溪："没有的事情。"

李申花："这事情，我必须和上面说。"

李申花说着便转身离开。

钱西溪很是郁闷地坐在那里，旁边几个同事看着钱西溪，钱西溪看他们，他们又把头低了下去，假装做事情。

57. 出租房，黄昏，内

王留下回到了出租房，打开电脑，玩起了游戏。

58. 农民房，道路上，黄昏，外

钱西溪也下班回来，走在肮脏不堪的小道路上，钱西溪穿着高跟鞋踩着地面，发出清脆的声音。

几个在路边吃饭的农民工盯着钱西溪的美腿，色眯眯地看着。

钱西溪有意识地加快了脚步。

59. 出租房，黄昏，内

钱西溪敲门，但没有人给她开门，钱西溪只好自己开门，走进了屋子里。

王留下玩游戏正玩得起劲。

钱西溪："怎么不给我开门？"

王留下摘下耳机："啊？你说什么？"

钱西溪："我敲了半天门。"

王留下："没有听到。"

钱西溪很是无语地："外面的衣服收了吗？"

王留下："没有。"

王留下没有和钱西溪多说话，继续玩游戏。

钱西溪无奈地又走出门去。

60. 出租房外，阳台上（或者是顶楼阳台），黄昏，外

钱西溪来到晾晒衣服的阳台上，她一件件把衣服收了下来，突然发现有什么不对劲的地方。

钱西溪："奇怪，我的文胸和丝袜怎么不见了？"

钱西溪看了看周边，没有发现文胸和黑丝袜掉落在地上。

钱西溪的眉头皱了起来："难道又是被人偷走了？"

钱西溪走回自己的房间去。

61. 出租房，夜，内

外面的天色转眼间已黑。

王留下还在玩游戏，而且玩得很起劲，钱西溪回到屋子里，王留下也没有看她一眼。

钱西溪："新买的文胸和丝袜又不见了，这里的变态太多了，我实在忍受不了了。"

王留下没理睬钱西溪。

钱西溪很是恼火地把手中的衣服扔在了地上。

王留下摘下耳机："你什么情况啊，又发神经！"

钱西溪："你才发神经，整天就知道玩游戏，不思上进。"

王留下："我怎么不思上进了？我送了一天快递，我也很累的。"

钱西溪："送快递，送快递，你以后能有什么出息？"

王留下被钱西溪的话气得涨红了脸，猛地拍了一下桌子，随后又拿起耳机来戴上，继续玩游戏，不去理睬钱西溪。

钱西溪见王留下这副样子更加生气了，她看到桌子放着一杯开水，走上前去，拿起水杯，就往电脑键盘上倒去。

电脑屏幕立即变黑。

王留下愤怒地站了起来："你到底想干吗？"

钱西溪："我就是不想看着你这样子堕落。"

王留下终于爆发了，一巴掌打在钱西溪的脸上。

钱西溪也没有想到王留下会打她，捂住了脸蛋："你，你竟然打我！"

王留下看着钱西溪，又看了一眼自己的手掌。

钱西溪的眼眶中含着泪水。

王留下想要道歉，但没有说出口。

钱西溪转身，趴在床上痛哭。

王留下看着钱西溪伤心的模样，也有些难过，他坐回到了椅子上，看着黑屏的电脑。

62. 空镜头

杭州城夜景。

夜未眠。

63. 出租房，夜，内

王留下和钱西溪彼此背对着对方。

默默无言。

黑夜寂静。

钱西溪的脸上还挂着泪痕。（表情特写）

王留下也睁着眼睛，看着这个黑夜。

这注定是一个无法入眠的杭州之夜。

王留下在心里默默道歉："西溪，对不起，我不应该打你。但是你凭什么说我没用，说我堕落？王留下啊王留下，你能不能在杭州这座城留下来？能不能给你和你交往这么多年的女朋友，一个未来？"

钱西溪："留下，我和你在一起这么多年了，我真的不是厌弃这样的生活，我的心里还是爱着你的，不然也不会跟你蜗居在这出租屋里。但是，但是我真的不知道我们的未来会是怎么样，我看不到前面的路……"

黑夜。

夜越来越黑。

杭州夜未眠。

64. 空镜头

杭州城之晨。

天色灰蒙蒙。

雾霾笼罩下的杭州城。

65. 出租房，夜，内

王留下和钱西溪起床。

谁也没有跟谁说话。

两人冷战。

洗刷完后，各自出门上班。

66. 售楼处样板房，日，内

售楼小姐带着黄龙和景芳参观样板房。

售楼小姐："这个户型可是我们小区主推的小户型，特别适合我们刚需的年轻人，这个是客厅，南北通透，采光很好，落地窗外是个大阳台，全赠送面积，特别实用。这边是厨房和餐厅，这是主卧，这是儿童房，虽说不大，但很温馨。"

景芳露出了满意的微笑，她和黄龙对视一笑，微微地点了点头。售楼小姐敏锐地捕捉到了这一表情。

售楼小姐拿着合同："我们公司为了回馈广大业主，特推出了三套特价房源，每套只要八十八万，不过首付要三十万，但是真的特别划算。您看是不是先交个定金，预定好房源，毕竟这么划算，好房可不等人啊！"

黄龙和景芳对视一眼："这样，我们先商量下。"

售楼小姐："好的。"

黄龙拉着景芳来到阳台上。阳台下望去绿草如茵，景色宜人。

黄龙："我觉得这儿挺好，你喜欢吗？"

景芳："嗯，这个小区我也挺喜欢，远是远了点，但以后我们可以买个车呀。"

黄龙："那行，我们就定了吧。"

景芳："别呀。"

黄龙："怎么了？"

景芳："我觉得这个价格还有商量的余地，这样，我们先耗她一阵子，反正现在房源还有那么多，对吧？"

黄龙："行，那听你的。"

景芳和黄龙牵手来到售楼员面前。

景芳："我们商量了下，觉得这个价格还是有点贵，能不能再优惠点呢？"

售楼小姐："这几套已经是特价了，不可能再便宜。错过了可真没有了。"

景芳："那行，我们再考虑考虑，谢谢啊。"

售楼小姐："好的。"

67. 售楼处，日，外

景芳开心地牵着黄龙的手："我们马上就要有自己的家了。"

黄龙："看你开心的，要不我们就先定了吧，心里踏实点。"

景芳嗔笑："瞧你那出息，钱在自己手上，还怕房子飞了呀。"

黄龙搂过景芳："行，都听老婆的。嘿嘿嘿。"

黄龙亲向景芳，景芳嬉笑着跑开，笑声回荡在小区。

68. 白灵隐所在的小区，日，外

大雨倾盆。

王留下穿着雨披，分拣着快递。留下看到白灵隐的快递，下意识地愣了一秒，然后放到一边，决定留到最后派发。

王留下拿着快递穿梭在小区的各个单元。

王留下最后拿起白灵隐的快递，走向白灵隐的家。

69. 高档小区，白灵隐住处，日，内

王留下敲门："快递。"

白灵隐开门，接过快递："是你呀。"

王留下下意识地看了下自己狼狈的样子，有点窘迫，笑着点了点头。

白灵隐将门开大："进来坐下吧。"

王留下连连摇手："不了，不了。"

白灵隐一把拽起王留下的手往房间里面拉："都淋成这样了，进来擦擦吧。"

王留下站在原地，白灵隐从房间拿出一条浴巾，温柔地替王留下擦拭头发。

白灵隐的酥胸在留下眼前起伏地晃动。

王留下红着脸，尴尬地拿过浴巾："我自己来就好。"

王留下背过身，快速地擦拭。

白灵隐笑了笑，然后转身去厨房倒研磨好的咖啡。

白灵隐拿着咖啡放在了桌子上："过来坐吧。喝杯咖啡暖暖身。"

王留下："嗯。"

王留下坐下将咖啡一饮而尽。

白灵隐笑出了声。

王留下尴尬："不好意思，我，太渴了。"

白灵隐："不不不，你别觉得不好意思，我笑是因为你实在是太像我的弟弟了。"

王留下："弟弟？"

白灵隐："嗯，在我老家，有个跟你一般大的弟弟。"

王留下面露羡慕："能做你的弟弟肯定很幸福吧。"

白灵隐没有回答，一个意味深长的笑。

70. 出租房，夜，内

王留下躺在床上，辗转反侧，脑海里都是白灵隐温柔的笑脸和她的酥胸。

王留下瞟到钱西溪的照片，心生罪孽。

王留下冲到卫生间，洗了个冷水脸，对着镜子："你的思想怎么这么龌龊？人家灵隐拿你当成亲弟弟，你却对人家想入非非，再说，你对得起西溪吗？啊？"

王留下听到开门的声音，收拾好表情走了出来。

钱西溪走了进来，见王留下脸色不对，担心地走了过去："你脸色不好，今天下雨淋到了吧？"

钱西溪摸着王留下的额头："哎呀，发烧了。"

王留下一把搂过钱西溪，紧紧地抱住。

钱西溪："怎么了？很难受吗？要不去医院吧？"

王留下："西溪，对不起，对不起。"

钱西溪："你是坏人。"

王留下："对不起，西溪，我保证，以后再也不跟你吵架，不跟你冷战了。"

钱西溪："真是个傻瓜，我们之间还需要说对不起吗？"

王留下："嗯，从今往后，我保证再也不会跟你说这个词，以后所有的事情我都听你的。G20 期间放假时，我就跟你去见你爸妈。我要告诉咱爸妈，我王留下，一定会给钱西溪最幸福的生活。"

钱西溪眼含热泪，紧紧地依偎在王留下的怀里。

王留下抱起钱西溪，向床上走去。

两人一番翻云覆雨。（导演自己把握尺度）

钱西溪依偎在王留下的胸前："对了，下周一我表姐要带女儿来杭州玩。"

王留下："哦。"

钱西溪嗔怒："就一个'哦'字啊？"

王留下："不然呢？"

西溪："算了，所有的东西我准备，那天你提前跟公司请好假，人出现就好。"

王留下亲了下钱西溪的脸颊："嗯，听你的。"

71. 杭州，西湖边，日，外

钱西溪带着表姐玉泉和她的女儿游西湖。

钱西溪："姐，你看，这就是西湖，美吧！"

玉泉："西湖是美啊，可这西湖再美能当饭吃啊！"

钱西溪讪笑："姐，你看你。"

玉泉："对了，你男朋友呢？怎么还没来？"

钱西溪拿起手机："我催催。"

钱西溪打电话："喂，你在哪儿了？好的好的，你快点。"

钱西溪挂掉电话："他马上就到。"

玉泉："西溪，不是我说你，你这么漂亮的姑娘，只要你肯回老家，那说亲的小伙还不踏破你家门槛啊，你看你留在这里……"

一辆黑色宝马停在了钱西溪的身旁，康桥摇下车窗，打断了玉泉的话："西溪。"

钱西溪惊讶："康桥？"

玉泉见到康桥，眼冒金光，拉着钱西溪的衣襟："这就是你男朋友啊，好帅啊，你怎么不早跟家里说呢？"

玉泉女儿："小姨，你男朋友原来是高富帅啊。"

钱西溪尴尬："不不不，这个是我的同事。"

钱西溪对康桥："康总，你怎么在这儿？"

康桥下车："刚跟朋友在旁边吃完饭。出门就遇见你了，真巧。"

玉泉媚笑着伸出手："你好，我是西溪的表姐。"

康桥有礼貌地跟玉泉握手。

钱西溪尴尬地抽回玉泉的手。

康桥："你们吃饭了吗？这家饭店是我朋友开的，味道不错。"

康桥指了指西湖边的五星级饭店。

玉泉："没有呢……"

钱西溪连忙打断玉泉的话："我们吃过了，谢谢。康总你这么忙，就不用招呼我们了，康总再见。"

康桥讪笑。

这个时候王留下骑着破旧的自行车风尘仆仆地赶了过来："西溪。"

钱西溪尴尬地看了眼王留下："留下，你来了。"

钱西溪："这个是我的男朋友，留下。这位是我的同事康桥，我们刚巧遇到。"

王留下和康桥对视一笑，点了点头。

钱西溪："这就是我表姐，玉泉。"

王留下："姐。"

玉泉："哎，别乱叫。我可不是你姐。"

钱西溪和王留下尴尬一笑。

康桥："西溪，那我有事就先走了。难得你姐过来一趟，不要怠慢了。等下我跟我朋友打个招呼，你们任何时候去吃饭，都签我的单。"

钱西溪："不用了，真不用。"

康桥："西溪，你就不要跟我客气了。那你们逛，我先走了。"

康桥走到王留下身旁，对他轻蔑一笑。

王留下不是滋味。

玉泉媚笑着送走康桥："再见，再见。"

康桥开着宝马扬长而去。

玉泉冷眼看向王留下。

王留下讪笑："姐，你们还没吃饭吧，走，我们去吃肯德基。"

玉泉看着五星级饭店："都没去过这么高级的饭店呢。"

钱西溪拉起玉泉女儿的手："走。小姨带你去吃肯德基。"

玉泉女儿白了眼留下，噘起嘴巴："屌丝。"

钱西溪尴尬。

王留下讪笑。

72. 肯德基餐厅，日，外

王留下他们吃好饭，走出餐厅。玉泉女儿舔着甜筒。

钱西溪："姐，我带你再去转转。"

玉泉："不转了，带我去你们住的地方看下，我也好回家跟你爸妈交代。"

钱西溪："我们的住处有什么好看的呀，前面是音乐喷泉，到了黄昏可壮观了，我带你们去看。"

王留下："是啊，是啊，去看看吧。"

玉泉白了一眼王留下。

王留下不再说话。

玉泉："我累了，走不动了，走，去你们那儿。"

钱西溪："那我给你们在附近找家宾馆休息吧。"

玉泉："有地方住去住宾馆不嫌贵啊！走！晚上就住你们家。"

玉泉拉着女儿向前走去。

钱西溪和留下无奈地跟在后面。

王留下："公交车站在那边。"

钱西溪狠狠地瞪了眼王留下，然后伸手拦了辆出租车："姐，坐出租车吧。"

钱西溪、王留下带着玉泉坐上了出租车往出租房开去。

73. 农民房，小道上，日，外

钱西溪带着玉泉走在脏乱差的农民房外。

王玉泉嫌弃地四周打量。

一只土狗从弄堂蹿了出来，玉泉吓了一跳，惊叫了一声："啊！"

74. 出租房，日，内

钱西溪、王留下带着玉泉走进出租房。

玉泉瞪大了不可思议的眼睛："这地方，这地方怎么能住人呢？西溪，你在杭州就住这样的房子啊？咱老家的狗窝也比这宽敞啊。"

王留下："这个地方只是暂时的，迟早我会让西溪住上大房子。"

玉泉看到王留下挂着的快递工作制服，扯下制服摔在地上："大房子，凭这个？我家西溪有文化有相貌，凭什么要跟你受这种苦！"

钱西溪："姐。"

玉泉："你也是鬼迷了心窍，怎么会看上这种人！"

玉泉对留下："告诉你，我们家西溪是要嫁康桥这种高富帅的。就凭你，就别癞蛤蟆吃天鹅肉了！"

玉泉生气地一手拿行李，一手拉起女儿的手："走，回家。"

钱西溪急着追了出去。

王留下捡起快递制服，紧紧地握紧了拳头。

75. 农民房，小道路口，日，外

钱西溪看着玉泉牵着女儿的背影，突然没有勇气去追。

钱西溪背靠着弄堂里的墙壁，慢慢地蹲了下来，抱着自己小声抽泣。

76. 景芳住处，夜，内

景芳躺在床上看网剧，接到电话："你好，小刘啊，已经卖掉了啊？哦，好的，我有空再去看看，现在有什么优惠活动吗？嗯，好，再见。"

景芳挂掉电话，有点失落。

黄龙："怎么了？"

景芳："卖房的小刘打电话来了，之前我们看中的那套房子已经卖掉了。"

黄龙："我说什么事呢，这呀只是他们销售员的营销战术而已，目的就是给消费者造成供不应求的假象，饥饿营销，媒体都报道过了，再说好房子又不是这一套，我们重新选就是。"

景芳点了点头："还是我老公聪明。"

黄龙："这次放假，我先回老家，把首付凑齐，等回来就把房子给定了。"

景芳靠在黄龙身上，不开心的情绪烟消云散："你说我们要把房子装修成什么风格呢？"

黄龙抱着景芳："都听你的。"

景芳开心："等房子装修好，我们就结婚吧。"

黄龙狠狠地亲了口景芳："行，我们结婚吧。"

77. 钱江新城，办公楼楼下，日，外

康桥拉着钱西溪的手："我真的不忍心你每天踩着高跟鞋上班还得去挤公交车，下班之后却要回到那种鱼龙混杂的贫民窟。西溪，你应该拥有更好的生活。"

钱西溪拿开康桥的手："康总，你别再这样，我非常爱我的男朋友，现在的生活是暂时的，我相信我们会越来越好。"

远处，王留下拿着快递往这边走来。看到拉扯中的康桥和钱西溪，王留下加快了脚步。

康桥："西溪，你怎么还不明白呢？他就一个送快递的，跟着他你就只能每天吃盒饭，穿地摊货，背廉价包。"

钱西溪下意识地捏紧手中的包。

康桥："我知道这样说会很伤你的自尊，但是，西溪，我爱你呀，我想把世界上所有的美好都给你，房子、车子、LV、香奈儿。"

康桥说到激动处，两手抓住了西溪的肩膀。

王留下听到了康桥的话，一把拽起康桥的手，甩开。康桥往后跌退几步。

钱西溪惊讶，她拉住想要往前冲的王留下："留下，别这样。"

王留下指着康桥的鼻子："你给我听好了，钱西溪是我的女人，别以为你有几个臭钱就了不起，以后离我的女人远点。"

康桥轻蔑一笑："你的女人？你好意思说出这句话吗？一个大男人每天干的事情就是送快递，让自己的女人在外面辛苦打拼，却连最基本的家都给不了，你还算什么男人！"

王留下想要反驳。

钱西溪拉住留下的手，义正词严："不管留下怎么样，他都是我的男朋

友，无论富贵或贫穷，我都爱他。所以，我们的生活不管怎么样，都和康总无关，还请康总以后除了工作，不要再干涉我其他私事了。"

钱西溪说完，拉着王留下的手转身离开。

王留下感动地看着钱西溪。

78. 出租房顶楼，夜，外

王留下在顶楼支起桌子，摆好椅子。

钱西溪端着锅汤："汤来喽。"

王留下连忙接过，放在桌上："小心点，我来。"

钱西溪对着留下甜甜一笑。

钱西溪给留下盛了碗汤，里面放了好几块肉："多吃点。"

王留下挑出鸡肉给西溪："我不喜欢吃肉，你多吃点。"

钱西溪又夹给留下："哎呀，我一个女孩子吃肉会变胖的。"

王留下又夹了两块还给西溪："那一人一半。"

钱西溪甜笑："好，一人一半。"

王留下的表情甜蜜、内疚。

城中村外的大厦亮起了灯，繁华、迷离。

钱西溪依偎在留下的怀里看着远处的夜景，留下若有所思。

79. 超市，日，内

王留下在白酒柜台徘徊。

王留下的目光徘徊在三百八十八一盒和五百八十八一盒的两种酒之间。

留下犹豫着拿下三百八十八的酒。转头走了几步又转身放回货架，长舒一口气拿下五百八十八的酒，然后扭头走向收银台。

80. 钱西溪老家门口，日，外

王留下拎着白酒和其他礼品，两人相视一笑。

钱西溪刚要敲门，王留下拉住西溪的手："西溪。"

钱西溪："怎么了？"

王留下："我有点紧张。"

钱西溪："还怕我爸妈吃了你啊！"

王留下笑。

钱西溪敲门："妈，我回来了。"

钱母开门："西溪回来了。"

王留下："阿姨好。"

钱母点了点头，没有回话。

王留下有点尴尬。

钱西溪："妈，这是我男朋友王留下。"

钱母："都进来吧。"

81. 钱西溪老家，客厅，日，内

王留下尴尬地站在客厅，手足无措。

钱母叹了口气坐在了沙发上。

钱西溪拿着礼物："妈，这些都是留下给你们买的。"

钱西溪将礼物放下，钱母轻蔑地看了一眼。

钱母："我去看看你爸饭烧好了没。"

钱母起身走向厨房。

留下尴尬地站在原地。

钱西溪拉着留下坐下："你别介意啊，我妈她对谁都这样，天生不会招呼人。你先坐下，我去看看。"

王留下："好。"

钱西溪起身，在留下的嘴唇上吻了一下，调皮一笑。

82. 钱西溪老家厨房，日，内

钱父在炒菜，钱母在帮忙。

钱西溪："爸，在烧什么好吃的？"

钱父："是你最爱的红烧肉。"

钱母："玉泉都跟我们说了，你在杭州是吃不好住不好，你爸听了心疼得每晚都睡不着觉，这不，你一回来，早早地去菜市场，买的都是你最爱吃的菜。"

钱西溪红了眼眶："爸，妈。"

钱父："你这人，跟孩子说这些干吗？"

钱母："我哪儿说错了？孩子，如果你真的孝顺，就应该让自己过得好一点。你可是爸妈的心头肉啊。你过得不好，让我们俩老的可怎么办啊？"

钱母哽咽。钱父指了指客厅："你小声点，听到了。"

钱西溪："妈，我好着呢。"

钱母："听到又怎样？我们打小就心疼西溪，从来没让她受过半点委屈，你看看你现在，瘦成这个样子，哪儿好了？要是下半辈子让你跟着个这样的男人，我宁愿你单身一辈子。"

钱西溪微怒："妈！"

钱西溪下意识地看下留下。

83. 钱西溪老家，客厅，日，内

王留下清楚地听到厨房里的对话，心里不是滋味。

钱西溪走到留下身边，握紧了留下的手。

王留下挤出微笑，对着钱西溪摇了摇头："我没事。"

84. 钱西溪老家餐厅，日，内

钱父端出菜肴："都过来吃饭吧。"

钱西溪拉着留下的手："吃饭吧。"

王留下点了点头，走向餐桌。

钱父、钱母落座，钱西溪、留下落座。

王留下没有拿筷子。

钱父："小伙子，吃吧。"

王留下拿起筷子："哎。"

钱母全程严肃。

钱西溪忙着给留下夹菜："你多吃点。"

钱父夹了一个大虾给钱西溪，心疼："多吃点，在杭州肯定没得吃。"

钱西溪："谢谢爸。"

王留下低头扒饭。

钱母："你现在有多少钱？"

王留下被突如其来的问题吓到，含着饭："啊？"

钱母："你有钱在杭州买房吗？"

王留下咽下饭，面露为难："阿姨，我……"

钱母："好了，你也不用说了，我的意思我想你也应该明白了。吃饭吧。"

钱西溪夹了个菜给王留下："吃饭吧，吃完再说。"

王留下点了点头，低头吃饭，心情复杂。

85. 钱西溪老家，客厅，夜，内

钱母："小伙子，时间也不早了，那我就不送了。"

王留下尴尬起身："那我先回去了。"

钱西溪："这么晚，回什么回啊？"

钱母一把拽过钱西溪。

王留下："没事，还有火车，那叔叔阿姨我先回去了，西溪，你留下来多陪陪叔叔阿姨。"

钱西溪想要上前，钱母死死地拽着西溪的手臂。西溪担心地看下留下。留下冲西溪一笑。

王留下起身自己开门，走了出去，背影落寞。

86. 钱西溪家，夜，外

王留下关上大门的那一刻，眼泪夺眶而出。

王留下奔跑在街道上，想哭却拼命抑制，不让自己哭出声音。

87. 钱西溪老家，客厅，夜，内

钱西溪："妈，你怎么可以这样对留下？"

钱西溪说完拿起手机想要给留下打电话。

钱母一把夺过手机："西溪，今天妈就在这儿撂下狠话，如果你还认我这个妈，你就不能回杭州，这个男人你也必须分手，你也许会恨爸妈，但是多年之后，等你有了自己的小孩，你肯定会感谢爸妈今天为你做的决定。"

钱西溪痛哭："妈。"

钱母拉起钱西溪的手走向卧室："时间不早了，你好好休息。"

钱母说完，将房门反锁。

88. 钱西溪老家，房间，夜，内

钱西溪打不开门，急："妈，妈你锁着我干吗呀？"

钱母含泪走开。

钱西溪拍门："妈，妈，你开门呀。"

钱西溪失望，她徘徊在房间内，担心着留下："怎么办，我必须得出去。留下，你可千万不能出什么事啊。"

钱西溪的目光锁定在窗台。她打开窗台，向下望去，一根水管在窗台旁边。（钱西溪家在二楼）

钱西溪："管不了那么多了。"

西溪闭上眼睛深吸一口气，然后从窗台上爬下，沿着水管爬了下去。

89. 钱西溪老家，楼下，夜，外

钱西溪最后一步纵身跃下，含泪："爸、妈，女儿不孝，对不起，我一定用幸福的生活，报答你们的养育之恩。"

钱西溪扭头跑走。

90. 火车站，夜，内

钱西溪奔跑着，四处搜寻留下的身影。售票处、候车室都没有留下的身影。

钱西溪来到站台，依然不见留下的身影。

钱西溪落泪，内心呐喊："留下，等我，等我。"

钱西溪四处寻找。

91. 火车站站台，夜，内

钱西溪大声呼喊哭寻："留下——王留下——"

一列火车开过，钱西溪绝望地呼喊着，待他抬头，留下正站在站台的另一边。

王留下眼含热泪："西溪。"

钱西溪："留下。"

两人一起跑向对方，相拥抽泣。

王留下："西溪，我王留下发誓，这辈子只疼你一个爱你一个。我一定会让你幸福的。"

钱西溪点头："我相信，我相信。"

92. 售楼处，日，外

景芳和黄龙兴高采烈地走向售楼处。

93. 售楼处，日，内

景芳瞪大了眼睛，难以置信："不是八十八万吗？"

售楼小姐站在景芳和黄龙对面一脸无奈："八十八万是我们当时推出的特价房，就那么几套，两天就卖完了。那会儿我也催过你们下单的。"

景芳表情复杂："就算这样，现在这价格涨得也太离谱了吧。"

售楼小姐："这也是没办法的事情，这 G20 会议一开，整个杭州的楼市猛涨，大环境如此。"

黄龙有些着急："咱说好的呀，八十八万，我这首付都带了，你们怎么能反悔呢？"

售楼小姐做无奈状："我当时就跟你们说了，过了这个村没有这个店，现在后悔也来不及了，但是我还是奉劝你们趁早买房，之后的房价肯定还会涨，早买早赚。你们考虑下。我先忙。"

售楼小姐走开。

景芳和黄龙面如死灰。

黄龙："当初就应该把房子给定掉的。"

景芳："现在说这些还有什么用？"

景芳气愤地走出售楼处。

94. 售楼处，日，外

黄龙追向景芳："景芳，景芳。"

景芳突然停止脚步，眼神坚定："这房子我必须买。"

黄龙："景芳，对不起，都是我没用。"

景芳："黄龙，把你老家的房子卖了吧。"

黄龙："不行不行，卖掉了这房子，我爸妈以后住哪里啊，他们仅有的十五万都已经给了我们，我黄龙可不能这么不孝啊。"

景芳："那难道你要我去问我爸妈借钱吗？"

黄龙："景芳，你放心，我会想办法筹钱的。"

景芳表情复杂："走吧，回家。"

两个人落寞的背影。

95. 出租房，日，内

阳光洒进房间。

王留下对着钱西溪的耳朵，调皮大喊："懒猪，起床了，迟到了。"

钱西溪掀开被子跳起来："我的全勤奖，啊……你怎么不早点叫我！"

王留下笑。

钱西溪故作生气的样子，瞪了眼留下。

钱西溪火速穿好衣服，刷牙、洗脸。

钱西溪拿起包向门外跑去，又火速跑回来，在王留下脸颊亲了一下："么么么。"

钱西溪又准备往外跑。

王留下拿着牛奶追上去："牛奶，牛奶。"

王留下往西溪手里塞了罐牛奶："记得喝啊。"

钱西溪回头冲留下一笑："知道了。"

钱西溪跑开。

96.钱江新城，钱西溪所在公司，办公室，日，内

钱西溪走进办公室，打卡。钱西溪与同事打招呼："早。"

同事笑得很奇怪："早。"

钱西溪纳闷。

人事部丁主任叫住钱西溪："西溪，你来下。"

钱西溪纳闷："好的。"

钱西溪来到人事部办公室。

丁主任："是这样，集团公司一方面呢要精简费用，另一方面呢也想提高职员的整体素质，所以集团对部分员工进行职业考核，为期一个月，如果不能达到集团的要求，这部分人将被集团辞退。"

钱西溪苦笑："所以，我是考核对象？"

丁主任："对，具体的考核方案你可以向康总请教。"

钱西溪若有所思："康总？"

丁主任露出诡异的微笑："好好把握这么好的机会。"

钱西溪陷入沉思。

97.钱江新城，康桥办公室，日，内

钱西溪敲康桥办公室的门。

康桥："请进。"

钱西溪走进。

康桥："坐。"

钱西溪："不用了。康总，刚人事找过我了，我就想问问你对我的考核方案。"

康桥起身把西溪按在椅子上："急什么，先坐，要咖啡吗？"

钱西溪急："康总，我……"

康桥边泡咖啡边说："这个考核方案具体细节我还没想好，这次考核呢主要是针对入职三年内的员工，当然，西溪你这么优秀，是完全没必要担心的。"

钱西溪起身："既然这样，那我就先出去了。"

康桥端过咖啡："咖啡已经泡好了，喝完再走吧。"

钱西溪笑："谢康总，我男朋友给我准备了牛奶，喝了咖啡怕是喝不下牛奶了。"

钱西溪说完走了出去。

康桥微笑的脸变得僵硬、冷峻。

98. 华三科技公司，办公室，日，内

黄龙坐在办公桌旁，拿着手机，逐一给朋友发微信。

黄龙打字：兄弟，江湖救急。

微信甲：不好意思啊，最近兄弟手头也紧。

微信已：兄弟还想问你借钱呢。

微信丙：我都很久没有见过钱的样子了。

……

黄龙愤恨地摔手机："一群白眼狼。"

99. 高档小区，白灵隐住处，日，内

王留下拿着快递正准备敲门。

房间内传来白灵隐歇斯底里的声音："现在你跟我说你不能离婚，你离不了了，当初追我的时候你是这么说的吗？啊？"

郑总拿出一张卡："好了，别闹了，出国去散散心吧。"

白灵隐："好啊，拿钱叫我滚蛋是吧。"

郑总："你好好冷静下，我还有个会。"

白灵隐哭着扯着郑总衣服吼叫："开会，当初你跟我一起翻云覆雨，回家跟你老婆也是这么说的吧？"

郑总甩开白灵隐："不可理喻。"

郑总夺门而出。

郑总看了眼站在门外尴尬的王留下。

王留下尴尬："送快递。"

郑总走向电梯。

白灵隐瘫坐在地上，眼妆已花，小声抽泣。

王留下小心地走了进去："你还好吧？有你快递。"

白灵隐抬头看向王留下，一把抱住王留下，王留下不知所措，想要推开。

白灵隐："借你的肩膀让我哭会儿行吗？"

白灵隐伏在王留下肩膀上大哭，口红和眼影蹭到了王留下的肩膀处。

100. 钱江新城，康桥办公室门口，日，内

钱西溪刚走出康桥办公室，手机就响起。

钱西溪看了下是父亲的电话，钱西溪小跑来到僻静处接起，小声："喂，爸，我上班呢。喂，爸，你在听吗？爸，爸。"

电话那头传来声音："西溪啊，那件事你也不要怪你妈，你妈也是为你好。"

钱西溪内疚："爸，我知道。对不起。"

电话那头钱父哽咽的声音："不，你不知道，有件事我和你妈瞒了你很久。"

钱西溪心头一紧。

钱父："你妈生病了，乳腺癌，晚期。"

钱西溪两脚发软。

钱西溪："爸，你怎么不早说呢？"

钱父："早说又能怎么样，这个病需要很多钱，我们都不想给你增加负担。你妈现在唯一的指望就是你能嫁个好人家，可不能跟我们一样到老了连个看病的钱都没有。"

钱西溪只觉两眼发黑。

康桥见状，走近："西溪，你怎么了？"

钱西溪回过神，拭干眼泪，挤出微笑："没事。我去上班了。"

康桥拉住西溪的手："西溪，如果有困难，一定要告诉我，无论如何，我不想让你一个人面对。"

钱西溪点了点头，转身走开。

101. 王出租房，夜，内

钱西溪回到出租房，王留下正在玩游戏。

王留下看到西溪回来，连忙关掉了电脑。

钱西溪有点恼火："房间也不知道收拾下，就知道玩游戏。"

钱西溪收拾着床上的衣物，往脸盆里面扔。

王留下一脸关切："西溪，怎么了？哪里不舒服吗？"

钱西溪突然抱着王留下大哭："呜呜呜……"

王留下吓了一跳："西溪，怎么了？有什么事我们一起承担。"

钱西溪："留下，我妈妈生病了，怎么办？怎么办？"

王留下："生病？"

钱西溪号啕大哭："是乳腺癌。"

王留下安慰："西溪，先别难过，现在医学这么发达，你妈肯定会没事的。"

钱西溪趴在王留下肩膀上点了点头，然后看到肩膀上一个淡淡的口红印。

钱西溪止住哭泣，她定定地看着口红印，然后在口红印旁边捡起一根染过色的长发："这是怎么回事？"

王留下这才留意到肩膀处："西溪，你别误会。"

钱西溪大吼："这是怎么回事？"

王留下急："西溪，不是你想的那样，就是我送快递，碰到一个女客户，她失恋了，然后就借我的肩膀靠了下……"

钱西溪大声："王留下！"

王留下着急地看着钱西溪。

钱西溪："王留下，亏我钱西溪对你是一心一意，死心塌地。你倒好，送个快递还能送出一个投怀送抱的女客户。你长出息了啊。"

王留下急："不是的，西溪，我跟灵隐真的没什么！"

钱西溪眼神涣散、绝望："灵隐，呵呵，叫得真亲密，呵呵。"

王留下："西溪，你不要吓我，我们真的没什么，我发誓，我王留下对钱西溪……"

钱西溪大声喝道："够了，你的誓言能值几个钱，如果你真的有本事，现在就给我变个二十万出来，我现在只需要钱，只要钱。你听明白了吗？"

钱西溪说完，摔门跑开。

王留下沮丧地坐在了床上。

102. 空镜头

（此场景也可以选择在西溪湿地慢生活区，或是具有杭州特色的景点。西溪人比较少。）

西湖夜景。

103. 西湖，夜，外

钱西溪在西湖边漫无目的地走着。

手机响起。来电显示是景芳。

钱西溪接起电话："喂，景芳啊，我在西湖啊。好啊。你快来，我们喝一杯。"

钱西溪挂完电话，坐了下来，眼神空洞。

景芳从远处跑向钱西溪。

景芳气喘吁吁："西溪。"

钱西溪朝着景芳挥挥手。

景芳跑到钱西溪旁边坐下："姑奶奶，半夜三更的跑到这儿来赏什么景啊？"

钱西溪："景芳，你说这人活着有什么意思呢？"

景芳："西溪，你是怎么了？是不是王留下那小子欺负你了？"

钱西溪苦笑摇头："只是觉得这生活一点希望都没有了。"

景芳："是啊，这生活真他妈没劲。"

钱西溪："钱真是个好东西。"

景芳苦笑："可不是吗，就这么几天，我所有的梦想、所有的期待都幻灭了。"

钱西溪："梦想，好遥远的词啊。"

景芳："西溪，你今天是怎么了？到底发生什么事情了？"

钱西溪落泪："景芳，我觉得自己真的好没用，我妈她辛辛苦苦养了我二十五年，爱我、疼我，现在她老了，生病了，可我却束手无策、无能为力。因为我没钱，我的男人也没钱。"

钱西溪说完抱着景芳大哭："景芳，我该怎么办？怎么办？"

景芳抱着钱西溪，也心疼地落泪："傻瓜，你不是还有我们，还有留下吗？我们一起想办法。"

寂静的西湖，两个女子的背影尤为凄婉。

104. 景芳住处，夜，内

景芳回到住处，黄龙已睡。

景芳换了睡衣，躺在黄龙身边，睡意全无，她瞪大眼睛看着天花板。

她的脑海里不断回闪钱西溪的话："景芳，我觉得自己真的好没用，我妈她辛辛苦苦养了我二十五年，爱我、疼我，现在她老了，生病了，可我却束手无策、无能为力。因为我没钱，我的男人也没钱。"

景芳突然"噌"地一下坐了起来。

黄龙吓了一跳："景芳，你回来了？"

景芳："黄龙，这房子我们不买了。"

黄龙一个机灵："景芳，你放心，我一定会借到钱的。"

景芳："黄龙，我是认真的，特别认真，为了这么套郊区小房子，搭上我们两家所有的积蓄还得四处背债，何必呢？"

黄龙狐疑地摸了摸景芳额头。

景芳拍开黄龙的手："我只是想通了，黄龙，明天你就把你向爸妈借的钱还给他们吧。"

黄龙："景芳……"

景芳："没有房子，我们就租房子，市中心、地铁口，想住哪儿住哪儿，多方便。"

黄龙："景芳，对不起。"

景芳："没有什么比我们两个在一起更重要。"

黄龙感动，和景芳依偎在一起。

105. 景芳住处，日，内

景芳打开支付宝，支付宝显示余额五万九千一百。

景芳毫不犹豫地将五万转账到钱西溪的账户上。

景芳收起手机，微微一笑。

106. 出租房，日，内

钱西溪收拾好准备出门上班，王留下赶紧拿着牛奶递给钱西溪，欲言又止。

钱西溪接过牛奶，转身离开。

王留下看着钱西溪的背影，表情落寞。

107. 公交车站，日，外

钱西溪收到支付宝提示，五万人民币汇入账户。

钱西溪急忙打开详情，汇款人：景芳。

钱西溪感激得热泪盈眶。她仰起头，不让眼泪流下。

钱西溪内心："谢谢你，景芳，你们这些老同学，都是我人生中最好的朋友。"

108. 钱江新城，钱西溪所在公司，办公室，日，内

钱西溪坐在自己办公桌前，一副心不在焉的样子。

钱西溪的手机响了一下。

钱西溪看了一眼微信。

是康桥发来的微信。

微信内容："我在这里那里咖啡书吧等你，现在过来吧。"

钱西溪犹豫了一下，还是起身，走出了办公室。

109. 这里那里咖啡书吧，日，内

康桥把钱西溪约到了咖啡馆。

钱西溪："康总，现在是上班时间，你把我约到这里来喝咖啡……"

康桥没有让钱西溪说下去，拿出一张卡："里面有二十万，密码是你的生日。"

钱西溪："康总，这个不可以。"

康桥："听我的话，拿着。我已经打听到了，你的妈妈得了癌症，急需用钱。"

钱西溪："康总，我不能拿你这个钱。"

康桥："西溪，这钱你先拿着，先解决眼前的困难，我康桥不会向你索求什么，我只要你开心就好。"

钱西溪看着康桥，心里很是感动，感激地："康总，谢谢你，我不知道说什么好，这笔钱我一定会还给你的。"

康桥："以后的事情，以后再说。"

钱西溪："我会还的。"

康桥拉住了钱西溪的手："好了，不要说了。"

钱西溪看着康桥拉住她的手，她竟然没有挣脱开，她甚至感觉到了康桥的手是如此温暖。

康桥："还有，以后就叫我名字吧，康总显得太生疏。"

钱西溪微微点头。

康桥露出一个得意的笑容来。

110. 杭州老小区，小巷子，日，外

王留下骑着电瓶车进了一条小巷子，正准备去一个小区里送快递。

突然，王留下面前挡住了两个人。

这两个人手中都拿着木棍，戴着墨镜。

王留下："你们干什么？"

带头的墨镜男："你是王留下吧？"

王留下："是我。"

带头的墨镜男："给我打。"

带头墨镜男旁边那个人，向王留下冲了过去，抡起木棍打向王留下。

王留下想要往后退。

后面又出现一个墨镜男。

王留下被堵在中间，他想要逃跑，快递散了一地。

随后，一阵木棍打向了王留下的身上。

王留下："你们是什么人？干吗要打我？"

带头的墨镜男一直看着，冷冷笑着，不回王留下的话。

王留下被打趴在地上，双手护着自己的脑袋，但脸上还是被打出了乌青。

两个墨镜男把王留下打得说不出话来。

带头的墨镜男走到王留下身边，对着他吐了一口唾沫："屌丝男，离开钱西溪，如果不听话，下一次就不是打你一下这么简单了。"

王留下睁开眼睛看墨镜男。

带头的墨镜男："听见了没有？离开钱西溪，臭屌丝。"

王留下沉默着。

三个墨镜男又踢了王留下几脚，然后才转身离开了小巷子。

王留下躺在地上，实在痛得无法起身。

这时，下了雨，雨水砸在了王留下的脸上。

王留下的耳朵边还回响着墨镜男的声音："离开钱西溪，臭屌丝。离开钱西溪，臭屌丝。"

王留下忍着疼痛站起来，一个个去捡散落在地上的快递。

111. 钱江新城，康桥办公室，日，内

康桥的手机响起。

康桥接起了电话："好，我知道了。你们辛苦了，钱已转到卡里。"

康桥放下电话，路上露出一个阴阴的笑容。

112. 出租房，夜，内

王留下躺在床上，钱西溪走进出租房来，她叫了一声："留下，留下……"

王留下没有回应。

钱西溪走到王留下身边坐了下来，突然看到了王留下脸上的乌青。

钱西溪："留下，你脸上怎么了？你受伤了？你是不是跟别人打架了？"

王留下推开了钱西溪的手。

钱西溪："让我看一下，要不要去医院啊？"

王留下："不用你来管。"

钱西溪："王留下，你怎么说话的，是不是发生了什么事？"

王留下从床上起来，怒视着钱西溪："你和那个富二代到底是什么关系？"

钱西溪："什么什么关系？我们只是上下级，他是我们公司大老板的儿子。"

王留下："只是这样的关系吗？他在追你。"

钱西溪："是的，他在追我，但我拒绝他了。"

王留下："呵，你也心动了吧，我王留下一个屌丝，他可是富二代啊，你要是嫁给他，你就是现在这家公司的老板娘了。"

钱西溪犹豫了一下。

王留下："我说得没错吧，好，我放手，你跟他去吧。"

钱西溪："我……"

王留下也没有再说下去。

113. 空镜头

整个杭州城被夜色包围。

窗外下着沙沙沙的雨。

农民房外面，昏暗的路灯照着下着的雨水，显得很是冰冷和孤独。

114. 出租房，夜，内

王留下和钱西溪躺在床上，仍旧是背对着彼此。

两人默默无语，但谁都没有入眠。

王留下睁着眼睛，看着小小的出租房，他轻声地开口："西溪，你睡着了吗？"

钱西溪沉默一下，还是开口："没有。"

王留下也沉默了一下，似乎在思索事情："西溪，我们分手吧。"

钱西溪听了这句话，没有说话，眼泪夺眶而出（特写），小声抽泣。

王留下的心如刀绞般疼，他的泪水也忍不住流了出来："谢谢你和我在一起这么久，对不起，西溪。"

钱西溪终于开始哭泣，泪流满面。

王留下："西溪，不要哭好不好，你哭，我也会很难过。别哭了。"

钱西溪擦拭眼泪，但还是忍不住哭泣："我没有哭……"

钱西溪深深舒出一口气："留下，我们真的要分手吗？"

王留下："嗯，对不起，西溪，可能我们在一起，真的不适合，你也得不到幸福。长痛不如短痛，还是分手吧。"

钱西溪呜呜呜地痛哭起来。

王留下内心："西溪，可能在现实面前，爱情真的不值钱，你和我在一起，确实看不到头，连你的妈妈生病了，我都无能为力，不能给你幸福。希望你能得到幸福，能够在这座城市立住脚，和康桥在一起，每天都开开心心的。祝福你。"

王留下的眼泪也是止不住地流，湿透了枕头。

115. 空镜头

天色渐渐转亮。

杭州城在雾霾笼罩中苏醒过来。

116. 出租房，晨，内

王留下起床："西溪，这个出租房你还住吗？如果住的话，我把下个月的房租交了。"

钱西溪:"以后你住哪里?"

王留下:"我,我回老家去了。可能这座城市,真的不属于我王留下。"

钱西溪听了王留下的话内心一阵痛,眼泪也止不住地流了下来。

钱西溪强忍住眼泪:"留下,今天再陪我去一趟西湖断桥好吗?"

王留下:"去断桥?"

钱西溪:"嗯,就算是最后一次陪我吧。"

王留下转过身:"好。"

117. 西湖,断桥上,日,外

王留下和钱西溪站在断桥上。

寒风吹得钱西溪有些发抖。

王留下本想脱下外衣,但终于还是没有。

钱西溪望着西湖,淡然一笑:"留下,你还记不记得,我们读大学时,第一次牵手,就是在这断桥上。"

王留下:"记得。"

钱西溪:"还是我先牵你的手。"

王留下没有说话。

钱西溪:"从哪里开始,就在哪里结束。也许这就是天注定。"

王留下看着西湖上的游船:"天注定。"

两人站在断桥上,默默无言。

好一会儿,王留下打破沉默:"西溪,我还要去公司办离职手续。我先走了。"

钱西溪的眼泪又流了下来。

王留下:"答应我,不要再流泪了,要好好的,幸福的。"

钱西溪没有说话。

王留下咬了咬牙,转身离开,心里一阵疼。

钱西溪看着王留下离开的背影,泪如雨下,她不顾游人们看着她,撕心裂肺地蹲在断桥上哭了起来。

118. 空镜头

西湖的水，被风吹起了一阵微波。

天色如昼。

119. 杭州东站，日，外（或是杭州汽车站）

王留下拉着行李箱，背着一个包，离开杭州。

景芳和黄龙来送王留下。

景芳："留下，以后常联系。"

黄龙："是啊，常回杭州来看看，一起喝酒。"

王留下点点头："好，我知道了，你们回去吧，我进站了。"

王留下和黄龙、景芳回首告别，走向了车站里面。

在走进车站的那一刻，王留下回头看了一眼杭州城："再见了，杭州。再见了，我的青春。我终究没有在杭州留下来，或许也是天注定，天注定。"

王留下进站。

120. 杭州东站，道路上，日，外

在火车站不远处的道路上，钱西溪坐在康桥的豪车里，望着王留下离开了杭州。

钱西溪落泪。

康桥握着钱西溪的手："西溪，我会给你幸福的。"

钱西溪没有说话，她的眼神还是望着外面。

121. 野路上，日，外

外面下着雨。

雨水打在一辆豪车的车窗上。

车里面，一对男女正在玩车震。

是康桥和钱西溪。

钱西溪的眼睛还是望着车窗外，仍由康桥玩弄。

夜色又降临。

杭州变成黑夜。

122. 钱江新城，某酒店楼下，日，外

康桥搂着一个漂亮女孩出来，钱西溪站在那里："康桥。"

康桥看到钱西溪，先是愣了一下，随后又笑了笑。

漂亮女孩："康总，她是谁啊？该不会是你老婆吧？"

康桥："不是，是女朋友。"

漂亮女孩打量了一下钱西溪，冷笑了一声："有点土。"

钱西溪怒视着康桥，她这一次没有流泪，毅然地转身离开。

字幕：一年后……

123. 舟山东路，奶酸菜鱼饭馆，日，内

饭馆的门口摆着黄龙和景芳结婚照的易拉宝。

饭馆里很是热闹。

黄龙："来来来，同学们，里面请啊。"

赵武林："嘿，我说黄龙啊，你和景芳虽说是裸婚，但也不能在这里请同学们喝喜酒啊。"

景芳穿着婚纱："不是为了让同学们怀念一下青春岁月嘛。"

黄龙："对对对。老婆大人说得对，我们是为了怀念青春岁月。"

赵武林："你们啊，一个字，抠。来，拿着，我的大红包。"

黄龙："哈哈哈，还真是大红包啊。老班，你真够意思。"

景芳："谢谢老班，为我和黄龙的买房梦想，添砖加瓦了哦。谢谢，谢谢。"

黄龙："里面请。"

景芳向外面望出去："西溪和留下怎么还没有来啊？"

黄龙："唉，他们俩，你还不知道，每次都迟到。"

两人说完这话，对视在一起。

124. 杭州，舟山东路，日，外

  王留下从舟山东路的西面走来。

  钱西溪从舟山东路的东面走来。

  两人不期而遇，站在那里相望。

  王留下淡然一笑。

  钱西溪也微微地一笑。

  两人的眼中却都含着泪水。

      （全片终）

刺杀孙传芳

1. 资料片：民国年间，两大军阀之间的混战

厮杀声、枪炮声、痛苦的呻吟声四起，到处都是炮火的轰炸和枪战。

一场激战过后，一批败军被另一批军队追击，败军陆续有士兵被打死。

战场上，硝烟还在燃烧，遍地都是死去的士兵，整个画面极其悲凉。天空中乌鸦发出惨烈的叫声。

（画面暗下来。）

画外音：民国十五年（1926 年），直系军阀自号"闽浙苏皖赣五省联军总司令"的孙传芳为了扩张地盘，领兵北犯，张宗昌部下第二军军长施从滨奉命迎头截击，战争打得极为激烈，但孙传芳军队的兵力和枪炮远胜于施从滨部，施从滨奋力顽抗，但还是兵败被俘。

2. 孙传芳司令部，日，内

孙传芳正躺在床上抽大烟，一副极其陶醉和享受的样子。

一个副官疾步进来，走到孙传芳身边："报告司令，我们已经把施从滨给带来了。"

孙传芳一听，突然来了精神："嗯，快把这老东西给我押进来。"

副官："是。"匆匆出去。

片刻后，副官走在旁边，两个士兵把施从滨押了进来。

施从滨身着陆军上将服，年届七十的施从滨，虽然须发皆白，但腰板子还是很挺拔。施从滨进来之后，整了整军装，对抽大烟的孙传芳很是鄙视，"哼"了一声。

孙传芳放下大烟枪，副官替他收拾烟枪器具。

孙传芳"哈哈哈"笑着，起身："施老，施军长，您可好啊？"

施从滨："败军之将，没什么好不好的。"

孙传芳也"哼"了一下："好啊，好啊，总算你没有老糊涂，还知道你是个败军之将啊！"

孙传芳突然瞪大了眼睛："哼，张宗昌这狗娘养的，和老子来夺地盘，妈的，老子就让他见识一下厉害。"

施从滨转过头瞥了一眼孙传芳："孙司令，请你不要用言语来侮辱我们张将军。"

孙传芳："哈哈哈，用言语来侮辱张宗昌这狗娘养的？这真是笑话啊，没看见老子把他打得屁滚尿流吗？"

施从滨："你……"

孙传芳："你这老头，本来老子还看你可怜，看来你吃了败仗，还是一心效忠于张宗昌啊，好好好，那老子就成全你，来人哪！"

两个士兵："在。"

孙传芳："把这老东西押赴刑场，老子要亲手送他上路。"

施从滨瞪了一眼孙传芳："你……"

画外音：当时施从滨已经投降，本罪不至死，但是孙传芳置不杀俘的公理于不顾，执意枪杀施从滨。

3. 野外刑场，日，外（配以上画面）

瑟瑟寒风呼呼地吹着，枯败的芦苇被吹得东倒西歪，景象十分萧条。（如果能做点下雪的景象，效果会更好！）

施从滨被捆绑着，被几个士兵押了过来，一步一步，走得很艰难。

4. 镜头切，仍是野外刑场，另一处地点，接上

孙传芳穿着军大衣，他坐在一张椅子上，副官侍立在一旁，猛烈的寒风吹得孙传芳缩紧了脖子。

施从滨背对着众人，寒风中，这位老人的身影显得十分悲戚。镜头转向施从滨的面部表情，施从滨刚毅的神情，他挺了挺身子。

孙传芳站了起来，对着自己的手哈气，突然，猛地从自己的腰里拔出一把勃朗宁手枪来，擦了擦手枪，对副官："这把勃朗宁手枪，自从日本带回来后，倒是从来没有使用过，哈哈哈，今天也算是这老东西有福气啊，能开了这手枪的花苞啊，哈哈哈……"

施从滨转过脸来，鄙夷地瞥了一眼孙传芳："你这杀人魔王，总有一天会被人唾骂的。"

孙传芳"哈哈哈"大笑，笑声在荒野上飘荡回旋，极其阴冷："老子有钱有枪，谁敢骂，老子让他脑袋开花，哈哈哈。"

施从滨不理孙传芳，别过头，傲慢地抬着头。

孙传芳阴冷的笑声还在荒野上回荡。勃朗宁手枪慢慢举起来，对准了施从滨背影。

天空中开始飘起雪花（特技，不带人）。

荒野上，连发三枪："啪、啪、啪——"

三声枪响传遍野外。

施从滨倒地。

孙传芳等人转身离开。

雪下得更加猛烈了，屏幕渐渐暗下来，被鲜血溅满。

画外音：大军阀孙传芳枪杀施从滨后，并不解恨，同时也为了彰显自己的军威和炫耀权力，竟下令将施从滨的尸首分解，暴尸荒野！如此作为，举世为之哗然。

5. 施剑翘家，日，内

施剑翘的母亲正在哭泣，一个十多岁的孩子（施剑翘弟弟施则凡）也在抽泣。

6. 施剑翘家屋外，日，外

一身学生服的施剑翘从外面一路跑来（穿过几个外景）。

她猛地推开了门，看见了屋内的情景。

7. 施剑翘家，日，内

施剑翘从门外跌跌撞撞冲了进来，她的眼眶中含着泪水。

字幕：施从滨之女施剑翘。

施剑翘泣不成声地奔到施母身边："娘，娘……"

施母见女儿来了，抬起头来，泪流满面，母女俩抱在了一起，大哭。

施剑翘慢慢地推开了施母，坚强地："娘，你不要哭了，我们哭也没用，您放心，爹对我恩重如山，我施剑翘发誓，今生一定要为他报仇雪恨！"

施母想停止哭泣，抽泣着："我的好女儿啊，可怜我们两个人都是弱女子，你弟弟又年幼，有什么力量去和孙传芳这大魔头斗啊！"说着又哭了起来。

施剑翘坚毅地："当务之急，我们是去把爹给接回来，不能让他死了还无法入土为安。"

施母痛苦地点点头。

施剑翘："中诚，你和我一同去吧？"

施中诚惊讶、犹豫地："我？"

施剑翘："你不愿意的话，那我一个人去！"

施中诚无奈地："好，姐，我跟你一起去吧！"

8. 野外，日，外

施从滨的尸体还是横在荒野上。

广袤的野外只有那些杂草被吹得乱七八糟，寒风恶叫着。

施剑翘和施中诚寻觅而来。

施中诚指了指不远处："姐，你看……"

镜头：施从滨的尸体。

施剑翘向施中诚所指方向望去，看见了施从滨的尸体，顿时眼眶里的泪水控制不住了，唰的一下子流了出来："爹……"

施剑翘奋不顾身地跑向施从滨的尸体，扑到施从滨的尸体上，号啕大哭起来。

施中诚跟在施剑翘的身后，也向伯父的尸体跪了下来。

两人正在悲伤的时候，守卫尸体的士兵叼着烟出现。

士兵："嘿嘿，你们干吗呢？"

施中诚："兵大哥，我们是收尸的。"

士兵凶恶地："总司令有命令，谁敢来收尸，就让我一枪毙了他。"

士兵说着就要举起枪来。

施剑翘不去管士兵，直接开始拖施从滨的尸体。

士兵举起枪来，对着施剑翘："你想干吗，滚开！"

施剑翘仍是不理睬士兵。

士兵火了，用枪托往施剑翘身上砸去。

施剑翘跌倒在地。

施中诚："姐，你没事吧？"

施剑翘极其愤怒地瞪着那个士兵。

士兵举着枪对准施剑翘："滚，再不滚，别怪老子开枪了啊！滚！"

施剑翘又控制着，站起来，冲到士兵面前："你开枪啊，你有种就开枪啊！"

施中诚抱住了冲动的堂姐："姐，姐，不要这样，他真的会开枪的啊，我们先回去，回去再商量，姐！"

施中诚拖着施剑翘离开。

施剑翘看着施从滨的尸体，泪流满面。

9. 施剑翘家，夜，内

施剑翘等人已回来，施母、施中诚、施则凡都在屋里。

施母在哭泣："难道老头子也不能入土为安吗？真要在荒郊做个孤魂野鬼吗？"

施剑翘从座位上跳了起来："孙传芳，你这魔鬼，我一定要杀了你，以洗雪耻……"转而对施中诚："中诚，我们再去一趟，一定要把我爹给接回来。"

施中诚："姐，白天那兵也说了，谁去收尸，他就枪毙谁啊！我们，我们还怎么去啊？"

施剑翘："哼，你要是不肯去，那我一个人去好了。"

施剑翘说着起身要向门外走去。

施中诚急忙跟上："好、好、好，姐，我跟你去吧！"

施母："你们要小心点啊。"

施剑翘和施中诚的身影已消失在夜色中。

10. 荒野，夜，外

荒野外，寒风发出恶鬼般的惨叫。

突然，施剑翘和施中诚的影子出现在镜头前。

施中诚紧张地东张西望，朝周围看了一阵。

士兵斜在一个角落里，喝得醉醺醺，地上扔着几个酒瓶子，士兵在打瞌睡。

施剑翘和施中诚刚要从草丛中跳出去。

士兵猛地惊醒。

施剑翘姐弟俩急忙重新慌乱地躲避。

士兵晃晃悠悠地走了过来，施剑翘他们极为紧张，他们以为自己被发现了。士兵走到施剑翘他们身边，解开裤带，开始小解。

施剑翘屏住呼吸，不敢动弹。

尿撒在了施中诚身上。

施中诚极为难受的样子，想要叫出来。

施剑翘轻轻地捂住了施中诚的嘴巴。

士兵撒完尿，重新回去打瞌睡。

施剑翘看了一眼施中诚，点了点头。

施剑翘和施中诚轻轻地走出去。

施中诚还是十分惊慌。

施剑翘来到施从滨的尸体旁，行动起来。

施剑翘和施中诚轻轻地把施从滨的尸体拖走了。

11-1. 施剑翘家，日，内

施剑翘家已经设置好了灵堂，施从滨的灵位摆放在厅堂之上。

施母已经哭得死去活来。施中诚在场。

施剑翘跪着："爹，女儿剑翘发誓，一定会为你报仇！"

（画面：施剑翘咬破手指，在一块白绫上，写下血书……）

施剑翘的画外音：战地惊鸿传噩耗，闺中疑假复疑真。背娘偷问归来使，悬叔潜移动后身。被俘牺牲无公理，暴尸悬首灭人情。痛亲谁识儿心苦，誓报父仇不顾身！

11-2. 天津市警察局，日，内

施剑翘跪在局长面前。

局长坐在办公桌前，长叹一口气："唉，我也不是不想管这事啊，但是这个乱世就是这样没有王法，孙传芳手握重兵，我们哪里敢去动他啊！"

施剑翘："那我爹他就白死了吗？"

局长："呵，我看还是算了，现在这个世道这么乱，就算是你能告到总统府去，总统他也是鞭长莫及。我要不是和你爹有些交情，我也不会见你的。你还是回去好好地过日子吧！"

施剑翘："局长……"

局长："来人，送客吧！"

进来两个警员："小姐，请。"

施剑翘不依不饶地："局长大人，请您帮帮我吧！"

局长站起来走了。

两个警员把施剑翘拉了下去。

11-3. 天津市警察局门口，日，外

施剑翘被两个警卫人员推着，轰了出来。

施剑翘不甘心还想冲进去。

两个警卫阻挡住了她，不让她进去。

画外音：当时年仅二十岁的施剑翘到处申诉，但是当时的民国政府极其无能，畏惧军阀势力，施剑翘有理有怨却无处申诉，万般无奈的情况下，她立志为父报仇，手刃仇人。

12. 施剑翘家，夜，内

字幕：半年后。

施剑翘穿着一身黑衣，头上还戴着一朵白花，镜头特写：施剑翘望着父亲的灵位。

施母带着施则凡，从外面进来："剑翘，早点去休息，不要累坏了身子啊！"

施则凡："是啊，姐姐，你早点去休息吧！"

施剑翘转过身来，抚摩着弟弟的头发："弟弟懂事了，姐姐会去休息的。"施剑翘转而又对施母："娘，我现在已经想通了，这个乱世压根儿就没有公道，政府也靠不牢，而凭我一己之力也肯定是杀不了孙传芳这个魔鬼的……"

施母："你还在想报仇的事？"

施剑翘："杀父之仇不共戴天，报不了这个仇，我活着也就没有什么意义了。"

施母："但是孙传芳的势力实在太强大了，我们根本不是他的对手啊！"

施剑翘："我知道，我们孤儿寡母的，想要杀这个魔鬼很困难，现在我想借助中诚的力量，一起来除掉孙传芳。"

施母有些疑惑地："中诚？"

13. 施剑翘家门口，日，外

施剑翘和施中诚慢慢走来，边走边聊。

施剑翘："中诚，我爹活着的时候待你如何？"

施中诚："伯父待我恩重如山，要不是他抚养我，恐怕我早已饿死在街头了。"

施剑翘："爹的仇，难道你不想一起来报吗？"

施中诚："想是想，可是就凭我们的力量，怎么能报得了仇呢？"

施剑翘拍拍施中诚的肩膀："好弟弟，有你这句话就行了，我这就带你去见张宗昌将军。"

14. 张宗昌府上，日，内（办公室或是客厅）

施剑翘、施中诚到了张宗昌府上。

管家为他们上了茶水。

张宗昌的姨太太在一旁。

张昌宗有些悲痛地："施老被害，我张宗昌一直觉得内心愧疚啊，现在你们过得也不容易，这样吧，我让管家去拿来两千银圆，作为抚恤金，以补贴你们的家用，也算是我的一点心意。"

施剑翘："张将军，这次我们来找你，不是来要钱的。"

张宗昌有些惊讶地看着施剑翘。

施剑翘开门见山地："这次来找您，的确是有事要求张将军您帮助，但不是为了钱，张将军，这是我的堂弟，施中诚，刚刚从保定军官学校毕业，我们想请张将军您为他在军队里安排一个职位。"

张宗昌点点头："原来是为了这事，嗯，我现在身边倒是刚好缺一个贴身秘书，要不就留在我身边，放心，待遇绝对比去军队里要好得多。"

施中诚听后欣喜。

施剑翘坚定地："不。"

张宗昌："嗯？"

施剑翘："张将军，我希望您能让我弟弟去军队里历练。不瞒张将军，我们想为我爹报仇，我要把我的几个弟弟都培养成军人，然后才有能力去把孙传芳这个魔鬼杀掉。"

张宗昌一振，犹豫了："这个……"

施剑翘："张将军，我们求你了。"

张宗昌："我说实话吧，凭现在孙传芳手中掌握的权力，就算是我亲自动手去杀他，也是极其困难的，何况就凭你们啊！"

施剑翘："将军的意思是？"

张宗昌微微地摇摇头："这个，杀孙传芳的事，我看还是算了吧！"

施剑翘："将军！！"

张宗昌："好了，我今天有些累了，要去休息一下。"

张宗昌说完转身便走，姨太太和张宗昌离去。

施剑翘想再恳求："张将军，将军……"

姨太太："管家，你送施小姐他们走吧！"

管家点头，转而阻止施剑翘："施小姐，将军要休息了，你们今天也先请吧！"

15. 张宗昌府上大门，日，外

施剑翘和施中诚走出门口，突然跪下。

管家："哎呀，你们这是干吗？将军的意思已经说得很明白了，请你们不要再打扰他了。"

施剑翘："张将军如果不答应再见我们一面，我们就在这里长跪不起。"

管家："你们这是干吗啊？"

施剑翘："请张将军再见我们一面。"

管家摇摇头："好吧，那我再去给你们说说。"

管家进了屋里。

施中诚瑟瑟发抖地："姐，要不我们今天还是先回去吧，你看，这天实在是太冷了。"

施剑翘："要回去，你自己回去，我在这里等张将军，直到他肯出来见我们。"

施中诚无奈。

施剑翘和施中诚在屋外跪着。

16. 张宗昌府上，日，内

管家站在张宗昌面前。

张宗昌："两个小毛孩，胡闹一阵就会回去的，别去理他们！"

管家："是。"

17. 张宗昌府上，夜，外

寒风凄厉。

施剑翘姐弟俩还跪在老地方，瑟瑟发抖。

施中诚退缩："姐，我们还是回去吧，天好冷啊！"

施剑翘瞪了他一眼。

施中诚无奈地只能陪着姐姐。

18. 张宗昌府上阳台，日，内

天已经亮了。

张宗昌起床，打开窗帘，看见施剑翘姐弟俩还跪在外面，很是惊讶，叹了一口气。

19. 张宗昌府上，日，内

施剑翘和施中诚站在张宗昌的面前。姐弟俩一副疲惫的样子，施剑翘站都站不稳了，还不断地打喷嚏。

张宗昌拿着一把小茶壶站起身来，仔细地打量施剑翘，然后"哈哈哈"大笑起来："真不愧是施老的儿女啊，我算是服你们了。"

施剑翘高兴地："那张将军答应我们了吗？"

张宗昌叹了口气，微微点头："好吧，让他先去军队里锻炼锻炼，以后的事我可管不着了啊。"

施剑翘："谢谢张将军，谢谢！"

施剑翘头晕眼花，晕倒。

（画面淡出……）

20. 施剑翘家卧室，日，内

施剑翘躺在床上，说着梦话："爹，女儿会给你报仇的。"

施母用手摸了一下施剑翘的额头："都烧成这样了，还说胡话呢！"

施中诚站在一旁。

施剑翘睁开眼睛来："娘。"

施母有些责备地："你这丫头，真是不要命了，这么冷的天，竟然在外面跪了一晚上，唉！"

施剑翘发出淡淡的笑容："娘，我没事。张将军答应让中诚去军队里当军官了。"

施母："剑翘啊，真是为难你了。"

施剑翘对施中诚："中诚，到了军队里后，要好好锻炼自个儿啊，别辜负了我们对你的期望。"

施中诚点点头。

（画面淡出……）

21. 施剑翘家，日，内

施剑翘和母亲在谈话。

施母："中诚去军队里锻炼也有一年多时间了，我听你婶子说，这孩子最近还升官了。"

施剑翘欣慰地："中诚真不辜负我们的期望，等到他手中有了更多的实权之后，爹的仇就可以报了。"

施母点点头。

施剑翘："娘，我想把张将军给我的那笔钱拿出来，送则凡去日本士官学校读书。"

施母不忍心地："这个……则凡现在的年纪？"

施剑翘："则凡今年的年纪，刚好够日本士官学校接收学生的年纪，我想我们应该集聚更多的力量，不惜一切代价为报爹的仇做好准备。"

施则凡从屋外进来："娘，姐。"

施母望了一眼施则凡："则凡，你回来得正好，你姐打算送你去日本上士官学校。你觉得怎么样？"

施则凡："娘，我听姐姐的。我已经长大了，我要去士官学校学来很多本领，为爹报仇。"

施母无奈地答应。

施剑翘欣喜。

22. 施剑翘家，日，内

施中诚提着许多礼品来看望施剑翘。礼品放在桌子上。

施剑翘姐弟俩聊天。

施剑翘："中诚，你现在从军队里锻炼回来，当了官，手中有权有势，有机会可以去接近孙传芳了，我爹的仇，咱们什么时候去报？"

施中诚推诿地："姐啊，你看我现在刚开始任职，位子还没坐稳呢，我是这样想的，等我掌握了更多的人脉关系后，把孙传芳的出行情况打听清楚了，然后我再动手，这样也可以保证万无一失啊，姐，你看呢？"

施中诚注意着施剑翘的神态。

施剑翘焦急地："那还要等到什么时候？"

施中诚："这个……反正已经等了这么久，也不差这点时间。"

施剑翘将信将疑地点点头。

23-1. 施中诚办公室外走廊，日，外

施中诚拿着公文夹正出来，突然他看见远处施剑翘走向自己的办公室。

施中诚急忙拉住身边一个同事："小骆，我堂姐来找我了，我得躲她一下，她问你的话，你就说我出去开会了。"

同事小骆点点头："好，好，知道了……"

施中诚："嗯，就这样……"

施中诚拍了一下小骆的肩膀，急忙转身向另一处出去，躲开了施剑翘。

施剑翘走到施中诚办公室门口，见施中诚办公室里没人，转身问小骆："你好，中诚他今天上班吗？"

小骆："啊，中诚啊，他半小时前出去开会了。"

施剑翘："那他要什么时候回来？"

小骆："哦，这个会蛮重要的，可能要晚上回来吧！"

施剑翘有些失望地点点头："噢……"

施剑翘失落地离开。

施中诚躲在一个角落处看着施剑翘慢慢走远。

画外音：转眼三年过去了，施中诚已升为烟台警备司令。但是报仇的事，他一再找借口搪塞，这让施剑翘很失望。

23-2. 画面：小酒楼包房，日，内

施中诚和两个美女在吃喝玩乐。

24. 小酒楼包房，日，内

施中诚左右搂着两个美女，一边调笑，一边喝酒。

其中一个美女："祝贺施大爷步步高升啊，小女子敬你一杯！"

施中诚一口喝掉了酒。

施中诚喝得醉醺醺地："哎，今天真是不行了，喝得有点多了，嘿嘿，走，到我家去玩一玩，哈哈哈。"

一个美女："哼，真是坏死了。"

施中诚在两个美女的搀扶下要离席。

这时，施剑翘从外面气冲冲地进来，挡在施中诚面前。

施中诚见到堂姐，还是胡言乱语地："哎，怎么又来了个美女啊？"说着就上去摸施剑翘的脸蛋。

施剑翘愤怒地打开了施中诚的手，又扇了他一耳光："你个混账东西，当了官以后，难道把报仇的事忘得一干二净了吗？"

施中诚被堂姐打了一耳光，酒顿时醒了一大半，捂着自己的脸，觉得有些没面子，也很生气地："你、你、你，你竟敢打我，你以为你是谁啊，整天想着让我为你那死鬼老爸报仇，呸，我才没有这么傻呢！"

施剑翘没有想到施中诚会说出这种话来："你——，现在我再问你一句，我爹的仇，你到底报不报？"

施中诚的酒醒得差不多了，傲慢地："哼，要报仇，你自己去报，老子才懒得管这破事。"

施剑翘愤怒地眼泪都快流出来，痛骂地："我施剑翘真是瞎了眼，好，从今往后，我再没你这个弟弟，你这个忘恩负义的东西，和那个魔鬼有什么两样！"

施剑翘说完，愤怒地转身而去。

施中诚无所谓地摸了摸自己的脸，又搂着两个美女，对着施剑翘的背影："和我断绝关系，哼，这样刚好，我还省得管你家那些破事。报仇报仇，真是一个疯婆娘。"对两个美女："走，跟爷去享受享受去。哈哈哈。"

画外音：就在施剑翘一心报仇遭遇失望的时候，又一位军官出现了。他就是施剑翘后来的丈夫施靖公。

25. 施剑翘家屋外，日，外

一位年轻英俊的军官，此人就是施靖公。施靖公提着行李箱，拿着小纸条找门牌号，走到施剑翘家门口，对了对门牌号，会心地一笑，然后去敲门。

26. 施剑翘家，日，内

施母招待施靖公坐下，为他泡了茶。

施靖公："伯母，要在您这里打扰一段时间，真是不好意思。"

施母："哦，没事没事，反正这屋子空着也是空着。"

施靖公："施老的事，我也听说了，唉……"

施母眼泪汪汪的，也叹了口气。

施剑翘哭泣着从他们身边走过，跑进屋里。

施母发现不对，跟了上去。

27. 施剑翘家卧室，日，内

施剑翘回到自己的卧室，趴在床上号啕大哭。

施母进屋问："女儿，你为什么哭？发生了什么事情？"

施剑翘泪流满脸地："娘，我已经不是第一次去和施中诚这畜生说报仇的事了，自从他当上警备司令后，整天吃喝玩乐，哪里还有什么心思去报仇啊！我真是瞎了眼，还一直指望他能够为爹报仇……"

施剑翘说完又大哭起来。

施母安慰着："好了好了，我的好女儿，不要哭了。"

这时，门外有人轻轻地敲了一下门。

施靖公："不好意思，令爱她怎么了？"

施母轻轻抚摩了一下施剑翘的背："剑翘，不要哭，有客人在，多不好意思，不要哭了，听话哈！"

施母转而对门外的施靖公："你看看，真是不好意思，今天施参谋在，家里刚好发生了点事，真是让你见笑了。"

施靖公："噢，没事没事，应该是我说不好意思才对，打扰你们了。不知道施小姐哭得这么伤心是为了什么事？"

施剑翘并不抬头，仍是埋在被子上抽泣。

施母："唉，我这个女儿性格刚烈，这几年来，心里总是想着要为她的爹报仇……"

施剑翘阻止了施母说下去："娘，你对外人说这些干吗呢！"

施母："好了好了，我不说还不行吗？"施母又对施靖公："施参谋，嘿，要不你先去休息一下，我再安慰安慰这丫头。"

施靖公："好、好、好，那我先走。施小姐，我先走了。"施靖公动情地看了一眼施剑翘的侧面，然后离去了。

施母又走向施剑翘。

（画面淡出……）

画外音：施靖公来天津办事，因与施从滨有过交往，便借住在施剑翘家，结果看上了施剑翘这位千金大小姐。

28. 施剑翘家客厅，日，内

施剑翘、施母、施靖公三人正在用餐。

施靖公时不时地去偷看施剑翘一眼。

施母："施参谋啊，你看，这粗茶淡饭的，请你不要介意啊！"

施靖公慌乱地："噢噢，没事没事，我就喜欢这粗茶淡饭……"施靖公连连扒了几口饭。

施母给施靖公夹菜："来、来，不要光吃白饭，吃菜吃菜。"

施靖公："好的好的，谢谢伯母。伯母您也吃啊！"

施母点点头："好好。"

施靖公看了一眼施剑翘："施小姐，你也吃。"

施剑翘淡淡地点点头。

施母："剑翘啊，吃完饭后，陪施参谋出去散散步吧！"

施剑翘仍是冷淡地："嗯……"

施靖公又动情地看了一眼施剑翘，露出微笑。

29. 屋外走廊上，日，外

施剑翘和施靖公慢慢地走过来。

施靖公："那天，我听到施小姐在闺房中哭泣，不知发生了什么事，我听伯母说，施小姐是为了给伯父报仇？"

施剑翘本不想再说自己的堂弟，但是气又上来了："哼，算是我施剑翘瞎了眼了，我本以为那个畜生当上军官，会帮助我除掉孙传芳这个魔鬼，为我的父亲报仇，但是没想到，没想到……"

施靖公："施小姐不要生气，都怪我不好，不该提起这事情。"

施剑翘："不关你的事情。"

施靖公有些激动地："实不相瞒，我对孙传芳这个杀人魔鬼也是恨之入骨，要是有机会，我一定要将他杀了，为你的父亲……报仇。"

施剑翘开始认真地看施靖公："你真是这么想的吗？"

施靖公："苍天在上，绝无虚言。施小姐的仇人就是我的仇人。"

施剑翘虽然对施靖公很感激，但是还不敢相信眼前这个男人："施参谋千万不要意气用事，刺杀孙传芳谈何容易，这仇还是我自己来想办法。"

施靖公："你一个弱女子，要去杀孙传芳，谈何容易？我好歹也是一个七尺男儿，如果施小姐用得着我，我施靖公一定会赴汤蹈火、在所不辞的。"

施剑翘有些动情地、感激地看着施靖公，然后点了点头。

30. 公园里，日，外

施剑翘和施靖公相互追逐的场景。

施剑翘在前面快乐地奔跑，施靖公紧追而上，终于抓住了施剑翘。

施靖公："看你往哪里跑，哈哈，被我追到了吧！"

施剑翘气喘吁吁，面带红晕地："好、好、好，我跑不过你，你厉害，行了吧！"

施靖公得意地："那当然是我厉害了，哈哈。"施靖公看着脸蛋红红的施剑翘，由衷地："剑翘，你真的很漂亮，像是仙女一样。"

施剑翘的脸更红了："哼，你就会说这些甜言蜜语来哄我，我才不相信你的鬼话呢！"

施靖公："真的，我说的句句都是真话，我对天发誓，如果我施靖公对施剑翘小姐说过半句假话，就天打五雷轰，不得好死。"

施剑翘急忙用小手捂住了施靖公的嘴："好了好了，别说这种话，我相信你还不行吗？"

施靖公深情地看着施剑翘，突然单膝跪了下来，并从口袋里掏出一个小盒子，盒子里是一枚婚戒："剑翘，嫁给我吧，我是真心爱你的，嫁给我？"

施剑翘没有料到突然间会发生这种事，整张脸都涨红了："哎呀，你快起来，起来啊。"

施靖公仍是举着婚戒："你要是不答应我，我就不起来了。"

施剑翘："哎呀，你真是太胡闹了，我，我不理你了。"

施靖公急忙站了起来，追上去："剑翘，剑翘，等等我，等我……"

31. 施剑翘家，日，内

施剑翘出神地望着施从滨的灵位。

施靖公从门外走了进来。

施剑翘："刚才的事，对不起，你太突然了，我都还没准备好！"

施靖公："剑翘，应该是我对你说对不起才是，但是我爱你爱得实在太强烈了，我控制不住自己的感情，自从我第一眼见到你，我就知道自己爱上了你。我知道我这样做太霸道、太自私了，对你来说也不公平，可是……"

施剑翘阻止施靖公说下去："靖公，不要说了，这些，这些我都明白，可是我身上还有杀父之仇没有报，我不想因为这个而影响你的幸福，影响你的前途。我不想这样。"

施靖公："不、不。"施靖公握住了施剑翘的手："剑翘，请你相信我，我会给你幸福的，伯父的仇我们一起来报，等我们结婚后，我就去杀了孙传芳，然后我们去一个谁也不认识我们的地方，过安安静静的日子。"

施剑翘动情，泪眼蒙眬地看着施靖公："靖公，在我爹的灵位前，你可不能说假话啊。"

施靖公去看了一眼施从滨的灵位，转而坚定地："绝不说假话。"

施剑翘："好，如果你肯和我一起去杀了孙传芳这个魔鬼，我就嫁给你。"

施靖公高兴地："真的？"

施剑翘："在我爹的灵位前，我也绝不说假话。"

施靖公跪了下来，对着施从滨的灵位："伯父在上，我施靖公发誓，和剑翘完婚以后，即去刺杀孙传芳，如有反悔，就让我死无葬身之地……"

施剑翘急忙捂住施靖公的嘴："靖公，够了，我相信你，相信你，爹如果在天有灵，他一定会保佑我们的。"

施靖公站了起来，点点头："嗯！"

画外音：就这样，施靖公因答应为施剑翘报父仇，得到了她的芳心。施剑翘以为，眼前这个男人在结了婚后会去刺杀孙传芳，为她报杀父之仇……

32. 施剑翘家卧室，夜，内

施剑翘的卧室里被装饰得喜气洋洋，在烛光的映衬下，整个屋子都是红彤彤的。

施剑翘盖着红盖头静静地等待着施靖公回房间。

施靖公开门进来，有些醉意，手里还拿着小酒壶，踉踉跄跄地走到施剑翘面前，把酒壶放在一边。施靖公激动地、慢慢地去揭施剑翘的红盖头。

红盖头慢慢地被揭开，露出施剑翘红扑扑迷人的脸蛋。

施靖公深情地："剑翘，你真漂亮，让我亲一下吧！"

施剑翘推开了施靖公，对他微微一笑："看你猴急猴急的，我既然已经嫁给了你，你还怕我会跑走吗？"

施靖公："是啊，我就怕你跑走了。"说着又去拥抱施剑翘。

施剑翘又推开施靖公："你闻闻你身上，都是酒气，我去给你倒水，洗一洗。"

施靖公拉住了施剑翘："不要急嘛！来，我们夫妻俩的交杯酒还没喝呢！"施靖公拿过酒壶，倒了两杯。

施靖公："夫人，请！"

施剑翘面带笑容地，拿起酒杯，和施靖公交杯喝酒，两人喝下了酒。

施剑翘："靖公，我们的亲也成了，现在交杯酒也喝了，爹的仇你打算什么时候报？"

施靖公一听报仇，脸上的喜色淡了下来："今晚是新婚之夜，剑翘，我们不说报仇的事情好不好？"

施剑翘看着施靖公有些不高兴："对不起，我不该这个时候说这事的。"

施靖公："没事没事，爹的仇，我们一定要报的，剑翘你就放心吧！"

施剑翘微微点头。

施靖公边解施剑翘的衣扣，边柔情地："剑翘，我会好好爱你的，一辈子爱你。"

（镜头拉开，剩下施靖公和施剑翘的两个身影。屋内红彤彤的光亮慢慢地暗下来。）

33. 施剑翘家，日，门口

施剑翘和施靖公打点好了行装，准备离开。

黄包车停在外面等待他们。

施母依依不舍地把他们送到门口。

施剑翘："娘，你腿脚不方便，就别送我们了，我们到了太原后就会给您打电话的。"

施靖公："对，娘，您就放心吧！我会照顾好剑翘的。"

施剑翘和施靖公上了黄包车。

施母目送他们离去。

字幕：山西太原。

（镜头慢慢拉近，转到一户居民家里。）

34. 施靖公家，日，内

施剑翘在厨房里做饭，她的肚子已经微微隆起。

施靖公拿着公文包从外面回来，看见施剑翘在做饭，急忙地："哎呀，我不是跟你说过，饭等我回来做的吗，你现在已经是有身孕的人，可不能乱动了，要不要我抽个时间把你娘给接到太原来？"

施剑翘："不是才五个月吗，没事的，没事的，再干三个月活儿都没问题的，我施剑翘的孩子要是这样没用，那还是我的孩子吗？嘿嘿。"

施靖公："现在你才是重点保护对象啊，孩子躺在你的肚子里肯定很舒服啊！来，还是我来做饭吧！"

施靖公想拿过施剑翘手中的勺子，施剑翘却不给："男人的手，是用来拿枪的，而不是来用来拿勺子做饭的。"

施靖公："嘿，我真是服了你了。"施靖公从身后把施剑翘抱住了，把头埋在施剑翘的肩膀上："你真是我的好老婆啊！"

施剑翘："去、去、去。"

施靖公："剑翘，你说要是一辈子过这样平平静静的日子该有多好啊！"

施剑翘突然停止了手上的动作："等报了仇，我一定会一辈子陪着你过这样平平静静的生活。"

施靖公放开了施剑翘："你为什么总是想着报仇呢，难道不报仇不行吗？"

施剑翘猛地放下手中的勺子，转过身来瞪着施靖公："你说什么？你是不是也反悔了？不想报仇了？难道你忘记了在爹灵位前发过的誓吗？"

施靖公低下头去："我，我没有忘记，只是，只是现在……"

施剑翘气愤又激动地："我们绝对不能因为自己的幸福而放弃为爹报仇，不然爹在九泉之下也是死不瞑目啊！"

施靖公："你不要激动嘛，难道你想我们的孩子一出世就见不到自己的爹吗？"

施剑翘心有点软下来。

施靖公抱着施剑翘："我答应你，等孩子一生下来，我就去找孙传芳报仇！"

施剑翘摸了摸自己隆起的肚子。

（画面慢慢暗下来……）

35. 施靖公家，日，内

施剑翘抱着婴儿，施靖公从外面进来。

施靖公抱过婴儿，哄着婴儿。

施剑翘："靖公，我有事情要和你谈。"

施靖公："什么事？"

施剑翘："靖公，孩子生下来都半年了，我总是梦见爹死去的情景。"

施靖公："剑翘，怎么你还想着报仇啊？"

施剑翘："你什么意思？"

施靖公："你现在都做了母亲，我也做了父亲，金刃又这么可爱，难道我们一家三口过这种小日子不好吗？"

施剑翘："可是爹的仇一天不报，我的心就无法安定。"

施靖公："冤冤相报何时了啊，在这个乱世，我们一家人有这么幸福的生活多不容易，就算我去杀了孙传芳，那孙传芳的子女又要来杀我，而我们出了什么事情，那我们的小金刃又该怎么办……"

施剑翘："好了好了，别说了，我不想听。"

施靖公急忙拉住了施剑翘的手："剑翘，你不要冲动，等金刃再长大一些，好不好？"

施剑翘将信将疑地看着施靖公。

画外音：施剑翘的孩子出生后，施靖公还是找借口推迟刺杀孙传芳。1935 年，施靖公已经被提升为旅长，手中掌握了一定的权力，但是报仇的事情他却还是一拖再拖……

字幕：七年后，太原……

36.施靖公家，日，内

施靖公家已比七年前豪华，也多了许多用人（李妈等人）。

施靖公身着军装进来，他的上嘴唇留了浓密的大胡子。

一个小孩子跑了出来，欢叫着："爹爹，爹你回来了啊！"

施靖公一把抱起了儿子："哎哟，我的好儿子，想爹了吧！"施靖公亲了儿子一下。

施子："嗯，我想爹了，爹给我带吃的了吗？"

施靖公："哼，你这小坏蛋，不是想爹了，是想爹给你带吃的了吧！"施靖公从身后拿出来两包食物："给，小坏蛋。"

施子高兴地接过来。

施靖公："你娘在哪里啊？"

施子边拆开包装吃东西，边说："娘在房间里呢！"

施靖公得意地："快去把你娘叫出来，爹今天啊，有很大一个好消息要告诉她。"

这时，施剑翘从里屋走了出来，脸色并不好看。

施靖公却没有注意到这一切，高兴地跑到施剑翘身边去："剑翘，我今天有个很大很大的好消息要告诉你，我又升官了，为了配合我现在的身份，我在市中心看好了一处房产，是一座很大的院落，我已经交了定金，过两天我们就可以搬过去。"

施靖公紧紧地握着施剑翘的手臂，施剑翘却猛地一下挣脱开了施靖公。

施靖公这才发现了施剑翘不高兴的表情："你又怎么了？"

施剑翘有些愤怒地看着施靖公："我怎么了？你怎么不问问你怎么了？当年我们结婚的时候，你在爹的灵位前发过的誓，难道真的忘得一干二净了吗？"

施靖公："哼，你就整天想着报仇报仇，难道我现在做得还不够吗？我所做的一切都是为了给你们母子俩幸福啊！"

施剑翘的眼睛里冒着火，语调镇定而轻蔑地："哼，施靖公，原来你是一直都在骗我。"

施靖公没好气地看了施剑翘一眼："报仇报仇，你就知道报仇，孩子都这么大了，我们一家三口多不容易才有现在的生活，我现在去报仇，这一切都会被你毁掉的。"

施剑翘摇着头："呵，我施剑翘真是傻啊，把希望寄托在你们这些爷们身上，呵，还不如寄托在一条狗身上好。"

施靖公："你……"

施剑翘坚定地："好，既然你也不肯去为爹报仇，那我自己去。"

施靖公轻蔑地"哼"了一声。

施剑翘转身离去。

施子在身后"娘，娘"叫着跟了过来。

37. 施剑翘书房，夜，内

施剑翘站在书桌前，书桌上铺开了笔墨纸砚。

施剑翘一脸坚毅和悲愤的表情，她拿起毛笔，开始在纸上写下字。

镜头对准纸上，一笔一笔写得极其沉重：一再牺牲为父仇，年年不报使人愁。痴心愿望求人助，结果仍须自出头。

（这首诗用施剑翘的画外音念出。）

（画面淡出……）

38. 施靖公家，日，外（远景）

施剑翘拉着儿子要离开。

施靖公试图挽留："剑翘，你别胡闹了，有事我们回家再商量。"

施剑翘："骗子，放开我。"

施剑翘强硬地不听劝阻，抱起儿子离去。

施子哭泣地："爹，爹……"

施靖公："剑翘，剑翘……"

施剑翘和儿子的背影渐渐走远。

施靖公呆呆地看着妻儿离去。

画外音：施剑翘将报仇的希望两次寄托于他人，但是两次落空，令她伤心至极。尽管如此，施剑翘还是忘不了养父的惨死。她决心寻找孙传芳的下落，亲自复仇（配以上画面）。

而此时，孙传芳这个"地地道道的军阀"在北伐军的强大攻势下，先败于江西，继失浙江、江苏，后又退出山东，五省地盘尽失，惨败后的孙传芳举家迁至天津，开始过隐居式的生活。

画面一：军阀混战的场面（纪录片中剪）。画面二：孙传芳天津公寓外景。

施剑翘听到消息后，毅然只身带着儿子回到天津娘家，寻找孙传芳的住处，伺机刺杀孙传芳（接四十场画面）。

（上下集分界点）

字幕：天津。

39. 施剑翘家，日，外

施剑翘娘家和当年施剑翘离开时没多大的变化。

镜头从施从滨的灵位前慢慢下来。

施剑翘和施则凡在谈话，施则凡也已经长大成人，儿子在一旁玩玩具。

施剑翘："这次我回天津来，是为了亲手杀死孙传芳这个魔鬼。"

施则凡担心地："姐，你一个弱女子怎么可能杀掉了他呢！"

施剑翘："那又能怎么样？男人靠不住，只有靠我自己了。"

施则凡："姐，我和你一起去。"

施剑翘看着施则凡："则凡，你长大了，现在刚刚有份安定的工作，你就好好过日子吧，我不想因此毁了你的前途。"

施则凡："姐？"

施剑翘呵斥地："好了，别说了。"

施则凡看着倔强的施剑翘，不知该怎么说："这……"

施剑翘的语调又缓和下来："现在我把金刃交给你，如果我出了事，请娘和则凡能够好好地照顾他。"

施子放下玩具，拉着施剑翘的衣角："娘，您不要丢下金刃啊！"

施剑翘蹲下来："娘不会离开金刃的，娘只是让舅舅照看一下你啊，他们现在是你最亲的人。"

施子还是不放心地："我还是要跟娘在一起。"

施剑翘："好、好、好，在一起，在一起的。"

40. 施剑翘家卧室，夜，内

施子已经躺在床上睡着了。

施剑翘还坐在书桌前翻阅着一些报纸、资料，一副心神不宁的样子。

施母推门进来："剑翘。"

施剑翘看见施母进来，放下手上的资料，站了起来："娘。"

施母："这么晚了，怎么还没有睡？"

施剑翘深深地叹了口气："我睡不着。我本以为，到了天津就可以顺利地找到孙传芳这个魔鬼，但是没有想到这只老狐狸竟然把自己藏得这么深，现在连他的一点踪影都找不到。"

施母安慰地："唉，这些天则凡也在到处打听那个魔鬼的下落……"

施剑翘："我刚才问过他了，也没什么消息。"

施母："好了，别多想了，早点休息吧！"

施剑翘无奈地点点头。

41. 施剑翘家，日，外

施剑翘刚从外面回来，显得一副疲惫不堪的样子。

施则凡拉着施子的手也从外面进来。

施母笑着迎出来："哎呀呀，你们都回来了啊，饭菜都准备好了。"

施子高兴地："好啊好啊，可以吃饭了，外婆今天有没有给我烧肉肉啊？"

施母："哼，你这个小馋嘴，就是知道吃，外婆给你烧了，烧了很多。"

施子："嗯，谢谢外婆。"

施则凡看见施剑翘疲惫的样子，询问："姐，你今天又出去打听消息了？"

施剑翘轻轻地点点头。

施则凡："还是一点消息都没有吗？"

施剑翘有些愤怒地："这个魔鬼，难道真的是藏到地底下去了吗？"

施母和用人把饭菜都端了上来，施子迫不及待吃了起来。

施母招呼道："你们姐弟俩也快来吃吧！"

施剑翘和施则凡坐下来吃饭。

施子边吃饭边说话："娘，你说我爹的官有多大啊？"

施剑翘一听儿子提到丈夫，就没好气地："你吃你的饭，干吗又提到他？"

施子看了一眼威严的母亲："我只是问问嘛，我们班中有一个同学叫孙家敏，他爹可厉害了，她说她爹曾经当过管理五个省的大官，所以我才问我爹的官有多大。"

施剑翘一听儿子这话，猛地放下了碗筷，迫切地："你说什么？你再说一遍？"

施剑翘的语气委实吓得儿子不敢开口说话了。

施母急忙地："好了好了，现在是吃饭时间，不要这么大惊小怪，别吓着孩子了。来，金刃，外婆给你夹肉肉吃？"

施母给施子夹菜："吃吧！"

施剑翘不依不饶地："不是，娘，刚才金刃说他的那个同学姓孙，当过五省大官，会不会就是孙传芳啊？"

施母："哎呀，你这人，这都能被你联想到，全天津城姓孙的当过大官的人不要多的去啊，天底下怎么可能会有这么凑巧的事呢！"

施剑翘："不行，就算有万分之一的希望，我也要做百分之百的努力。金刃，你明天就去和你那个姓孙的同学交个朋友，把她爹的名字，还有最好把她家的地址也一起问来。"

施子愣愣地看着施剑翘。

施母："你看看，金刃都被你给吓怕了，话都说不上来了。"

施剑翘："金刃啊，等你把你同学爹的名字问来后，娘就带你去动物园玩，好不好啊？"

施子一听去动物园，立马高兴了："嗯，娘，我明天就去问来。哦——娘要带我去动物园玩喽，哈哈哈。"

42. 施剑翘家，日，内

施剑翘一天都在家里焦急地等待着。

施子终于放学回来了。

施剑翘一个箭步冲了出去："金刃，怎么样，名字问来了吗？"

施子得意："哈哈，娘，我都问来了，孙家敏她爹的名字叫孙传芳……"

施剑翘顿时瞪大眼睛、张大嘴巴："孙——传——芳——"施剑翘一字一顿地、咬牙切齿地说出来。施剑翘又激动地按住儿子的肩膀："金刃，那他们家的地址呢？"

施子："是的，娘，我怕记不住，还特意记在本子上了呢！"

施子从书包里拿出本子来，交给施剑翘。

施剑翘拿过本子来看，轻声念出："英租界，20号路。"

施剑翘抬起头对着施从滨的灵位，眼泪唰的一下流了出来："爹，女儿终于可以为你报仇了……"

43. 孙传芳公馆，日，外

天色阴沉沉的，镜头拉近孙传芳的公馆，公馆显得极为阴森。

孙传芳的公馆外只有零零星星的几个行人走过。

两组卫兵在公馆门口拿着枪，一脸肃然地巡逻着，时不时注意一下路过的行人。

行人走得急匆匆地不敢抬头去看孙传芳的公馆。

就在零星的行人中间，施剑翘和行人一样假装路过，她偷偷瞥了一眼孙传芳的公馆，她看见公馆外的门牌：20号路孙寓。

施剑翘愤怒的眼睛瞪得极大极大，呼吸也变得迅速，但她很快就镇定下来了。

孙传芳公寓外一个卫兵抬头和施剑翘的目光对视了一下，施剑翘急忙低下头去，然后急匆匆地离去。

44. 施剑翘家，夜，内

施剑翘和施则凡在悄悄地谈话。

施剑翘："我今天去孙传芳的公馆外面看了一下，门口这么多卫兵守着，看来想要接近他很不容易。"

施则凡："那姐姐打算怎么办？"

施剑翘："我已经想好办法了。"

施则凡："姐姐，我想和你一块儿去。"

施剑翘看着施则凡，拍拍他的肩膀："我说过了，爹的仇我来报，我们施家就你一条血脉了，你不能有事。"

施则凡无奈地："那姐姐，我能帮你做什么呢？"

施剑翘："我需要一把枪。"

45. 孙传芳公馆，日，外（备注：剪辑时，放到 47 场后）

施剑翘拿着摆摊的什件，正打算在孙传芳的公馆外摆小摊。

公馆外的一个卫兵看见了，疾步走向施剑翘大声地呵斥："喂，你在干吗？"

施剑翘故意装作若无其事的样子，自顾干活。

卫兵走近施剑翘，用枪指着施剑翘："问你话呢，你要干什么？"

施剑翘微笑着，客气地："兵大哥，你看，我想在这里做点小生意，卖点烧饼，来、来、来，这是我做的烧饼，你尝一个，尝一个。"

卫兵一把推开了施剑翘的手："滚，也不看看这里是什么地方，卖什么烧饼，给我滚远点。"

施剑翘看着掉在地方的烧饼，脸上露出怒色。

卫兵举起枪来："怎么？想造反吗？快给我滚，再不给我滚，我就一枪毙了你。"

施剑翘无奈地收拾东西："好，我走我走……"

46. 施剑翘家僻静处，日，外

施则凡从胸前掏出一把勃朗宁小手枪来："姐，枪我弄来了。"

施剑翘接过勃朗宁手枪，紧紧地握着它。

施则凡："姐，你打算怎么做？"

施剑翘痛苦地开口："要在孙传芳公馆外行刺，看来很难。"

施则凡："怎么？"

施剑翘："那里的守备太严了，根本没有办法接近。不过我就不信这个老狐狸不会露出尾巴来。"

47. 耀华小学，日，外

施剑翘来到儿子读书的地方接他。

施子先冲出学校来，高兴地欢叫着："娘，娘，今天怎么是你来接我的啊？"

施剑翘："因为今天啊，娘要带金刃去吃好吃的东西啊！"

施子非常高兴："好啊好啊，娘真好。"说着就在施剑翘的脸上亲了一口。

施剑翘："金刃，娘问你啊，你不是有位同学叫孙家敏吗？"

施子："是啊，娘，你看，她也出来了。"

施剑翘看见一个小女孩和几个小朋友一起出来。

施子欢叫着："家敏，家敏。"

孙家敏朝施剑翘他们看了看："哎！"

施剑翘抱着施子走了过去："你就是家敏啊！"

施子："家敏，这是我娘。"

孙家敏："嗯，阿姨好！"

施剑翘抚摩孙家敏的头："乖，家敏真有礼貌，家敏啊，你家里人不来接你的吗？"

孙家敏："来接的啊，你看我爹的车来了。"

施剑翘顺着孙家敏指着的方向望去，看见一辆黑色轿车停在大门口，从车上下来两个人。一个卫兵模样的人站在一个光头（孙传芳）旁边。

孙家敏欢叫着跑了过去："爹！"

孙传芳抱起了孙家敏亲了一口："哎哟，我的好女儿啊！"

施剑翘听清了孙传芳的声音，她的耳朵里嗡的一声响。她极力想去看清孙传芳的面目，但是孙传芳的一个卫兵挡住了她的视线。

施剑翘只看到孙传芳的一个光头。她的心里一惊，还是极力想去看清孙传芳的面目，她上前几步。

孙传芳侧过脸来。

施剑翘终于看到孙传芳的侧面。

孙传芳的一张笑脸，并不邪恶。

施剑翘开始睁大眼睛来了。

孙传芳"哈哈哈"地笑着。

施剑翘的呼吸变得急促。

施剑翘瞪大了眼睛，眼睛里冒出了火焰。

施剑翘内心：就是这个魔鬼，杀我爹的魔鬼。

孙传芳抱着女儿很快闪进了车子里，车子启动，开走。

施剑翘看着车子离开，急急上前两步。

施子在身后叫了声："娘。"

施剑翘看着车子离去，记下了那车的车牌号：1039。

48. 施剑翘家，日，内

施剑翘在施从滨的灵位前上了一炷香，闭着眼祈祷了一会儿。

施剑翘："爹，我已经见到杀害你的仇人了，请您保佑我，让我杀了这个魔鬼，就算是死，我也愿意。"

施则凡从门外进来："姐。"

施剑翘转身："则凡，今天我见到我们的杀父仇人了。"

施则凡有些惊讶地："啊？他在哪儿？"

施剑翘："他女儿和金刃在同一个学校。"

施则凡："啊，这么说，可以在学校门口刺杀孙传芳。"

施剑翘："皇天不负有心人，真没想到老天爷会这么快就给我这个机会。"

施则凡："姐，我还是想帮你。"

施剑翘："如果你真想帮我，那你就每天早点把金刃接回家。"

施则凡点点头："好。"

49. 耀华小学大门口，日，外

天色有些阴沉沉的，1039 号黑色轿车慢慢驶到大门外。

在一处树丛旁，特意打扮过的施剑翘露出脸来，她的脸上非常冷静，勃朗宁小手枪就紧握在她的手上，远远地望着小学门口。

放学的铃声响了，学生放学，陆陆续续出来，被家长接走。

施剑翘看见自己的儿子被施则凡接走。

孙家敏也跑了出来，跑向 1039 号轿车。

施剑翘从树丛下走了出去。

轿车的门打开，但是出来的人不是孙传芳，而是孙传芳的夫人。

孙家敏高兴地叫着："娘，娘。"

施剑翘停止了脚步，她直愣愣地看着黑色轿车，但等到孙夫人抱着孙家敏进车，都还是不见孙传芳。车开走。

施剑翘很落寞地站在那里。

（画面：施剑翘在耀华小学门口焦急地等待⋯⋯）

画外音：此后几天，施剑翘一直潜伏在耀华小学门口，伺机刺杀孙传芳，但是孙传芳却像是警觉到了危险一样，很长一段时间里都没有来接自己的女儿。

正待施剑翘心灰意懒的时候⋯⋯

50. 耀华小学大门口，日，外

放学的铃声还没有响，施剑翘在耀华小学门口晃悠，她没有特意化装，和平常时候一样，但是枪却是藏在口袋里。

突然，一辆黑色小轿车开来，停在大门口。

施剑翘看了一眼，是 1039 号孙传芳的车。她以为今天和往常一样，又是孙传芳的夫人来接女儿。

放学的铃声响起，学生陆陆续续地走了。

孙家敏几乎是最后一个出来的，她的老师还陪在她旁边。

孙家敏和老师一同走向车子。

施剑翘密切注视着这一幕。

车门打开，走出来一人，光头，是孙传芳。

施剑翘顿时瞪大了眼睛，她看着他们。

孙家敏的老师和孙传芳谈着什么。

施剑翘尽量让自己平静下来，走向孙传芳。

孙传芳还在和孙家敏的老师说话。

施剑翘正在逼近孙传芳，枪的保险已经在她的口袋里打开。我们似乎能听见保险打开的声音。

孙家敏的老师："那好，今天就这样吧，再见！"

孙传芳："好，老师再见！"

孙家敏："老师再见。"

孙家敏的老师转身离开。

此时，施剑翘慢慢走向孙传芳，手握着口袋里的手枪。

孙传芳突然抱起了孙家敏，孙家敏刚好挡住了孙传芳身上的要害部位。

施剑翘握紧了枪，想等孙传芳转过身来。

孙传芳狠狠地亲了一口女儿。

孙传芳父女俩温馨的场面。

孙家敏也在孙传芳的脸上狠狠地亲了一口。

施剑翘看着这一幕，也听到了孙传芳和女儿的谈话，但此时冥冥之中像是有什么东西阻止她把枪拔出来。

施剑翘的眼前很快地闪过一个画面：

51. 施剑翘家门口，日，外

施从滨和年幼时的施剑翘在小公园追逐打闹，很是开心，施从滨抓住了施剑翘："哈哈，小东西，被爹抓住了吧！"施从滨抱起施剑翘狠狠地亲了一口。

施剑翘的思绪回到了现实中，她看着孙传芳抱着女儿就快要上车，急忙上前一步，但是她的耳边此起彼伏地响起小女孩的叫声（施剑翘和孙家敏的叫声交杂在一起）："爹，爹，爹……"

孙传芳抱着女儿进入了车里，车子启动开走了。

望着开走的车子，施剑翘猛地跪在了地上，歇斯底里地："啊——"

雨开始下大（特技）。

雨淋湿了施剑翘，她跪在湿漉漉的地面上，水珠溅起。

施剑翘画外音：我为什么会这样，眼睁睁地放过了孙传芳这个魔鬼？爹，爹……我是一心想着要为你报仇雪恨的，可是，这一刻我的心居然软了下来，爹，对不起，对不起……

52. 大街上，日，外雨景（特技处理）

施剑翘一个人落寞地走着。

路上几个行人跑过。

有行人撞了她，她也没有什么反应。

雨下得更大了，把施剑翘淋得很湿。

53. 施剑翘家，夜，内

施剑翘整个人都被淋湿了，她有气无力地走了进来。她的眼泪控制不住，唰地一下流了下来。

施母："剑翘，你去哪里了？怎么会淋成这样啊？"

施剑翘猛地抱住了母亲痛哭起来："娘，娘，我真是没有用，我今天可以杀了孙传芳的，但是我竟然下不了手，我不想让另一个女孩失去父亲，失去父亲的感觉太痛苦了……"

施母拍拍施剑翘的背，安慰地："我的好女儿，不要难过了，咱们不报仇了，不报仇了，啊！不要哭了。听话！"

施剑翘还是在施母的肩膀上放声痛哭起来。

54. 资料片：大城市背景

镜头切，日本军队在行军。

街景，一片纷乱的样子，像是有一场大战争要爆发似的。

字幕：1935 年，施从滨十周年忌日……

55. 居士林庙堂，日，内

寺庙内香雾缭绕，佛音弥漫。

施剑翘跪在佛像前烧完香，口中轻声地祷告，施剑翘抽泣着："爹，女儿没用，十年，十年了，还是让您死不瞑目，爹……"

56. 居士林，日，外

施剑翘烧完香，走出居士林，脸上还带着忧伤。突然，映入她眼帘的就是孙传芳那辆 1039 号黑色轿车，她瞪大了眼睛，疾步上去。

（特写：1039 号车牌号。）

施剑翘画外音：他怎么会在这里？

施剑翘疑惑的表情。

施剑翘重新走回居士林内。

57-1. 居士林一路走廊上，日，外

孙传芳和几个随从卫兵匆匆地走着。

施剑翘出现在另一边，看见孙传芳一闪而过的身影。

施剑翘的脸上布上更多疑云，她悄悄地跟了上去。

57-2. 居士林其中一间房里，日，内

土肥原及其手下在房间里等待。

孙传芳推门进来："啊，真是让土肥原先生您久等了。"

土肥原点点头："呵，孙公你可真会选地方啊，躲在这么一个清净的地方。"

孙传芳："嘿，我选这个地方，不也是为了避开外界的目光吗？这地方来的人少，我们就胆大放心地把我们的大计划谋划好。"

土肥原奸笑着："孙公高明，高明，你躲在佛祖的肚皮地下吃斋念佛，有谁会怀疑你正在把国家的领土卖给我们大日本天皇呢！哈哈哈。"

孙传芳一听土肥原的话心里一紧，不是滋味，但随即又逢迎般地哈哈大笑。

57-3. 居士林其中一间房里，日，外

施剑翘在房间外的不远处，她听见了隐隐约约的笑声，眉头一皱，然后悄悄地走向那间房间。

57-4. 居士林其中一间房里，日，内

孙传芳和土肥原在房间里谈话。

土肥原："现在南京政府已经和我们签订'何梅协定'，华北地区全面自治，指日可待，哈哈哈。"

孙传芳连连点头："是、是、是。"

土肥原："当务之急，我们要请你孙公发动你以前的旧部下，在香河一带发动暴动，逼迫宋哲元早日归降大日本天皇啊。"

57-5. 居士林其中一间房里，日，外

施剑翘在房间外偷听到了孙传芳他们的谈话，瞪大了眼睛，大为惊讶。

施剑翘退后了一步，不小心将身后的一个罐子撞落在地。

施剑翘吓了一跳，但迅速反应过来，悄声退后离开。

57-6. 居士林其中一间房里，日，内

土肥原警觉地："外面有人？"

孙传芳对随从卫兵使了个眼色。

卫兵迅速出去。

57-7. 居士林其中一间房里，日，外

一只野猫跳到了桌子上。

卫兵出来朝左右张望了一阵，听见几声猫叫，看见地上罐子的碎片。

野猫对卫兵"喵"地叫了一声。

卫兵赶了一下野猫："去去去。"然后回进了房间里。

57-8. 居士林其中一间房里，日，外

卫兵进来，走到孙传芳身边："是一只野猫打翻一个罐子。"

孙传芳点点头，又对土肥原："没事，我们接着谈吧！"

画外音：施剑翘在佛堂里偷听到了孙传芳和日本人阴谋勾结的事情后，家仇国恨交织在了一起，重新燃烧起了刺杀孙传芳的念头，她决意为民族除掉这个大汉奸。

58. 施剑翘家，日，内

施剑翘愤怒地把拳头打在桌子上，痛心疾首地："这个魔鬼竟然跟日本人勾结，如果华北地区落到日本人手里的话，又有多少老百姓要遭殃了！哼，真后悔当初我没有杀了他！"

施则凡："孙传芳现在不但是杀人如麻的大军阀，而且还是一个民族罪人，人人得而诛之！"

施剑翘望向施从滨的灵位，坚定地："爹，这次我下定决心了，绝不再心慈手软，杀了孙传芳，为你报仇，为民族除掉这个大汉奸。"

施则凡："姐姐现在打算怎么做？"

施剑翘："我已经打听过了，他如今躲在居士林里假惺惺地吃斋念佛，我打算先加入居士林，接近这个魔鬼。"

59. 居士林，日，外

居士林里的讲经已经结束，孙传芳在两个卫兵的护卫下快步走向黑色轿车，然后迅速地钻到了里面去。车子启动开走了。

这时在一个角落处，施剑翘默默地注视着这一切，她等车开走后，向居士林门口走去。

从居士林里走出来一中年妇女，笑迎施剑翘："哎呀，董女士啊，不好意思不好意思，让你久等了。"

施剑翘："没事，张女士，我也是才刚刚到的。"

张女士："快快，快进来吧！我现在就带你去见富明法师，你要加入居士林这事啊，就包在我身上吧！哈哈。"

施剑翘："谢谢张女士。这点小意思，还望你笑纳。"施剑翘从手袋里掏出一个红包来。

张女士急忙推脱："你看看，这怎么好意思呢，我也就办了这么点小事情而已，啊！"

施剑翘："能加入居士林是我梦寐以求的事情，这都是张女士你的功劳啊，请你一定要收下。"

张女士笑着接过了施剑翘手中的红包："好、好、好。嘿，董女士真是太客气了。"

60.居士林，日，内

富明法师收拾好了东西正准备离开。

张女士带着施剑翘上前来："富明法师，这位就是我跟你说起过的董慧女士。"

富明法师看了一眼施剑翘，行礼："阿弥陀佛，董施主好！"

施剑翘："富明法师您好！"

张女士插话："富明法师啊，这位董女士可是有心向佛的啊，她现在是离婚女士，而且吃斋好多年了，关键是她极其仰慕你富明法师的名声，所以才千里迢迢地来我们这里，想加入居士林来听经，你可一定要接受她啊！"

富明法师："哈哈哈，你这个张女士啊，就凭你一张嘴，我富明是不收也得收了。"

张女士："好，那就这么说定了。"张女士对施剑翘挤了挤眼。

施剑翘微微一笑，点点头表示感谢。

富明法师："那就有劳张女士带这位董女士下去，办理入林手续吧！"

张女士："好，那就多谢富明法师了啊！"

施剑翘："谢富明法师。"

61. 施剑翘家僻静处，日，内

施剑翘和施则凡正在谈话。

施剑翘："这次能接近孙传芳，真是老天爷开眼了。我现在已经加入了居士林，待我熟悉了那里的环境，我就杀了孙传芳这个大汉奸，为民族除害。"

施则凡握起施剑翘的手，有些于心不忍地："姐姐，你自己要小心。"

施剑翘舒出一口气来："放心吧！"

62. 居士林，日，内

讲经堂内，坐着许多听经的人，施剑翘也在这些听经的人中间。

孙传芳在上面滔滔不绝地讲着经文："觉悟世间无常。国土危脆。四大苦空。五阴无我。生灭变异。虚伪无主。心是恶源。形为罪薮。如是观察。渐离生死……"

施剑翘目不转睛地盯着眼前这个仇人。

孙传芳的视线突然间和施剑翘碰在一起。

施剑翘慌忙地低下头去。

63. 居士林门口，日，内

孙传芳讲完经，和富明法师打了个招呼匆匆忙忙地在卫兵的护卫下离去。

施剑翘侧身让孙传芳等人过去，但是目光还是露着仇恨。

孙传芳突然停住脚步，转身对施剑翘。

施剑翘有些紧张的。

孙传芳："这位女士，我们好像在哪里见过？"

施剑翘："见过？这怎么可能？"

孙传芳："哈哈哈，我和你开玩笑呢！"

施剑翘："啊？"

孙传芳："刚才我看你听经听得很认真，我很欣慰啊，要是每个居士都和你一样就好了。"

孙传芳说着就走出了门口。

施剑翘惊魂未定，充满仇恨地盯着孙传芳的背影离去。

64-1. 居士林，日，内

施剑翘转身在讲经堂内边走边看，看似漫不经心地转悠，实则在观察着这里的地形。

施剑翘画外音：他刚才为什么要对我说这些话？难道是发现我的行踪了？不会的，不会的，他应该是不认识我的。这个魔鬼，真是太狡诈了。

64-2. 小树林，日，外

石头上，放着几个空瓶子。

施剑翘瞄准瓶子射击，连续几枪，接连打中瓶子。

65. 施剑翘家书房，日，内

施剑翘把居士林里发生的事告诉了施则凡。

施则凡："那他发现你了？"

施剑翘："应该不会。就算他没有怀疑我，为了防止夜长梦多，我还是得趁早下手。"

施则凡点点头。

施剑翘："刺杀前，我打算先拟写一份《告国人书》。"

66. 施剑翘家书房，夜，内

施剑翘边说边走。施则凡奋笔疾书。（施剑翘说的声音转成画外音。）

施剑翘和施则凡正在一台小油印机前印刷传单。

施剑翘画外音：(一)今天我施剑翘打死孙传芳，是为先父施从滨报仇，而更重要的是为我们民族，除掉这个和日本人勾结的大汉奸，此人不除，多少生灵又要荼毒在他的手下。(二)详细情形请看我的《告国人书》。(三)大仇已报，我即向法院自首。(四)血溅佛堂，惊骇各位，谨以至诚向居士林及各位先生、女士表示歉意。

67. 施剑翘家书房，夜，内

施剑翘走到施则凡桌前看了看，点点头："好，就这样。我打算把这份传单印制一千份，事成之后，散发给居士林里在场的人。"

施则凡："姐，明天你，万一出了事，我一定会为你和爹报仇的。"

施剑翘生气地："少说这种晦气话。"

施则凡："我是说万一。"

施剑翘："好了，没有万一，哪怕是我死了，我也绝不回头。"

施则凡看着姐姐点点头。

68. 施剑翘家卧室，日，内

外面下着淅淅沥沥的雨（雨声）。

（特技）天下雨。

施剑翘焦躁不安地往外看了一眼，皱起了眉头。

施剑翘画外音：这种天气他会来吗？

施剑翘犹豫地把枪和传单锁在了抽屉里。

施剑翘披上衣服，走出屋外。

69. 孙传芳公馆门口，日，内

屋外景象，天色阴沉沉，下着雨。

孙传芳正准备去居士林。

孙传芳夫人过来："外面的雨越下越大了，你今天还要去居士林吗？"

孙传芳吐出一口烟："去，还是去吧！我是副林长，又跟靳云鹏约好的，怎么能不去呢？"

孙传芳夫人："我今天的眼皮老是跳，恐怕不太吉利，要不你今天就别去了吧？"

孙传芳捏灭了烟蒂："真是妇人之见，眼皮跳是没睡好觉的缘故。去，给我拿件外套来，我现在就过去了。"

孙传芳夫人无奈地："好吧，那你自己小心点。"

70. 居士林，日，外

施剑翘奔跑着赶到居士林，雨已经下大，施剑翘的头发和身上都被淋湿了许多。

施剑翘跑进了讲经堂，她扫视了一圈，讲经堂里只有少许人在。

施剑翘走到张女士旁边，失落地坐了下来。

张女士："你来了。"

施剑翘心不在焉地点点头。

71. 居士林，日，外

孙传芳在三个卫兵的护卫下，走进居士林。动作都极其快速。

孙传芳进入讲经堂后，居士林门口立即有卫兵站着了。

72. 居士林，日，内

孙传芳快步地走到富明法师旁，行了一个礼。

施剑翘见孙传芳来，立马瞪大了眼睛，呼吸也开始加快，但是她尽量让自己平静下来。

孙传芳看了一眼旁边的座位，对富明法师："富明法师，靳林长今天没有来吗？"

富明法师："哦，他刚刚来了电话，说有事赶不过来了。"

孙传芳点点头，坐到自己座位上。

张女士似乎发现了施剑翘的神态："董女士，你身体不舒服吗？"

施剑翘惊醒似的："噢，没事，我去解个手，马上回来。"

施剑翘起身，空手而出，急急忙忙的。

施剑翘的布包仍放在她的座位上。

富明法师："今天天气不好，有劳各位还冒着雨来听经，我富明很感谢大家。今天我先讲半个小时，然后由孙副林长为大家讲经。"

施剑翘驻足片刻，听见了富明法师的话，又急忙离开讲经堂。

施剑翘画外音：半个小时，加上孙传芳讲经一个小时，往返一趟，应该来得及。一定要赶在孙传芳讲完之前干掉他。

73. 居士林，日，外

施剑翘疾步走了出来，张望着四周，一副焦急的样子。

施剑翘看见一辆黄包车："黄包车，黄包车，快！"

黄包车停在施剑翘面前。

施剑翘上了黄包车。

黄包车飞奔起来。

74. 施剑翘家，日，内

施剑翘飞奔着冲进家来。

施母见女儿这么慌慌张张的，急忙地："剑翘，怎么了？发生什么事了？"

施剑翘搭理施母的时间都没有，直接冲进自己的卧室。

75. 施剑翘家卧室，日，内

施母在外面敲门："剑翘，开门啊，大白天的关什么门啊？发生什么事了？"

施剑翘不理母亲，迅速地打开抽屉，拿出勃朗宁手枪和宣传单，又从衣架上拿下准备好的大衣，把手枪和传单藏在了里面。

施母还在外面敲门。

施剑翘镇定了一下神色，开门冲出去。

76. 施剑翘家卧室，日，外

施剑翘冲了出去，还没有等施母开口："妈，我有急事。"

施母在身后叫："哎，剑翘……"

施剑翘不理母亲。

77. 施剑翘家，日，内

施剑翘走过客厅的时候，回头看了一眼施从滨的灵位，然后舒了一口气，疾步走出了门外。

78. 居士林，日，内

讲经堂里，现在已换成孙传芳在讲经了：我本因地，以念佛心，入无生忍，今于此界，摄念佛人，归于净土。佛问圆通，我无选择，都摄六根，净念相继，得三摩地，斯为第一。

下面的人认真地听着。

79. 街道上，日，外

黄包车车夫拉着施剑翘在飞速地奔跑。

施剑翘在车子里，焦急的样子。

施剑翘对车夫："车夫，麻烦你能不能再快点？"

车夫加快速度奔跑。车轮转得很快。

80. 居士林，日，内

讲经堂里孙传芳讲着经：若诸世界六道众生，其心不淫，则不随其生死相续。汝修三昧，本出尘劳。淫心不除，尘不可出……

施剑翘的位子一直空着，身旁的张女士探望了一阵，自言自语地："这个董女士，去解个手，怎么这么久？"

81. 居士林，日，外

施剑翘下了车，疾走。她有意识去护着藏在身上的手枪和传单。

82. 居士林，日，内

张女士起身，出来寻找施剑翘。

孙传芳仍在讲经：我昔所造诸恶业，皆由无始贪瞋痴，从身语意之所生，一切我今皆忏悔……

83. 居士林，日，外

居士林外。

施剑翘急急忙忙地奔跑来，气喘吁吁，镇定了一下神色，疾步走向居士林。

突然，一个穿着黑衣的卫兵拦住了施剑翘。

施剑翘惊讶地看了一下拦她的人。

孙传芳卫兵："你是什么人？"

施剑翘镇定地："我，我是这里的居士，是来这里听经的。"

孙传芳卫兵："居士？有证件吗？"

施剑翘："有的。"

施剑翘在身上摸索，但发现那本居士证不知去了哪里，她朝卫兵看了看："我那本居士证在里面，我真是这里的居士，你让我进去吧？"

孙传芳卫兵看了一眼施剑翘一身装束，邪笑地："哼，我看你不像什么居士，倒像个女刺客啊！"

施剑翘心里一惊。

孙传芳卫兵："你要是想进去，就得搜一下身。"

施剑翘紧张而愤怒："搜身？不行。"

孙传芳卫兵猥琐地笑："这女人看着有点可疑，为了保护孙大帅的安全，我得搜一下身才能进去，哈哈！"

施剑翘想要反抗。

孙传芳卫兵举起了枪："不许动，我的子弹可是乱飞的哦！"

卫兵用枪顶着施剑翘。

施剑翘愤怒而紧张。

卫兵的手刚摸到施剑翘的身上。

张女士赶出来："哎呀，董女士，你去哪里了，我都把整个居士林给找遍了。"

施剑翘："张女士，这个兵大哥他要非礼我。"

张女士："啊？真是无法无天，在佛门圣地，你居然敢做这种龌龊的事情？好，我现在就去孙大帅那边告你，让他枪毙了你这个流氓痞子。"

孙传芳卫兵紧张地："啊，不不不，不是的，一场误会，您千万不要去告诉孙大帅！"

施剑翘拉着张女士："没事了，赶紧进去吧！"

施剑翘和张女士一同走进讲经堂。

孙传芳卫兵讨好地向她们的背影点头哈腰。

84. 居士林，日，内

讲经堂里孙传芳还在讲经：舍利弗，不可以少善根福德因缘，得生彼国。舍利弗，若有善男子、善女人，闻说阿弥陀佛，执持名号。若一日、若二日、若三日、若四日、若五日、若六日、若七日，一心不乱。其人临命终时，阿弥陀佛与诸圣众，现在其前。是人终时，心不颠倒，即得往生阿弥陀佛极乐国土。舍利弗，我见是利，故说此言。若有众生闻是说者，应当发愿，生彼国土……

（此段经文，孙传芳一直讲着，和下面的行动戏同时进行。）

施剑翘和张女士进来。

张女士看了一眼她和施剑翘的座位已经给别人坐了，就拉着施剑翘找了个位子坐下。

施剑翘看着孙传芳，装作不经意间摸了摸手枪。

施剑翘看见接近孙传芳的座位处还有一个空位子。施剑翘指了指身旁的火炉，对张女士："这里太热了，我还是坐那边去吧！"

张女士："哎……"她还没有说，施剑翘已不顾她，往前挤去。

施剑翘挤到接近孙传芳斜对角的那个座位坐了下来，此刻施剑翘离孙传芳只有两米的距离了。

施剑翘的手已经紧紧地握着了勃朗宁手枪。

就在这时，一个卫兵走到孙传芳身边，在他耳边轻轻地说了几句话。

孙传芳有起身离去的意思。

施剑翘也想站起来。

孙传芳皱了皱眉头，随即又对卫兵挥了挥手，然后继续讲经。

施剑翘也微微地放松下来。

施剑翘手枪的保险慢慢打开，似乎能听见保险打开的声音。

施剑翘盯着孙传芳，呼吸开始加快，心跳似乎已经到了极致处，非常快。施剑翘眼前闪过施从滨被孙传芳残杀的画面来。

孙传芳讲经。

士兵以警觉的眼神，四下环顾。

85. 荒野 A，日，外

施从滨哀戚的眼神……

孙传芳"哈哈哈"大笑的样子……

86. 荒野 B，日，外

施从滨的尸体抛在荒野上，寒风吹弯了许多野草……

87. 荒野 C，日，外

最后一瞬间的画面是孙传芳举起枪发出"啪、啪、啪"三枪的声音，施从滨中枪倒地。

施剑翘终于掏出手枪对准孙传芳的右耳边一枪。

卫兵发现。

个个居士没反应过来的表情。

孙传芳瞪大眼睛"啊！"的一声，倒在椅子上。

施剑翘又举起枪对准孙传芳的后脑勺和后背连开两枪。

整个讲经堂里如同被定格了一般，一片死寂。

猛然间，张女士尖叫起来："啊——"

孙传芳的卫兵冲进了讲经堂。

施剑翘见孙传芳已死，威风凛凛地举着枪，大声地："我是施剑翘，为报父亲施从滨仇，刺杀孙传芳这个大军阀、大汉奸已经筹备了整整十年，今日能够杀死，我的心愿已了。一人做事一人当，我施剑翘决不牵连别人！"

讲经堂里顿时又安静下来。

施剑翘随即拿出宣传单，在讲经堂里一把散发开来，面带微笑，含着泪花。

传单飞得到处都是，像雪花一样飘落下来。

士兵冲进讲经堂，用枪指着施剑翘，把施剑翘打倒在地。

画外音：1935 年 11 月 13 日，施剑翘在天津居士林佛堂里，连发三枪将孙传芳刺杀，十年磨砺，数经周折，这个弱女子为国为家除掉了孙传芳这个大汉奸、大军阀，消息传出，顿时震惊全国。

（画面渐渐地暗下来……）

（画面重新又亮起来。）

88. 居士林，日，内

孙传芳被白布盖上，然后抬了出去。

张女士捡起一张宣传单看了起来。

传单上写有两首绝句：

施剑翘画外音、字幕：父仇未敢片时忘，更痛萱堂两鬓霜。纵怕重伤慈母意，时机不许再延长。

不堪回首十年前，物自依然景自迁。常到林中非拜佛，剑翘求死不求仙。

施剑翘看着孙传芳的尸体被抬走，面带微笑。

施剑翘在两名警察的押送下，昂首走出讲经堂……

89. 监狱，日，外

施剑翘从监狱里出来，重获自由。

施母、施则凡、施子等人迎接施剑翘。

施子远远地喊："娘。"

施母远远地喊："女儿……"

施剑翘和家人拥抱在了一起。

90. 居士林，日，外

施剑翘站在居士林外，望着居士林，走进门去。

91. 居士林，日，内

施剑翘在讲经堂里跪拜下来，抬起头来，施剑翘虔诚地对佛祖顶礼膜拜。

92. 居士林，日，外

施剑翘站了居士林门口。

画外音加字幕：

施剑翘被捕后受审，判刑七年。但是当时的媒体舆论和民众自施剑翘判刑日起，大力向国民党政府请命，呈请特赦为父报仇、为民除害的侠女施剑翘。结果，在施剑翘入狱不到一年的时候，也就是在1936年10月14日，国民党政府主席林森向全国发表公告，决定赦免施剑翘。此后，由中华民国最高法院下达特赦令，将其特赦释放，施剑翘重获自由。

施剑翘因刺杀大军阀孙传芳而被民众传颂一时，名扬神州，被称作一代女侠，而血溅佛堂一案也成了民国的一大奇案。

（全片终）

白夜直播

1. 湖畔花园，夜，外

夜色狰狞。

隐蔽的老小区。

墙壁上爬满了爬山虎。

小区里的路灯忽明忽暗，照不亮小区的道路，反而让小区显得有些恐怖。

恶风吹起了地上的沙子。

沙子吹成一个骷髅头的形状。

骷髅头散开，出片名：白夜直播。

2. 白静房间，夜，内

房间里是一番美好的景象。

网红女主播白静正在直播跳舞。

（直播内容可以作调整。）

弹幕：

"我是高富帅"："美女妹妹，今天好美，么么哒。"

"微微一笑"："姐姐为什么你跳舞跳得那么好看，好喜欢你啊。"

"孤单是一个人的狂欢"："喜欢就多送礼物呀……"

（"孤单是一个人的狂欢"的真实身份就是快递哥，是他在引导着众人进入他和白静设计的圈套里。）

白静的手机屏幕上显示，不断有人给她送花、送礼物、送花椒豆、送花椒币。

白静："谢谢大家，好开心，么么哒。"

白静跳得更加卖力，房间里开着空调，但她的脸上不断地冒出汗水来。

屏幕上还是有人不断送礼物，花椒币不断增加。

白静额头上冒着冷汗，她强露微笑，咬着牙，还在跳舞，突然她的脚下一软，差点摔倒。

白静连忙站稳，轻轻地擦了一下额头上的汗水。

弹幕：

"微微一笑"："姐姐，不要太累哦，累了就休息一下。"

"我是高富帅"："美女擦汗的动作都是那么迷人，太性感啦。"

"微微一笑"给白静送上礼物。

"我是高富帅"为白静送出大量花椒币。

白静对着镜头嘟起了嘴，显得很是俏皮可爱，又有些挑逗的趣味。

3. 湖畔花园，夜，外

天空划过一个闪电，照不亮这个诡异的小区。

4. 白静房间，夜，内

窗户被外面的风吹开了。

白静被风一吹，虽是夏末，但白静却一阵颤抖。

白静的身子极其虚弱。

弹幕：

"微微一笑"："姐姐，今天是不是身体不舒服？注意休息哦。"

白静没有理睬粉丝的话，继续卖力地跳舞。

外面一个电闪雷鸣。

房间的灯光一阵昏暗。

白静停顿了一下，又迅速跳起舞来。

白静的舞姿曼妙。

打赏越来越多。

突然，一蒙面人破门而入，又迅速反手将门锁住。

白静还没有回身看那个蒙面人，蒙面人已冲到白静面前，手中已拿出了刀子，抵住了白静的脖子。

蒙面人幽幽的声音："别动，乖乖地坐下。"

声音上很明显，做过了处理。

白静很是惊恐的："你，你，你是谁？"

蒙面人幽幽的声音："别管我是谁，老实点，不然杀了你。"

白静战栗着，惊慌面对着观众，不敢说话。

弹幕：

"孤单是一个人的狂欢"："什么情况，这个蒙面人是谁啊？今天难道是杀人直播吗？"

"微微一笑"："姐姐，这人谁啊？难道姐姐家闯入了小偷？"

"一生一世520"："不是小偷，是个杀人犯哦。"

"我是高富帅"："哈哈哈，强奸犯更刺激……（三个坏笑的表情）"

路人甲："快来围观，今天直播很好看。"

"猪头三"："哇，这人把丝袜套在头上，好变态，哈哈。"

（粉丝们还没有反应过来，对闯入白静房间的蒙面人，有紧张感，但更多的是抱着怀疑态度，认为是直播内容的一部分。）

5. 湖畔花园，夜，外

一个响天雷。

小区在瞬间被照亮，但很快又暗了下去。

路灯熄灭。

6. 白静房间，夜，内

白静竭力使自己平静下来，声音还颤抖着，对蒙面人："你，你想要什么？"

蒙面人："我想要什么？嘿嘿……"

弹幕：

"我是高富帅"："哇呀呀，嘿，那个把丝袜套在头上的家伙，你是变态色情魔吗？"

"猪头三"："我们还是喜欢看劫色，快点劫色呀！"

"微微一笑"："喂，楼上的，你们还有没有人性了，白姐姐可能是真的遇到危险了。"

蒙面人低下头看了一眼视频，他的刀子在白静的胸口轻轻擦过，幽幽地："钱和色，我都要。"

白静刚刚镇定下来，又开始发抖，她额头上冒出来的虚汗，顺着脸颊流下来。

蒙面人对着视频："你们觉得应该先劫色，还是先劫财？"

弹幕：

"猪头三"："劫色，劫色，劫色。"

"一生一世520"："禽兽，放开这姑娘，让我来。"

"我是高富帅"："我们一起来，我给你钱。"

蒙面人："好，只要你们给钱，神马要求都可以满足你们。"

"我是高富帅"和路人甲等网民送了大量花椒币。

蒙面人坏坏地一笑:"很好。"

蒙面人猛地撕下了白静衣服的一角,露出了一半内衣。

白静一声尖叫:"啊,不要……"

弹幕:

"我是高富帅":"要,我要,我还要。"

"猪头三":"撕,再撕,狠狠地撕,把这妹子给爷都撕光光了。"

"一夜风流":"哇,这里什么情况,这直播好好看。"

"微微一笑":"喂,你们还有没有人性啊?姐姐你是不是真的遇上了坏人啊?"

路人甲:"楼上的那个小丫头,关你什么事?人家就是直播玩点新鲜感。哪里凉快哪里待着去。"

7. 湖畔花园,夜,外

外面下起了雨,发出"沙沙沙"不安宁的声响。

风雨交加,电闪雷鸣。

白静住的这栋楼也瞬间被照亮,甚至能看到这幢老房子的斑驳感。

雷声将每一间房间里发出来的声音吞没。

8. 白静房间,夜,内

众粉丝不断给白静送礼物和花椒币。

"我是高富帅":"喂,你到底劫不劫色?快点再把白美女脱光光了。"

"猪头三":"对、对,脱光,给爷,爷给钱。"

"微微一笑":"你们这些臭男人,还有没有人性啊。"

蒙面人的手伸向白静的胸口,仔细看,蒙面人的手其实是在颤抖。

网民都很期待，蒙面人会把白静的内衣拉下。（可以展示几位网民镜头前的表现。）

蒙面人的手到白静的胸口前，停住了。

网民们正要失望之际，弹幕又上来了：

"孤单是一个人的狂欢"："喂，那个家伙，别让大家失望了，给大家来点更刺激的。"

"我是高富帅"："难道还有比强奸更刺激的？嘿嘿。"

"孤单是一个人的狂欢"："有，当然有。"

"一夜风流"："有什么啊，玩一夜情吗？"

路人甲："不会是玩三人行吧，难道还有同伴？"

"孤单是一个人的狂欢"："世界上最刺激的事情当然是杀人了，杀人直播。"

"我是高富帅"："杀人？杀谁啊？把白美女杀了吗？"

"孤单是一个人的狂欢"："我看就让这个蒙面人把白美女杀了，不过还要看这人胆子够不够。胆小鬼，你敢杀人吗？"

路人甲："杀人？这个太刺激了吧？"

"我是高富帅"："我看这个夜包不敢。"

"孤单是一个人的狂欢"："我们送花椒币。"

"微微一笑"："我看你们这些人真是疯了啊。"

"孤单是一个人的狂欢"又带头送花椒币，其他网民也跟着送花椒币和礼物，怂恿着蒙面人杀人。

蒙面人的脑袋凑到了镜头前，随后他的刀子也亮在了众网民面前。

蒙面人："你们以为我不敢吗？"

白静乞求着："不要，不要杀我，你要什么，我都给你，钱，我把所有钱都给你，我支付宝里有十多万，现在就转给你。"

蒙面人不说话，目光凶狠。

白静整个人颤抖起来："钱，还有别的钱，我把直播上的花椒币换成钱，都给你。"

蒙面人冷冷一笑："这点钱，不够。"

弹幕：

"微微一笑"："我们给钱，只要放了我们的静静姐。"

又有几个忠实的粉丝上来。

"因为爱情"："放了我们的偶像。"

"好久不见"："放开女神。"

"小雨"："我们给花椒币，你拿了钱就走人。"

白静的一大批忠实粉丝，纷纷向白静这边送来了花椒币。

蒙面人的刀子慢慢地放了下来。

蒙面人："很好，只要有足够的钱，我就可以放了她。"

白静似乎也松了一口气。

弹幕：

路人甲："我去，在忽悠我们是不是啊，骗我们钱呢。"

"我是高富帅"："那个猪头，把脑袋上的丝袜拿掉。"

"猪头三"："说哪个猪头呢？"

"我是高富帅"："没说你这个猪头，真是自作多情。真是猪头三。"

"猪头三"："喂，你个傻逼，骂谁呢？你以为你真是高富帅啊，骗人死全家。"

"一夜风流"："楼上的，都别吵了，你们都被骗了，还在这里瞎嚷嚷啥呢！"

路人甲："是的，我们都被骗了，浪费我们的花椒币。"

"一夜风流"："一点都不刺激，不好玩，走人了。"

（"一夜风流"下线。）

（陆续有人下线。）

9. 快捷酒店，夜，内

这是一家很普通的酒店，房间里没有开灯。

只有手机的屏幕亮着，照着那个玩手机的人的脸蛋，显得有些阴森恐怖。

这人的眉头皱了皱眉，有些焦急的样子。

他看着手机屏幕，他就在看白静的直播。

屏幕上也显示了他的网名：孤单是一个人的狂欢。

他迅速地打字。

10. 白静房间，夜，内

弹幕：

"孤单是一个人的狂欢"："都别走啊，我觉得这个蒙面人就是歹徒，大家要有点耐心，好戏应该在后头。"

"我是高富帅"："还有什么好戏啊？真是没劲。"

路人甲："骗人精。"

"好久不见"："你们这些人，还有没有人性啊，都想看我女神的好戏。"

"微微一笑"："快点放了静静姐。"

"孤单是一个人的狂欢"："好戏快点上场啊。"

蒙面人低头面对视频："你们想看好戏，我就给你们看好戏，我不是太没面子了！"

"孤单是一个人的狂欢"："你不是想要花椒币吗，我们给。"

"孤单是一个人的狂欢"带头送花椒币。

白静这边的花椒币又增加了不少。

"我是高富帅"："我总觉得这个蒙面的猪头是在骗大家，和白静一起串通好了，骗大家的钱。"

"孤单是一个人的狂欢"："快点给大伙儿来点真的。"

蒙面人阴阴地一笑："好，那我就让你们看看，我是不是和这个美女串通的。"

蒙面人慢慢地拿刀子割向白静的手臂，顿时白静的手臂上流出鲜血来。

白静露出痛苦的表情，但她强忍着痛处，她的嘴里轻声地求饶着："放过我，放过我……"

弹幕：

"因为爱情"："还来真的啊。"

"微微一笑"："肯定是真的啊，坏蛋，放了我们的女神，你想要什么，我们都会给你的。"

"小雨"："报警啊，我们还是报警吧？"

"好久不见"："微微一笑，你最喜欢静静姐，你来报吧？"

11. "微微一笑"宿舍，夜，内

"微微一笑"躺在床上看直播，她看到里面的人让她报警，她瞬间又犹豫了。

"微微一笑"打了几个字："这个事情，我看……"

"微微一笑"又把打出来的字删掉了。

沉默。

12. 白静房间，夜，内

弹幕：

"我是高富帅"："你们这些人，会不会玩啊，就这点屁事情，还要报警？"

路人甲："不过我看这事是真的，那人还真是抢劫犯。"

蒙面人看着白静的鲜血流下来，他的脸上露出了心疼的表情，但这表情很快又被隐藏了起来。

蒙面人露出了凶狠的表情："想看着你们的女神死吗？"

蒙面人又是一刀扎入了白静的手臂。

这一回白静没有忍住痛楚，惨叫了一声。

两道鲜血已流到了桌子上。

弹幕：

"微微一笑"："住手，快住手，别再折磨静静姐啦。"

"好久不见"："废什么话，快报警啊。"

"微微一笑"："你们是男的，你们报警。"

"好久不见"沉默了。

"我是高富帅"："哈哈，连报个警都不敢，哈哈哈。"

"因为爱情"："那位先生，请你放了白静，我们可以给你钱。"

"因为爱情"送花椒币。

"微微一笑"："对、对，静静姐的粉丝们，大家一起来救她。"

白静的众多粉丝开始不断送花椒币。

蒙面人："好，很好，只要我拿到了足够的钱，我会放人的。"

白静面对粉丝们："谢谢，谢谢你们救我，我会报答你们的。"

弹幕：

"猪头三"："你们这些笨猪，真是对你们无语了。这是一个无尽的圈套，不玩了，不玩了。一群猪头。"

"猪头三"下线。

"我是高富帅"："哇，猪头三走了，好像又不好玩了。"

13.快捷酒店，夜，内

"孤单是一个人的狂欢"看着手机屏幕，他拿出了另一部手机，查找着通讯录，翻到了一个名字。

上面显示：闺蜜刘欣怡。

"孤单是一个人的狂欢"拨打了刘欣怡的电话。

14. 街道上，夜，外

雨下得很大。

街道上已无行人。

雨水打在车子后座的玻璃窗上。

一双穿着高跟鞋的女人脚。

车子微微动着。

15. 车子里，夜，内

车子里传来一声声女人的娇喘声和男人的喘气声。

一对男女正在玩车震。

女人似乎就要达到高潮，就在这时，手机铃声响起。

女人伸手去摸索手机，看了一眼来电号码，见是一个陌生号码，立马把电话挂掉了。

女人和男人继续享受车震的欢愉。

手机又响起。

女人有些恼火，接起了电话："谁啊？"

电话那头沉默了一会儿。

女人："你妈个 ×，说话啊。"

16. 快捷酒店，夜，内

黑暗中，传出一个幽灵般的声音："你想报仇吗？"

电话那头传来女人的声音："报仇？神经病，你谁啊？"

"孤单是一个人的狂欢"："我是谁并不重要，但我知道你是谁。"

17. 车子里，夜，内

女人本想挂电话："你知道我是谁？"

"孤单是一个人的狂欢"："你是刘欣怡，你有一个朋友叫白静。"

刘欣怡："你知道我？白静？我已经和这个贱人没关系了。"

男人对刘欣怡还想有动作，却被刘欣怡推开。

刘欣怡对着电话："你想干什么？报什么仇？"

18.快捷酒店，夜，内

"孤单是一个人的狂欢"："你想不想让白静身败名裂，或者是让她死？"

19.快捷酒店，夜，内

刘欣怡几乎是要从车里跳起来，对着电话，有些惊疑："你说什么？让她身败名裂，让她死？"

电话那头，"孤单是一个人的狂欢"的声音："是的，我可以帮你。"

刘欣怡："怎么帮我？"

20.快捷酒店，夜，内

"孤单是一个人的狂欢"："白静现在正在直播，只要你上线，把她的真面目揭穿了，就能让她身败名裂，甚至是可以借刀杀人。"

电话那头的刘欣怡："借刀杀人？杀了白静？"

"孤单是一个人的狂欢"："快，机会不容错过。"

"孤单是一个人的狂欢"说完话，便挂了电话。

21.车子里，夜，内

刘欣怡对着电话："喂，喂，你到底是谁啊？怎么挂了？"

车里的男人爬了起来，亲着刘欣怡的脸。

刘欣怡轻轻地推开男人："赵总啊，我现在有点事，等我忙完再陪你玩。"

刘欣怡回味着刚才的电话："机会不容错过，让白静这个贱人身败名裂，看她的直播。"

刘欣怡打开了直播软件，看到白静正在直播中。

刘欣怡的嘴里还骂了一句："绿茶婊又在勾引男人了。"

男人："看什么呢？"

刘欣怡："一个绿茶婊在直播。"

男人：“这女的怎么受伤了，还流着血？”

刘欣怡：“什么流血？”

刘欣怡仔细一看：“还真是流血，背后还站着一人，什么情况？”

刘欣怡的眼睛慢慢瞪大来。

22. 白静房间，夜，内

蒙面人手中的刀子还横在白静的脖子下。

白静：“过会儿你拿了钱就走吧。”

蒙面人：“我知道，不过现在钱还不够。”

白静：“你给我一个账号，以后我再打给你一笔钱。”

蒙面人：“哼，你当我傻子啊，以后，以后你报警怎么办？”

白静：“我……我不会的。”

弹幕：

“微微一笑”：“我们给你钱，你快点放了静静姐。”

“因为爱情”：“放了我的女神，我现在就给你一笔钱。”

“我是高富帅”：“你们这些人真是钱多人傻。”

“好久不见”：“喂，那个‘高富帅’，你不是很喜欢白静吗？现在怎么见死不救了，你是不是人啊？”

“微微一笑”：“是的，见死不救，不是人。”

“我是高富帅”：“谁说不救她了，不就是给点钱嘛，老子是高富帅，老子有钱人。”

白静的粉丝们又送上了大量花椒币。

蒙面人显得有些得意，慢慢地把刀子放了下来。

白静松了一口气，像是已经得救了。

23. 车子里，夜，内

刘欣怡看着直播，旁边的男人也在看。

男人：“是在直播绑架吗？”

刘欣怡："绑架？"

刘欣怡想起了刚才电话里那个男人的话："白静现在正在直播，只要你上线，把她的真面目揭穿了，就能让她身败名裂，甚至可以借刀杀人。"

刘欣怡阴阴地一笑："这个绿茶婊，不知道搞什么鬼，还会有这么多粉丝给她送花椒币，送礼物。哼，我要你好看。"

刘欣怡也迅速地发了弹幕。

24. 白静房间，夜，内

弹幕：

"容易受伤的女孩"："你们都别被这个绿茶婊蒙骗了，她是一个狐狸精，勾引闺蜜的男朋友，不得好死。"

路人甲："什么情况？绿茶婊，白静是绿茶婊吗？"

"容易受伤的女孩"："对，就是这个绿茶婊，和闺蜜的男朋友上床，不要脸，不要脸。"

"因为爱情"："不可能，我们的女神不可能是这样的人。"

"好久不见"："对，你谁啊？敢来这里污蔑女神，滚、滚、滚。"

25. 车子里，夜，内

刘欣怡有些生气地："这群傻×，还不相信我。"

她继续发弹幕。

26. 白静房间，夜，内

弹幕：

"容易受伤的女孩"："我就是你们女神的闺蜜，不，现在不是闺蜜了，这个贱人，抢走了我的男朋友。"

"猪头三"："好玩，闺蜜为了抢男人，反目成仇，怎么感觉像电视剧的情节啊。"

"我是高富帅"："三头猪怎么又上来了？"

"猪头三"："你们一家三口才是三头猪。"

路人甲："上来看戏的。"

"孤单是一个人的狂欢"："这里的戏越来越精彩了，变成宫斗戏了。"

"容易受伤的女孩"："信不信随你们，反正我要是撒谎，就死全家。"

"我是高富帅"："有意思，太有意思了。"

路人甲："我们相信你，反正现在的小姑娘只要给钱就能上床，你男朋友肯定是给白静美女钱了吧，哈哈。"

白静看着屏幕，低下头去。

"容易受伤的女孩"："喂，绿茶婊，你当着这么多网民的面，你敢不敢承认啊？"

"猪头三"："白美女，看你的样子就长得像绿茶婊。"

"微微一笑"："静姐姐，告诉我们，这不是真的。"

白静面露愧疚的神情："对不起，对不起，欣怡，我对不起你，但我也是迫不得已。对不起……"

27. 车子里，夜，内

刘欣怡："哼，整天给我假装可怜兮兮，什么迫不得已，我现在这个样子，就是你害的。"

男人："你这个姐妹长得很不错嘛，玩一次多少钱啊？"

刘欣怡凶狠的目光转向了这个男人："你们男人没一个好东西。"

男人："嘿，你们这种女人，本来就是用来给我们男人玩的嘛，我又不是不给钱。"

刘欣怡彻底怒了："滚，你给我滚。"

男人："什么，你敢这么对我说话？你不想要我的钱了吗？"

刘欣怡："老娘不稀罕你的臭钱，给我滚。"

男人："哼，滚就滚，臭婊子。"

男人提起了裤子，嘴里骂骂咧咧地下车去，重重地关上了车门。

刘欣怡骂了一句："混蛋。"

刘欣怡转而又看直播。

手机屏幕上，白静一副可怜的模样，却让刘欣怡更加觉得厌恶。

刘欣怡打了一行字："有什么迫不得已，抢了我的男朋友，你分明就是看中他有钱。"

28. 白静房间，夜，内

弹幕上显示了刘欣怡发出的字。

随后粉丝们也发上字来。

"因为爱情"："难道我的女神真的是这样的人，抢闺蜜的男朋友？"

"好久不见"："原来我的女神有男朋友，我还这么痴情，一直把她当梦中情人。"

（白静的很多粉丝跳出来。）

"小野一郎"："我们都被骗了。狐狸精，骗人精。"

"忘忧草"："绿茶婊，绿茶婊，绿茶婊……"

"微微一笑"："怎么会这样子？静姐姐，你告诉大家，不是这样的。"

"容易受伤的女孩"："哼，你告诉他们，你到底是个什么样的货色。"

白静："对不起，我的好姐妹，是的，我是为了钱，所以才……"

白静的话还没有说完，手机上一大片弹幕上来了。

弹幕：

"好久不见"："欺骗我们的感情，无耻。"

"因为爱情"："为什么所有女人都是为了钱，这世上还有爱情吗？"

"我是高富帅"："我就说吧，这个白静肯定不是什么好货色。"

"忘忧草"："我的梦中情人原来是这样的人。"

"猪头三"："无语，我也把你当成情人，没想到你一个贱货。"

（一大片骂声。）
白静默默流泪："欣怡，你听我说……"
蒙面人按住了白静的脖子，似乎在暗示她不要说下去。

弹幕：
"容易受伤的女孩"："我不想听你的解释，口口声声说是好姐妹，结果抢我的男朋友，你去死吧。"
"孤单是一个人的狂欢"："对，去死吧，这种贱人，应该死，那个蒙面人杀了这个贱人。"
"猪头三"："对、对，杀了她，玩杀人直播。"
"好久不见"："杀了她，为了除害。"

（此刻，弹幕上全是一边倒要杀了这个白静。）

29. 车子里，夜，内
刘欣怡得意的笑容："死贱人，敢抢我的思明宝宝，去死吧。"

30. 快捷酒店，夜，内
"孤单是一个人的狂欢"从床上站了起来，他看了一眼手机屏幕，痛苦地松了一口气。

他走到了窗户边，望着远方，若有所思。

31. 白静房间，夜，内
蒙面人的刀子又提了起来，蒙面人阴笑了一声："让我替你们杀了她吗？"

白静一惊。

弹幕：

"因为爱情"："杀了她，杀了这个骗子。"

"小野一郎"："杀了她，欺骗我的感情。"

"我是高富帅"："哈哈，快点杀。"

"猪头三"："杀、杀、杀，别再耍我们了。"

"好久不见"："夺走闺蜜的男朋友，太不要脸了，该死，该死。"

"孤单是一个人的狂欢"："只要你杀了她，我们就给你钱，给你很多钱。"

"因为爱情"："对，给你钱，杀了这个女骗子。"

"孤单是一个人的狂欢"又带头送花椒币。

32. "微微一笑"宿舍里，夜，内

"微微一笑"一直沉默着，她看着直播，不知道该说什么好，自言自语："怎么会这样子？怎么会这样？"

33. 白静房间，夜，内

蒙面人："好，我答应你们杀死这个女人。"

白静已经坦然了许多："如果我的死，能够赎罪，我愿意接受死亡。"

网民们并没有去可怜白静。

弹幕：

"好久不见"："贱人，骗子，去死吧。"

"我是高富帅"："别再装了，难道还要我们可怜你吗？"

"猪头三"："喂，快点动手呀。"

白静慢慢地闭上了眼睛，等待蒙面人将她杀死。

蒙面人的刀子插入了白静胸口，顿时雪白的胸膛上一股鲜血流出来，犹如一朵盛开的红玫瑰。

绝望的美丽。

白静咬紧着牙关，面部表情很是痛苦。

弹幕：

"我是高富帅"："刺激，好刺激，插得再深一点。"

"因为爱情"："杀了她，杀了这个背叛爱情的女人。"

（围观的人越来越多，大多是看客，是来看热闹的。）

34. "微微一笑"宿舍，夜，内

"微微一笑"看着手机上的杀人直播，闭上眼睛，不敢去看："怎么办？我该怎么办？"

35. 白静房间，夜，内

房间里的灯光很是昏暗，不时地闪动，像是要熄灭了。

在昏暗中，蒙面人传出一个幽灵般的声音来："再给她一刀，她就必死无疑了，你们想看吗？"

灯光闪了一下，一把小刀子横在白静的脖颈上。

手机屏幕上一下子跳出弹幕来：

"因为爱情"："杀了这个贱女人！"

"微微一笑"："不会是真杀吧？"

"我是高富帅"："假的，肯定是假。哈哈。"

路人甲："你们看看前面割了这么多刀，这次应该也是真的了。"

"孤单是一个人的狂欢"："你倒是真杀给我们看看啊，我们给打赏。"

（白静这边在不断地收到花椒币。关注白静的人数也越来越多，打赏也越来越多。）

刀子已贴近了白静脖子下的皮肉上。

弹幕在不断地发出来：

"猪头三"："杀，杀，杀……"

"我是高富帅"："你倒是快点杀给爷看看呀。"

"因为爱情"："这种女人该死，多她一个不多，少她一个不少。"

"小野"："抢人家男人，死了活该。"

灯光下，露出白静苍白的脸，她冷冷地一笑，目光瞥向房间里那个蒙面的男人。

昏暗的光线下，看不清蒙面男人的样子，但是从穿着上看，是一个年轻的男孩。

蒙面人的嘴角露出一丝凶残阴森。

刀子切入了白静的脖子里。

鲜血从白静的脖子里渗出来。

白静开始挣扎，她有了求生的欲望，一只血淋淋的手伸向网民们，嘴里吐出几个含糊的字来："救命，救我……"

弹幕：

"好久不见"："真杀啊？"

"小别离"："不是吧，好像是玩真的……"

"我是高富帅"："对，就这样切下去，看这个贱人的命有多硬。"

"天使泪"："喂，上面的家伙，好歹也是条人命啊……快住手。"

"微微一笑"急了："有没有人报警啊？"

（还是有人在送花椒币。）

白静脖子上的血已经顺着刀子流下来。

白静痛苦的表情，整个人开始颤抖。

36. 快捷酒店，夜，内

"孤单是一个人的狂欢"看着手机屏幕上播放的直播，在昏暗的光线中，可以看出他默默地流着眼泪，甚至有些痛苦。

37. "微微一笑"宿舍，夜，内

"微微一笑"正在看白静的直播，眼睛瞪大，极其狰狞，她嘴里念着："别，别真杀人啊，不行，必须要报警了……"

"微微一笑"拨打了110号码。

38. 公安局，110值班室，夜，内

新警察阿杜正在值班，把腿搁在桌子上，他也在看直播，不过他看的是一个美女正在唱歌的直播。

手机画面上的美女很性感火辣。

阿杜看得入迷，给直播美女送礼物。

电话铃声响起，阿杜没有接，还是在看直播。

电话铃声不断地响着。

阿杜终于把手伸过去："喂……"

还没等阿杜说什么，电话那头就迫不及待地："喂，110吗，快，快，有人快要被杀了，要死人了……"

阿杜警觉起来："你说清楚点，地点在哪里？"

39. "微微一笑"宿舍，夜，内

"微微一笑"："我也不清楚杀人现场在哪儿。"

电话那头的阿杜："你不清楚，那你怎么看到的？你在什么地方？"

"微微一笑"一边打着报警电话，一边还去盯着另一只手机的屏幕。

屏幕中的画面：蒙面男人的刀子刺入了白静的脖子中去，一股鲜血溅到了屏幕上。

"微微一笑"瞪大眼睛，尖叫了一声："啊……"

40. 公安局，110 值班室，夜，内

阿杜焦急地："喂，喂，你那边到底发生了什么，说清楚点？"

电话那头的"微微一笑"："死人了，他把白静杀死了，是真死人了。啊……"

阿杜："你冷静一点，你告诉我，案发现场在哪儿，你慢慢说。"

电话那头的"微微一笑"："我不知道杀人的地方，噢，对了，警察叔叔，我是在看网络直播，我在看白静的直播，凶手把网红白静杀死了……"

阿杜："网络女主播白静？"

"微微一笑"："对了，你快上平台看一下。"

阿杜连忙去看白静直播视频。

41. 白静房间，夜，内

白静双手捂着脖子，但脖子里的鲜血还是不断地往外涌出来，白静瞪大着眼睛，面目极其狰狞。

突然，白静的一只手松开了，叫出声来："救我，救我，求你们救救我……"

一股鲜血从白静脖子里喷射出来，场面极其血腥。

弹幕：

"因为爱情"："死了？真杀人了？"

"小别离"："是真的，这么漂亮的女主播死了。"

"小野一郎"："太恐怖了。"

"好久不见"："这怎么可能？我的偶像就这么死了？"

路人甲："警察要来抓人了，快离开……"

蒙面人看着白静慢慢死去，他的眼角流出了眼泪来，谁也没有发现。

42. 快捷酒店，夜，内

"孤单是一个人的狂欢"将手机扔在了床上，猛然间，号啕大哭起来，

嘴里喊着："白静，白静，我对不起你，对不起，我亲手把你杀死了……"

43. 街道上，凌晨，外

凌晨的街道很寂静，但这寂静被一阵刺耳的警笛声打破。

一辆警车飞速地驶过道路。

天空下着雨。

44. 车子里，凌晨，内

阿杜的领导曹卫已在警车里，阿杜开着车子。

曹卫："那人是什么时候报警的？"

阿杜："半小时之前。"

曹卫："直播杀人？现在的罪犯真是猖狂了。事情属实吗？"

阿杜："肯定不是假，我看了那网红最后倒下的一刻。"

曹卫："迅速找到那直播女孩的位置，说不定还有救。"

阿杜："好，刚才我已查过，那网红住在湖畔花园，但是具体住在哪里不清楚。"

曹卫："调集警力，尽快找到被害人的住处。"

阿杜："是。"

45. 小巷子，凌晨，外

警车拐进了一条小巷子，这是一片老小区。

曹卫打开车窗门，向外望去。

小区的路边只有一盏昏暗的路灯照下来。

雨水打在曹卫的脸上。

阿杜："一个漂亮的'九〇后'女孩，怎么会住在这么低档的小区？"

曹卫没有说话，一脸沉默。

46. 小区居委会，凌晨，内

居委会主任本来是一副睡眼蒙眬的样子。

曹卫："你们这里发生了命案，凶手应该还没有逃远，所以请您配合我们工作。"

居委会主任听了阿杜的话，突然惊醒了："什么？什么？我们这里发生了命案？死人了？在哪个单位几楼的业主啊？"

阿杜："叫什么名字不知道，所以让你们帮忙。"

居委会主任："我们这里是个老小区，住的人员也很复杂，很多外来务工人员。你们这样叫我们找，真的很难找到。"

阿杜："因为那个女主播用的是网名，我们不知道她的真名，不过是个年轻漂亮的女孩。噢，对了，这是她的照片。"

阿杜拿出手机，手机上显示了白静的照片。

居委会主任眉头一皱。

曹卫："抓紧复印一百份，把这个女孩的照片散发出去，只要她住在这个小区，肯定有人见过。"

阿杜点点头："嗯，好。"

47. 湖畔花园，清晨，外

小区里停满了警车。

有些窗户打开，探出一颗脑袋，看着下面的警车，很无语地骂一句："一大清早来这么多警车，死人了？"

窗户"砰"的一声关住。

48. 湖畔花园，小区道路上，清晨，外

曹卫靠在车子边抽烟。

脚下都是烟蒂。

曹卫一夜未眠，眼睛里带着血丝。

阿杜带着一大妈跑过来："头儿，这位阿姨说见过白静。"

曹卫扔掉了还没抽完的香烟，看着大妈："你认识那个女孩？"

大妈："那姑娘叫什么我不清楚，但我知道她住在哪个单元、哪一层，这姑娘白天也不上班，被我撞见过好几次，我以为是做那个的，不过好像没看见她带男人来过。"

曹卫："走，快带我们去。"

49.湖畔花园，白静房间门口，清晨，外

大妈带着曹卫和阿杜上来，后面还跟着几个警察。

大妈："就是这个房间。"

大妈指着白静租处的房门。

曹卫看了一眼阿杜，阿杜会意，上前去敲门："你好，抄水表的，有人在吗？"

没有人回答。

阿杜再敲门："屋里有人吗？"

还是没有一点响动。

周围一片死寂。

阿杜甚至把枪拔了出来，他的双手紧握着手枪。

曹卫给阿杜一个眼神，让他把枪收回去。

大妈的眼神中带着一些迷茫，刚想说话，曹卫对阿杜示意撞开门。

阿杜得到指令，往后退了一步，猛地往前冲过来，把门撞开了。

空气凝固。

阿杜等人正要往屋子里冲进去。

一股臭味扑鼻而来，阿杜他们都捂住了鼻子。

大妈叫出来："什么东西这么臭呀？臭死了。"

曹卫捂了一下鼻子，但他很快就进入了房间。

50.白静房间，清晨，内

窗帘没有拉开，房间里还是很昏暗，空气里弥漫着恐怖的气氛。

曹卫已进入房间，阿杜也跟着冲进来，阿杜的手中拿起枪。

但房间里没有人，那个蒙面人已离开。

只有一具尸体。

白静的尸体。

她瞪大着眼睛，脸上也带着一丝诡异的微笑。

恐怖。

阿杜心里惊了一下，手还捂着鼻子。

白静的脸蛋已经肿胀，眼球凸了出来。

门口的大妈看到了里面的死尸，惊恐地大叫出来："啊，死人了……"

曹卫明显保持着镇定，他走到卫生间，推开那扇门，里面的空间很是狭小，漆黑，也没有人。

阿杜看着白静的尸体，突然一股恶心感上来，他向门口冲了出去。

曹卫走到白静的尸体旁，看了一眼白静。

白静脸上诡异的笑容。

曹卫看到白静面前的一只手机。

还有另外一只手机。

手机旁还有一摊没蒸发完的水。

曹卫的眉头一皱。

51. 白静房间外，楼道上，日，外

楼道上已围观了一些群众，七嘴八舌议论纷纷。

群众甲："真死人了？"

群众乙："死的还是一个年轻漂亮的姑娘？"

刚才那个大妈："这姑娘我见过好几次，不知道是干什么的。"

群众甲："会不会是做那个的啊？"

群众丙："这就不清楚了。"

群众甲："毕竟做小姐来钱快嘛。"

居委会主任："别乱说，死者为大。"

大妈："年纪轻轻死了，真是可惜。"

阿杜还在那里呕吐。

女法医宋小慈上楼来，看到了阿杜："阿杜，你怎么了？"

阿杜："不知道怎么回事，尸体已经臭了。"

宋小慈没再和阿杜多说话，往白静房间里走了进去。

52. 白静房间，日，内

窗帘已经拉开。

外面的天还下着雨。

房间里透进来一丝亮光。

宋小慈走到了曹卫的身边："曹队。"

曹卫："来了？"

宋小慈点了一下头，她很快戴上了口罩和橡皮手套，靠近白静，动了一下白静的脑袋，对尸体没有一丝畏惧感。

白静瞪大的眼睛和脸上诡异的微笑。

宋小慈熟练地检查着白静的尸体，看了一眼白静的眼神，一副死不瞑目的样子。

一旁的曹卫："让死者合上眼吧。"

宋小慈微微点头，用手去抚白静的眼睛。

没有合上。白静还是瞪大着眼睛。

宋小慈再为白静合眼。

还是没有合上。

曹卫眼神中露出惊异之色。

宋小慈："正常，死者死了已经有两天。"

曹卫："有两天？不可能。"

宋小慈："尸体上已出现尸斑，尸体散发臭味儿。死者死亡时间至少有两日。"

阿杜站在白静房间门口，叫了一声："不可能。她今天凌晨才被害的，就算现在还是夏日，天气热，也不可能一个晚上，尸体就出现这种状况。"

宋小慈："我读了七年法医，工作已经三年，不会出现这种判断失误的，尸体已经开始出现巨人观现象。"

阿杜疑惑地："巨人观？"

曹卫的眼睛也眯了一下。

阿杜："不可能，怎么可能？她被害前，我还看了她的直播，哦，对了，这个女主播还有大量粉丝，他们都可以做证，她是昨晚，或是今天凌

138　都市夜未眠

晨才死的。"

宋小慈没有再回阿杜的话，面向曹卫："曹队，这具女尸我们带回去验尸，明天给你化验报告。"

曹卫微微点了一下头。

白静的尸体被抬走了。

曹卫观察着房间里的一切。

一个警察将白静的一只手机装入了透明袋子中，正要去捡另一只手机。

曹卫上前去："等等。"

警察停止了动作。

曹卫伏下了身子，从这只手机的位置上看过去，刚好和那只被装入袋子里的手机原先放着的方向是平行的。

曹卫沉思。

阿杜已经恢复了，但他还是捂着鼻子，走到曹卫身边："头儿，怎么了？"

曹卫："没什么。"

阿杜挠了挠后脑勺："真是奇了怪了，明明是昨晚才死的人，这个宋法医偏偏说死了两三日了。专业水平在下降啊。"

曹卫："阿杜，你迅速去找到那个报警的女孩，还有那些参与死者死前直播的人。"

阿杜："是。"

53. 湖畔花园，楼下，日，外

楼下已围满了群众。

白静的尸体从楼里面抬了出来。

群众让开了一条道。

群众里有两个年轻的女孩子，一个女孩看着白静的尸体被抬出来，忍不住流下眼泪来，她正要冲上去，被旁边的另一个女孩给拉住了。

这个女孩正是刘欣怡，她轻声地骂了一句："死有余辜。活该。"

流泪的女孩叫高玥："你别说了好不好，她毕竟死了。"

刘欣怡"哼"了一声。

白静的尸体被抬进了车子里。

车子离开湖畔花园小区。

54. 白静房间，日，内

曹卫站在窗户边，拉开窗帘看着楼下。

他注意到了那两个女孩。

两个女孩见车子开走，也消失在了人群中。

曹卫摸了一下下巴的胡子茬，若有所思，转身观察房间里的情况。

刑事技术员小徐过来："曹队，整个房间我们都检测过来，只发现死者一个人的指纹，没有检查到凶手的指纹。"

曹卫："这个凶手很狡猾，具有极强的反侦察能力。"

小徐："是的，他肯定是在作案的时候戴了手套。"

曹卫："还有没有发现别的线索？"

小徐："发现了这个瓶子。"

曹卫接过了小徐手中的瓶子，念出了上面的字："复生康胶囊。是什么药？"

小徐："是一种抗癌药物。"

曹卫："抗癌？"

55. 偏远小县城，邮局，日，内

这是一个破旧的小邮局。

"孤单是一个人的狂欢"戴着墨镜，将卡里的钱全部取出，装入了旅行包里，然后匆匆地离开了小邮局。

（也可换成取款机。）

56. 公安局，大办公室，日，内

"微微一笑"被传唤到了公安局，神色惊慌地："我真的什么都不知道，我只是白静的铁粉。"

阿杜："你是她的铁粉，你会不知道她的情况？"

"微微一笑"："我知道她人很好，她不装，但没想到她会是这样的人。"

阿杜做着笔录，抬头看着微微一笑："她是怎样的人？"

"微微一笑"："抢了闺蜜的男朋友。"

阿杜："抢人家男朋友？"

"微微一笑"点头："我们以前都不知道的，我们都以为白静姐姐是单身女神。可能就是因为这个，伤了很多粉丝和很多宅男的心，所以……"

阿杜："嗯，这一点很重要。"

"微微一笑"："其他的事情，我真的什么都不知道啦。"

阿杜记录着。

就在这时，曹卫快步走进了大办公室，对阿杜："阿杜，召集大家到会议室开会。"

阿杜："好。对了，头儿，这是报警的那女孩。"

曹卫站住了脚步，用深邃的目光盯着"微微一笑"。

"微微一笑"被曹卫看得低下头去。

曹卫："让她到我办公室，你们先去会议室等我。"

阿杜："是。"

57. 曹卫办公室，日，内

曹卫办公室布置得很简易，桌上的烟灰缸里堆满了烟头。

曹卫又点了一根烟，凶猛地抽了起来，他一夜未眠，眼睛里布满了血丝。

"微微一笑"偷偷地瞧了一眼曹卫，又立马低下头去。

曹卫："小姑娘，不用怕我。你多大？"

"微微一笑"："二十一岁。"

曹卫："还在读书啊？"

"微微一笑"点点头。

曹卫："为什么不早点报警？"

"微微一笑"："啊？"

曹卫："或许能阻止凶手杀人。"

"微微一笑"："一开始大家以为是在演戏，是为了刺激。没想到，没想到……"

"微微一笑"说着抽泣了起来。

曹卫："有看清那个凶手的样子吗？"

"微微一笑"摇摇头："没有，他蒙着面，看不到相貌，不过，应该是个年轻人，年纪肯定不大。"

曹卫摸着下巴："你确定那个凶手是在昨天午夜的时候劫持并杀害白静的？"

"微微一笑"："我确定，我确定，因为平时白静也是在这个时候上线的。"

曹卫："你仔细想想，还有没有其他线索？"

"微微一笑"皱着眉头："线索？线索？对了，静姐姐被蒙面人劫持前，直播时我看她冒出很多汗来，可能是太累了，身子太虚弱。其实我们有很多粉丝还是很心疼她，所以也会送她很多礼物，大方的男的还送花椒币。"

曹卫："花椒币？"

"微微一笑"："对，花椒币，可以转成钱。"

曹卫："哦——"

"微微一笑"："对了，这次直播的过程中，因为大家一开始也觉得很刺激，所以送静姐姐花椒币的人很多。"

曹卫："网民寻求刺激，给网红送花椒币。"

曹卫的目光深邃，在思索着什么。

"微微一笑"："其实很多人还怀疑过这是一个圈套。"

曹卫："是凶手和白静一起设计的双簧？"

"微微一笑"点点头："是的。"

曹卫："好，我知道了，你先回去，如果我们还有什么问题，我们会给你打电话。"

"微微一笑"："嗯。"

"微微一笑"正走到曹卫办公室门口，又突然回过身来："对了，警察大叔，你们一定要尽快抓住那个杀人凶手。"

曹卫只点了一下头。

58. 公安局，会议室，日，内

曹卫召集着办公室的警察在开会。

曹卫："网络女主播在直播过程中被杀害，这案子局长已经知道，我们必须尽快破案，抓住凶手，才能不引起市民的恐慌。"

阿杜："头儿，我已经在查昨天看白静直播的那批网民，通过这些人来找到蒙面杀手的线索。"

曹卫："嗯，好，刚才那个小姑娘已经跟我说了一些线索，阿杜你尽快去查一下白静的账户，刚才小姑娘说到了白静的粉丝给她送了大量的花椒币，我怀疑凶手已经转到他的账户上，把钱取走了。"

阿杜："我立即去查。"

阿杜起身离开会议室。

曹卫对一个叫乔曼的女警察："乔曼，你去查一下白静的社会关系，最主要的是她在我们这座城市的男女朋友，对了，尤其是和她年纪差不多的女朋友。"

女警察乔曼："是，头儿。"

曹卫："小蒋，你问下宋法医那边，尸检报告什么时候能出来。"

小蒋："头儿，刚才我已经问过宋法医，她说下午三点能拿到报告，是否要催一下她？"

曹卫摸了一下下巴，思索一下："不用了，我们下午直接去宋法医那边。"

59. 偏远乡村的小路上，日，外

一辆破旧的中巴车开在乡村道路上，显得很是颠簸。

"孤单是一个人的狂欢"坐在靠窗的位子，看着车窗外的风景。

贫穷的小山村。

他的眼前出现了白静的幻影。

村子口，扎着马尾的白静，穿着朴素的衣服，提着箱子离开山村。

车子慢慢地停了下来。

司机师傅喊了一声："西坑村到了，不要忘记带随身物品啊。"

"孤单是一个人的狂欢"回到现实中，他提着旅行包下车去。

60. 曹卫办公室，日，内

阿杜急匆匆地走进了曹卫办公室："头儿，这个白静所有账户上的钱都被取走了。"

曹卫："凶手知道白静银行卡的密码？"

阿杜："是的，应该是凶手逼迫白静说出来的。"

曹卫："不对，那个小姑娘好像没有说起这个细节，凶手没有逼白静说出密码。"

阿杜："我再跟那个小姑娘确认一下。"

曹卫："我们现在去宋法医那边，在车上打电话给那个小姑娘。"

阿杜："好。"

61. 殓房，日，内

宋小慈正在检验白静的尸体。

曹卫带着阿杜进来。

宋小慈看到了曹卫他们来到，但还是继续验尸。

曹卫在旁边看着白静的尸体，白静的脸和尸身极其苍白，同时他也看到了白静身上的伤口，以及那致命一刀的伤口。

宋小慈的同事把一份报告拿了过来，白静接过报告，看了上面的内容，随即又把报告交到曹卫的手中。

宋小慈："我的推测没有错，死者死亡时间就是在前天。"

曹卫看着报告，抬眼看了一下宋小慈。

阿杜："啊，怎么可能？不可能啊，我明明是今天凌晨看到的直播啊，对了，那个小姑娘也是在今天凌晨看到的。"

宋小慈："事实摆在眼前。"

曹卫："尸体有没有可能在某种化学物质的促使下加速腐化？"

宋小慈："有这种可能，但是这具尸体不可能。"

阿杜还是怀疑："喂，小慈法医，你确定？"

宋小慈："我确定。"

曹卫摸着下巴："我们不要把时间纠缠在这个问题了。"

宋小慈微微点了点头，开口道："曹队，我在检验尸体的时候，还发现死者其实已经得了……"

曹卫还没等宋小慈说完，就拿出了白静房间里找到的药品，接上了宋小慈的话："癌症。"

宋小慈看着药瓶："对，癌症，这种药物就是治疗癌症的。"

阿杜："啊？你们是说这个白静已经得了癌症，然后又被残忍地杀害？这女孩真是太可怜了。"

宋小慈看着白静的尸体："是的，太可怜了，她的亲戚通知了吗？"

阿杜："刚查明了身份，她是湖南一个贫困的小山村里的，已经在联系当地派出所。"

宋小慈："她在这座城市没有别的朋友吗？"

阿杜："应该有，我们也在找了。"

曹卫一直没有说话，思考着问题，自言自语着："得了不治之症，在直播的过程中被害，钱被转走，她为何不把这笔钱用来治病？"

阿杜："可能也觉得自己不行了吧，但没想到留下来的钱，又被大恶人给劫走了，那凶手真是不得好死。"

曹卫："白静已经死亡两天，但她直播却是在昨天晚上？"

阿杜："是啊，这件事实在是太诡异了。"

宋小慈站在一旁深思，开口道："白静的死亡时间不会有错。"

曹卫："那么只有一种可能，直播的视频内容是假的。"

阿杜："啊？视频内容是假的？"

曹卫："有没有可能视频是之前录制好的？"

阿杜："这个，好像有可能。"

曹卫："走，回警局。"

曹卫和阿杜快步走出殓房去。

62. 曹卫办公室，日，内

曹卫他们正在看白静的手机，手机充着电。

白静手机屏幕上播放着白静的直播内容。

阿杜："头儿你真是料事如神，这直播内容竟然真的是录制好的。"

曹卫皱着眉头，深思着。

阿杜："怎么会是这样子？这段视频是谁录制的？"

曹卫："凶手，或者是白静。"

阿杜："他们要录制这个视频做什么？"

曹卫："更大的可能是凶手逼迫白静录制视频，然后让自己尽快脱身。不好……"

阿杜："头儿，怎么了？"

曹卫："凶手很有可能早已不在我们这座城市，已经逃之夭夭了。"

阿杜："对啊，如果白静死了已经有两天了，那凶手可以花两天时间逃跑，两天时间足够他逃到国外去了。"

曹卫站了起来："如果他逃到偏远山区，藏匿起来了，要找到他也会变得很困难。"

63. 山区小山村，日，外

"孤单是一个人的狂欢"走在山道上，望到了一个小山村，他擦了一把汗，继续往前走。

迎面走来一个砍柴的农民。

"孤单是一个人的狂欢"连忙走上去："老伯，红旗小学怎么走？"

农民："红旗小学啊，顺着这条山道一直走，走到底，左转，再往前走三公里就到了。"

"孤单是一个人的狂欢"："好的，谢谢老伯。"

农民："哎，那个小学很破旧了，都快倒塌了，小伙子，你是来支教的吧？"

"孤单是一个人的狂欢"淡然一笑，没有回答农民，继续往前走去。

64. 曹卫办公室，日，内

曹卫在办公室徘徊着，思考着问题。

这时，女警察乔曼敲了敲门："头儿，我们找到了白静生前的两个女朋友。"

曹卫眼前一亮，像是看到了希望："把她们带到审讯室。"

乔曼："是。"

65. 审讯室，日，内

刘欣怡和高玥坐在曹卫对面。

曹卫只看了一眼她们，便认出了这两个女孩："你们去过案发现场。"

刘欣怡一口否认："案发现场？没有。"

曹卫："就在今天早上，只是你们没有上楼来。"

高玥："是的，警察叔叔，我们是去过……"

刘欣怡拉了一下高玥，让她不要再说。

高玥还是把话说完了："但小草，噢，就是白静，她的死，真的和我们没关系。"

刘欣怡："对，她的死和我们没有半毛钱关系。"

乔曼："喂，她好歹是你们的朋友，你这人怎么这样！"

刘欣怡："哼，她陈小草是个贱货，死有余辜。"

阿杜："讲话注意文明。"

曹卫："阿杜、乔曼，你们先下去，我单独和她们谈谈。"

阿杜和乔曼走了出去。

曹卫看着刘欣怡和高玥，两个女孩子被曹卫的眼神盯得发毛。

曹卫点了一根烟，抽起来。

刘欣怡耐不住了："我说警察叔叔，我们俩真的没杀人。"

曹卫："没说你们杀人。"

刘欣怡："那你为什么要审我们？"

曹卫："你们有嫌疑。"

刘欣怡瞪大眼睛："我们怎么可能有嫌疑？"

高玥："对，警察叔叔，我们和小草是好朋友，不可能会杀她的。"

刘欣怡："她明明是被蒙面凶手杀死的。"

曹卫看着刘欣怡："你也知道？"

刘欣怡："我……"

曹卫："你看了白静被杀死的直播过程？"

刘欣怡："我……"

高玥："欣怡，你看着小草直播时被杀？"

刘欣怡低下了头去。

曹卫熄灭了香烟："你们只要实话实说，很快就能回去，不然在这公安局过夜可不好。"

刘欣怡："对，我看了。很多人支持那个蒙面人杀死陈小草。"

曹卫："哦，很多人？你是说很多网民？"

刘欣怡："是的，网民们都认为陈小草该死，所以让那个蒙面人杀了她。"

高玥："怎么会这样？虽然小草做错过事情，但是罪不至死啊。"

曹卫摸着下巴，目光深邃："是网民一起杀了网红女主播？"

66. 地铁上（也可以是在公交车上），傍晚，内

"我是高富帅"（前面可以出现过，露出过他的脸）其实就是个普通职员，挤在地铁里看手机新闻，他看到了新闻头条。

特写：标题显示，网红女主播直播时被杀害提供凶手线索者有重赏

"我是高富帅"看着新闻内容，紧张起来，他害怕地看了看周围，生怕旁边有什么人注意着他。

我是高富帅看到了白静被杀现场的照片，他皱起眉头来："怎么会这样？这事太恐怖了……"

突然后面有一只手拍了一下"我是高富帅"的肩膀。

"我是高富帅"吓了一跳，他连忙转过身去："是、是马姐啊！"

同事马姐："哎，小涛，你怎么了？在看什么呢？瞧把你吓得。"

马姐瞥了一下小涛的手机，看到了新闻图片："噢，你也在看这个新闻，唉，现在的女孩子出来打工也不容易啊，直播时被杀，太恐怖了。"

"我是高富帅"："是、是，都不容易……"

"我是高富帅"内心："对不起，白静，如果我们不怂恿那个凶手，你可

能也不会死，对不起，你不要来找我，是我无知，是我想看热闹。对不起。"

马姐又拍了一下"我是高富帅"的肩膀。

"我是高富帅"又吓了一跳。

马姐："小涛，你今天是怎么了，胆子怎么这么小？"

"我是高富帅"："我，我，可能是上班太累了。"

马姐："嘿，上次姐给你介绍的对象你们发展得怎么样了？"

"我是高富帅"："马姐，人家看不上我。"

马姐："啊？这人怎么会这样？"

"我是高富帅"："也不怪人家，我一个月就三四千工资，没房没车，老家在农村，父母都是农民。我长得也不好看，人家看不上我，也没什么。"

马姐叹了一声。

"我是高富帅"内心："我也想自己是一个高富帅，但这只能是做梦了，唉！"

67. 审讯室，傍晚，内

刘欣怡要从座位上站起来："警察叔叔，我们什么时候能走啊？我晚上还约了长江集团的张总呢。"

曹卫："坐下，事情还没问完。"

刘欣怡："你倒是快点问啊！"

曹卫："据我们调查，当时引发网民们让凶手杀死白静的事情，是因为她抢了她闺蜜的男朋友。那个闺蜜是你吧？"

刘欣怡："我，不是……"

刘欣怡想不承认，但高玥接上："警察叔叔，这件事其实很复杂。"

曹卫："没让你说话。刘欣怡。"

刘欣怡猛地抬起头来。

曹卫："如果你不说实话，等事情查清楚后，你很有可能面临坐牢，所以请你想好了再回答我。"

刘欣怡开始害怕起来了："警察叔叔，事情真的不是你想象的那样，我承认，我就是陈小草的闺蜜，是她勾引走了我的男朋友思明。"

68. 风景区，日，外

李思明开着车带刘欣怡和白静兜风。

刘欣怡在副驾驶欢呼尖叫着。

白静坐在后面，没有说话，看着车窗外的风景。

李思明从反光镜中注视着白静，露出色眯眯的眼神。

69. 高尔夫球场，休息处，日，外

李思明和刘欣怡刚打完高尔夫，白静坐在椅子上休息。

李思明："美女，你怎么不玩玩啊？"

白静笑着摇摇头："我不会。"

李思明："我教你，来吧。"

刘欣怡："思明，小草不会玩就别玩了，我们去喝咖啡吧。"

李思明不理睬刘欣怡，把白静从座位上拉了起来："有我这么厉害的师父在，一教就会。"

70. 高尔夫球场，日，外

李思明搂着白静，在教她打高尔夫，白静很是不自在，想要挣脱开，但被李思明紧紧地搂住。

李思明贴着白静的耳朵："做我的女人吧？"

白静惊讶地瞪了李思明一眼："放开我。"

李思明："我给你钱，很多钱。"

白静："放开我。"

不远处的刘欣怡叫着："思明，你们在干什么啊？"

李思明根本不理睬刘欣怡，将一张银行卡塞进了白静的胸口处："里面有十万，密码是六个八，跟了我每个月都给你十万。"

白静猛地推开了李思明："混蛋。"

李思明看着白静跑走，脸上露出淫邪的笑。

71. 酒店，白静房间，夜，内

白静拿着李思明给她的银行卡，内心很是纠结，她终于还是站了起来，走出了房间。

71. 酒店，李思明房间，夜，内

白静按了李思明的房门，李思明打开房门看到是白静，对她一笑："我知道你会来找我的。"

白静："这卡还给你。"

卡扔到了李思明的手里，白静正要转身离去，却被李思明一把抱住了，随后抱进了房间里。

白静被李思明直接扔到了床上，随后白静的裙子被李思明撕开。

白静叫着："不要，不要……"

白静挣扎着，还是被李思明压在了身子底下。

（景同上。）

李思明在房间里抽烟。

白静赤身裸体躺在床上，眼泪流下来。

李思明："没想到，呵，你竟然还是第一次。好了，别哭了，这是五万块。"

李思明又扔了一张银行卡给白静。

白静看着银行卡，眼泪禁不住直流。

就在这时，刘欣怡冲进了房间，看着房间里的一切，她怒视着李思明和白静。

李思明冷冷地看了刘欣怡一眼。

刘欣怡："李思明，你怎么可以这样？"

李思明："你，我已经玩腻了。你，以后就从我眼前消失吧。"

刘欣怡："思明，你不要我了？"

李思明："走吧。"

刘欣怡："不，我不走，白静，你这个贱人，是你勾引我的思明。"

刘欣怡冲到了白静面前，对着白静就是一阵乱打。

白静："欣怡，欣怡，不是这样的……"

白静没有反抗，仍由刘欣怡暴打。

李思明从背后一把提起了刘欣怡，对着她的脸就是"啪啪"两巴掌，怒吼了一声："好了，贱人，你给我滚，快滚。"

刘欣怡对白静："陈小草，你这个贱人，我恨你，恨你。"

刘欣怡愤怒地离开李思明的房间。

白静披上了衣服，拼命地跑了出去："欣怡，欣怡，你听我解释……"

72. 审讯室，傍晚，内

曹卫："你的前男友是李思明？"

刘欣怡点点头："是的，如果不是因为陈小草插足，说不定我们现在已经结婚了。"

曹卫拿起身边的电话打通了阿杜的电话："阿杜，你过来一下。"

片刻后，阿杜进来："头儿，什么事？"

曹卫："把华成集团的李思明带来问话。"

阿杜："李思明，就是那个飙车案的富二代？"

曹卫："是的，他可能涉嫌害死陈小草。"

阿杜："啊？他是嫌疑人？"

曹卫："快去办。"

阿杜："头儿，这个富二代不好惹啊，他爸是我们市的首富……"

曹卫："废什么话，快点去。"

阿杜："是。"

曹卫的目光转向了另一个女孩高玥。

高玥的胆子似乎很小，低着头。

曹卫："你也是陈小草的闺蜜？"

高玥只是点点头。

曹卫："你们是什么时候认识的？"

高玥才抬起一点头来："我和小草是最早认识的，她刚来这座城市时，无依无靠，身上的钱也被偷了，因为我和她老家很近，所以让她先在我那里挤了一个月，后来她找到了一份在餐厅打工的工作，才搬出去的。"

曹卫："你和她是老乡？"

高玥："嗯，我们都来自湖南的小山村。"

曹卫："那她是什么时候开始做网络女主播的？"

高玥："小草是我们几个女孩中长得最好看的，大约是从去年直播刚兴起的时候，她在餐厅里认识了一个女孩，那个女孩说做直播很赚钱。然后她就开始做了，但是她从来不拿情色的东西去吸引粉丝，穿得都很清纯，没想到这样也得到了很多网民的喜欢，吸引了一大批粉丝。她做直播每个月能赚到比餐厅打工多十倍的钱，所以她就辞了餐厅的活儿，专心做直播。"

曹卫："听你说这么多，其实陈小草很纯洁。"

高玥："是的，我一直这样认为的，从我们那种小地方出来的女孩，其实心地都很善良。"

刘欣怡："哼，得了吧，勾引我的男朋友，还善良？她真是死有余辜。"

高玥："欣怡，你就别说了，她都死了。"

曹卫："你知道她的老家在哪里吗？"

高玥："凤凰下面一个很偏远的小山村。"

73. 小山村，傍晚，外

"孤单是一个人的狂欢"快到了红旗小学，他看到了那一面红旗飘在空中。

破败的小学门口。

"孤单是一个人的狂欢"似乎看到了白静，白静从小学的门口走出来，迎面走向他，他也似乎听到了白静的声音："是你吗，东野？"

"孤单是一个人的狂欢"应了一声："是我，我是东野。"

东野的眼前出现了第一次见到白静时的情景。

74. 白静房间门口，日，外

东野一身快递哥的工作装，快步跑上了楼梯。

东野面带微笑，面对镜头："你永远不可能敲开所有的女人的门，但是我可以。对，我是快递哥，一名快乐的快递哥，我叫东野。"

东野站在了白静的房门口："看我的。"

东野敲门。

里面传出来白静的声音："谁啊？"

东野面对镜头："听着好像是一个美女的声音哦。"

东野回答："有你的快递。"

很快，门打开了。

白静低着头签收。

东野看着白静，慢慢地睁大了眼睛。

白静抬头发现了东野的眼神："你在看什么？"

东野："没，没什么……"

白静签收完，拿着快递要关门。

东野终于鼓起勇气："请问，你是白静吗？"

白静点头："看来以后我出门得戴上墨镜啦。"

东野："你真是白静吗？"

白静："如假包换。"

东野："我是你忠实的粉丝，你的直播我都看。"

白静高冷地淡然一笑："谢谢你的支持。"

白静回到房间去。

东野很是兴奋地跳起来："我见到了偶像啊。"

75. 东野住处，夜，内

东野等待着白静的直播。

白静上线。

东野立马送出了礼物和花椒币。

"孤单是一个人的狂欢"："女神好，我是快递哥，是你最忠实的粉丝。"

东野的手机屏幕上，白静微笑着嘟起嘴："么么哒，谢谢你。"

弹幕：

"我是高富帅"："拍马屁的人还真是多，这么点花椒币算什么？"

东野又送出了大量花椒币。

"孤单是一个人的狂欢"："女神，永远支持你。（玫瑰玫瑰玫瑰）"

短镜头：

A.东野兴冲冲地跑来白静住处，送快递。白静签收，只对东野点了一下头，东野很开心。

B.白静直播。东野不断送礼打赏。

C.东野送快递给白静，白静面无表情，拿到快递，立即关门。东野看着紧闭的门，皱起了眉头。

76.审讯室，夜，内

曹卫还在问刘欣怡和高玥话，阿杜带着李思明进来。

李思明："别碰我，我自己会走。真是神经病，大晚上把我带到这种地方来。"

阿杜："头儿，人带来了。"

刘欣怡看到了李思明一下子兴奋起来："思明，思明。"

李思明冰冷地看了一眼刘欣怡，随后对曹卫："我说曹队长，你大晚上的不去抓小偷，叫我来干吗啊？"

曹卫："你和陈小草是什么关系？"

李思明："陈小草？不认识。"

曹卫："我再问你一遍，你和她是什么关系？"

李思明："噢，我记起来了，她只是我的一个炮友啦。"

曹卫："你知道她被杀害了吗？"

李思明："啊？死了？不会吧？这种女人，多一个不多，少一个不少。"

刘欣怡突然插了一句："思明，我们恢复关系吧？"

李思明看了一眼刘欣怡："炮友关系，随时都可以恢复啊。"

刘欣怡："你……"

曹卫："李思明，请你正经点，现在你所说的话，我们都有记录。所以请你最好想清楚了再回答我。"

李思明打了一个哈欠："我说警察大叔，我要回去睡觉了，你不知道我日理万机很忙吗？"

阿杜："你还有心思回去睡觉？你知不知道你也是杀害陈小草的嫌疑人？"

李思明："什么？你是在跟我开玩笑吗？我杀了陈小草？你说话负点责任好不？"

曹卫："阿杜。"

阿杜不说话了。

李思明："还是你们领导懂事点。"

曹卫："李思明，前天下午到晚上，你在干吗？"

李思明："嘿，警察大叔，你还真怀疑我？哼，我在干吗，你们管得着吗？"

曹卫："如果你不配合我们调查，我们更加有理由怀疑你。"

李思明："好，你们随便怀疑。反正啊，我从现在开始就不说话了，等我律师来了，让他和你们说。"

曹卫瞪着李思明。

审讯室外响起了吵闹声。

曹卫："外面什么情况？"

77. 审讯室外大厅，夜，外

曹卫从审讯室里面走了出去。

乔曼拦着来者："你不能进去，我们头儿在里面审嫌疑人呢。"

来者："我是记者，我就问你们这边的领导几个问题，马上就走。你让我采访一下他。"

来者是《都市早报》的记者。

记者："你好，你是这边的领导吗？我是《都市早报》记者何媛，关于网络女主播白静的死，你们目前有什么线索吗？"

阿杜也走了出来："我们暂时无可奉告。"

记者："白静是直播时被杀害的，当时有很多网民参与了，曹队长，对于此事你怎么看？"

曹卫沉默着。

阿杜："我们正在侦查，等有确切消息了，一定第一时间公布。"

记者还想问什么，这时，李思明从审讯室里面走了出来。

李思明："我没有杀人，我可以走了吧？"

记者一下子就看到了李思明："这不是李思明先生吗？曹队长，你们是不是怀疑李先生和白静的死有关？"

曹卫喝了一声："阿杜，还不把这个记者请出去！"

阿杜："我们这里在工作，请你出去吧。"

阿杜去拉这个记者。

记者："曹队长，你不能赶人啊，你们到底查到了什么？谁是凶手？李先生，你能接受我的采访吗，听说你和死者有过交往？"

记者被阿杜和两个保安推出了公安局。

李思明："曹队长，如果你没什么证据，我现在可以走了吧？"

李思明说着要往外走去，曹卫："不准走。"

李思明："什么？"

曹卫："你是重大嫌疑人，所以我们还有许多话要问你。"

李思明："你敢拘禁我？你知道我爸是谁吗？"

曹卫："你爸是天皇老子，我也不会放你。"

阿杜："头儿，我们还是不要做过头了。"

曹卫瞪了阿杜一眼："把他带到审讯室，继续问话。"

李思明发怒了："你这个臭警察，我警告你啊，你今天要是不让我走，你以后就别想在这儿混了。"

曹卫："带进去。"

李思明被推进了审讯室。

78. 审讯室，夜，内

曹卫："李先生，请你配合我们的工作。"

李思明："我已经说了，我和那个死了的女人已经有一个多月没见面了。"

曹卫："最后一次见面你们发生了什么事？"

李思明："她问我要钱，你知道的，这种女人和我都是炮友关系，就像她。"

李思明看了一眼刘欣怡。

刘欣怡："你……你混蛋。"

李思明冷笑一声："你们让我快乐，我给你们钱，不是炮友，难不成还有别的关系吗？"

刘欣怡要冲上去打李思明，被乔曼拉住。

李思明："噢，对了，那个死了的女人，其实姿色还可以的，但是床上功夫不行，后来我也没兴趣了，不过她总是问我要钱，我就特烦这种女人。真是贪得无厌。"

高玥："小草不是这样的女孩。"

曹卫分析着李思明的话，同时看了高玥一眼。

李思明："最后一次见面就是问我要钱，被我一把推倒在了地上，此后就没再见面了。"

李思明又补充了一句："哦，对了，我把她推倒后，没想到这小贱人还有男人跟着她，很快就跑上来扶她了。对了，是个快递哥。呵呵。"

曹卫的目光深邃。

79. 停车场，日，外

雨天，飘着细雨。

白静被李思明推倒在地。

李思明已进了跑车里，旁边坐着一美女。

快递哥东野跑上来扶住了白静："白静你没事吧？"

白静看了一眼快递哥，一把推开了他："我不需要你来可怜。"

李思明看着白静轻蔑地一笑，随后一脚油门，飞驰而去。

白静站了起来，她的脸上已被雨水和泪水模糊，她往前走着，有些跌跌撞撞。

东野跟在白静身后，很是担心，又不敢去扶她。

突然，白静摔倒在地。

东野连忙跑上去，抱住了白静，白静的面色苍白。

东野："白静，白静，你怎么了？我送你去医院。"

白静虚弱地："不用。送我回家就行。"

东野："好，好。"

东野抱起白静，拦了一辆出租车。

80. 封闭的房间里，夜，内

梦境：白静满脸是血，眼睛里也流出血来，她的一只手伸向东野，嘴里传出来幽怨的声音："求求你，救救我，救救我……把命还给我，还给我……"

81. 山村小屋，夜，内

东野从睡梦中惊醒过来，叫喊着："白静，白静……"

东野看了看周围的环境，屋子里的灯光很是昏暗，他泪流满面："白静，我会完成你的心愿。"

东野的眼前又出现了白静的身影。

82. 白静房间，日，内

东野把白静送到了她的房间里。

白静躺在床上休息。

东野给白静倒了水："你喝点水。"

白静接过杯子，手在颤抖。

东野："真不用去医院吗？"

白静摇头。

东野："那，那你好好休息，我，我走了……"

东野刚要转身，白静："等等。"

东野："什么？"

东野连忙转过身去，看着白静，似乎在期待什么。

白静："你过来。"

东野慢慢地走向白静，竟然有些紧张。

白静拉住了东野的手。

东野一阵颤抖。

白静："你喜欢我吗？"

东野愣住了，他在想是不是要发生什么，他不知该如何回答："我，我……"

白静："喜欢吗？"

东野低下头，不敢去看白静，但还是轻轻地点了一下头。

白静："我想请你帮个忙。"

东野："帮忙？"

白静："嗯，如果你答应帮我的忙，你想干什么，我都会答应你。"

东野："这个，这个……白静，其实我，我是喜欢你，不过你放心，我绝不是那种人，我不会乘人之危，我，真的……"

东野显得有些语无伦次。

白静淡淡地一笑，她知道眼前这个快递哥也是一个淳朴的人。

东野："只要，只要我能做到的，不违法的事，我一定会帮助你的。不过我帮了你，我也不会对你做什么的，其实我最大的心愿就是每天能够看到你。"

白静："好，谢谢你。"

东野："你说吧，让我做什么。"

白静："杀了我。"

东野不敢相信似的："什么？你说什么？杀，杀了你？"

白静："对，杀了我，我们玩一个杀人的游戏，而且我也为你想好了逃脱的办法。"

东野："不行，我怎么可能杀了你？你疯了。"

东野甩开了白静的手，往门口逃去。

白静从东野背后传来乞求声："求求你，帮我，杀了我……"

东野逃下楼去，他实在不敢相信这一切。

83. 湖畔花园，楼下，黄昏，外

天空下着雨。

东野仰面朝天，雨水淋湿了他的身子、他的面颊。

东野冷静下来后，回转身去看身后的楼道，他还是慢慢地走了回去。

84. 白静房间，夜，内

东野湿漉漉地站在白静面前。

白静看着东野，乞求的眼神。

东野："你，你是不是有什么难言之隐？"

白静给了东野一个微笑，但眼睛里却含着泪水："我的生命已经快结束了。"

东野很是惊讶："啊？"

白静："我得了癌症，晚期，只剩下半个月的时间，但是我心愿还没有完成。我想在死之前多挣一些钱，报答我当年的老师，重建我们那里的红旗小学。"

白静的眼泪流了下来，但她很快用手擦拭了。

白静："李思明是勾引了我，但我也想从他那里得到钱，因为这样钱来得快。我没时间了，我知道这样做很贱，也对不起我的好朋友，但我实在是没有办法了。"

东野："如果你需要钱，我把我所有的积蓄都给你。"

白静："不，我和你非亲非故，而且我马上就要死了，我无法偿还你。"

东野："我不需要你的偿还。"

白静坚持："不。我知道你也不容易，如果你心里对我有一丝爱意，就请你帮助我，杀了我。"

东野："杀了你？"

白静："对，在我直播的过程中，你扮成凶手，慢慢地杀了我。"

东野："杀人直播？"

白静微微点头："那些网民不是喜欢刺激的吗，那就给他们来刺激的，以此来得到大量的花椒币。"

85. 山村小屋，夜，外

外面划过一个闪电，照亮了屋子。

东野泪流满面："白静，你放心，明天一早，我就把钱交到鲁校长的手里。"

86. 空镜头

城市慢慢地苏醒过来，由黑暗变成光明。

87. 报刊亭边，日，外

"猪头三"一边吃着包子，一边看着手里的《都市早报》，他看到报纸上的内容，突然停了下来。

报纸上的标题，特写：

网红女主播白静之死。

凶手是富二代？闺蜜？网民？

还是另有其人？

"猪头三"看着报纸上的照片，有白静被杀的现场，还有富二代李思明的照片。

"猪头三"："什么网民也是凶手，这个记者真是乱写。我看就是这个富二代杀的，对，情杀。立马枪毙这个富二代。"

88. 办公室，日，内

几个上班族刚上班，拿着《都市早报》在议论。

一个中年男子："我觉得这个记者写得还蛮有道理，网民参与了直播过程，确实是导致这个网红被杀的一大因素。"

旁边一个女孩："虽说是网民参与了杀人过程，但还是有真正的凶手在，你们说这凶手会不会还在咱们市啊？"

另一个女孩："感觉好可怕啊。"

"好久不见"坐在一旁听着，他的电脑页面上打开的是《今日早报》的电子版，他听着同事们的谈话，从心底里发出一个声音："对不起，白静。"

89. 曹卫办公室，日，内

曹卫的办公桌上也放着一份《今日早报》，他还是抽着烟。

阿杜进来，看了一眼《今日早报》："头儿，这个记者动作还真够快的，不过好多内容都是乱写的啊。"

曹卫举起一只手，让阿杜不要打扰他，他思索了片刻："陈小草老家的地址找到了吗？"

阿杜："哦，找到了，我正是来汇报这事的。"

阿杜把陈小草老家的地址写在一张纸条上。

曹卫拿过纸条看了一眼："真正的凶手很可能就在这里。"

阿杜有些不解地："啊？"

曹卫快步走出门去，阿杜急忙跟在身后。

90. 空镜头

山区清新的早晨。

破败的红旗小学，五星红旗在风中孤独地飘扬着。

渐渐地能听到孩子们的声音。

91. 红旗小学，鲁校长办公室，日，内

鲁校长握着东野的手："昨晚还睡得习惯吧，真是不好意思啊。"

东野："哪里，校长您太客气了。"

鲁校长："昨天太晚了，所以先安排你住下，你说你是小草的朋友，是小草叫你来的？"

东野点点头："是的，小草叫我来的。"

鲁校长："小草最近可好？"

东野脸上露出一个微笑，心里却很是难过："她，她很好，她出国去了，所以派我来看望你们。"

鲁校长："出国了啊？有出息，有出息，她是我鲁强最有出息的学生啊。"

东野微微点头，拿起了手中的手提包："这些钱就是她叫我带给你的，还有这张卡，总共有五十万元，她说让您拿着这些钱，把红旗小学重建一番，然后剩余的钱存在您这里，补贴那些贫苦的孩子。"

鲁校长听着东野的话，已是热泪盈眶，他的手颤抖着，声音也是颤抖地："这个钱，我不能收，她一个人在外面打拼也不容易的。"

东野："不，这是她的心愿……"

东野差点要说出是白静死前的心愿，但他很快就接上："她出国前跟我说了，这次一定要先帮她完成这个心愿，等她从国外回来，会抽出时间来看望您，她说到时希望能看到新建的红旗小学。"

鲁校长微微点了点头："小草对我们红旗小学这样的恩情，我不知道该如何报答了。"

东野："小草说您是她一辈子的恩人，她也希望孩子们不要像她这样这么早辍学，要尽量地去考大学，多学些知识。"

鲁校长老泪纵横："我愧对小草啊。"

东野的眼中也充满了泪水，他的眼前又浮现了白静的音容笑貌，隐隐地听到了白静在说感谢他的话。

92. 机场外，日，外

曹卫和阿杜从飞机场出来，一个警察和曹卫打了招呼，握了手，接上了他们。

警车驶出了机场。

93. 红旗小学，操场上，日，外

操场上有几个孩子在做游戏。

东野拿着行李包，鲁校长："你好不容易来这里一趟，多住几天再走吧。"

东野："不了，谢谢鲁校长的好意。"

鲁校长："哪里哪里，是我不好意思。"

东野："鲁校长，这里的派出所在哪里？"

鲁校长："派出所？你要去那里？"

东野点了一下头："是的，我还有点事，要找警察同志。"

94. 道路上，日，外

警车开在道路上。

曹卫和阿杜坐在警车里，开车的司机是当地的警察。

警察："两位同志一路上辛苦了。你们说的那个陈小草的村子，我们已经查过了，我们现在就去当地的派出所。"

曹卫："辛苦您了。"

曹卫说完话后，看着窗外的景色和连片的山峦，很快他就睡了过去。

95. 镇上小路，日，外

东野背着旅行包，问了一个当地人后，向派出所的方向走去。

96. 镇子口，日，外

曹卫他们坐着的警车驶进了镇子。

97. 派出所，日，外

一栋破旧的小楼，门口挂着一块牌子，上面写着：林峰乡派出所。

警车开进了院子里。

东野走向派出所门口，这时他看向了警车。

曹卫从车子里下来，抬头看到了东野。

东野的目光也刚好直视着曹卫。

四目相对，久久凝视着对方，似乎是一对早已认识的老朋友相见。

（全片终）

枫桥幸福生活

1. 枫桥镇，日，外景

空镜头：千年古镇枫桥全貌。

字幕：

毛泽东的话：你们诸暨是个出名人的地方，美女西施和画家王冕都出在这里。

2. 香榧林，日，外景

晨曦中的香榧树。微微的阳光照下来，穿过香榧树，有鸟鸣声，一片祥和宁静的景象。

3. 枫桥老街，日，外景

枫桥老街上，枫桥人民的日常生活：有小轿车开过，有电瓶车骑过，有老百姓们相互打招呼的声音。

画外音：

一个中年男子的声音："陈所，换新车了？"

陈善良："怎么样？"

中年男子的声音：“早该换了，之前那破车都骑了有十几年了吧。”

4. 西施面馆，日，内景

画外音：下油锅的声音。炒菜时勺子和锅相碰的声音。

5. 西施面馆，日，外景

特写：西施面馆的招牌。

画外音：

男顾客的声音：“面馆西施，我的三鲜（爆鳝）面有没有好？”

面馆西施骆美俪的声音：“出锅啦。”

6. 西施面馆，日，内景

骆美俪端着一碗热腾腾的色香味俱全的三鲜（爆鳝）面放在了吃客面前。

骆美俪：“慢慢吃。小心烫。”

吃客：“吃了十多年西施面馆的面，还是全枫桥镇上顶好吃的面。”

骆美俪：“谢谢，谢谢照顾生意……”

7. 枫桥镇上，孝义路，日，外景

一声撞击声和急刹车声。

一个外地男人倒在了地上。

一声惨叫：“啊……”

面包车的挡风玻璃上溅上了鲜血。

旁边另一个瘦小的外地男子大叫着：“死人啦，撞死人啦……”

面包车司机连忙下车查看，倒地的胖的外地男子不省人事，额头上有血。

孝义路上有群众往这边跑过来。

8. 西施面馆，日，内景

一个和骆美俪差不多年纪的妇女胖嫂在骆美俪耳边说了几句话。

骆美俪突然生气："什么？"

胖嫂点点头："在学勉中学门口，手牵着手，很亲热。"

骆美俪："这小子竟然……"

骆美俪在面馆里左顾右盼了一下，看到桌子上放着一根擀面杖，拿起擀面杖："看我怎么收拾他？"

骆美俪说着冲出西施面馆去。

9. 枫桥，小天竺门口，日，外景

陈善良（便衣）："来，两人握个手，言好吧。"

一对"九〇后"小夫妻握手，男子轻轻地抱了一下妻子。

陈善良："嘿，这就对了嘛。这么小年纪离什么婚？我这么多年都还没离……"

陈善良的手机铃声响起。

陈善良接起电话："什么？孝义路，老百姓们围住肇事司机了。好，我就在附近。"

陈善良挂了电话，快步向孝义路方向赶去。

10. 枫桥派出所外，日，外景

骆美俪的两只脚快步地走着，一副风风火火的样子。

11. 枫桥孝义路，事故现场，日，外景

枫桥镇的人民群众围着面包车司机，对司机和倒地胖的外地男子指指点点。

路人甲："（诸暨方言）人都撞死啦，倒灶了。"

路人乙："（诸暨方言）是个啊，这个司机要倒灶了。"

面包车司机一副可怜兮兮的样子，带着乞求的语气："我真的不是故意的。"

瘦小的外地男子："我都看到你在打瞌睡。你还狡辩？"

面包车司机："我……"

旁边一个枫桥老百姓："唉，在孝义路上开车就应该慢一点。"

面包车司机："我开得不快啊。"

瘦小的外地男子："不快？不快能把人撞这么惨？赔钱，赶紧赔钱！"

面包车司机双手一压裤袋："这，这要多少啊？"

瘦小的外地男子："十万。"

面包车司机："十万？我一年也赚不了这么多钱啊！"

瘦小的外地男子："不拿钱？不拿钱就把你送派出所。"

这时，陈善良（便衣）气喘吁吁地赶到，立即挤进人群。

12. 枫桥派出所，日，内景

小枫桥正要走出门。

骆美俪冲进来："小枫桥，看你往哪儿跑？"

小枫桥看到了骆美俪和她手中拿着的擀面杖，忙嬉皮笑脸："嘿，师母啊，我师父不在。"

骆美俪："我找你这只癞蛤蟆。"

小枫桥张大嘴巴："找我？"

骆美俪拿起擀面杖，追着小枫桥绕着桌子跑。

小枫桥："师母，我到底犯了什么错？为什么说我是癞蛤蟆？"

骆美俪："你是不是在追我们香榧子？"

小枫桥："啊？"

骆美俪气喘吁吁："是不是？"

小枫桥停下来："我小枫桥是真心实意喜欢她的。"

骆美俪："你还敢说？看我不打断你的腿。"

骆美俪拿着擀面杖，挥打过去。

小枫桥："哇……"

小枫桥一个闪身躲开，随后连忙往门外逃去："师母，我现在有急事，等我回来跟你解释。"

骆美俪："给我站住。"

小枫桥已经跑出派出所。

骆美俪继续追。

13. 枫桥孝义路，事故现场，日，外景

警车停在路边，车上几个年轻民警走了下来，警灯持续闪着。

枫桥镇老百姓："警察来了，警察来了。"

瘦小外地男子："警察同志啊，你们给评评理啊。"

派出所女警察钱小涵上来，看到了倒在地上受伤的胖男子："先送医院，救人要紧。"

瘦小外地男子："啊，不用……"

这时，陈善良站在一旁，暗暗观察，没有上前去。

钱小涵："不用？你难道想看着你朋友没命吗？"

瘦小外地男子："那，那也得让他把钱先拿出来。"

面包车司机："我身上就这么点钱。"

面包车司机往身上摸钱，连硬币也掏了出来。

陈善良看了看躺在地上胖的外地人，他发现草丛边上有几滴鲜血，随即往旁边的路边走去。

14. 枫桥五显桥上，日，外景

王小枫气喘吁吁，大汗淋漓，一路跑到了五显桥上，骆美俪叉着腰上桥，大口喘着气，嘴唇煞白，却依然拿着擀面杖虎视眈眈。

一阵自定义手机铃声突然响起，正是骆菲（香榧子）的声音。

手机铃声："亲爱的小枫桥，香榧子让你接电话啦！亲爱的小枫桥，再不接电话香榧子要杀过去了！"

小枫桥赶紧拿出手机按掉电话，错愕地看向骆美俪。

骆美俪一听到手机铃声，一下子又来气了，一股劲儿上了桥。

骆美俪："小枫桥，你个小句头，你……你给我站住！"

小枫桥拔腿跑去。

15. 枫桥孝义路，事故现场，日，外景

边上，陈善良走进密集的花木中，仔细查看一番，发现了一个被捏扁的矿泉水瓶，水瓶里面还残留着一些红色的液体。

陈善良走近，俯身将水瓶捡起，凑近鼻子闻了闻。

这一边，瘦小的外地男子还在叫着："必须拿出十万来。不然别想跑。"

钱小涵对一个男民警说道："叫救护车。"

那个男民警拿出电话拨打出去。

瘦小的外地男子："不，不用。私了了就行，（对司机）快给钱，我带他去医院，（看着司机手里的零钱）这，你打发谁呢？（指着倒地的外地男子）都喷血了，没看见吗？"

钱小涵走出人群一点，朝边上喊去："陈所。"

陈善良转身走了过去，钱小涵接过陈善良递过来的空瓶。

陈善良来到胖的外地男子边上，蹲下，用手指在胖的外地男子脸上抹了一点血，一闻，对着钱小涵一点头。

陈善良："年轻人，起来吧！"

胖的外地男子："哎哟！我的头好晕，哎呀！我好像看不见了，眼前黑咕隆咚的。"

钱小涵闻了下瓶子，一阵皱眉。

陈善良突然严肃："好了！起来！"

陈善良突如其来的威严，吓得躺在地上的外地男子一阵抖动，旁边围观的群众也不明所以。

路人甲："这个人是谁呀，这么拽的喽？人都伤成这样了，还这么凶？"

路人乙："枫桥派出所的陈所长，听说是个人物哪！"

路人丙："（对男朋友说）快！快拍下来，耀武扬威给谁看呢！一会儿发到网上去。"

这时，钱小涵举起空瓶，指着胖的外地男子："大家请看，他头上的血，也就是这个瓶子的血，不是人血，应该是黄鳝血。"

围观人群恍然大悟。

面包车司机："你这个碰瓷的死骗子，拿黄鳝血浇头上讹诈我，躺在地上装死尸倒是装得挺像的，我当时就该一踩油门撞死你这个社会败类。"

面包车司机冲到胖的外地男子边上，弯身想要拉起他，民警想要阻止。

胖的外地男子的衣服刚被拉起，就挣脱开来站起，两个碰瓷的外地男子就向人群缝隙钻出，快速逃跑。

几个年轻民警立马追。

围观群众高举双手："抓住他们！抓住他们！"

胖的外地男子跑了一会儿："不行了，我跑不动了。"

这时，小枫桥和红枫义警队迎面跑来，两外地男子左闪右躲。

红枫义警队秘书长陈荣周大叫一声："把他们两个扣牢。"

两外地男子被小枫桥拦下一个，被钱小涵等民警和红枫义警队包夹住一个。

两外地男子被众人压住肩膀。

小枫桥："看你往哪儿跑？"

钱小涵："跑啊，继续跑啊。"

陈善良站在后面，露出一个淡淡的笑。

16. 西施面馆，日，内景

骆美俪回到了西施面馆，生气地放下了擀面杖："哼，小枫桥，跑得了和尚，跑不了庙。竟敢追求我的女儿。"

骆美俪拿出手机，给女儿香榧子打电话："喂，你和小枫桥是不是在一起了？开会，开什么会啊……啊，喂，喂。"

听筒里传出"嘟嘟嘟"的声音。

骆美俪："呵，臭丫头，竟然敢挂我的电话。"

骆美俪在西施面馆里，气得团团转。

17. 枫溪村，村委会办公室，日，内景

香榧子刚开好会，她拿着手机，脸上露出一副忧愁的神色，她给小枫桥发微信。

18. 空镜头

连绵的枫桥江（展现绿水青山的美好乡村景色）。日，外景。（航拍）

19. 五显桥上，日，外景

《浙江日报》美女记者肖敏在拍照，她拍下了陈善良和小枫桥的背影，背景就是枫桥江。

她看了一下自己拍下的照片，露出满意的笑容。

肖敏在后面喊了一声："陈所长。"

陈善良和小枫桥回头，看到了肖敏，小枫桥："师父，美女记者来了！"

20. 枫桥派出所，所长办公室，日，内景

小枫桥给肖敏泡了茶，肖敏接过点头致意。

肖敏："谢谢！"

小枫桥插话："美女记者，我师父身上的事迹可多了，三天三夜都讲不完。"

肖敏："哦？那你先说说。"

小枫桥："刚才我师父，就识破了两个碰瓷的骗子……"

陈善良："回头我再找他们聊聊，为什么会去碰瓷？如果能把他们拉上人生正道，多好。"

肖敏做着笔记，认真地听着。

21. 西施面馆，日，内景

骆美俪还是一副想不通的样子："不行，为了女儿的幸福，我必须让这个小枫桥断了念想。"

骆美俪擦了擦手，解下了围兜，看了一眼桌子上的擀面杖，这一回她没有拿擀面杖，而是直接走了出去。

22. 西施面馆，日，外景

骆美俪快步地向枫桥派出所走去，突然迎面撞到了一个人，骆美俪：

"走路长点眼睛。"

那人没有回骆美俪的话，而是拉低了自己的黑色鸭舌帽，匆匆离开。

骆美俪回头看了一眼鸭舌帽男子，没有多想。

23. 枫桥派出所，所长办公室，日，内景

陈善良刚讲到兴头上："还是要坚持'不推一把拉一把，不帮一时帮一世'的'枫桥经验'原则。"

小枫桥："对、对、对，我小枫桥小时候就是因为师父拉了我一把……"

肖敏来了兴趣："哦？你犯过什么错误？"

小枫桥："嘿，那时啊……"

陈善良突然半仰头，阻止鼻血流下。

小枫桥看到了："哎，师父，你怎么了？"

肖敏连忙拿纸巾。

陈善良把纸巾团了一下，塞住了鼻孔："最近有点上火。"

24. 枫桥派出所门口，日，外景

大门，有民警和红枫义警队队员相伴交谈，走出。

骆美俪走到了派出所门口，思索了一下，骆美俪内心："呵，他们不是喜欢用'枫桥经验'来以理服人吗，我骆美俪今天也给这个小枫桥讲讲道理。"

骆美俪舒出一口气："否要生，否要生。"

骆美俪整理了一下衣服，走了进去。

25. 枫桥派出所，所长办公室，日，内景

陈善良的鼻孔里塞着一小团纸巾。

肖敏记者："陈所长没事吧？"

陈善良："没事，没事。"

肖敏："我听说，'枫桥经验'博物馆已经在筹备当中了。"

陈善良："是啊，这是枫桥人半个多世纪来积累下的宝贵财富！"

肖敏："那我可得好好报道一下。"

陈善良："嗯，这是个好事啊。让更多人了解'枫桥经验'，把它发扬光大，让全国人民都晓得啦，才能更好地打造新时代的'枫桥经验'。"

肖敏点头听着，不时在本子上记录着。

小枫桥："我师父可把一辈子的心血都扑在了'枫桥经验'上。"

肖敏写完抬起头："一个人一辈子，一个'枫桥经验'。对，就用这个作为标题。"

陈善良乐呵："走，先带你去看看我收集的一千多件关于'枫桥经验'的资料……"

肖敏："好啊。"

陈善良等人刚要起身走出去，骆美俪已经站在了门口，看着他们。

小枫桥看到骆美俪，往后退了一步，扶着凳把手，咽了下口水。

26. 枫溪村，村委会办公室门口，日，外景

香榧子拿着笔记本，从村委会里面走出来。

村主任陈旭东叫住了香榧子："骆霏，等一下。"

香榧子："主任还有事吗？"

陈旭东："亚军香榧的那个何亚军啊，看来得你出面和他谈判一下。"

陈旭东："我看他对你还有点意思。"

香榧子："让我想想吧。"

香榧子快步离开。

27. 枫桥派出所，所长办公室，日，内景

小枫桥："肖记者，要不我带您去外面转转。"

骆美俪站在门口："别想走。"

小枫桥："师母，肖记者是从省城来的记者，家里的事，不方便在这儿说。"

骆美俪："肖记者，你来得正好，听听我们的事，把它报道出来给大家看看。"

肖敏有点尴尬，看了一眼陈善良。

陈善良："没事，肖记者你也听听。来、来、来，大家都坐下来，好好谈。"

陈善良、骆美俪等人按着调解员、当事人的位子坐了下来。

28. 枫桥镇政府，金书记办公室，日，内

金书记握着北京某大学斯教授的手："欢迎斯教授来我们枫桥镇啊。"

斯教授："金书记，我都是你们枫桥的老客人了。"

金书记："对、对，斯教授关注我们'枫桥经验'都十多年了。"

斯教授："我从去年开始，专门给学政法专业的学生开设了一门课，叫人民调解的枫桥经验。"

金书记："感谢斯教授把'枫桥经验'给年轻人推广。"

斯教授："你们这陈善良老陈可是个人物啊，调解成功率达百分之九十八。这可是为政府节约了很大的一笔开支。不过这百分之二……我可真想了解一下。"

29. 枫桥派出所，所长办公室，日，内景

骆美俪突然从座位上跳起来："陈善良你这个没良心的，你是要把女儿的幸福给断送了吗？"

陈善良："怎么是断送了呢？小枫桥跟了我多少年，他的本性我最了解。"

小枫桥："师母，我是真心实意喜欢香榧子。"

骆美俪："给我闭嘴。"

肖敏在一旁看着，有点尴尬。

陈善良："肖记者，让你见笑。"

肖敏："陈所长，要不，你们还是好好说说？"

骆美俪："肖记者，今天你给做个公道人，你知道我一个人辛辛苦苦把女儿带大有多么不容易？"

小枫桥："师母，这你可就错了，师父是为了事业，而且他也一直关爱着香榧子啊。"

骆美俪："你在这儿没有权利说话，我警告你，我是坚决不会让香榧子和你在一起的。"

陈善良："美俪，孩子们的事，就让他们去处理，你就少管。"

骆美俪拿起茶杯，泼水，茶水溅到了陈善良身上：你是想要女儿和我一样不幸福吗？

香榧子进来："妈……"

30. 枫桥老街，"枫桥经验"博物馆筹备处门口，日，外景

金书记带着斯教授过来。

金书记："这里就是老陈在筹备的'枫桥经验'博物馆。"

斯教授："地方不小啊。"

金书记："对，我叫他现在过来。"

金书记说着给陈善良打电话："喂，老陈啊。"

31. 枫桥派出所外，日，外景

香榧子把骆美俪拉出了调解工作室。

香榧子："妈，你怎么能这样对爸爸？"

骆美俪："放开我，你干吗啊？"

香榧子："现在都什么年代了，讲究婚姻自由，我和小枫桥打小就认识，是'确认过眼神的人'，你就别再阻止了。"

骆美俪："呵，是啊，你长大了，翅膀硬了，可以单飞了，不要我这个妈了。"

香榧子："妈，怎么会呢，你是我这辈子最爱的人。"

骆美俪："最爱的不是那个小枫桥吗？"

香榧子："妈……"

骆美俪："跟我回去。"

肖敏追上来："美俪大姐，能不能采访你一下？"

骆美俪："采访我？"

32. 枫桥派出所，所长办公室，日，内景

陈善良："好，好，我现在就过来。"

陈善良挂了电话。

小枫桥一副苦恼的样子，坐在位子上。

陈善良："你师母她……"

小枫桥："师母她也是为了香榧子着想，我知道。"

陈善良："希望你不要怪他。"

小枫桥："怎么会呢？师父，我一直非常敬重师母。我打小就喜欢香榧子，我知道，是我不够优秀，但是我一直在努力，我相信，总有一天，我能让香榧子过上幸福的生活。"

陈善良："你已经很优秀了，好好干！你和香榧子在一起，我很放心，师父也希望你们终成眷属。"

小枫桥激动道："真的吗？师父！"

陈善良点点头："师父支持你，只要拿出'石板道地掼乌龟'的诸暨木陀精神来，天底下就没有做不成的事！"

小枫桥的脸上又露出笑容来："谢谢师父。"

陈善良："走，和我一同去见金书记和斯教授。"

小枫桥："嗯。"

33. 西施面馆，日，内景

香榧子让骆美俪坐了下来，倒了两杯水，一杯给肖敏记者，一杯递到了骆美俪手中："消消气。"

骆美俪看了一眼香榧子："你是我女儿，我能生你什么气？"

香榧子马上过去给骆美俪揉肩："我知道。您都是为我好。"

肖敏环视着西施面馆。

香榧子连忙岔开话题来："肖记者，我跟你说啊，我妈做的面，那可是我们诸暨一绝。"

肖敏："哦？那一定要尝一尝。"

骆美俪："肖记者，到点我就给你做。"

香榧子笑着："给我也来一碗生炒牛肉面。"

骆美俪："别给我岔开话题。"

香榧子抱着骆美俪的手："妈，我知道你这几年很不容易，我也心疼你。"

肖敏坐下来："我听说是美俪大姐一个人把香榧子带大的。"

骆美俪看着香榧子，听她这么一说，舒服多了："可不是嘛，我和那没良心的都分居十多年了。"

肖敏来了兴趣："你和陈善良老师分居十多年了？"

骆美俪："当初我开这家西施面馆，就是因为这个陈善良。"

肖敏："哦？"

34. 枫桥老街，"枫桥经验"博物馆筹备处，日，内景

（内景可以借用陈善平会长正在筹备的枫桥经验博物馆的场景。）

陈善良带着斯教授、金书记走进了"枫桥经验"博物馆筹备处。

一件件和"枫桥经验"相关的文物、资料整齐地摆放着。

斯教授很是惊讶："嚯，老陈啊，东西弄了不少啊。"

陈善良笑了笑："嘿嘿，半辈子的心血啊。所以就是拼了这条老命，这个'枫桥经验'博物馆也一定要开起来。"

小枫桥："师父就是因为这个，才和师母闹僵的。"

陈善良："小枫桥。"

小枫桥："实话实说嘛，师父。"

金书记："不管怎样，我们政府是支持老陈同志的。"

35. 西施面馆，日，内景

肖敏采访着："所以当时您就在这派出所的对面开了这家西施面馆？"

骆美俪："是啊。"

肖敏："您一个人把孩子养大真是不容易。"

骆美俪："唉，这些年啊，有时候想想我能挺过来，也挺幸运的。"

香榧子爱怜地看着母亲。

肖敏："怎么讲？"

骆美俪："早些年这面馆的生意不好，但房租却一直涨啊，有位好心人资助了我，这才挺过来。"

肖敏："那您怎么不和陈所长和好呢，一日夫妻百日恩啊！"

骆美俪猛地站起来："我就是为了这口气，我要让陈善良投降，让他当面向我道歉。不然这辈子我都不会原谅他。"

香榧子："妈，我看你就是新时代的'橡皮碉堡'。"

骆美俪一听香榧子这话，气得跳起来："你说谁是'橡皮碉堡'？谁是'橡皮碉堡'了？"

香榧子："你们把矛盾化解在内部多好啊，但是你呢，我都长大了，你这座'橡皮碉堡'还坚挺地树立在这里。"

肖敏："橡皮碉堡？"

香榧子："就是治不服、攻不破、顽固不化的人。"

骆美俪："你还说。"

香榧子："妈，我就要说，像外公这样的'橡皮碉堡'都被人民群众感化了，你就不能退一步，和爸爸和好了吗？一家人团团圆圆在一起多好。"

骆美俪："你外公，被人民群众感化的'橡皮碉堡'……"

36. 枫桥（20 世纪 60 年代），日，外景

音乐响起：

《我们多么幸福》：我们的生活多么幸福，我们的学习多么快乐，晨风吹拂五星红旗，彩霞染红万里河山……

屋子的墙上刷着鲜红的标语：千万不要忘记阶级斗争、向雷锋同志学习……

枫桥老街上，几个枫桥妇女正在贴一张"禁赌"公告。

37. 空镜头

字幕：1963 年，诸暨枫桥镇。

38. 小天竺门口，日，外景

画外音："拉出去，给我毙了。"

一位地主模样的中年男子（骆荫林）被两个民兵押着，跪在小天竺门口的大树下。

骆荫林撇着嘴，耸起鼻子，一副冥顽不灵的样子。

周围聚集的人民群众不断呐喊着。

人民群众："枪毙了这个'橡皮碉堡'！枪毙了这个'橡皮碉堡'！"

民兵甲："骆荫林，你还不承认吗？"

骆荫林瞪了民兵甲一眼，一副坦然赴死的样子。

骆荫林："你们枪毙我好了！"

民兵甲："真是不见棺材不落泪，我告诉你骆荫林，在绝对的事实面前，抵赖是没有用的！"

飞海："同他讲那么多干吗？骆荫林，你还真以为我们不敢枪毙你吗？"

飞海拔出枪，对准了骆荫林的脑袋，骆荫林的嘴角稍微抽搐了一下，却依然没有多大变化。

突然，身后一个声音响起。

陈家堂："枪下留人！"

众人回头，看到陈家堂大步地走来。

陈家堂："飞海同志，没有我的命令，不许枪毙他。"

飞海拿着枪很不甘心："陈书记，这个'橡皮碉堡'都已经斗了十几回了。"

陈家堂："飞海同志，听我的，先把人带回去。"

飞海"唉"了一声，很不情愿地收起手枪。

39. 枫溪村人民公社，日，内景

公社里聚集了枫桥镇的人民群众，两个民兵将骆荫林带到陈家堂面前。

陈家堂站起来，亲自解开了骆荫林的绳子。

陈家堂："坐吧！"

骆荫林："陈家堂，你少跟我来这套！"

飞海："你不要敬酒不吃吃罚酒！"

陈家堂："哎、哎、哎，都别这么冲动，飞海，给他倒碗水。"

飞海："什么？给他倒水？我不倒！"

飞海说什么也不肯，倔强地站在一旁望向另一侧。

陈家堂朝飞海笑笑，亲自倒了一碗水，放在骆荫林面前。

陈家堂："荫林啊！坐下来吧，现在我们都是平等的。"

骆荫林狐疑地看了陈家堂一眼，还是选择坐下。

陈家堂也在骆荫林面前坐下，喝了一口水。

陈家堂："你们骆家以前确实家大业大，光良田就有一千四百多亩。当年你爷爷借着天灾，欺压村民，剥削乡邻，一下子收了九百多亩地吧？（突然严肃）我告诉你骆荫林，这些事情可不是什么光彩事，这份家业本来也不是你们骆家的。现在已经是新中国了，土地集体所有，进行按劳分配，人人平等，不好吗？"

陈家堂站起来，朝骆荫林展示周围的枫桥镇百姓，骆荫林也一下站了起来。

陈家堂："你看看，现在大伙儿一起干活，一起吃饭，团结协作，没有一个特例。你问问他们，到底好不好！"

一位瘦骨嶙峋的老汉红着眼睛，从人群中挤出来。

老汉："我七十多了，要是在以前，早就躺进棺材了，现在好了，分配到河蚌场磨珍珠粉，你们别看我这样，每天的产量可不比小姑娘少。只要我这双手还能动，就还可以和大伙儿一起生产劳作！"

一个中年人一瘸一拐地出来，此时已是眼泪汪汪。

中年人："前些年我摔断了腿，瘸了。陈书记找到我，亲自安排人教我技术，把我分配到工厂当了技工，我这腿虽然瘸了，却也坚决不拖人民群众的后腿！"

在场的枫桥镇百姓纷纷红了眼睛，人群中爆发出一阵掌声，大伙儿相互看看，彼此之间更凝聚了。

陈家堂此时也红了眼眶，他再次看向骆荫林，此时的骆荫林也有所动容。

陈家堂："荫林啊，你可是民国时期难得的大学生哪，有文化，有内涵，不会连这点道理都不懂吧？"

骆荫林："我……我……"

陈家堂见骆荫林已经有所松动，从兜里掏出一个小本子。

陈家堂："认得这个吗？"

骆荫林看到小本子，面色微变，咽了一口口水，有冷汗逐渐从身上冒出来。

骆荫林："不……不认得……"

陈家堂："不认得？要不要我当着人民群众的面读一读呀？"

骆荫林："（连忙阻止）不、不、不……不用了……我交代……我都交代！"

枫桥镇的百姓见此情况，纷纷惊异地盯着陈家堂，连飞海都惊呆了。

40. 骆荫林家，夜，内

骆荫林用油灯将小本子烧毁，本子化成纸灰和青烟，消失殆尽。

油灯照亮了骆荫林的半边脸，他早已泪流满面。

41. 枫溪村人民公社，日，内

骆荫林坐在陈家堂面前，脸上还有一丝愧疚的红晕。

陈家堂："荫林啊，你就别推辞了，你学的是农林专业，不正好可以管理香榧林吗？学以致用嘛！"

骆荫林："可是……这么好的工作，我……我毕竟是个地主……"

陈家堂："（打断）毛主席说过，能被改造的都是好同志！"

骆荫林："（眼含热泪）对……都是好同志……陈书记，你知道我为什么肯招供吗？因为你是第一个把我当人的人，他们都骂我是'橡皮碉堡'，是扒皮的地主，往死里斗我。但是您不一样，您同我摆事实，讲道理，不打不骂，我服您。"

陈家堂："所以我一直说，咱们枫桥镇的老百姓觉悟高啊！"

42. 空镜头

画外音：

在诸暨枫桥区的试点中，七个公社有六十七名"四类分子"被列为重点对象，斗争会上干部、群众坚持摆事实、讲道理，不打不骂，并且允许斗争对象申辩，结果没有捕一个人，就把全部"四类分子"说服了。

毛泽东同志对枫桥"一个不杀，大部不捉"、采取说理斗争的方式教育说服"四类分子"的做法很感兴趣，当即指出：这叫矛盾不上交，就地解决。

穿插画面镜头：

（1）毛泽东主席作批示的照片（用枫桥经验博物馆中的那张照片）

（2）骆荫林和阿梅在香榧里劳动的照片

（3）体现六十年代枫桥镇美好景象的画面

43. 枫溪村人民公社，日，内景

飞海拿着两份报纸过来，有些激动："陈书记，陈书记，您看您上报了，这里还有毛泽东主席作批示的照片呢。"

陈家堂拿过报纸一看，脸上露出欣慰的笑容："如果我们当时把骆荫林枪毙了，就不会有今天的这份报纸了。"

飞海惭愧地挠挠自己的后脑勺："是，是，我当时差点犯了大错，还是陈书记高明。"

陈家堂："其实啊，还是骆荫林这些枫桥人自己有觉悟。"

陈家堂拿着两份报纸走出人民公社去。

44. 香榧林山脚下，日，外景

陈家堂拿着报纸兴冲冲走来，这时，传来一声婴儿的啼哭声。

陈家堂站住了脚步。

陈家堂回顾四周，发现一个香榧树下有一个襁褓。

陈家堂连忙一边把报纸放进衣襟里，一边快步走了过去。

香榧树下，阳光照下来，刚好照到了婴儿的脸上。

婴儿看到了陈家堂露出一个微笑来。

陈家堂把婴儿抱了起来，向周围喊了几声："谁家的孩子啊？谁把孩子扔在这里了？"

周围无人应答。

只有鸟儿的叫声。

陈家堂从笔袋里拿出笔和纸，蹲下身来，在纸上写字。

陈家堂起身把纸挂到香榧树上。

陈家堂看了一下纸上的寻亲启事，又低头看了看婴儿，才往骆荫林住的屋子走去。

特写："报纸上写下的字"

寻亲启事："今在香榧树下捡到婴儿一个，亲人如果找回来，请找枫溪村人民公社陈家堂。"

45. 香榧林，屋子门口，日，外景

骆荫林和阿梅拿着锄头，往屋子走来，看到了陈家堂抱着一个孩子过来。

骆荫林："陈书记，这孩子是？"

阿梅："陈书记，您不是还没有孩子吗？"

陈家堂："我刚才在山脚下的香榧树下捡到的。也不知道是谁家把孩子扔了，唉。"

阿梅随手放下锄头，连忙走上去，母性爆发，抱过了孩子。

阿梅："好可爱的孩子啊。"

骆荫林走过去："还是个男孩呢。"

陈家堂："这家人可能是有难言之隐，现在贫困的人还太多。"

这时，孩子"哇哇哇"哭起来，阿梅："小宝宝不要哭，不要哭，是不是饿了啊，我给你弄点吃的。"

阿梅说着把孩子抱到屋子里去。

陈家堂："阿梅很喜欢这孩子啊。"

骆荫林笑着："陈书记，要不这孩子我们先收养着？"

陈家堂："这……"

骆荫林："陈书记不肯吗？"

陈家堂："不是不肯，就怕麻烦了你们夫妻俩。"

骆荫林："我们也正打算生一个孩子，刚好，先来一个哥哥。"

陈家堂："那好，你们先收养着，如果有亲人找回来，就把孩子送回去。"

骆荫林："嗯，好的。不过还得陈书记给娃先取个名。"

陈家堂思索了一下："与人为善，做人善良是第一位的，那就叫他善良吧。"

骆荫林："好，善良，善良好。就叫陈善良。"

陈家堂："怎么能跟我姓啊？"

骆荫林："陈书记，我们这一带的老百姓差不多都姓陈啊，你就让孩子先姓陈吧。"

陈家堂："那行，就叫陈善良。对了，荫林，你来看看这份报纸。"

陈家堂从衣襟里拿出报纸，递给骆荫林。

骆荫林看着报纸，眼眶里慢慢湿润了："毛主席都知道我们的事情了？"

陈家堂："是啊，毛主席还作了批示呢。"

骆荫林看着报纸，念了出来："毛主席批示：'此件看过，很好。讲过后，请你们考虑，是否可以发到县一级党委及公安局，中央在文字前面写几句介绍的话，作为教育干部的材料。其中应提到诸暨的例子，要各地仿效，经过试点，推广去做。'"

陈家堂："这是我们枫桥的经验啊。"

骆荫林点头："太好了，陈书记。"

46. 空镜头

画外音：

1963 年 11 月 22 日，毛泽东同志在和当时的公安部领导汪东兴谈话时说，公安部日常的具体工作很多，但最重要的一条，是如何做群众工作，教育群众，组织群众，做一般性的公安工作。从诸暨的经验看，群众起来之后，做得并不比你们差，并不比你们弱，你们不要忘记动员群众。

至此，"枫桥经验"宣告正式诞生。

画面：六十年代（也可以是七八十年代）枫桥镇景色的老照片。

47. 空镜头

字幕：三年后。

香榧林空镜头，也可以拍摄香榧或是小草的嫩芽长出来。（预示着新生事物的诞生。）

48. 香榧林，屋子里，日，内景

屋子里传来婴儿的叫声。

骆荫林抱着一个婴儿。

阿梅躺在床上。

陈家堂拉着小陈善良（三四岁）的手。

陈家堂："荫林，祝贺你啊。"

骆荫林："谢谢陈书记，这一回啊，还得麻烦您给我们的女儿取个名。"

陈家堂："这可不行啊，这是你亲生的女儿啊。"

小陈善良凑上来："好漂亮的小妹妹呀……"

陈家堂摸了摸小陈善良的脑袋："以后给你做老婆好不好？"

小陈善良："好呀，好呀，小妹妹是我的老婆喽。"

大家都笑起来。

骆荫林："一个善良，一个美丽，就叫我的女儿美丽吧。"

陈家堂："叫美丽的人很多，我们这个美丽，可以是以人为本的美丽，用单人旁的'俪'。"

骆荫林："陈书记，这个提议好，以人为本，这可是我们的'枫桥经验'啊，哈哈哈，我们的女儿叫骆美俪。"

屋子里洋溢着幸福的笑声。

49. 空镜头

（画面切换，报纸特写：习近平同志发表继续推广创新"枫桥经验"文章的《浙江日报》画面。）

画外音：

2003 年 11 月，习近平同志在浙江工作时明确指出，要牢固树立"发展是硬道理、稳定是硬任务"的政治意识，充分珍惜"枫桥经验"，大力推广

"枫桥经验"，不断创新"枫桥经验"，切实维护社会稳定。

50. 空镜头

字幕：2003 年。

51. 诸暨某医院（老医院），黄昏，内

骆美俪看到手术室的灯亮起，在手术室外心急如焚，眼泪在眼眶里直打转。

骆美俪急忙冲向医院的公共电话，朝里面放入一个硬币，拨通了陈善良的电话。

骆美俪："（心急如焚）善良啊！不好了，香榧子……香榧子进急诊室了……"

陈善良："你别急，慢慢说……"

骆美俪："（急得眼泪都出来了）说是……说是高烧引起了肺炎……这……这可怎么办啊！要是真的出点什么事……"

陈善良："你在医院等我，我马上过来。"

骆美俪："对了善良，我钱没带够，你多带些出来。"

陈善良："好的，我晓得，你好好待着，没事的。"

骆美俪挂下电话，擦了擦眼泪，顺着电话亭蹲了下来，显得十分焦急无助。

52. 马路，黄昏，外

陈善良蹬着一辆"凤凰"自行车，拼命地往医院赶，此时正值下班高峰期，远处夕阳西下，正是黄昏时分。

陈善良电话（小灵通）响起，陈善良没有接，电话又响起，陈善良停下自行车接起电话："喂，什么？"

53. 枫桥派出所门口，黄昏，外景

收废品的大爷正捆着一沓沓的资料，往三轮车上装。

陈善良赶紧下车，将自行车随手一靠，大喊：停、停、停，放下放下。

陈善良拿过大爷手上的资料，放在一边，然后将三轮车上的资料，一摞摞地往下拿。

老大爷急了："你干吗？这些可是我花钱收的废品。"

陈善良："废品？这些可都是无价之宝，精神财富，不卖。"

老大爷："神经病。你有意见去派出所，这些我可是花了钱的。"

老大爷说完，又去将地上的资料往三轮车上摞。

陈善良："你多少钱买的？我双倍给你钱。"

老大爷狐疑地看着陈善良："四十五块。"

陈善良掏出一张一百元："不用找了，把这些都留下。"

老大爷难以置信地看了眼陈善良，接过钱。

陈善良将所有资料卸下。

老大爷骑着三轮车离开。

54. 枫桥派出所门口，黄昏，外景

陈善良坐在地上开始整理"枫桥经验"的原始资料。

几个年轻的民警走出来。

民警甲："陈队长（陈善良在 2000 年曾代为派出所治安队队长），你在干吗呢？"

民警乙："我们陈队长现在都开始跟收破烂的抢生意了？"

陈善良突然起身，一脸严肃地指着资料，郑重其事："你们这些年轻人，可以不尊重我，但是不能不尊重它们。这些都是我们枫桥人民最宝贵的财富，是前辈们留给咱们最珍贵的文化遗产，我们这些子孙后辈都要去学习、继承和弘扬。"

民警甲："陈队长，对不起。"

陈善良挥挥手，示意让他们离开。

民警们讪讪地转身离开。

陈善良又蹲在地上，小心翼翼地整理。

陈善良将资料摞好，捆在了自行车后座。

陈善良心满意足地看了眼后座的资料，骑着自行车离去。

55.枫桥老街，黄昏，外景

老街路边，一个香榧摊。

陈善良骑车而过，一个紧急刹车，退到小摊前："老板，给我来斤香榧，麻烦快点。"

小摊老板："好嘞。"

陈善良接过一袋香榧急忙离去。

56.诸暨某医院，病房，走廊，夜，内景

骆美俪面无表情地看着熟睡中的香榧子。

陈善良拎着香榧在走廊里找着病房，左顾右看，走进一间。

骆美俪感觉身后陈善良走进，没有任何反应。

陈善良急："香榧子，你怎么样了？爸爸来了。"

骆美俪拦住陈善良走向病床的步伐："出去！"

陈善良："美俪，我给香榧子买了点香榧。"

骆美俪冷笑了一声："原来你还知道你有女儿？我以为你陈善良就孤家寡人自个儿过活。"

陈善良："老婆，你别生气，我是有急事耽搁了，我刚才去抢救资料了。"

骆美俪："陈善良，你的心里到底有没有我们娘儿俩？你给我滚，滚！"

骆美俪疯了一样推搡着陈善良。

香榧子洒落一地。

陈善良："美俪，你干吗，你疯了？"

骆美俪："我疯了，我看是你疯了，你要抱着这堆废纸生活，我偏不如你意。"

陈善良："美俪！"

骆美俪："你就抱着这堆废品过日子吧，咱们以后桥归桥路归路，再见便是陌路。"

陈善良不知所措，想要继续说："这……"

一个护士走进来："这是里医院。请保持安静。"

骆美俪："你走不走？你走不走？"

骆美俪快速四处环望，想要找家伙。

陈善良再深深地看了一眼香榧子，转身离去。

骆美俪呆坐在病床边，一会儿后，香榧子醒来："妈妈，爸爸呢……"

骆美俪："你以后没有这个爸爸了。"

香榧子哭着："爸爸，我要爸爸……"

57. 枫桥派出所，治安队办公室，日，内景

陈善良将资料搬进了派出所自己的办公室里。

几个年轻民警站在办公室门口张望："陈队长，你怎么把这些又搬回来了？"

陈善良大声对众人："这些资料我暂时存放在派出所，要是你们当中再有人敢打这些资料的主意，别怪我翻脸不认人。"

年轻民警们面面相觑："哦，哦。"

年轻民警低语："陈队长这是怎么了？"

另外一个民警摆手："不知道。"

58. 枫桥派出所，储物间，夜，内景

派出所安静下来了。

陈善良坐在杂物间里，整理着"枫桥经验"的资料。

特写：一张 1963 年毛泽东批示"枫桥经验"的老报纸。

陈善良把这张报纸当成宝贝一样，轻轻地抚平，折角的地方也把它弄平整了。

一位老民警见办公室灯亮着，走进来一看："陈队长，怎么还没下班？"

陈善良："哦，老屠啊。"

老屠："您在干吗呢？"

陈善良："这些都是关于'枫桥经验'的资料，我给他们做一下分类归档。"

老屠："'枫桥经验'，的确值得我们去学习、研究，但是，我们这些老头子也要学会与时俱进，生活得朝前看，守着这堆资料并不能发生任何的正能量，将这些文字变成实际的案例去帮助到有需要的人，这才是真正的传承和发扬。"

陈善良："老屠，这你就不懂了，我要做一个关于'枫桥经验'的博物馆，首先得普及枫桥经验，给我们的后辈一个学习的场所，然后再慢慢地去推广和发扬。让全中国的人民群众都知道我们'枫桥经验'，尤其是那帮年轻人。"

老屠点点头："枫桥经验是很重要，但是，家庭和谐也很重要。这老婆孩子热炕头和推广枫桥经验并不冲突啊。"

陈善良看了一眼老屠："这你都知道了？"

老屠："其实，站在您妻子的角度，我倒觉得她没做错什么，相反，是您这个当丈夫的、当爹的，没有做好自己的本分。"

过了一小会儿，陈善良低头："是我对不起孩子，对不起美俪。"

59. 枫桥派出所，所长办公室，日，内景

村民甲："警察同志，我要告他。"

村民乙："警察同志，我也要告他。"

陈善良拉了两张椅子："有话慢慢说，先坐。"

村民坐下。

陈善良："怎么回事？"

村民甲："他们家的鸡一天到晚吃我们家的菜。"

村民乙："胡说，我们家的鸡都好端端地关在笼子里，怎么飞出去的？倒是你们家的狗，把我们家的鸡吓得现在都不下蛋了。"

村民甲："不是你们家的鸡吃的，难道是天上的麻吊（麻雀）啄的啊？"

村民乙："麻吊啄菜也不稀奇呀，再说，你有证据证明是我家的鸡吃了你家的菜？"

村民甲："那你就有证据证明是我家的狗吓了你家的鸡？"

两个村民开始推搡。

陈善良："都给我住手，乡里乡亲的，像什么话。坐下。"

两个村民坐下。

陈善良："俗话说，远亲不如近邻。能住在隔壁，那是缘分。整得跟仇人一样，每天低头不见抬头见的，你们窝不窝火？"

两个村民低头不语。

陈善良："你不是说他家的鸡吃了你家的菜吗？你家的狗吓坏了他家的鸡吗？很简单，从今天开始，你，关好自家的鸡，你，拴好自家的狗，从自己做起，不就相安无事了？大家还是好邻居，有个什么磕磕碰碰的，借个酱油，借个葱的，呼一声，还不是邻居最亲近？"

年轻民警："陈队长，三江村有对婆媳吵架，您要去吗？"

陈善良："婆媳吵架这种事，你们年轻人也调解不好，还是我去吧。"

陈善良转身对两个村民："你们回去吧，啊，别因为这些小事，坏了邻居间的情谊。"

两个村民："哎，谢谢警察同志。"

陈善良："不客气，回去大家还是好邻居。来、来，握个手。"

两个村民握了一下手。

陈善良："这就对了嘛。"

60. 枫桥镇，枫溪村（2000年），日，外景

屋外的空地上，一口大水缸盖倒在地上，水缸一侧被垫了块砖头，少年小枫桥（十岁左右）被倒扣在水缸里面。

村民们围在水缸旁摇着头指指点点。

村民甲："这熊孩子，上个星期刚偷了我家的鸡，还摘了村口老骆家的很多玉米，今天居然敢偷钱了。"

村民乙："可不是，偷钱那可是犯法了。必须得好好教训教训他，不然等他长大了，还了得？"

小枫桥在缸里面喊着："放我出去，放我出去，我要去找我妈……"

村民甲："还想找妈？"

小枫桥"呜呜呜"哭着："我妈妈生病了，你们放我出去，不然她会出

事的。"

村民们不理睬小枫桥。

61. 枫桥镇，枫溪村，水缸内，日，外景

小枫桥被困在水缸内，阳光通过缝隙照进来。他转着大眼睛，皱着眉头，探听着四周的动静，一副小人精的模样。

小枫桥试图将水缸抬开，水缸纹丝不动，小枫桥用手敲打水缸，然后换成用脚踹。

小枫桥青筋暴露，越踹越使劲。

62. 枫桥镇，枫溪村，日，外景

村民们见小枫桥突如其来的反抗，都很生气。

村民甲："还来劲了。"

村民乙："要不还是放了他吧，你看他那股狠劲，指不定能闹成什么样。"

村民丙："不能放，惯子如杀子，必须给他点颜色瞧瞧。"

村民甲对着小枫桥："小畜生，知道错了吗？"

小枫桥哭着："放我出去，等我出去了，我要你们好看。"

村民摇了摇头。

村民甲："大家都散了吧，让他待一晚，长长记性。"

众人散去。

63. 枫桥镇，枫溪村，水缸内，黄昏，外景

小枫桥沿着水缸的一条细小裂缝，轻摸，咧嘴一笑。

小枫桥耳朵贴着水缸边沿，确定四周无人，他盯着水缸下侧垫着的砖头，然后，用力将砖头抽出，水缸震动，发出响声，

缸内漆黑一片。

小枫桥摸黑，找到了裂缝的位置，举起砖头大力砸去。

一下、两下、三下……

水缸裂开一个口，小枫桥一脚踹了上去，水缸大裂。

小枫桥走出水缸，丢掉砖头，拭去嘴角的灰尘，咧嘴一笑，向村外跑去。

64. 枫桥镇，枫溪村，村口，黄昏，外景

小枫桥跑到村口，突然停了下来。

小枫桥回望："不行，我不能就这样回去。"

小枫桥跑回村内。

65. 枫桥镇，枫溪村，村民金星家院子，夜，外景

金星夫妻吃完晚饭正坐在院子里喝茶。

小枫桥翻墙进入，小心翼翼。

金星："那个小枫桥不知道怎么样了。"

金星妻子："放心吧，这熊孩子，命硬着呢。"

金星："幸亏发现及时，不然，我们这个月的辛苦钱，就被他顺走了。"

金星妻子："可不是吗？"

66. 枫桥镇，枫溪村，村民金星家，夜，内景

小枫桥轻轻地爬上窗户，一跃而起，跳入窗内。

小枫桥迅速却极轻地翻找着抽屉。

小枫桥没有找到钱。走向另一个房间。

67. 枫桥镇，枫溪村，村民金星家，卧室，夜，内景

金星的儿子金峰正在写作业。

小枫桥推门而入，两人抬眼对视。

小枫桥连忙做了个"嘘"的动作。

金峰点点头，凑近关门："小枫哥，你跑出来了？"

小枫桥："金峰，我现在特别需要钱，我不是偷，我将来一定会双倍三倍地还给你们家。"

金峰听了听外面的动静："小枫哥，我信你。"

金峰说完，从枕头底下拿出一个布包。金峰打开布包，里面是一沓十

元、二十元、五十元的散钞。

金峰："拿去吧。"

小枫桥："我一定会还回来的。金峰，如果你爸妈问起来，你就说是我偷的，不然，他们会打死你的。"

金峰："放心吧，我知道，你快走，我爸妈马上就要进来了。"

小枫桥将钱塞进口袋："谢谢你，走啦。"

小枫桥翻墙离开。

68. 枫桥镇，枫溪村，小枫桥家，卧室，夜，内景

小枫桥的母亲病倒在床上，一副痛苦的样子。

小枫桥提着打包回来的饭菜和药品："妈，我回来了。你看，我把药买回来了。"

小枫桥说着坐到了母亲的床榻前。

王妈妈睁开眼睛，看了一下那个药品："这药那么贵，你哪儿来的钱？"

小枫桥："我跟金星叔借的。"

王妈妈："我们哪有钱还啊？你赶紧把药去给我退掉，妈妈这是老毛病了，熬一熬就会好的。"

小枫桥："妈，你就放心吧，金星叔说了，可以等我们有钱了再还。"

王妈妈："真的？"

小枫桥边说，边倒水，把药递给母亲："是真的。赶紧吃药，医生说了，你这病不能拖。"

王妈妈就着水吞下药："小枫，是妈妈连累你了。"

小枫桥："妈，有你，我才有家。所以，妈妈，你一定要快点好起来。"

王妈妈慈祥地看着小枫桥，点了点头。

小枫桥说完，拿起打包回来的饭菜："妈，你饿了吧，医生说这个时候要吃得清淡点，我就给你买了小米粥，你尝尝，好不好吃。"

小枫桥喂王妈妈吃小米粥。

门外，传来村民们的脚步声、吵闹声，院子外顿时嘈杂一片。

69. 枫桥镇，枫溪村，小枫桥家外，夜，外景

金星带着儿子金峰和其他的乡亲们围在了小枫桥家门口。

金星："小枫桥，你给我出来。"

70. 枫桥镇，枫溪村，小枫桥家，卧室，夜，内景

王妈妈："小枫，外面什么声音？"

小枫桥安慰："妈，你先休息，我去看看。"

小枫桥走出门外。

王妈妈面露担忧之色。

小枫桥："你们干吗？"

金星："我们干吗？金峰，你说，是不是他又去咱家偷了钱？"

小枫桥："我都说了，这钱我一定会还的。"

群众："这种少年犯，一定要把他送进派出所。"

王妈妈皱着眉，拖着病体起身往外走去。

71. 枫桥镇，枫溪村，小枫桥家外，夜，外景

王妈妈："小枫。"

小枫桥："妈，你怎么起来了？"

王妈妈："小枫，你王叔说的可是真的？"

小枫桥："妈，我……"

王妈妈难过："小枫，你竟敢偷钱！"

金星："大嫂，我们本不想把事情闹到这一步，只是小枫桥这孩子你真该管管了，前阵子顺手摸只鸡、偷个菜什么的我们也忍了，现在还会偷钱了，而且还是三番五次地去偷。"

王妈妈急火攻心，一口气没喘上来，剧烈咳嗽。

小枫桥急了："妈，妈。"

王妈妈甩开小枫桥的手，一巴掌打在了小枫的脸上："快给他们道歉。"

小枫桥捂着脸，含泪，愤恨地看着金星。

金星："你看，他还瞪我。大嫂，这道歉，我是担不住啊。"

王妈妈："小枫。"

小枫桥一脸倔强："妈，这钱我会还的。"

王妈妈："金星，是我教子无方，都是我的错，可小枫他不是坏孩子，他都是为了给我买药，才会走上了岔路。小枫拿的钱和东西，我们一定会如数还给大家，请大家给小枫一个机会，不要抓他进派出所。"

王妈妈哭出声来，跪倒在大家面前。

小枫桥跪在王妈妈身边："妈，妈，你起来，你别求他们，大不了我就去坐牢。你快起来，你身体不好，不能再着凉了。"

王妈妈哭："傻孩子，你还那么小，要是坐了牢，这辈子就完了。"

小枫桥哭："妈，妈，你起来呀。"

王妈妈："我求求大家了，给小枫一个改过自新的机会。"

众人面面相觑，一时不知如何是好。

金星妻子："我们也是为了小枫桥好，不想让他走入歧途。你这样，把偷来的钱交出来，我们既往不咎。"

王妈妈含泪看着小枫桥："小枫，你还剩下多少钱？"

小枫桥从口袋里掏出几个硬币："就这些了。"

金星妻子："好你个王小枫，一个晚上全花完了？"

金星："甭废话了，送派出所。"

众人："小小年纪，再不管教，就来不及了。"

金星、金星妻子、邻居们上前拉扯小枫桥，想要将他扭送派出所。

王妈妈死死地抱着小枫桥，号啕大哭。

小枫桥："你们别碰我妈，别碰我妈。"

小枫桥发疯般将众人打开，母子俩抱头痛哭。

陈善良带着一个年轻女民警走进人群。

陈善良："怎么回事？"

金星："警察同志，我们抓到了一个小偷，三番五次地偷东西，屡教不改。"

陈善良顺着金星手指的方向，看到抱头痛哭的小枫桥母子。

王妈妈看到穿着警服的陈善良，下意识地将小枫桥抱得更紧了。

小枫桥看着陈善良，挺直了胸膛："钱是我偷的，跟我妈没有关系，我王小枫一人做事一人当。"

王妈妈："小枫……"

陈善良："你叫什么名字？几岁了？"

小枫桥扭头不答。

王妈妈："我儿子叫……"

陈善良："让他自己说。"

小枫桥："我叫王小枫，大家都叫我小枫桥，十二岁。"

陈善良："小枫桥，我问你，你为什么要拿别人的钱？"

小枫桥再次低头。

王妈妈轻声抽泣："我身体不好，小枫是为了给我买药。"

金星妻子："买药？什么药这么贵？五百多块钱呢，这小子一个晚上全花光了。"

陈善良抬手示意金星妻子不要讲话："乡亲们，你们被偷的钱我陈善良一定会给你们一个交代。小枫桥，你跟我走一趟，我详细地了解下情况。各位乡亲们，你们也辛苦了，都散了吧。"

王妈妈紧张地抱紧了小枫桥。

陈善良宽慰："小枫妈妈，你也不用紧张，我相信小枫桥不是个坏孩子，我带他去做个例行的调查，你在家好好休息。"

小枫桥："妈，你放心吧。我先扶你进去。"

王妈妈看向陈善良，陈善良对着王妈妈点了点头。

小枫桥扶着妈妈走进房间。

72. 枫桥镇派出所，治安队办公室，内景

香榧子端着一盒红烧肉坐在陈善良的椅子上，等待着陈善良回来，迷迷糊糊地快要睡着了。

陈善良带着王小枫走进派出所。

老屠："陈队长，您回来了，闺女都等了你一晚上了。"

陈善良走进办公室："香榧子，香榧子。"

香榧子睁开眼睛："爸爸，爸爸。"

陈善良愧疚："对不起，爸爸还有工作没忙完，爸爸让这位阿姨先送你回家好吗？"

陈善良旁边的女民警："走，香榧子，阿姨送你回家去。"

香榧子摇头："我不要。我要跟爸爸一起吃完红烧肉再回家。"

小枫桥看着香榧子手里的红烧肉，咽了咽口水。

香榧子盯着小枫桥看。

陈善良见状，笑："行，那我们先吃饭。"

陈善良拉了张桌子、椅子："坐吧。"

香榧子在陈善良旁边坐了下来，小枫桥站立不动。

香榧子："你坐呀。"

小枫桥摇头。

陈善良："坐吧。"

小枫桥："我不吃了，警察叔叔，我能不能早点回去，我妈妈会担心的。"

陈善良："你放心吧，我已经让另外一个警察叔叔去跟你妈打过招呼了，今天晚上你就住这里，一来，让你妈宽心，二来，也可以平息村民的愤怒。"

小枫桥："那我还要坐牢吗？"

陈善良："那我问你，你能痛改前非、改邪归正吗？"

小枫桥："我能，我一定能，警察叔叔，我还要照顾妈妈，我不能坐牢。"

陈善良："你是个孝顺的孩子，我相信你，男子汉大丈夫，一言既出驷马难追。"

小枫桥："一言既出驷马难追。"

陈善良："坐吧。"

小枫桥拘谨地坐下。

陈善良给小枫桥一双筷子。

小枫桥接过。

香榧子夹了一块最大的红烧肉给小枫桥："小哥哥，吃吧，这是我妈妈烧的，可好吃了。"

小枫桥看着香榧子："谢谢。"

小枫桥一边扒着饭，一边默默地流泪。

香榧子："你怎么哭了？是我妈妈烧的饭不好吃？"

小枫桥摇头："大家都不相信我，他们都觉得我是坏孩子，见我就躲，还骂我。所以我就偷他们家的东西，报复他们。"

香榧子："偷东西是不对的。"

小枫桥："我也知道偷东西不对，可是我家穷，我妈妈身体不好，不偷，我们就会被饿死。"

陈善良："孩子，偷就是偷，无论什么时候，我们都不应该为错误去找借口。遇到问题，我们有很多的解决办法，但唯有不劳而获这条路，是行不通的。"

小枫桥点了点头："叔叔，我知道错了。"

陈善良："快吃吧，你们家的事，叔叔替你想办法。"

小枫桥露出感动的微笑，郑重地点头："嗯。"

小枫桥吃好了饭。

香榧子拿出一块大白兔奶糖来："哥哥，给。"

小枫桥有些不好意思。

香榧子："吃块糖，就甜了，不会再哭了。"

小枫桥看着香榧子，心生欢喜。

陈善良摸了摸两个人的小脑袋，这时，陈善良一阵眩晕。

小枫桥："叔叔，你没事吧？"

陈善良的脸上挤出一个笑容："没事……"

73. 某医院，就诊室，日，内景

医生替陈善良检查完身体，眉头一皱："你的身体状况不太好啊！需要好好静养。"

陈善良笑了笑："医生，我的身体好着呢，还能继续工作。"

医生叹了口气："你是要命，还是要工作？"

74. 枫桥派出所对面，西施面馆，日，外

骆美俪指挥着工人正在把"西施面馆"的匾额挂上去：往左边一点，对、对，这样差不多了。

胖嫂过来："哎呀，美俪你干吗在这派出所对面开面馆啊？"

骆美俪冷笑一声："哼，我就是让这个陈善良投降，让他向我认错。"

胖嫂："哎，你这又是何苦呢？"

骆美俪："我就是为了这口气。他不向我投降，我就永远不原谅他。"

陈善良经过，看到了骆美俪这边。

骆美俪也看到了陈善良，狠狠地瞪了他一眼。

陈善良离开。

75. 枫桥派出所，治安队办公室，日，内

陈善良回到了办公室，他从包里拿出一瓶药，吃了两颗。

老屠敲了门。

陈善良连忙把药瓶放进了抽屉里。

陈善良："老屠。"

老屠："你老婆在我们派出所门口开了一家面馆。"

陈善良："我看到了。"

老屠："我觉得你们这样冷战也不是办法啊。而且，人家骆美俪一个人带着香榧子也不容易啊。你就向她认个错，回家去吧。"

陈善良："老屠，有些事情，你不懂。"

老屠："我有什么不懂的啊？"

陈善良："好了，我们自己家的事，我自己会处理。"

老屠叹息了一声，走了出去。

陈善良走到了窗口，看到对面骆美俪在面馆门口打扫着卫生。（可以设置陈善良的办公室是在二楼。）

骆美俪刚好抬头看了一眼。

陈善良连忙躲了起来。

陈善良内心："美俪啊，对不起，我有我的苦衷，不想拖累你们母女俩。我知道你一个人带着香榧子很不容易，我陈善良会好好偿还的。"

陈善良咳嗽了一声。

76. 空镜头

时空变幻中的枫桥镇。

老街上忙碌的枫桥人民。

77. 西施面馆，日，外景

骆美俪和房东包租婆站在西施面馆门口。

包租婆语气很差："我们这个是三年一签的，三年到期了，今年的店面费要上涨了，你要是付不起，就从这里搬走。"

骆美俪："房东，你看现在生意也不好做，这租金能不能少涨一点？"

包租婆："这可不行，你去问问隔壁的，他们的租金比你们还高呢。"

骆美俪："我知道，我知道。"

包租婆："哎，我劝你啊，别开面馆了，多辛苦。去服装厂里上班多好。"

骆美俪："我这也是没办法嘛，开面馆能多挣几个钱。房东，你再宽限我一星期，我会把钱凑给你的。"

包租婆："一星期不行，三天，就给你三天时间。"

包租婆离开。

香榧子上来："妈妈，妈妈，我饿了，你给我烧面吃。"

骆美俪有些恼火："吃什么吃，整天就知道吃，家里都被吃穷了。"

香榧子很是无辜地哭了起来。

78. 枫桥派出所，所长办公室，日，内景

（陈善良被提拔为派出所所长。）

陈善良站在窗口，看到了刚才包租婆向骆美俪收房租的一幕，他的眉头一皱，转身走向办公桌，从桌子里拿出一个信封来。

陈善良往外面走去。

79. 包租婆家门口，夜，外景

陈善良戴着帽子和墨镜，把信封递到包租婆的手上，压低着声音："这笔钱补贴西施面馆三年要上涨的房租。"

包租婆想要看清陈善良的面目："你是谁啊？"

陈善良："我叫木非。来自远方的木非。以后上涨的房租，我替这家面馆交。"

包租婆："啊？现在还有这样的好心人？"

陈善良："别问这么多。"

陈善良又拿出两百块钱交到包租婆的手上："保密。"

包租婆："好、好，我懂，我懂。"

陈善良快步离开。

80. 西施面馆，日，内景

骆美俪："店面费不涨了？"

包租婆挥着手离去："不涨了，不涨了。"

包租婆走开。

骆美俪惊异地看着包租婆的背影："不涨了？昨天还赶我走，吃错药了吧？"

骆美俪刚转身往里走。

香榧子上来："妈妈，我去上学了。"

骆美俪："好，过马路小心点。"

香榧子："嗯，我知道了。"

这时，面馆里来了两个客人："老板娘，来两碗面。"

骆美俪："好嘞，马上。"

骆美俪在面馆里又忙碌起来了。

81. 派出所，所长办公室，日，内景

陈善良在窗口偷偷看着对面西施面馆里刚才的一幕，脸上露出笑容，突然他又猛烈咳嗽了几声。

82. 学勉中学，勉学亭，日，外景

时空回到 2018 年。

香榧子和小枫桥手牵手，走向勉学亭。

小枫桥："其实师父这几年的身体一直不太好。"

香榧子："嗯，我也注意到了，但是他和我妈两个都是牛脾气，谁也不服谁。"

小枫桥："是啊，师母这人也是。"

香榧子："唉，她这人心地是好的，就是有时候弄不清楚。小枫桥，你放心，只要精诚所至，一定金石为开。"

小枫桥："嗯。"

两人走上了勉学亭，看着学勉中学的景色。

香榧子："嗯，小枫桥，你那时怎么想到要去当兵啊？"

小枫桥摸了摸后脑勺："嘿，读书差呗，你看我去当兵多好啊，三年立了两次三等功，退伍回来就在枫溪村当上了治保主任。你读了四年大学，也就当个村干部。嘿嘿。"

香榧子打了一拳小枫桥："你厉害了啊，要不是有我爸，你说不定现在流落街头呢。"

小枫桥搂住了香榧子："是啊，师父就是我小枫桥的大恩人，当年没有他帮教我，我真不知道自己会成为什么样的人。"

香榧子："嗯，我爸爸调解帮助了无数人，就是调解不了我妈这个'橡皮碉堡'。"

小枫桥："嘿，我小枫桥跟着我师父学了这么多年调解，我发誓，一定要把我丈母娘这座橡皮碉堡攻破了。"

香榧子看着小枫桥："谁是你丈母娘？谁是你丈母娘？"

小枫桥："你妈呀。嘿嘿。"

小枫桥往校园里跑去，香榧子追了上去。

83. 骆美俪家，日，内景

香榧子冲进门焦急道："妈，妈，你怎么了？"

骆美俪坐在椅子上嗑瓜子："回来啦？"

香榧子看着骆美俪的样子生气道："你没事？"

骆美俪："我不这么说，你能这么快回来吗？"

香榧子气冲冲地坐到椅子上："那你要我回来到底有什么事？我村里边还有好多事情没处理。"

香榧子话音刚落，敲门声就响起，探进来一颗头（何亚军）："请问，这是骆阿姨家吗？"

香榧子呆了一下，骆美俪马上起身笑脸相迎："哎呀，亚军啊，来、来、来，快进来，快进来，哎哟，你说你怎么还拿东西来，香榧子，介绍一下，这是何亚军。"

骆美俪接过何亚军手上的珍珠首饰礼盒放下，把何亚军拉了过来。

香榧子白了骆美俪一眼，骆美俪对香榧子挤眉弄眼。

何亚军对香榧子笑了笑。

香榧子上下打量了下全身名牌的何亚军，随即把头转向了一边。

骆美俪："坐、坐、坐，亚军，你快坐。"

何亚军坐了下来："好嘞，谢谢阿姨。香榧子，我们又见面了。"

香榧子："我们，很熟吗？"

何亚军尴尬不失礼貌地微笑。骆美俪："一回生二回熟嘛。"

香榧子："村里还有事，我先走了。"

香榧子说着走了出去。

骆美俪："哎，哎，骆霏，你给我回来。"

香榧子头也不回走了出去。

84. 枫桥老街，日，外景

香榧子心不在焉地在街上走着，香榧子接起电话。

小枫桥："告诉你一个好消息……"

香榧子听着电话："真的？那真是太好了，好。晚上见。拜拜。"

香榧子继续向前走去，一边半举起双手转动着，一边自我庆祝。

85. 西施面馆，日，内景

香榧子快步走进西施面馆，骆美俪没好脸地坐在餐桌上。

骆美俪："过来。"

香榧子站到骆美俪一旁，发现骆美俪脖子上新戴的珍珠项链。

香榧子："妈，你怎么还戴上了？"

骆美俪："你怎么回事？再怎么说人家亚军也是客人，你摆着张脸给谁看啊？给我看啊？"

香榧子默不作声。

骆美俪："人家要说我们家没教养。你也老大不小了，是该赶紧找个合适的人家嫁了。"

香榧子："这不是找了，你不同意。"

骆美俪："我能同意吗？跟了那没良心的，已经让咱娘儿俩生活贫苦这么多年了，再含辛茹苦地把你拉扯大，我容易吗我？我苦点没事，可我不能看着你跟着一起受苦啊。现在你长大啦，该嫁人啦，可是你……这不是要气死我？"

骆美俪气冲冲地用拳头锤了下桌子。

香榧子："你不经过我同意就给我安排相亲，尊重过我吗？"

骆美俪摸了摸颈间的项链，动了动喉咙，话语马上变得温柔："何亚军条件多好，海归，又开着珍珠饰品公司，在我们诸暨身家是前十位的，多适合你。"

香榧子坐了下来嗑起了瓜子，想起小枫桥，她一脸幸福："有啥了不起的，反正我就是不喜欢'乌龟'。我只想找个平凡的人平平淡淡地过一生，他耕田来我织布，他挑水来我浇园。"

骆美俪指了指香榧子："你这张嘴真是越来越刻薄了。你不为自己想，也该为你以后的孩子想想吧，总不能让孩子也跟你受苦吧？我不要你大富大贵，但至少不能嫁人吃苦。那癞蛤蟆有啥好的？"

香榧子笑嘻嘻地嗑着瓜子："相比较'乌龟'，我还是喜欢'蛤蟆'。"

骆美俪提高了分贝，咬牙切齿，手指狂戳桌面："你别给我嬉皮笑脸的，我告诉你，哪怕你找条虫，都不准给我找小枫桥，否则，我跟你断绝母女关系。"

香榧子瓜子嗑到一半愣了一下，随即面无表情，一把扔下手里的瓜子，转身离去。

骆美俪大喊："听见没有？"

门外传来香榧子的喊声："我不管。"

骆美俪仿佛一下子失了魂，步履蹒跚地走向柜台，拿了一瓶斯风牌"枫桥酒"，叹了口气，坐在柜台上喝了起来。

86.西施面馆，夜，内景

骆美俪在餐桌上继续喝着"枫桥酒"，有些微醺。

骆美俪朝面馆门外看去，天已经很黑了，黑夜中仿佛有一个带着黑色鸭舌帽的人影，骆美俪晃了晃头，继续看了一眼，人影又不见了。

骆美俪看着酒瓶晃了晃："奇怪了，这也没喝多少啊。"

骆美俪又看了一眼门外，随即笑着自言自语："酒不醉人人自醉……丫头这倔脾气，像我……"

87.枫桥派出所，日，内景

钱小涵从问讯室走出来，小枫桥刚好从此处经过。

钱小涵："小枫桥。"

小枫桥停住了脚步。

钱小涵上去，两人在走廊里走着。

钱小涵："可以啊，小枫桥，这次年度治安考核你们枫溪村又是第一，你这个治保主任当得不错啊。"

小枫桥摆摆手："嘿，这都是村两委和镇里的功劳，我小枫桥嘛，出点小力。"

钱小涵："你就别谦虚了，我们镇总体治安好，那这个第一就更有含金量啦。这跟你坚持在村里进行政策法规宣传教育、和群众分析调解案例是密不可分的。"

小枫桥："你就别夸我啦。"

钱小涵："调解工作也跟着陈所长一起做得有声有色。"

小枫桥笑笑不语。

钱小涵："哎，对了，你跟香榧子怎么样了？"

小枫桥："就那样喽。"

钱小涵："我可听说啊，我们所长夫人可不怎么同意你们的关系。我看你呀，也别自找没趣了。老话还说呢，'好男不娶枫桥婆，好女不嫁草塔郎'。"

小枫桥："我说钱小涵，你怎么也变得这么八卦了？还有，什么'好男不娶枫桥婆'，你这不是咒自己嫁不出去吗？我还从草塔来呢，那'好女还不嫁草塔郎'呢，哦，那这么说，枫桥婆和草塔郎都打一辈子光棍得了。"

钱小涵："那你不怕你师母？"

小枫桥看看周围，手掩嘴："嘿嘿，师父他支持我，保密，保密啊。行，我走了，改天聊。"

小枫桥走进调解室，钱小涵停下，气冲冲地跺了下脚，随即快速继续向前走去。

88. 西施面馆，日，内景

骆美俪端了碗面放到钱小涵桌前，坐在钱小涵对面，手靠在桌上，身体前倾。

骆美俪："小涵啊，你跟小枫桥关系不错，你可知他和香榧子最近走得近不近？"

钱小涵吃了几口面条："美俪阿姨，最近工作比较忙，我也不知道呢，要不，下次我帮您多留意留意？"

骆美俪往后靠了回来："哦，这样啊。"

钱小涵又吃了几口后说："不过我听说，咱们陈所长好像很支持他俩在一起。"

骆美俪一愣，大手往桌上重重一拍。

89. 枫桥派出所，日，外景

骆美俪面无表情，拿着擀面杖，大步走进派出所大门。

90. 枫桥派出所，所长办公室，日，内景

陈善良刚低头走进办公室，一抬头就看到骆美俪坐在办公椅上。

陈善良一边脱下警帽一边放下："怎么了这是？"

骆美俪迅速站了起来，指着陈善良："你干的好事。"

陈善良吓一跳："我又怎么了？"

骆美俪："你自己心里清楚。"

陈善良上前去想拉骆美俪："咱出去说，这是办公的地儿。"

骆美俪用擀面杖挑开陈善良的手："我告诉你，陈善良，香榧子和小枫桥的事你别管。还有，让你的徒弟离香榧子远点。不然我要你们好看。"

骆美俪抖了抖擀面杖，陈善良"警惕"地看着擀面杖。

骆美俪："别拿袭警吓唬我。"

陈善良："哎呀，你说你，人家年轻人彼此相爱，为什么要去棒打鸳鸯呢？"

陈善良指了指擀面杖。

骆美俪："说不听是吧？我也不跟你废话。你给我等着。"

骆美俪一把推开面前的陈善良，朝外走去。

91. 枫桥派出所，大门口，日，外景

广场舞神曲《小苹果》(或者是该片的主题歌《枫桥的幸福日子》) 音乐声响起，骆美俪带着一群老姐妹在枫桥派出所门口跳着广场舞。

92. 枫桥派出所，所长办公室，日，内景

楼下音乐声此起彼伏，陈善良往下看去，皱着眉头走回办公室。

钱小涵站在陈善良面前。

陈善良大皱眉头："干吗呢？谁让她们在派出所门口跳广场舞的？"

钱小涵："所长，我们拦不住。"

陈善良："成何体统？这是妨碍公务。"

楼下传来骆美俪一阵爽朗的笑声。

骆美俪："他陈善良一天跟我作对，我骆美俪就一天不停舞，姐妹们，跳起来。"

陈善良气炸了，在办公室里来回走，随后走了出去。

93. 镇委镇政府，金书记办公室，日，内景

金书记与陈善良坐在陈旧的沙发上。

金书记面带笑意："老陈，你家的事在镇委都传开啦。"

陈善良："金书记，我给您丢脸了。"

金书记摆摆手："家家有本难念的经，但家里的事还是要处理好的啊。"

陈善良："是，书记。"

金书记："你也该往家里多放点心思了，不然，我怎么向组织交代？怎么向骆美俪交代？"

陈善良："我明白了书记，我找机会和美俪谈谈。"

金书记："这就对了。老陈，我听说最近红枫义警队很有声音啊。"

陈善良开朗了起来："是的书记，上个月中秋，走失了一名八旬老人，是义警队队员们开着私家车到处寻找，比我们民警率先找到了老人。红枫义警队同我们警民合作，组织开展群防群治和辅助性警务活动，这大大提升了我们人民群众的安全感和幸福感，也节省了我们的警力资源。"

金书记点点头："红枫义警来自群众，更理解百姓心声，像这样的民间公益组织，我们要大力支持。"

陈善良："是的书记，他们不仅组织了治安巡逻、法制宣传和安防教育，还参加了一些民间的纠纷调解和社会关怀活动，是我们公安的左膀右臂。"

金书记："对于这样的社会组织，我们更应加强党建引领，建立培育发展资金支持体系，依靠群众，以他们为基石，打造出'枫桥经验'的升级版。"

94. 枫溪村村委会，陈旭东办公室，日，内景

国家电网赵主任匆匆走进，来到办公桌前，手里紧捏着一份文件："陈

主任，你说这何亚军他到底是什么意思吗？半年前开了个天价赔偿款，说要两千万，这半年谈下来，一减再减还是要我们五百万。他这是成心不让我们走电路。"

陈旭东伸手去拿文件："赵主任，你先别着急，我看看，何亚军可能也是担心珍珠产量受损。"

赵主任："几个月前，村里已经帮我们和他沟通过了，他应得倒好，可实际行动呢？就算损坏一些珍珠，能值五百万？"

陈旭东翻着文件："是不是可以从养殖基地周围绕着走？"

赵主任摇摇头："我们早就研究过了，行不通，这几条电路必须穿过养殖基地。"

陈旭东抬头看向骆霏："这样吧，骆霏，你再去一趟。"

香榧子："好的，主任。"

陈旭东："回来及时向我汇报情况。赵主任，有消息我会第一时间通知你。"

赵主任还生气着，生硬地点点头。

95. 阮仕珍珠养殖基地，日，外景

香榧子走到何亚军面前，双手抱胸："何亚军，你为什么不让施工队进你的养殖基地？"

何亚军："来基地里施工，难免会有所损坏，损坏了他们又不答应赔偿，这我能干吗？"

香榧子："你倒是会狮子大开口啊，一张嘴就是五百、一千万的。"

何亚军："骆霏，这真的很为难。"

香榧子："说吧，怎么才能让他们进来。"

何亚军："除非……"

香榧子："除非什么？"

何亚军："除非你答应做我女朋友，那我什么都听你的，别说施工队了……"

何亚军说到一半，发现香榧子正双手笔直地插在裤袋里，瞪着眼看着

自己。

香榧子没有说话转身离去，转身的时候不忘半扭头用眼神杀死何亚军。

何亚军看到香榧子这般还挺高兴。

96. 枫桥派出所，所长办公室，日，内景

陈善良手机显示"国家电网赵主任"来电。

陈善良挂掉电话，随即电话再次响起，陈善良走到一旁接起电话：赵主任，我一会给你回话。

几个当事人心情不错地从调解室走出，陈善良边打着电话，边走了出来。

陈善良："小枫桥，国家电网与你们村珍珠基地的事就交给你处理了。"

97. 何亚军办公室，日，内景

小枫桥和何亚军相对而坐。

何亚军："王主任，真的不行。三百万,三百万真的最少了。"

小枫桥笑眯眯："何老板，我今天来见你呢，除了调解员，还有另外一个身份。"

何亚军："哦？什么身份？"

小枫桥："香榧子的男朋友。"

何亚军一愣。

小枫桥："香榧子和我说，你在追求她。"

何亚军："她真的有男朋友吗？"

小枫桥指了指自己："对啊，就坐在你对面。"

何亚军还没有反应过来。

小枫桥："何老板，敢不敢来场男人间的对决？来场球赛？"

何亚军思索了一下，站了起来："好，如果我赢了，你不能阻止我继续追求香榧子。"

小枫桥站了起来："好，那我赢了，你就让施工队进珍珠养殖基地施工。"

何亚军："没问题，时间定在明天下午，村西球场。"

小枫桥："一言为定。"

98. 篮球场，日，外景

阳光明媚。一场篮球赛正在进行中。双方你来我往，各不相让。

一方是以小枫桥和赵主任为首的国家电网队，另一方是何亚军带领的公司队。

啦啦队的妹子们："加油加油。"

何亚军的一群迷妹正在给他打气，呐喊声撕心裂肺。

大胸迷妹："亚军亚军你最棒，亚军亚军你最强。"

何亚军持球经过半个篮球场。

中场休息，队员们各自走向场边，香榧子赶紧给小枫桥擦汗、递水。

双方队员都各自相互打气后，比赛继续进行。

比赛时间还有十几秒钟（可以弄一个 LED 计时表），分数表，国家电网队领先一分，记分牌 59∶60。

何亚军持球进攻来到前场，小枫桥防守何亚军。

比赛还剩三秒。

小枫桥被何亚军带球撞倒在地。

香榧子冲进来和赵主任一起把小枫桥拉了起来。

国家电网赵主任："带球撞人了！"

公司队队员："明明就是阻挡犯规！"

公司队队员："阻挡犯规了！"

国家电网队员："王主任已经占据了合理的防守位置。"

双方争执不停，大胸迷妹也冲进场理论，甚至有队员准备进行"现场回放"。

大胸迷妹："亚军怎么会犯规！"

大熊迷妹指着国家电网队："明明是你们的人犯规了！"

现场非常混乱。

这时，小枫桥举起手，喘着气大声喊："我犯规。"

赵主任和香榧子不可思议地看着小枫桥。

99. 国家电网，赵主任办公室，日，内景

赵主任："王主任，你怎么能承认自己犯规？是他何亚军带球撞人了啊，那天我们可以赢的。"

小枫桥笑了笑："友谊第一，比赛第二。"

香榧子："你真有点草率了，错失了一次绝佳的机会。"

小枫桥："当时能怎样？和他们争论吗？那只是一场比赛。"

香榧子："那施工怎么办？"

小枫桥："总会找到办法的。"

赵主任又垂头丧气。

100. 枫溪村，夜，外景

月黑风高，偶尔有几声青蛙的叫声。

村落里没有什么村民，少部分民房亮着灯。

小枫桥和香榧子带着三个红枫义警队队员在巡逻。

小枫桥突然停下，看向一侧，众人随着他的目光看去，发现了一个行踪可疑的中年男子。

此时，中年男子双手插衣袋，衣服鼓起（内外衣间藏着一小瓶农药，手插衣袋里隔着端着），左右环视，端了端衣服里面的东西，然后快速走开。

义警队队员甲伸出手刚准备叫停中年男子，就被小枫桥拦下，小枫桥对着他摇了摇头。众人悄悄跟上。

101. 珍珠养殖基地，池塘边，夜，外景

可疑中年男子趁着夜色来到了池塘边。

小枫桥、香榧子和三个红枫义警队队员追随可疑中年男子来到珍珠养殖基地附近。跟丢了可疑男子，他们左顾右看，众人看着小枫桥。（池塘周边可以是高粱地、茅草。）

义警队队员乙："怎么办？"

小枫桥："分头找。"

小枫桥和香榧子与义警队队员快速分开寻找。

池塘边，中年男子从衣服里拿出农药，看着不远处养殖基地房屋上摆动的探照灯。

中年男子："何亚军，我看你还嘚瑟。"

中年男子蹲下身，拧开瓶盖，这时，他感受到身后两束光照在他后背。

中年男子慌忙拧回瓶盖，隐蔽地把小瓶的农药塞回衣服里。

小枫桥和香榧子拿着手电筒照着。

中年男站起返身，灯光照到了他的脸上，他用手遮光："干吗，干吗啊这是？"

小枫桥和香榧子慢慢走近中年男子。香榧子："别动，举起手来。"

中年男子："你谁啊你，凭什么听你的啊？"

小枫桥和香榧子走近，三名义警队队员打着手电筒，赶了过来。

中年男子手遮着光，左右摇头避光："关了，关了，都赶紧关了。"

小枫桥和香榧子走到距离中年男子几米处，稍微移开了手电筒。

小枫桥喝了一声："我们是红枫义警队的。"

中年男子："啊？"

三名义警队队员关了手电筒围了上来，义警队队员乙："干吗？看你鬼鬼祟祟，一定有事。"

中年男子举起手笑道："嘿嘿，我是过来踩下点，一会儿来钓鱼。"

义警队队员甲："钓鱼？"

中年男子放下手，看着众人，奉承地笑着点头："钓鱼，钓鱼。"

义警队队员丙指着湖："老实交代，大半夜的偷偷摸摸在这儿做什么鬼戏？"

义警队队员乙："老实点。"

中年男子马上又把手举了起来。小枫桥看着中年男子鼓着的衣服，收起手电筒，靠近拍了拍鼓起的地方，拉下中年男子的外套拉链，拿出一瓶农药。

小枫桥拿着农药，看着中年男子，中年男子吓得脸色铁青。

102. 枫溪村村委会，夜，外景

村委会楼，灯亮着。

103. 枫溪村村委会，夜，内景

一张公共桌上，小枫桥和香榧子坐在一边，中年男子坐在另一边，三名义警队队员站在中年男子边上（有人双手抱胸）。

小枫桥："至于吗？你和何亚军不过是宅基地的纠纷，有什么事不能通过法律途径去解决的？"

中年男子："是、是、是，您教训得是。"

小枫桥："你要知道你把农药投到池塘里，珍珠蚌死了，就犯了故意毁坏财物罪，如果何亚军的珍珠造成大规模的损坏，你就要坐至少三（手势）年以上的牢。"

中年男子惊恐地看了下义警队员："这……"

义警队队员甲对他点了点头。

中年男子："感谢各位警官。"

香榧子："有人的地方，就有矛盾，像你这种行为，不仅不能解决问题，还会加剧矛盾。有害物质的投入，不仅会对珍珠造成损坏，还会对我们整个生存环境造成污染。"

中年男子老实地点着头。

小枫桥："总书记说，绿水青山就是金山银山，这些，对我们老百姓来说很重要。"

中年男子点点头："是我太肤浅，您今天给我上了生动的一课，检讨，我深刻地检讨。"

小枫桥点点头："你放心，宅基地的事情，我会和何亚军说，让他也退一步。"

中年男子："谢谢，谢谢。"

红枫义警队队员看着这一幕，相互点头微笑。

104. 国家电网，赵主任办公室，日，内

何亚军站在办公室门口，办公室里小枫桥、香榧子和赵主任正围着商量。

何亚军突然走了进来："都在呢？"

三人抬头，看着何亚军走进来。

何亚军："赵主任，我来谈谈基地施工的事。"

赵主任被搞得有点蒙，看看香榧子又看看小枫桥："这……"

何亚军看向小枫桥："昨天晚上多亏了你们，谢谢，不然这次真不知道要损失多少。"

何亚军和香榧子看看小枫桥。

小枫桥："应该的，相反，这也是我们的工作没做到位造成的，何老板，是我要向你道歉。"

何亚军一笑，看向赵主任："赵主任，我养殖基地的大门，随时为你敞开。"

赵主任愣了一下："这……这太好了，何老板您放心，我们保证不会伤到一颗珍珠。"

何亚军："球场上，王小枫还教会了我谦让，我何亚军认你这个朋友，王主任，我这个朋友你交不交？"

小枫桥伸出手，何亚军也伸出手，两人的手握在一起："当然要交。"

赵主任红光满面。

香榧子跟在一旁也笑得很甜，充满爱意地看着小枫桥。

小枫桥："哦，对了，你的那个邻居的事情，你也得退一步。"

何亚军："惭愧，是我何亚军做人太张扬，以后得低调点。"

105. 珍珠养殖基地，日，外景

国家电网施工队在养殖基地里施工。

106. 西施面馆，日，内景

香榧子带着小枫桥和何亚军走进门口，刚从后厨出来的骆美俪惊愕地看着三人。

小枫桥小心翼翼："师，师母。"

何亚军："骆阿姨好。"

骆美俪脑袋短路，皱着眉头。

香榧子："妈，你愣着干什么啊，小枫桥和何老板叫你呢。"

骆美俪还是有点蒙，无所适从："我，我给你们烧面去。"

骆美俪匆匆走回厨房。

骆美俪在下面，看见香榧子他们三人有说有笑的，越看越难受，随即把香榧子叫了进来。

骆美俪动了动下巴："这怎么回事？"

香榧子一边帮忙下面一边说："什么怎么回事？"

骆美俪急了："外面那俩人啊。不是情敌吗？"

餐桌上，小枫桥和何亚军俩人聊着天。

小枫桥："你跟我师母怎么认识的？"

何亚军："阿姨和我姑姑是二三十年的老姐妹儿了。"

小枫桥："那感情深啊。"

何亚军："可不是……"

厨房里，骆美俪："不就是一场调解，他小枫桥……"

餐桌上，小枫桥和何亚军隐约听到骆美俪的声音："还能上天不成？"

小枫桥看了看何亚军，尴尬地摸摸鼻子。

107. 学勉中学，操场，日，外景

小枫桥和香榧子坐在主席台边缘上，香榧子不停地晃荡着双脚。

小枫桥环望着校园："还是上学的时候好啊，没有烦恼。"

香榧子："别气馁。我外公骆荫林，那么大一座橡皮碉堡（手比画），都被攻破了，何况我妈呢？"

小枫桥："唉，恐怕没这么简单……你说，师母要是一直不同意，那咱们这辈子……是不是就做兄妹得了？"

小枫桥戏谑地看着香榧子，香榧子瞪着大眼睛看着小枫桥。

香榧子狠掐小枫桥，小枫桥立马站起来往后躲闪："哎哟，我错了我

错了。"

香榧子不作罢，站起，追着小枫桥乱掐："我看你还敢不敢乱开这种玩笑。"

学勉中学操场上，两人追赶嬉闹着。

108. 枫桥老街，"枫桥经验"博物馆，日，外景

金书记和陈善良看着眼前的"枫桥经验"博物馆，工人师傅们即将把大门上的馆名牌安装好。

陈善良脸上露出微笑。

109. 枫桥派出所，陈善良寝室，日，外景

不大的房间内，资料堆积如山。

陈善良看着这些资料，上前抚摩。

陈善良拿下几沓资料往门外搬去。

110. 枫桥老街，"枫桥经验"博物馆，日，内景

馆内已经陈列了很多资料和文物。

陈善良又抱着一叠资料走了进来，把资料放下。

小枫桥跟在陈善良后面，抱着资料走进博物馆。小枫桥抱得有点多，调整下姿势，抬了抬脚。

小枫桥抢先把资料放下，随即转过头接过陈善良手中的资料，再转身，发现陈善良已经倒在了地上。

小枫桥："师父，师父……"

111. 公路上，日，外景

救护车在行驶。

112. 救护车里，日，内景

监护仪"嘀——嘀——嘀——"的声音响着。

陈善良躺在担架上，骆美俪、香榧子、小枫桥无言地看着监护仪。

113. 诸暨人民医院，病房，日，内景

陈善良迷迷糊糊地慢慢睁开双眼，眼前的一切慢慢收入眼底，天花板、吊瓶。

陈善良微微侧头，看见骆美俪坐在床边削着苹果。

香榧子把刚灌满的开水壶放到床头，发现陈善良眼睛睁开。

香榧子："爸醒了。"

陈善良头还有点痛，皱着眉，手摸头。

骆美俪立马放下苹果靠近陈善良："感觉怎么样？"

陈善良想要起身，骆美俪立马阻止："别乱动。"

陈善良仔细扫视了一圈周围，声音沙哑："我睡了多久？"

香榧子："爸，您都睡了三天三夜了。"

陈善良看着活泼的女儿露出笑容。

骆美俪起身离去："我去叫医生，我去叫医生。"

114. 诸暨人民医院，病房，日，内景

小枫桥来到病房门口。

陈善良挂着个老花眼，边半躺着看报纸，边自己笑着点头。

小枫桥走进病房："师父恢复得不错嘛，都能看报纸了。"

骆美俪从外面气冲冲走进来，一把夺走陈善良手中的报纸：都说了你现在要好好休息，香榧子，不是让你监督他的吗？

香榧子吐吐舌头。

陈善良无奈地拿下眼镜："不就是看个报纸嘛，你看我整天躺在这，啥事干不了，多难受。"

骆美俪叉着个腰："那也不行。"

香榧子："爸，您都操劳一辈子了，听妈的吧！"

小枫桥胆怯道："师母好。"

骆美俪："小枫桥。你有这么怕我吗？"

香榧子看着小枫桥胆怯的样子"扑哧"一笑。

陈善良手机响起，香榧子拿起手机递给陈善良。

陈善良接起电话："金书记。"

金书记："老陈啊，恢复得怎么样？"

陈善良："金书记，我挺好的，不碍事。"

115. 枫桥镇政府，金书记办公室，日，内景

金书记在打着电话："博物馆开幕能赶上吗？我是否申请安排延期一下？"

陈善良："金书记，'枫桥经验'是属于党、属于全国人民的，我参不参加不重要，'枫桥经验'博物馆一定要如期开幕。"

金书记："也好，那你多加保重身体。所里我安排人暂时接替你工作了，不用担心。"

金书记挂掉电话。

116. 枫桥老街，"枫桥经验"博物馆前，日，外景

开幕式即将开始，"枫桥经验"博物馆前人山人海，各路记者正在四处拍照，电视台摄影师正在做准备。

人群中。

小枫桥："肖记者，您先忙。"

肖敏："好，待会儿见。"

肖敏与小枫桥和香榧子告别。

小枫桥："你怎么这么着急回来，不再多陪陪师父？"

香榧子："他就是积劳成疾，现在多休息就好了。再说，村里面都落下好多工作了。"

小枫桥："看，省、市领导来了。"

往博物馆大门口阶梯上看去，几位省市领导、金书记、斯教授等正在陆续上台。

小枫桥："这里不是有我在嘛。"

香榧子一脸嫌弃："我看你就是个木陀，我爸和我妈都多少年没好好单

独相处了，我待那儿干吗？"

小枫桥恍然大悟，竖起大拇指佩服。

香榧子示意："开始了。"

群众完全安静下来。

金书记："首先有请葛部长为'枫桥经验'博物馆开馆致辞。"

群众掌声一片。

117. 诸暨人民医院，缴费台，日，外景

骆美俪在缴费台排队。

轮到骆美俪，骆美俪递进一张卡和一张资料：您好，续缴下住院费。

收银员操作一番后："对不起，女士，您这张卡里余额不足。"

骆美俪拿回资料和银行卡。

骆美俪走向一旁的取款机，拿出一个男士钱包，拿出一张银行卡，插入取款机，尝试输入密码，第二次显示成功，点开余额，仅仅只有几千块。

118. 诸暨人民医院，病房，日，外景

陈善良躺在床上睡着，骆美俪拿过床头陈善良的手机，点开支付宝（或微信），翻到给包租婆房东的转账记录。

骆美俪放下手机，呆滞，一会儿后红了眼眶，看着睡着的陈善良，流下一行泪水。

陈善良睁开眼，发现骆美俪红着眼："怎么了？"

骆美俪把手机往身后一藏，另一手擦了下脸："风吹的，没事。"

骆美俪随即看向另一侧。

119. 枫桥派出所，陈善良寝室，日，内景

骆美俪："小枫桥，你和香榧子去把老陈的生活用品搬回来。"

小枫桥："好的，师母。"

不大的房间内，资料已经被搬空，小枫桥和香榧子整理着陈善良的衣物。

120. 骆美俪家，日，内景

陈善良坐在客厅里："我又不是不能动了，干吗非得让他们去？"

骆美俪："是谁非要提前出院的？是谁答应医生会好好在家休息的？"

陈善良："好、好、好，都听你的。"

骆美俪："这还差不多。"

121. 西施面馆，黄昏，内景

面馆半掩着门。

骆美俪给陈善良做了碗面，打包好后，走出后厨，感觉身后有动静，一转身，只捕捉到一顶黑色鸭舌帽，随即一根棍子袭来。

骆美俪两眼一黑。

122. 西施面馆，黄昏，内景

天已黑。

小枫桥和香榧子急匆匆走进面馆。

香榧子："我妈也真是，下碗面都这么慢。"

小枫桥发现柜台上压着一张字条。

字条上写着："让陈善良一个人来枫桥大庙，否则给他的女人收尸。"

小枫桥和香榧子都瞪大了惊恐的眼睛。

123. 枫桥大庙外，夜，外景

天色已经暗下来。小枫桥一人来到枫桥大庙外，轻声慢步地寻找骆美俪。

鸭舌帽男躲在黑暗角落里潜伏着，手拿着匕首，架在骆美俪脖子上，骆美俪被绑着，嘴里塞着布，骆美俪此刻还昏迷着。

鸭舌帽男看见不远处一个人影经过，黑夜下身影模糊，他仔细确认一番，感觉不是陈善良，以为是附近的村民，鸭舌帽男按兵不动。

小枫桥轻声慢步，再次从鸭舌帽男附近经过。

这时，鸭舌帽男怀里的骆美俪突然惊醒，"呜呜"挣扎。

小枫桥听到细微的声音后折回，慢慢靠近。

鸭舌帽男看清了小枫桥的脸，挟持着骆美俪转移。

小枫桥快速追上，鸭舌帽男停下急眼。

鸭舌帽男："怎么是你？我不是说了让陈善良来吗？你们是想让她死？"

骆美俪挣扎着，鸭舌帽男紧握匕首，刀口已经刺入骆美俪脖子表皮，一丝鲜血流下。

小枫桥停下脚步，张开手掌往前伸。

小枫桥："不要冲动，我来当你的人质，把她放下。"

骆美俪挣扎着摇头。

鸭舌帽男："你当我是傻子？陈善良呢？"

小枫桥："你们到底有什么深仇大恨，你要这样做？"

鸭舌帽男："他陈善良害得我连女儿都不认我了，我要他偿命。"

小枫桥："你女儿和他有什么关系？"

鸭舌帽男："这关你什么事？"

小枫桥自言自语："女儿？"

小枫桥闭眼，脑海里快速思索了一番："我知道你是谁了。"

鸭舌帽男："你知道？"

小枫桥："当年，镇里安排外来人员子女入学，枫桥镇小还有一个名额，调解决定你和另一人抓阄决定这个名额的归属，结果你没有得到这个名额。"

鸭舌帽男情绪更加激动："那你应该知道我有多恨陈善良了。"

小枫桥："这也不能怪陈善良啊。"

鸭舌帽男："凭什么抓阄？他凭什么？根本就不需要调解。明明是我先申请的入学。"

小枫桥："可是当时你女儿年龄还差半岁，可以等下一年再入学的啊。"

鸭舌帽男被勾起了回忆："后来那人还是不愿意把这个名额让给我，我就绑架了他儿子，也是他陈善良亲手把我送进的监狱。"小枫桥没有打断他。

鸭舌帽男："前几年我出来了，女儿说我进过监狱，不认我这个爸爸，这些都是他陈善良害的。"

鸭舌帽男匕首握得更紧。

小枫桥："那你有没有想过，你现在正在做的事，正是你女儿所讨厌的？"

鸭舌帽男明显呆滞了一下："或许吧，不过这些都已经不重要了。"

小枫桥："你的人生道路还很长，你可以去改变自己，让女儿慢慢接受你，你终归是孩子的爸爸，孩子的成长少不了你，你也想看着女儿长大成家，你也想抱抱外孙，对吗？"

鸭舌帽男有所松动，这时，不凑巧，香榧子带着陈善良和钱小涵赶到。

陈善良看见骆美俪被绑着。

陈善良："美俪。"

香榧子："妈。"

钱小涵拔出手枪。

鸭舌帽男："陈善良。"

小枫桥把陈善良三人拦在身后。

小枫桥大喊："千万别冲动！为了女儿，放下仇恨！"

提到女儿，鸭舌帽男不知所措。

小枫桥乘胜追击："你现在可是绑架，你知道会被判多少年吗？如果你动手，你的一生将会葬送在这里，还会赔上一个无辜者的生命。你也将会一辈子见不到你的女儿，放下武器，自首，争取法庭的宽大处理，你女儿也一定会为你的这个举动而骄傲的。"

鸭舌帽男呆滞了一会儿，放下了匕首，痛哭流涕。

匕首掉在地上，骆美俪挣脱开来向前跑去，陈善良和香榧子也向前跑去，陈善良和香榧子解开骆美俪身上的绳子，三人紧紧地抱在一起。

124. 枫桥孝义路上，日，外景

枫桥人民过着幸福的日子，一派新气象。

125. 西施面馆，日，内景

香榧子和小枫桥走进西施面馆。

陈善良穿着警服正在吃面。

小枫桥："师父。"

陈善良吃着面点点头。

小枫桥和香榧子找位子坐下。

小枫桥悄悄说："师母现在能接受我了吗？"

香榧子也压着嗓子："我妈和我爸都已经冰释前嫌了，你说呢？"

小枫桥傻笑："嘿嘿，幸福来得太突然！"

陈善良悠闲地吃着面，电话响起。

陈善良："好，我知道，马上过来。"

陈善良加快了吃面的速度。

这时，对面派出所门口，停着一辆待出发的警车，钱小涵大喊："陈所长，杜黄桥村的老杜又喝醉酒闹事啦。"

陈善良"狼狈"地扒了几口面，香榧子和小枫桥看着陈善良不雅的吃相偷笑着。

陈善良偷瞄了一眼偷笑的小枫桥。

陈善良匆忙站起身，擦嘴："小枫桥，新安家园里小区居民和物业快打起来了，你去调解一下，我这边马上要出警。"

陈善良擦完嘴后匆匆跑出面馆，跑向警车。

小枫桥错愕了一下，后脚也跟着跑出面馆。

香榧子在面馆里瘪着个脸大喊："他还没吃饭呢，你怎么可以这样对待你的未来女婿？"

骆美俪从后厨走出来，乐呵呵地笑着。

126. 片尾彩蛋：枫桥派出所门口，日，外

骆美俪带着一群穿着旗袍装的阿姨大妈们跳广场舞，主题曲《枫桥的幸福日子》响起。

随后，陈善良带着枫桥派出所的民警们也加入广场舞队伍中。

小枫桥拉着香榧子也来跳广场舞。

（全片终）

老虎队

2018 年秋天，毛宝已是九十八岁高龄的老爷子。他在当地乡镇干部的陪同下来到当年他参战过的地方，独自一人登上了烈士陵园，在荒草丛中找到了当年他手下"五虎将"——大憨、笑面虎、江小白、红娃、毛草根以及副队长钱海英的墓碑。毛宝老泪纵横，抱着墓碑痛哭。这些在新中国成立历史上早已被遗忘的名字，当年可是冲锋陷阵的英雄汉子。在五块墓碑的旁边有一座单独的墓，上面写着"女民兵队长何仙女烈士之墓"，老人在墓前放下了一枝白菊花。毛宝望着肃穆的烈士陵园，他的眼前出现了炮火连天的岁月。

七十年前的秋天（1948 年 9 月），解放军攻打济南城，国民党军拼死抵抗，华东野战军某纵队营长毛宝率领部队攻打国民党重兵防守的城池，作为主力部队，毛宝在纵队李司令员面前立下军令状，三日内攻克济南城。国民党高级军官张天泉军长负隅顽抗，毛宝带着解放军士兵冲锋了两次，都被打退了下来，死伤惨重。毛宝心疼不已，但还是打算拼死杀进济南城。

毛宝的手下笑面虎、陈三笑在战壕里看着南京老家相亲对象的照片傻笑，大憨要看照片，被笑面虎踢开，笑面虎的梦想是有一天打回老家去，和相亲对象结婚。毛宝表示一定会实现笑面虎的梦想，不但要打到南京去，还要在蒋光头的宝座上坐一坐。战地女记者沈琳冒着炮火来到国民党军营采访前线将士，国民党军警卫营营长陆胜文正在城楼上布置防御工事，沈琳跑上城楼采访陆胜文，陆胜文拒绝采访，并让副官胡国忠把沈琳拉下城楼去。张天泉的妻子何美霞劝说不要和共产党的军队再打仗，一家子去香港定居，被张军长呵斥，并让她离开济南城，回徐州城去。

毛宝在济南城外紧急布战，准备发起第三次进攻，他让笑面虎带着炮兵从正门佯攻，自己带着大憨等人向侧门潜伏过去。沈琳不甘心，又偷偷来到城楼上，一定要采访陆胜文，陆胜文很是无奈地答应打退共产党军后，会接受采访。就在这时，笑面虎炮轰正门，城楼上弹片横飞，陆胜文用自己的身体为沈琳挡了弹片，沈琳看到了战争的残酷性，听从了陆胜文的话，下了城楼。陆胜文率领着国民党士兵拼死抵抗冲杀上来的解放军。

毛宝带着大憨他们也在侧门发起了进攻，毛宝一边进攻，一边喊话，表示大家都是中国人，只要国民党军兄弟放下武器投降，解放军会优待俘虏。济南城侧门被毛宝他们攻占，大批解放军进入济南城，陆胜文得知侧门被攻占，急忙带着警卫营回军部去保护张军长。毛宝带人杀向国民党军部，国民党参谋长赵高劝导张军长撤退，张军长坚决不肯撤退，亲自带着部队和毛宝他们作战。毛宝一看是个国民党军长，心里大喜，叫嚷着要活捉这个大官。大憨不解，要用机枪扫射，被毛宝推开，毛宝认为只要抓住了这个军长，他们接下去的战役可以事半功倍。毛宝带着解放军把张军长身边的卫兵逐个消灭，张军长身边只剩下两个亲信。眼看着毛宝他们能活捉住张军长了，不料陆胜文从后面杀了上来，把张军长救出。毛宝看到救张军长的人，有些不敢相信自己的眼睛，因为那人太像和他一起长大的小玩伴。

陆胜文为保护张军长，带着警卫营把解放军的主力部队引到了自己这边，抵挡解放军的进攻。国民党军节节败退，警卫营几乎全军覆没，被毛宝的部队包围，毛宝和陆胜文在战场相见，彼此认出了对方。两人很是感慨，原来他们原是诸暨老乡，一起长大，陆胜文虽是地主家的儿子，但是对长工的儿子毛宝视如兄弟。两人都以为对方在抗日战争中牺牲了，毛宝劝说陆胜文投诚，陆胜文没有答应，毛宝围歼陆胜文，陆胜文施计逃脱。济南城被攻克，但毛宝因追击国民党顽固分子不利，被李强司令员严厉批评，受到处分，也被关了禁闭。

毛宝队伍里的大憨、笑面虎、毛草根等人要和他们的营长一起关禁闭，李司令员一气之下，把他们全部关了禁闭。大憨身上藏了一瓶白酒，毛宝他们在禁闭室里痛快喝酒，毛宝想起了昔日的兄弟成了对手，痛苦地哭了起来。李司令员把毛宝从营长降级为连长，但还是很爱惜他的打仗才能，尤其欣赏他的攻坚战之才。他知道他们接下来还有许多硬仗要打，就让毛宝组建一支老虎队。毛宝答应了李司令员，但是队员必须由他自己来定，李司令员答应了毛宝的要求。此时，粟裕建议中央趁胜进行淮海战役，得到中央同意。解放军华东野战军作为先锋部队，开赴碾庄圩，拉开了淮海战役的序幕。

　　陆胜文带着残兵退守到徐州城，找到了张天泉军长，济南城虽然丢失，但上峰看到陆胜文作战英勇，提拔他为上校副团长，协助张军长驻守徐州城。陆胜文连日奔波，又看到了毛宝成了对手，心里有些难过。他在军营中训练士兵，发泄身上的郁闷。沈琳来到军营里，和陆胜文再次相见。沈琳对陆胜文充满崇拜之意，为了感谢陆胜文的救命之恩，沈琳邀请他去她家里做客，陆胜文推辞不过只能答应。陆胜文没有料到沈琳的父亲竟然是徐州市副市长沈家桥，沈父欣赏陆胜文之才，也看出了女儿对陆胜文有意思。沈琳和陆胜文互生好感，但陆胜文心里还有一个心结，就是放不下老家的童养媳何仙女。两人骑马到郊外散心，沈琳差点从马上摔下来，陆胜文把沈琳拉到了自己的马匹上。这时，副官胡国忠来报，解放军正向新安镇一带进军，陆胜文连忙赶回军部。

　　解放军部队到达新安镇附近，准备消灭黄百韬兵团。李司令员命令毛宝带着一支小分队前去侦察新安镇的敌情，新安镇老百姓因受到国民党军的抢掠，早已苦不堪言。女民兵队长何仙女看不惯国民党军官和士兵在街头欺压老百姓，带着火凤凰、铁猴子等几个民兵找国民党军官理论。国民党军官没有把何仙女放在眼里，何仙女一气之下打了军官，军官命令手下把何仙女抓起来。双方交手，军官识别出何仙女他们是共产党的民兵队，要枪毙了何仙女。

　　何仙女逃脱，国民党士兵追捕何仙女他们，民兵队被堵在了新安镇的城门内，情况岌岌可危。何仙女正要和抓捕她的国民党军同归于尽之时，毛宝他们杀了出来，救下了何仙女。毛宝一看是何仙女，连忙用泥巴把自己的脸弄成了花脸，让何仙女认不出来，并躲避着何仙女。大憨他们不解，追问毛宝原因，毛宝还是被何仙女发现了真实面目。何仙女拉着毛宝痛哭起来，毛宝挣脱开何仙女，逃回了军营。何仙女一路追赶，来到军营。毛宝避而不见，何仙女想了个法子，直接去找了李司令员评理，李司令员对毛宝的行为极为生气，把他叫到了面前。毛宝见何仙女在李司令员这里，他不敢抬头。何仙女却抱住了毛宝喜极而泣，弄得大憨等人莫名其妙。原来何仙女在诸暨老家时，本是陆胜文家的童养媳，但是从小就喜欢血气方刚的毛宝，抗战时期从老家逃出来，一路逃到苏北地带，后来加入了民兵队，成为女民兵队队长。何仙女让李司令员为她做主，毛宝表示现在大战在即，自己也不可能和她成亲，李司令员也认为等淮海战役结束了，毛宝如立下战功，升到团长，就让他们俩完婚。

何仙女要留在解放军部队，和毛宝一起参加战斗。部队里的人嘲笑毛宝被媳妇逼婚，毛宝面子上抹不开，催促着何仙女回新安镇去。何仙女表示新安镇都是国民党军，肯定回不去了。毛宝让何仙女在新安镇外的村庄招募民兵队员，等开战了，再和他一起并肩作战，毛宝好说歹说才把何仙女骗走。徐州城的国民党军部里，张军长和陆胜文他们也在紧锣密鼓地布战，陆胜文隐约地感觉出解放军的战略意图不在徐州城，而是在消灭黄百韬兵团。陆胜文把自己的见解分析给张军长他们听，张军长虽然觉得陆胜文分析得很有道理，但是他现在要做的是守住徐州城。

果然，华东野战军高层的战略意图是示形于徐州，真正的目标是一举歼灭黄百韬兵团。毛宝早已跃跃欲试，向李司令员请示打头阵，李司令员没有同意，并问起毛宝的老虎队组建情况。毛宝表示自己还没有看上的人，李司令员给他推荐了一个人，燕京大学学生江小白。毛宝一看是个"白面书生"，坚决不接受。解放军和黄百团兵团的首战打响，李司令员率领的纵队里，由二营和三营担任主攻，毛宝原先所在的一营担任助攻，主要负责打扫战场。二营和三营士气高涨，二营营长姚公权故意在毛宝面前显摆，嫉妒得毛宝想要出手打人，被大憨和笑面虎拉住。毛宝心里有气，找李司令员理论，李司令员表示一营在济南战役时伤亡惨重，需要休养生息，并再次向毛宝推荐了江小白。毛宝无奈地接受江小白，但李司令员还是没有让毛宝他们担任主攻。江小白让毛宝沉住气，以后会有"硬骨头"让他们啃的。毛宝把江小白骂得狗血淋头，他认为他的部队就应该去打先锋。

陆胜文请求张军长能给他一些兵力，主动出击袭击解放军，打乱粟裕的战略布局。张军长认为陆胜文说得不无道理，让他率领一支部队去偷袭解放军。李司令员命令二营和三营发起对黄百韬兵团的进攻，解放军和国民党军血战。毛宝用望远镜观看战况，发现二营有个狙击手连着干掉了两个国民党指挥官，毛宝盯上了这个狙击手。笑面虎说这个狙击手叫红娃，是二营的镇营之宝。战场上已经打得白热化，陆胜文带着国民党军士兵从侧翼杀出，二营和三营死伤惨重。毛宝在望远镜里看到了陆胜文的部队，不顾李司令员让他担任助攻的命令，直接率领着大憨他们杀了上去。江小白枪法不准，被毛宝喝退下去，让他不要上战场来送死。陆胜文在战场上和姚公权血战，正要一刀刺进姚公权的胸膛时，被冲上来的毛宝挡开了刺刀。两人再次在战场相见，各自带着伤兵们撤退下去。

毛宝回到军营后，姚公权感谢他的救命之恩，毛宝向他讨要一个人——狙击手红娃。姚公权一听要他的镇营之宝，一口拒绝，表示宁可把他杀了，也不会把红娃送给毛宝。毛宝去找李司令员说要让二营的红娃加入老虎队，李司令员把姚公权也一起叫来，姚公权还是没有答应。江小白给毛宝出点子，让毛宝从红娃这里下手，以攻心为主，让红娃自己跳出来投靠他们。毛宝同意江小白的建议，让江小白去做红娃的思想工作。江小白和红娃聊加入他们老虎队的事情，红娃以沉默表示不同意。陆胜文因营救及时，受到了黄百韬兵团副军长杨廷宴的嘉奖，杨廷宴代表国民党军第七兵团送给他三根金条，陆胜文当场拒绝，表示自己是为了党国在战斗。杨廷宴对陆胜文很是欣赏，要和他结拜为兄弟。

毛宝心里还有一件苦恼的事情，他和老家的兄弟陆胜文在战场上已是第二次相见，他想不通为什么他们情同手足却要互相厮杀。他来找李司令员诉说心里的苦闷，李司令员表示毛宝和陆胜文现在各为其主，理解毛宝心中的苦闷，让他也不要有心理负担，他可以安排在和陆胜文他们这支部队作战时，不让毛宝上战场。毛宝一拍桌子表示要去新安镇里劝导陆胜文投诚，李司令员坚决不同意毛宝这样做。毛宝不甘心，转而去找政委洛奇，他没有说要去劝降陆胜文，而是说去新安镇侦察情况，洛奇相信了毛宝。

毛宝只带了大憨一人化装成菜农后进入新安镇，毛宝没有急着去找陆胜文，而是在镇子里转悠，把新安镇的战略要地以及火力布置记在了心里。大憨跟着毛宝转了一天，让毛宝请他吃饺子，毛宝表示国民党那里有比饺子更好的东西。入夜后，陆胜文正在办公室里看作战地图，毛宝进入陆胜文办公室，两人默默无言，相拥而泣。随后毛宝没有和陆胜文谈两军交战之事，而是和他聊老家的事，陆胜文知道毛宝是来劝自己起义的，让毛宝离开新安镇，否则他会把毛宝抓起来。毛宝表示自己永远把陆胜文当自家兄弟，陆胜文心里有愧，但表示自己不会投靠解放军。大憨早已饿得不行，叫嚷着要吃的，陆胜文请毛宝和大憨吃美国牛肉罐头。毛宝和陆胜文聊起儿时受过他的一饼之恩，所以一直把他当救命恩人，当年的一张饼换了现在陆胜文的一条命，毛宝表示今后在战场上相遇，就不会手下留情了。毛宝他们离开的时候，碰到了陆胜文的副官胡国忠，胡国忠对毛宝和大憨有些印象，让国民党军士兵把他们抓起来。大憨正要动手，被毛宝劝说别动粗。毛宝本想趁机挟持住胡国忠，就在这时陆胜文赶出来，表示毛宝他们是自己叫来了解情况的当地百姓，让胡国忠放他们离开。

毛宝他们回到军营后，李司令员严厉批评了毛宝，还要关他禁闭，毛宝表示自己是去新安镇里了解敌情，让洛奇政委为他做证。随后，毛宝又在作战地图上标出了新安镇里国民党军的守备情况，表示国民党军布置了重兵，想要直接攻进去，必然会死伤惨重，得想一想别的办法。李司令员虽然嘴上还骂着毛宝，但心里却认可毛宝的作战方法。毛宝回到了营地里，把带回来的牛肉罐头分给手下们吃，并在军营里吹牛说自己单刀赴敌营毫发无伤，而且回来还受到李司令员的表扬。江小白在人群中看到了二营的红娃一副羡慕的表情，于是拿着牛肉罐头去找红娃，并表示这牛肉罐头是毛宝从美帝国手里抢来的，他们老虎队的队员每天吃牛肉罐头。红娃被江小白忽悠，答应来老虎队。毛宝夸赞江小白的本事，姚公权却坚决不肯让红娃去毛宝那里。毛宝和姚公权来到李司令员这里评理，李司令员让红娃自己决定，红娃选择了加入了老虎队，气得姚公权直咬牙，骂毛宝太无耻。

陆胜文带着两个卫兵来到新安镇城楼上观察解放军的军情，他猜测解放军是想要把黄百韬兵团一举歼灭。他连夜去找杨廷宴，希望杨廷宴去和黄司令汇报，尽快撤退，不然会被解放军消灭，杨廷宴却表示他们的援军马上就会到达，到时可以内外夹击解放军。陆胜文不无忧虑，杨廷宴却请他喝酒。毛宝的老虎队在壮大，他向李司令员请示，由他带队攻入新安镇去，被李司令员喝退。洛奇政委让他少安毋躁，接下去会有大仗等着他来打。

何仙女带着民兵队推着独轮车把粮草运到军营，她偷偷给毛宝送去两个鸡蛋，毛宝却不领情，让何仙女赶快回去，认为战场上不应该有女人出现。何仙女表示自己是带着民兵队来给解放军运送物资的，毛宝认为他们是来添乱的。笑面虎他们嘲笑毛宝战场上是一只猛虎，碰到何仙女却尿了。毛宝说何仙女是一只母老虎，何仙女听到毛宝说自己是母老虎不但没有生气，还很高兴，也要加入老虎队，管着毛宝这只公老虎。毛宝实在没有办法，幸好这时洛奇政委为他解围，洛奇赞扬了何仙女的功劳不亚于毛宝，为他们解放军提供了这么多物资，让何仙女先回去休息，接下来还得依靠民兵队运送物资。何仙女沾沾自喜，离开军营。江小白在军营边上的小河边看书念诗，火凤凰路过时看到了江小白，竟然被江小白的气质吸引住了。

洛奇政委把毛宝和姚公权等几个攻坚战营长叫到了李司令员的办公室里，商议合围新安镇黄百韬兵团的事。毛宝提出新安镇的防守很严实，要想猛攻进去势必会造成很大的伤亡，李司令员夸毛宝现在也开始用脑子了。毛宝提出自己的设想，由他带着老虎队先打开一个口子，然后和外面的解放军部队里应外合，一举围歼黄百韬兵团。李司令员赞同了毛宝的观点，但他也知道陆胜文在新安镇里，他让姚公权做老虎队的策应部队。新安镇的风平浪静，让陆胜文更加怀疑共产党军有更大的行动。杨廷宴他们在参谋部里催促其他国民党军队向新安镇靠拢，陆胜文又来找杨廷宴，希望他能找黄百韬司令，要么赶紧撤退，要么和共产党军决一死战。杨廷宴答应去找黄百韬。

解放军军营里，毛宝让老虎队队员放开肚子吃饱，然后抓紧时间睡觉。大憨吃掉了何仙女送给毛宝的两个鸡蛋，毛宝让大憨吐出来，笑面虎取笑毛宝的心里还是喜欢何仙女的,只是不敢说出来。毛宝还是打死不承认,他本想揍大憨和笑面虎,但转念一想这些战友很有可能在接下去的战斗中丧生,又没有舍得打他们。毛宝一夜未睡,先是到外面去看了新安镇那边的情况,回到军营后,大憨他们已熟睡,他给老虎队队员们盖好了被子,自己还是睡不着。国民党军军营里,陆胜文也还没有睡下,杨廷宴来找他,说了黄百韬司令坚信一定会有援军赶来,可以对共产党军形成南北夹击的攻势。陆胜文心头的忧虑加深,让杨廷宴做好战斗的准备,杨廷宴表示他已叫人轮流值夜。

凌晨时分,毛宝叫醒了老虎队队员们,老虎队向新安镇边上的虎扑岭进发,从虎扑岭进入新安镇。不料虎扑岭这边也有国民党军把守,原来陆胜文和杨廷宴商议后,知道虎扑岭这一带易守难攻,兵力反而薄弱,共产党军很容易从这里进入,杨廷宴随后在这里安排了一支队伍。毛宝让大憨和毛草根他们上去,打晕了守在那里的国民党军士兵,本以为可以不惊动镇里面的国民党军,不料毛草根对国民党军士兵下手时打轻了,一个国民党士兵醒来后,对着毛宝他们开枪射击。陆胜文听到枪声后,迅速带兵赶往虎扑岭这边,毛宝下令让老虎队飞速奔向新安镇城楼这里,为外面的解放军打开大门。

李司令员他们听到新安镇里的枪声后,让姚公权和叶峰他们迅速行动,冲在大部队面前,完成对黄百韬兵团的合围。解放军开始全面进攻新安镇,姚公权带着手下的兵力往新安镇正门赶去。毛宝和陆胜文在新安镇的巷子口碰面,两支队伍立即交火,双方一阵血战,陆胜文受了轻伤,被胡国忠拉下阵来。毛宝没有恋战,带着老虎队往正门赶去,陆胜文看出了毛宝的意图,推开胡国忠并让他追击毛宝,否则枪毙了他。胡国忠认出了当日陆胜文放走的人确实是毛宝,心里对陆胜文早已有了嫉妒怨恨之心。天亮时分,姚公权带着人马和国民党军在城楼这边已血战很久,但就是无法攻破城门,死伤惨重,几乎要被国民党军打退。

民兵队运送着弹药物资上来,何仙女问姚公权她的男人在哪里,姚公权认识何仙女,说毛宝在新安镇里,并让何仙女撤出战场去。何仙女没有答应,带着民兵队和姚公权他们一起攻城,但到了天亮还是没有攻进去。

民兵队队员也牺牲了几个，姚公权让何仙女撤出战场，如果她死了，他无法向毛宝交代。何仙女退下战场后没有离开，而是躲在了后面，还是打算和姚公权他们一起攻进城去。国民党军拼死抵抗，姚公权的二营死伤惨重，姚公权正打算放弃攻城的时候，城内的国民党军突然混乱起来。关键时刻，毛宝带着老虎队从后方冲杀上来，打乱了守城的国民党军队，老虎队和外面的姚公权部队里应外合后，一举攻下了新安镇正门。

何仙女一看姚公权他们攻打了进去，她也带着手下火凤凰、铁猴子他们杀进去。陆胜文带兵赶到，和老虎队拼杀，毛宝和陆胜文刺刀相见，毛宝没有对陆胜文手软，陆胜文知道和毛宝硬拼是打不过他的，有意把毛宝引到了小巷子里。毛宝中了国民党军的埋伏，就要被俘虏的时候，何仙女赶到，和陆胜文再次相遇。陆胜文对何仙女心里有愧，何仙女让他放了毛宝，陆胜文犹豫，胡国忠催促陆胜文赶紧把毛宝抓起来。何仙女和陆胜文拼命，掩护毛宝撤退，火凤凰差点被胡国忠打中，江小白舍身救了火凤凰，带着她撤退下去。何仙女不敌陆胜文，被国民党军包围后被捕。此时，外面的解放军部队冲杀进了新安镇，正门一破，其他各解放军纵队全面合围过来，国民党军一边撤退，一边抵抗。

胡国忠要枪毙了何仙女，被陆胜文阻止，陆胜文命人先把何仙女关押起来。

杨廷宴找到了陆胜文，说黄百韬司令也在悔恨自己为什么要留在新安镇。陆胜文表示新安镇已经被共产党军包围，现在最重要的是突围出去，往碾庄圩方向赶去，和共产党军决一死战。解放军攻入新安镇后，老虎队的名气一下子大了起来，李司令员亲自来到战场上表扬了毛宝，毛宝表示自己一定会活捉了黄百韬，但当务之急是先把何仙女救出来。陆胜文来看何仙女，何仙女让他放了她，不要再和人民为敌。陆胜文问何仙女她的心里还有没有他，何仙女表示自己喜欢的人从来都是毛宝。陆胜文明白了何仙女的心，表示自己不会伤害她，也希望她不要和他陆胜文为敌。

毛草根打听到了何仙女被关押在城西的破庙里，毛宝带着大憨和毛草根往破庙方向潜了过去。陆胜文让杨廷宴和黄百韬先撤离新安镇渡过运河去，他带着队伍殿后，在侧翼袭击追击上来的共产党军。关押何仙女的破庙就安排了两个国民党士兵看押，毛宝救出了何仙女，陆胜文在不远处看着他们，心里有些不是滋味。毛宝让毛草根带着何仙女先回去，自己带着老虎队向黄百韬逃跑的方向追击。陆胜文设下埋伏圈，就等着老虎队钻进来，冲在前面的老虎队队员遭到埋伏，倒下了几位战士，大憨为了保护毛宝也受了伤。毛宝沉着应战，陆胜文手下的两名机枪手占据着堡垒，凭着有利地势挡住了老虎队的去路。老虎队队员奋勇冲杀，但就是无法攻打过去，毛宝眼看着手下战士一个个倒下去，心痛不已，他命令队员暂时撤退下来。

杨廷宴掩护着黄百韬撤退出了新安镇，国民党第七兵团往运河对岸撤退去。新安镇这边，毛宝他们还是无法冲杀过去。红娃向毛宝请示，表示只要想办法让那两个机枪手露出脑袋来，他就可以狙击掉他们。毛宝实在想不出办法来，急得跳起来。江小白想出办法，把辣椒弹投到堡垒下面，里面的机枪手肯定会受不了。毛宝立即叫来了投弹手毛草根，笑面虎对堡垒开了两炮，掩护着毛草根靠近到了堡垒那边，随后他迅速把辣椒弹投到堡垒下面，片刻后，里面的机枪手果然受不了，红娃连开两枪，消灭掉了国民党军的机枪手。毛宝立即带着老虎队冲锋，陆胜文他们抵挡不住，无奈撤退。

老虎队追到运河边时，黄百韬他们已经渡过了运河，解放军占领了新安镇。毛宝有些沮丧，因为老虎队死伤很惨重。李司令员来看望他们，让毛宝不要失去信心，现在有很多战斗英雄想要加入老虎队来。何仙女来到军营里，检查着毛宝的身体有没有受伤，火凤凰在战地医院照料江小白，江小白觉得火凤凰很细心，火凤凰怕江小白这个大学生看不起自己，江小白教火凤凰识字，两人互生好感。民兵队队员铁猴子很想加入老虎队，让何仙女给他说情，经过李司令员同意后，铁猴子破格成了老虎队的一员。洛奇政委为老虎队授旗，老虎队正式成立，毛宝封大憨、江小白、笑面虎、红娃、毛草根为"五虎上将"，老虎队队员们亲如兄弟。老虎队成立后，毛宝立即向李司令员请示任务，他要带着老虎队杀向碾庄圩去。李司令员没有同意，而是给毛宝布置了一项更为紧急的任务：突击碾庄圩和徐州之间的曹八集，隔断黄百韬兵团和徐州的联系。

陆胜文他们从新安镇撤退后，胡国忠向他汇报，张天泉军长让他火速赶回徐州。回到徐州后，陆胜文遭到了逮捕，原来胡国忠告了他的密，说他和共产党军有联系，有通共嫌疑。陆胜文向张军长承认自己认识毛宝，但他绝对没有通共。张军长信任陆胜文，不忍心杀他，暂时把他关押起来。沈琳得知陆胜文被关押，赶到监牢里来看他，表示一定会把他救出来。沈琳去求父亲沈家桥帮忙，让沈家桥去和张军长等国民党军官说情，张军长让陆胜文戴罪立功，以此来证明他和共产党之间没有关系。胡国忠替代陆胜文做了副团长，陆胜文出狱后，明白是胡国忠在他背后做了手脚，但还是向胡国忠表示了，党国危难之际希望以大局为重。沈琳把陆胜文请到家里，陆胜文感谢沈家桥的救命之恩。沈家桥说陆胜文应该感谢的人是沈琳，她都为他急哭了，从小到大没有看到过她为别人哭过。

毛宝带着老虎队杀向了曹八集，这一回毛宝没有直接从正面进攻曹八集，而是率领老虎队迂回到曹八集侧面，随即命令笑面虎对着镇内开炮。国民党军已是惊弓之鸟，副师长钱海英劝刘师长向共产党军投降，刘师长表示要抵抗到底，谁再说投降就军法处置。国民党军在镇子里抵抗老虎队的进攻，毛宝看出了敌军的抵抗不是很卖力。毛草根说老虎队可以直接杀进去，毛宝表示可以再等等，可先向城里的国民党军喊话。江小白声情并茂地让镇子里的国民党军放下武器投降，不要再和人民为敌。钱海英知道曹八集肯定是守不住的，趁着夜色，派人来向毛宝送信，表示自己可以率领部队投降，但解放军必须答应不伤害他们。

毛宝对自己的判断很是得意，当即答应了钱海英的请求，并表示只要钱海英愿意，可以让他加入老虎队。刘师长知道老虎队马上就要攻进来，命令手下销毁武器弹药，钱海英临阵起义，毛宝他们冲进了国民党军的师部，钱海英还想劝说刘师长投降，不料刘师长还是开枪自杀了。钱海英心里有些难过，毛宝安慰钱海英，钱海英提出加入老虎队。毛宝开玩笑说，一个国民党的副师长成了他毛宝的手下，他有些不好意思。黄百韬他们听到曹八集已被解放军占领，西撤之路被切断，此时杜聿明又对黄百韬下达了命令：死守碾庄圩，不成功便成仁。杨廷宴忧心忡忡，知道如果黄百韬死守碾庄圩，很有可能在这里成仁，他打电话向张军长这边借兵，特意点名要陆胜文。张军长派胡国忠和陆胜文带着一个团的兵力去支援黄百韬兵团，临走时吩咐了胡国忠必要时可以使用秘密武器。

毛宝回到军营后，休整老虎队。经过曹八集一战，老虎队反而壮大了。洛奇政委亲自来和钱海英谈话，钱海英表示自己加入老虎队也是想要将功赎罪，洛奇让钱海英做了老虎队的副队长。笑面虎他们对钱海英做他们老虎队副队长的事情很是不爽，认为钱海英毕竟前一天还是国民党的人。毛宝劝说老虎队队员，我们共产党的度量要大一点，而且人家做过国民党的副师长，肯定有他的才能。洛奇政委称赞毛宝的思想觉悟提高得很快，并希望他和钱海英能够好好合作，把老虎队打出更响亮的名声来。解放军部队抵达碾庄圩附近的过满山，根据中共中央和粟裕司令员的指示，碾庄圩战役打响。李司令员让老虎队先作休整，让叶峰的三营先冲杀进碾庄圩去。毛宝急得跳起来，生怕被三营抢了战功。

叶峰带着三营和其他纵队的解放军一路杀进碾庄圩，黄百韬兵团已布置好了野战防御阵地，就等解放军钻进来。一战下来，解放军死伤惨重，三营打得只剩下十多个人。毛宝看着受伤的三营营长叶峰，叶峰告诉毛宝在碾庄圩，每一百米就有二十多挺重机枪，根本冲不上去，毛宝知道这场攻坚战要比之前的战斗更加难打。陆胜文和胡国忠带着一支队伍来到碾庄圩，杨廷宴向陆胜文表示这次可以一雪前耻，胡国忠也认为建功立业的时候来到了，陆胜文却有种不祥之感，他知道接下去肯定会和毛宝有一场血战，不是他死就是毛宝死。毛宝向李司令员提出接下去让他的老虎队去攻打碾庄圩，李司令员明白这场攻坚战不好打，但还是得有人去打，虽然他心里舍不得牺牲老虎队的战士。

毛宝独自来到前沿阵地，战地上到处都是尸体。他观察敌军的防御工事，这时钱海英上来，向毛宝道出碾庄圩里面有很多夹壁墙式的工事，外表完全看不出去，但一旦冲进去，国民党军就会开枪。毛宝带着老虎队趁着夜色突袭，匍匐上前进入了碾庄圩主阵地，老虎队队员都有些兴奋，毛宝也认为可以擒贼先擒王，杀入敌营抓到黄百韬，不料他们正进入了敌人设下的死亡陷阱里。毛宝他们刚冲进碾庄圩，子弹就从后面射击过来，殿后的几名老虎队队员立即倒下。毛宝他们躲到土堆后面躲避子弹，国民党军的子弹不断朝他们射击过来。陆胜文他们在防御工事后面看着冲上来的解放军，胡国忠表示这次可以一举消灭老虎队。

　　钱海英让毛宝想办法打掉夹壁墙，毛宝命令笑面虎对着夹壁墙开炮，笑面虎连着开了三炮，炸掉了三挺机枪火力点。毛宝他们想要再往前冲上去，突然间又多了几个火力点，毛宝的手臂也被击中，笑面虎发怒要把这几个机枪手都轰炸掉。刚开完两炮，填充第三发炮弹的时候，笑面虎被躲在暗处的胡国忠开枪击中，随后一连串子弹打来，笑面虎连中几弹。毛宝要去救笑面虎，被大憨拉住，钱海英和毛草根冲上去把笑面虎拉了下来。老虎队从碾庄圩战场撤退了下来。毛宝让笑面虎挺住，他一定会救他，笑面虎说下辈子再做兄弟。他拿出了相亲对象的照片，照片已经被鲜血浸染，笑面虎看着对象的照片微笑着牺牲，成了老虎队"五虎将"中第一个牺牲的队员。毛宝抱着笑面虎悲痛地大哭，要为笑面虎去报仇，被江小白他们拦住。洛奇政委也来劝阻毛宝，认为君子报仇十年不晚，围困住了黄百韬，消耗他们的耐心和物资。

　　毛宝向组织请示，让他带着老虎队在碾庄圩外埋伏，李司令员同意了毛宝的请示。黄百韬兵团在碾庄圩大胜共产党军的消息传到了南京那边，国民党高层大赞黄百韬。碾庄圩里，国民党军也开始欢庆，杨廷宴把陆胜文叫去一起庆祝，陆胜文内心已有反战情绪，而且认为这场仗打不赢。胡国忠当面指责陆胜文，希望他能够不要涨共产党军志气。何仙女来到战地前沿找毛宝，表示老百姓对解放军快失去信心了，毛宝让何仙女去做老百姓的工作，为解放军保障粮食资源，他们一定会打赢这场仗。何仙女相信毛宝，让他放心，她一定会带着民兵队做好后勤保障工作。

　　毛宝带着老虎队在碾庄圩外围包围着黄百韬兵团，他采用游击战术，每次都是趁着夜色对碾庄圩内的国民党军开枪开炮。笑面虎牺牲后，由江小白做了炮手，江小白拿到笑面虎的小钢炮后，对着碾庄圩里的夹壁墙练手。国民党军被毛宝的这一战术弄得夜不能眠，再加上食物慢慢地紧缺起来，国民党军已是心神不宁，跑到外面来寻找食物。毛宝安排了红娃埋伏在碾庄圩外的口子上，国民党军官士兵一露出脑袋，便被红娃狙击。碾庄圩里面的国民党军很快因为抢夺食物，发生争执。胡国忠向杨廷宴请战，要冲出去和共产党军决一死战。杨廷宴同意胡国忠的请战，胡国忠亲自率领部队冲锋，想要往南面突围出去，被守在南面的姚公权部队打退了回来。

何仙女带着民兵队为解放军筹备物资，并源源不断地送到阵地上来，还给毛宝带来一只老母鸡。毛宝这一回没有拒绝，他让毛草根生火在阵地里烤鸡吃。鸡肉的香味往国民党军阵地上飘去，国民党士兵眼巴巴地看着。毛宝让江小白喊话，让国民党军士兵投降，解放军优待俘虏。到了夜里，不断地有国民党军士兵过来投降。杨廷宴看着有大批士兵偷偷地向共产党军投降，大为恼火，拉出逃跑队伍里的排长、连长，要枪毙他们。陆胜文跑去阻止，让杨廷宴不要这样做，枪毙将士会让军心更加涣散。胡国忠来找杨廷宴，表示张军长这边给过他一条锦囊妙计，可以在危急之时打开。杨廷宴很兴奋，不料张军长给的计策是让他们炸开枫桥江上游的大坝，和共产党军同归于尽。

胡国忠让陆胜文带着一支队伍去炸开大坝，掩护他和黄百韬、杨廷宴等人撤退，陆胜文坚决反对这样做，认为一旦大坝炸开，不但两军将士不但会被淹死，老百姓们也会跟着遭难。胡国忠坚持自己的决定，派亲信马涛带着工兵去炸大坝。陆胜文得知消息，连夜用秘密暗号把毛宝约了出去。两人相聚在碾庄圩旁边的枫桥江上，毛宝以为陆胜文要投诚，陆胜文表示自己誓死效忠党国和张军长，给毛宝送了炸大坝的信息后，转身要走。毛宝叫住了他，从怀里掏出一张饼给陆胜文，陆胜文拿着饼离开。毛宝将信将疑，但还是把情报告知了李司令员，洛奇认为一旦炸坝后果不堪设想，让毛宝带着老虎队去阻止国民党军这一行为。何仙女要带着民兵队一起参加，因为她熟悉那一带的情况，李司令员同意民兵队和老虎队一起参加战斗。陆胜文回到军营时，被胡国忠看到，陆胜文应付了过去，但胡国忠心里还是起疑，他让马涛迅速行动，同时通知了杨廷宴带着黄百韬准备突围。

老虎队飞速赶往枫桥江那边的大坝，马涛带着工兵在大坝安置炸弹，老虎队靠近大坝准备消灭马涛之时，胡国忠带着陆胜文他们从侧面杀出。陆胜文虽然不愿意和老虎队交战，但是被胡国忠逼迫着对付毛宝。毛宝他们无法靠近大坝，钱海英请战由他带几个人迂回过去，毛宝同意。钱海英带着红娃、江小白和毛草根等人向大坝处迂回过去。马涛这边已经安装好了引爆装置，准备撤退下来启动装置，钱海英让红娃狙击掉爆破手。毛宝他们和胡国忠这边血战，胡国忠亲自冲向引爆装置这边，钱海英在紧急关头剪断了引爆装置的黄线。

胡国忠这边按下了引爆按钮，但大坝这边却没有爆炸。毛宝他们冲杀过来，胡国忠发疯似的让手下和老虎队拼杀。胡国忠不甘心，带着人杀向引爆装置这边，钱海英他们刚撤退下来，胡国忠就冲上来，开枪打中了红娃。毛宝他们从后面杀上来，胡国忠让马涛他们抵挡，马涛被大憨击毙，胡国忠狼狈逃窜。天色已亮，毛宝看着陆胜文离开的背影，心里不是滋味，钱海英他们把红娃的尸体抬了下来，毛宝心里很是难过。

陆胜文他们撤回到了碾庄圩军营里，胡国忠咬定是陆胜文通风报信，要枪毙了他。杨廷宴冲进来拉住了胡国忠，让他们一同掩护着黄百韬司令逃出去。黄百韬已换上了老百姓的衣服，胡国忠知道碾庄圩肯定是守不住，命令陆胜文他们一起掩护。毛宝大赞钱海英这次阻止国民党军炸大坝的行动中，立了第一功，钱海英表示当年在德国留学时学的就是爆破。老虎队队员们对钱海英另眼相看，也对他敬佩起来。毛宝他们把红娃安葬在笑面虎坟头旁边，姚公权也过来致哀。毛宝表示自己对不起红娃，如果红娃不来老虎队，就有可能不会牺牲了。此时，三营的叶峰他们和其他解放军纵队的战士们已杀入碾庄圩，毛宝有些焦躁不安，洛奇本来让他们老虎队休整一下，毛宝表示等抓住了黄百韬再休息也不迟。

抓俘虏的行动开始，老虎队冲上去的时候，发现何仙女他们的民兵队也参与了行动，毛宝让何仙女撤下去，何仙女表示自己的民兵队一定会比老虎队抓的俘虏还要多。杨廷宴也化装成了老百姓，掩护着黄百韬逃离碾庄圩。就要在逃出去之时，何仙女带着火凤凰冲上来，杨廷宴假称他们是当地的老百姓，何仙女让他们离开战地，杨廷宴正准备走的时候，何仙女又感觉有些不对劲，回过头去叫他们站住，杨廷宴知道何仙女起疑，转身对着何仙女开枪，打伤了她。杨廷宴带着黄百韬逃跑，何仙女大叫着追击上去。这时，毛宝带着老虎队队员也赶到了，何仙女表示逃跑的是国民党的大官，毛宝看到了杨廷宴的侧面，知道逃跑的人很有可能是黄百韬，表示要活捉黄百韬。陆胜文他们杀了上来，掩护黄百韬逃跑。毛宝大为光火，命令钱海英和江小白他们对黄百韬逃跑的方向开枪开炮。黄百韬被流弹击中，杨廷宴背着黄百韬的尸体逃出了解放军的包围圈。毛宝和陆胜文杀红了眼，陆胜文没有恋战，跟着国民党残兵突围了出去。

碾庄圩战役结束，粟司令下达了指令，对徐州围而不攻，展开政治攻势，让杜聿明集团向解放军投降。陆胜文他们撤退回到了徐州城，沈琳以为陆胜文在碾庄圩战役中战死，看到陆胜文回来，情不自禁地和他拥吻，向陆胜文表达了自己的爱意。陆胜文还是拒绝了沈琳，因为他知道在接下来的大决战中，自己很有可能没命。大战在即，大憨担心住在徐州城郊外的老娘，他向毛宝请假，希望能去看老娘一眼。毛宝叮嘱再三，答应了大憨的请求。大憨来到了老家大王庄，大王庄已是面目全非，村子里的粮食猪羊全部让国民党军给抢完了，大憨老娘以为大憨早就死了，哭瞎了眼睛。大憨要背着老娘离开大王庄，不料在路途中遇到了国民党残兵，残兵里的排长看到了大憨身上的枪，发现了大憨的身份，让大憨投降。大憨反抗，老娘被国民党士兵打死。大憨发疯似的要报仇，被国民党士兵暗算，大憨被残忍地杀害了。

徐州城外的解放军军营里一片欢庆，文工团来慰问演出，载歌载舞。老虎队员们成了军民们心中的大英雄，毛宝被推上舞台去讲话。他表示一定会早日打倒蒋匪军队，解放全中国，到时他就娶何仙女做老婆。何仙女在台下激动地哭了起来。江小白和火凤凰在小溪边约会，江小白给火凤凰念徐志摩的诗。文工团团员们结束表演后，到军营里休息，突然军营里喊起了"抓流氓"的声音，原来女文工团团员小翠在洗澡的时候，被外面一个黑影偷看，并试图强奸她，几个文工团团员冲进来后，那个黑影差点被抓住，但是黑影还是跑回了军营里。

文工团团长直指逃跑的人就在老虎队里，小翠说当时她抓了一把那个人的胸口。毛宝表示一定会抓出流氓分子，还小翠一个公道，但没有人站出来承认。在冰天雪地里，毛宝率先脱下上衣，随后让老虎队队员们也都脱下衣服，毛草根哭着承认是他所为。毛宝等人不敢相信这个流氓是毛草根，毛宝重重地打了他，并拔枪要枪毙毛草根，却被钱海英他们阻拦。毛草根打着自己的脸，也向小翠认错，但毛宝还是要枪毙毛草根。小翠替毛草根求情，让毛宝不要杀他。何仙女也站了出来，表示让毛草根将功补过，毛宝答应放毛草根一条性命。

张天泉军长的夫人何美霞有意撮合沈琳和陆胜文，把陆胜文和沈琳一起叫到家里来吃饭。张军长也认为他们两个是郎才女貌，要是成亲了，也算是给徐州城带来喜气。陆胜文和沈琳举办了一个简单的婚礼，沈琳向陆胜文表示要生一起生要死一起死，陆胜文很感动。毛宝和何仙女听闻了徐州城里在举办陆胜文和沈琳的婚礼，何仙女说陆胜文找到了一个好老婆，她也就安心了。毛宝表示等淮海战役结束，他就娶何仙女为妻。民兵队在途经大王庄的时候发现了大憨的尸体，毛宝看到了死去的大憨，悔恨自己应该派人和大憨一起回家，他跪在大憨的尸体前痛哭。

杜聿明集团坚决不投降，张天泉开完军事会议回来后，召集陆胜文他们开会，表示要和共产党军决一死战，准备实施杜司令布置的地空协同的立体作战方案。李司令员觉察到了国民党军的作战计划，派老虎队前去炸毁徐州机场。徐州机场里，国民党军重兵把守，根本冲杀不进去。毛宝带人侦察完情况后，让钱海英等人去挟持来几个国民党将士，随后毛宝他们换上了国民党军的衣服，他让江小白带人引开国民党军的主力。徐州机场里，国民党军看到解放军攻打过来，迅速还击，毛宝他们穿着国民党军军装，假装是来支援的，进入了机场里。徐州城这边，张军长听到枪声后，让陆胜文带人前去支援。

钱海英他们在飞机下面安装好了炸药，准备撤退，这时，陆胜文他们赶到，和老虎队激战。机场里的国民党军试图阻止炸弹引爆，毛草根让老虎队先撤退，随后抱着手榴弹冲到了飞机下面，拉开了导火线。整个机场被引爆，国民党军的飞机几乎被炸光，毛宝看着毛草根牺牲，大喊着落下眼泪。陆胜文大为愤怒，追击毛宝，两人开枪对峙，陆胜文没有对毛宝手软，打中了毛宝的胸膛，毛宝被钱海英背了下来，老虎队紧急撤离。战地医院里，毛宝生死未卜，何仙女哭晕在急救室门口。子弹离毛宝的心脏只差一点，毛宝被抢救了过来，但一直昏迷不醒，何仙女陪在床边默默流泪。

陆胜文回到徐州城军营里后，向张天泉请罪。张军长知道徐州机场被炸后，他们的处境更加危险了。陆胜文也做好了战败的准备。他让沈琳和沈副市长随着老百姓一起撤退出徐州，沈琳没有答应，一定要陪伴在陆胜文身边。江小白知道他们的队长爱喝酒，拿来诸暨同山烧滴在毛宝的嘴角，毛宝吃到了酒，竟然苏醒过来。何仙女喜极而泣，毛宝知道何仙女一直陪着她，眼泪都快哭干了，抱住了何仙女。

陆胜文向张天泉军长请战，主动去袭击解放军，而不是待在徐州城等死，他愿意带着一支敢死队去袭击共产党军。沈琳担心陆胜文的安危，劝他不要去打仗。陆胜文虽心里对新婚妻子有愧，但还是带着敢死队出发了。陆胜文侦察到解放军李强司令员指挥部的位置，他打算来个擒贼先擒王，带着敢死队向指挥部摸了过去。李司令员正和毛宝他们开作战会，李司令员关心毛宝的身体状况，毛宝拍着胸脯说自己现在就可以去冲锋，但一拍胸脯就连咳了几声，被姚公权他们取笑。李司令员他们不知道外面的危险已经逼近，守在外面的铁猴子发现了敌人，迅速向陆胜文他们开枪，陆胜文打死了铁猴子。这时，何仙女也赶到了，亲眼看到了陆胜文打死铁猴子。陆胜文带着敢死队杀进了指挥部，毛宝让江小白掩护着李司令员和洛奇政委撤退，陆胜文追击李司令员，何仙女冲上来和陆胜文对战，陆胜文撤退下去。

陆胜文他们化装成老百姓，准备撤退回徐州城，被民兵队发现，陆胜文被江小白和火凤凰俘虏，押到了毛宝面前。何仙女冲上来大骂陆胜文是国民党反动派，让他还铁猴子和笑面虎等战士的性命。毛宝拉开了何仙女，陆胜文以为毛宝会枪毙他，不料毛宝却请求李司令员放了陆胜文，让他去徐州城里劝说张天泉他们投诚，洛奇政委夸赞毛宝的政治觉悟越来越高了。毛宝把陆胜文送出了军营，沿路上，陆胜文看到民兵队和老百姓们一车车为解放军送粮食和弹药，他终于明白国民党会失败的原因。毛宝和陆胜文分别的时候，再次劝导陆胜文起义投诚，陆胜文沉默着离开。张天泉他们以为陆胜文已经为党国尽忠，正在为他开追悼会，沈琳悲痛欲绝，要为陆胜文殉情，被何美霞拉住，陆胜文出现在自己的追悼会上，众人惊呆。

张天泉以为陆胜文是突围出来的，来到军部后，陆胜文说自己是被解放军放出来的，胡国忠怀疑陆胜文是奸细，让张军长把他抓起来。张军长还是没有同意，让陆胜文下去休息。陆胜文回到了沈琳身边，和她说了解放军军营里看到的事，并表示自己所效忠的党国不得民心，自己走的道路可能真的是错误的，沈琳表示趁早醒悟还来得及。徐州城里，国民党军队陷入了大饥荒，甚至出现了人吃人的场面，陆胜文很是痛心，杀了自己的战马，给手下们分食。

张天泉不甘心就这样失败，让胡国忠为共产党军准备了一份"大礼"。解放军开始向徐州进攻，李司令员考虑到毛宝的身体状态，还是让他们老虎队担任助攻。毛宝临阵前把助攻改成了主攻，随后带着老虎队冲锋。不料刚冲到城门口，前面姚公权他们的部队就有大批人倒下，江小白见识过世面，大叫不好，原来张天泉动用了毒气来对付解放军。

陆胜文对张天泉这一行为很是气愤，也对国民党失去了信心，但张天泉命令陆胜文他们杀出去和共产党军大决战。胡国忠率领着部队冲在前面，姚公权中了毒气，被胡国忠打死，何仙女为了保护毛宝撤退，和冲杀上来胡国忠部队交战，江小白和火凤凰双双战死。何仙女拼死一搏和胡国忠同归于尽，陆胜文已无心再战，带着部队撤退了下去。杜聿明集团开始向陈官庄方向突围，张天泉也撤退到了陈官庄，国民党部队负隅顽抗，张天泉他们都打算为国民党尽忠。为了减少解放军部队的损失，毛宝忍着失去何仙女和众多好兄弟的痛苦，还是打算潜入陈官庄去劝降陆胜文，陆胜文终于答应了毛宝，带着部队起义，并且去说服张天泉一起投诚。毛宝和钱海英撤退的时候，他们被国民党军发现，钱海英为了掩护毛宝撤退，被打过来的弹片击中了脑袋。

陆胜文劝说张天泉向解放军投诚，张天泉顽固不化，要开枪打死陆胜文。沈琳冲进来，为陆胜文挡了子弹，张天泉还要杀陆胜文，被何美霞阻止。这时，毛宝带着剩下的老虎队队员杀入了陈官庄张天泉的军部，张天泉准备开枪自杀，被陆胜文夺下枪，毛宝他们冲进来俘虏了张天泉。随后，陆胜文率领着张天泉的军队起义，陆胜文跟随着毛宝，一起参加淮海战役最后的战斗，活捉了杜聿明。淮海战役以解放军和人民群众的胜利结束，这一场大战的胜利，为新中国的建立夯实了根基。毛宝站在老虎队队员的墓碑前，落下了热泪，他抚摸着何仙女的墓碑，心里无比愧疚。毛宝的身后升起了一轮红日，洛奇政委说这些死去的战士们都是建国英雄，人民群众永远不会忘记他们。毛宝向李司令员表示，他会重建老虎队，开始新的征程。

武则天秘史

武则天登上雄伟的则天门，在文武百官的欢呼声中宣布改大唐为周，改年号为天授。她被尊为圣神皇帝，一个女人，史无前例地坐上了皇位，于是，她成为中国第一个也是唯一的女皇帝。这一年，她六十二岁。

武则天君临天下，俯瞰跪在面前的群臣和儿女，感慨万千。近半个世纪前的那则神秘预言——唐三代后，有女王武氏灭唐——终于应验，为了这一天的到来，她历尽艰险，几度起死回生。而且她还为此付出了两个亲生儿子和一个亲生女儿的代价。眼前飞扬的旌旗、雷动的欢呼让她恍然回到了太宗时代。她依稀看见战马在疾驰，号角在回荡，太宗英武的身姿在战场驰骋，马蹄与刀剑下，敌军尸横遍野，血流成河。其壮阔的景象与气势，撼动山河。

那是太宗率兵与突厥进行决战，武则天的父亲武士彟跟随太宗左右，突厥突然杀出一队奇兵，太宗危急，武士彟舍命相救，壮烈殉国。临死前，武士彟把最心爱的二女儿武则天托付给太宗。说这个女儿美貌聪颖，才华卓绝，在民间必埋没了她的才智。太宗含泪答应武士彟，并追封他为应国公。

武则天时年十四岁，奉太宗之召，祭拜父亲后准备毅然入宫。母亲杨氏舍不得她，极力劝阻，武则天却表示自己进宫后必大有作为。原来，武则天满周岁时，父亲曾请著名星相士袁天罡给她看过相，袁天罡预言她将为天下之主。武士彟把这个预言当作最大的秘密，让武则天铭记在心。武则天明白父亲的期望，怀揣着巨大的梦想来到皇宫。

　　太宗东征得胜回朝，少女武则天巴望着抢先一睹太宗风姿，竟然爬上宫墙。她采了一束艳红的梅花迎接太宗，却巧遇晋王李治，此时李治才十岁，被这个美丽少女不要命的大胆和浪漫举止震慑，朦胧地萌生出少年的爱慕。一群战马在皇宫墙外嘶鸣而来，骑在墙上的武则天被惊得摔下宫墙，掉进装运美酒的木桶。等她湿漉漉站在太宗面前时，曲线毕露的身体满是酒香和花香，让太宗在恼怒之下怦然心动。

　　以一个小宫女翻墙疑似逃跑的行为，老臣长孙无忌建议处死，武则天却勇敢地把花献给太宗。太宗第一次见识这么大胆的宫女，当他得知眼前的美少女就是武士彟的女儿武则天时，很是惊喜，便故意试探她，牵来无人驯服的狮子骢，说武则天如能驯服，可免一死。武则天向太宗要三件东西，即铁鞭、铁锤、匕首，她这一闻所未闻的训马法让太宗震惊，萌生了征服这个女孩的欲望，当场封她为才人，并命她当夜侍寝。胆小而天真的李治目睹了这一切，对这位奇特的女孩充满了好奇和好感。

　　是夜，太宗召幸武则天，两人正激情拥抱，忽然雷声隆隆，闪电劈去甘露殿一角，掉下一本《宫廷秘录》。秘录内载有神秘预言："唐三代后，有女王武氏灭唐。"太宗震惊，拔剑欲杀武则天，武则天舍命为自己辩护，太宗不忍一朵鲜花在剑下飘零，命武则天烧毁秘录，怒冲冲而去。武则天从火堆里抢出秘录残本，偷藏在身边。

　　太宗特召太史令李淳风入宫，李淳风说出太白金星在白天出现，确有不祥之兆。太宗心惊，查杀左武卫将军李君羡。还不放心，又想杀武则天，被李淳风劝阻。太宗自此疏远武则天，但内心决定，在他死前必须除去武则天。他痛惜自语："媚娘，你为什么要姓武啊？"

　　那以后，太宗再也没有临幸武则天，时间飞快过去，一晃十年，武则天仍然只是个地位卑微的才人，这让她对自己的命运充满了忧虑，她常常在夜晚独自翻阅《宫廷秘录》残本，想起父亲告诉过她的秘密：星相士袁天罡曾预言她将为天下之主。武则天对这样巧合在一起的预言将信将疑，胆战心惊，但内心又隐隐升起一股主宰天下的雄心。她的眼前不由闪现出同样已经长大了的李治的身影，她有预感，她的命运将会跟这个对她一见钟情的王子联系在一起。

此时太子承乾因谋反被废，魏王泰担心李治被立为太子，故意吓唬他，说父皇知道他要谋反，马上要杀他。李治吓得浑身颤抖，六神无主，失魂落魄中恰好撞见武则天。武则天马上感觉到这是个机会，让李治立刻把这事禀报给太宗。太宗听后大怒，召集长孙无忌等人，立李治为太子。武则天帮助李治取得了重大胜利，由此为自己今后命运的转机埋下了伏笔。

太宗病重，武则天服侍左右，历尽辛劳，李治常至病榻前探视父亲。武则天与李治终于遏制不住激情，在太宗病榻旁发生了关系。李治发誓，如果他即位当皇帝，必保护武则天。太宗进入弥留之际，还是放不下那个不祥的预言，要处死武则天，武则天哭求出家当尼姑，为太宗祈福。太宗答应，但这个城府极深的君王，在临终前召见长孙无忌和褚遂良，让两人辅助李治，又下密诏给李治，在他死后处死武则天。李治极为惊恐，把密诏告诉了武则天，武则天将密诏烧毁。她嘱托李治别忘了答应过她的誓言。

公元 649 年，太宗驾崩，殡葬仪式盛大，哭声震天。就在这浩大的送葬队伍向昭陵行进之时，出家为尼的武则天等人也向感业寺进发。她和李治无法当面告别，只能彼此留下生离死别的一瞥。

武则天在感业寺落发剃度，从此与青灯相伴。朝廷那边，李治登基，为唐高宗，改年号为永徽，封王氏为皇后、萧氏为淑妃。王皇后喜不自胜，让李治封她的舅舅柳奭为宰相。萧淑妃也不甘落后，谋划封她生的儿子雍王素节为太子，李治不胜其烦，思念起在感业寺当尼姑的武则天。

武则天也在思念李治，她常常在灯下捧着《宫廷秘录》的残本，回忆着李治临别前的誓言。寺中住持感觉到武则天尘缘未断，故意找碴，派给武则天又累又重的活儿，稍不顺心，便罚武则天整夜跪着诵经。武则天不胜悲凉，提笔写了首诗《如意娘》："看朱成碧思纷纷，憔悴支离为忆君。不信比来长下泪，开箱验取石榴裙。"寄托自己对李治的深情与期待。不料，却被住持发现，大怒中要抢夺诗稿烧毁。武则天竟然把诗稿吞进了肚子里。

住持罚武则天面壁思过，武则天被关了三天，饿得昏厥。白马寺小和尚冯小宝途经感业寺，听说里面的尼姑是皇宫里的嫔妃，便翻墙进来偷窥。

发现武则天昏迷，就用半条野鸡腿救了武则天一命。却被住持发现，以为是武则天勾引了野和尚，对武则天用刑，武则天被整得差点死去。

武则天对《宫廷秘录》里的预言产生了怀疑，认为自己可能要一生老死在感业寺了。悲愤中想烧毁秘录，但等看见残本真的被火苗吞噬，又心有不忍，便将其从火中抢了出来。她决定把这个预言看成是对自己的勉励，一定要顽强地活下去。

艰难而无望的日子过了一年，武则天终于盼来了李治。在太宗逝世一周年的忌日，同样日思夜想着武则天的李治，到感业寺进香祭祀。两人重逢，悲喜交集。当夜，李治留宿在感业寺，与武则天鱼水欢愉。两人山盟海誓，不求同年同月同日生，但求同年同月同日死。住持却被蒙在鼓里。

不久，武则天怀孕，尼姑们不知武则天怀的是龙种，鼓动住持严惩武则天。住持痛恨武则天做出败坏寺院风气的事，害怕传出去被朝廷治罪，便暗中想用打胎药把胎儿打下。武则天警觉，当场泼掉打胎药，告诉住持她怀的是龙种。住持惊愕万分。李治放心不下武则天，再次微服来感业寺，得知武则天怀孕，惊喜中又害怕万分。武则天反过来宽慰李治，她要李治去把她的姐姐接到感业寺，生下孩子后由姐姐带出去抚养。李治感动至极，发誓等武则天生下孩子后再接回宫中。离开前托住持照料武则天，住持受宠若惊，自此对武则天百般奉承。

李治回宫后想不出办法，更担心此事被长孙无忌等人得知，将不可收拾，便派心腹太监秘密把武则天的姐姐贺兰氏接到感业寺。不久，武则天生下了儿子李弘，由贺兰氏抱回家去抚养。

李治得知儿子被寄养在别人家里，心里痛楚而无奈，整天长吁短叹，愁眉不展。王皇后探问缘由，李治告知真相。王皇后知道武则天曾有功于李治立太子，对她有好感，怂恿李治把武则天悄悄接回。原来，李治在宫中专宠萧淑妃，王皇后嫉妒异常，一心想击败这个狐狸精，便想出了这个以毒攻毒的办法。

李治没想到能得到皇后的支持，喜出望外，准备把武则天偷偷接进宫内。他派人向武则天传旨，让她蓄发等待回宫，武则天喜不自胜。公元651年，也就是高宗永徽二年，王皇后亲自去感业寺接回武则天。长孙无忌闻讯，震怒交加，带人在宫门拦阻，王皇后却说自己不过选了个侍女，后宫的事不需长孙无忌操心。面对王皇后的愚顽，长孙无忌毫无办法，但仗着自己的权势，还是拦着皇后的凤辇不让进宫。李治赶到，长孙无忌以舅舅与顾命大臣的身份指斥李治荒唐。李治被训得惶恐无主。关键之时，武则天从凤辇中下来，泪流满面地与李治告别，并拿一把匕首对准自己的心窝，说生为皇上的人，死为皇上的鬼，为不让皇上为难，她宁愿以死谢罪。一向懦弱、在长孙无忌面前像个傀儡皇帝的李治，被武则天豁出去的气度鼓舞，一下子变得固执而强硬，说皇帝的家事由皇帝自己做主，让长孙无忌闪开。李治带王皇后和武则天回宫，长孙无忌气得一头撞在宫门口，血流满面。他哀叹大唐将败在几个女人手里。

回宫后，武则天真的在王皇后身边当起了侍女，王皇后很受用，以为自己立了大功，便在李治面前诋毁萧淑妃。李治果然慢慢疏远了萧淑妃。

武则天忍辱负重，博取了王皇后的欢心。她为人大方，对身边的宫女施以恩惠，众人都很愿跟她结交。王皇后的贴心侍女小翠跟武则天更是亲近。李治见武则天与王皇后相处融洽，很是欣慰，封武则天为才人。王皇后自己没有生育，很想收李治跟宫女刘氏生的第一个儿子燕王忠为义子，再立为太子，这样她在后宫的地位就很牢固。便鼓动武则天替她说话，武则天果然在李治面前替王皇后说话，李治觉得武则天知恩图报，很是感动，王皇后则把武则天视为死党。

王皇后吵着要立太子，李治烦了。萧淑妃也想立她自己生的儿子雍王素节为太子，李治很喜欢这个儿子，在萧淑妃万种风情和软磨硬泡下，他答应了萧淑妃。

武则天想念儿子李弘，李治召贺兰氏进宫，把李弘带回到父母身边。李治特别喜欢这个儿子，封武则天为昭仪。

武则天再次替王皇后说话，要李治立燕王忠为太子，李治表示他已答应萧淑妃，准备立他喜欢的雍王素节。武则天此时才明白萧淑妃对自己的威胁，决定先帮王皇后击败萧淑妃。她替王皇后出主意，让王皇后联合长孙无忌等人。长孙无忌、褚遂良等人在朝廷上力谏李治，差不多动用了逼宫的方式，还拿武则天入宫生了儿子的事来威胁李治，李治顿时败下阵来，不得已立燕王忠为太子。

王皇后大胜，得意非凡，萧淑妃气得病倒，从此赌气不理李治。李治对这两人都厌恶起来，越发觉得武则天最温柔体贴。而武则天实际上成了最大的赢者，通过帮助王皇后立太子，她的地位被长孙无忌等人拿来用作交换条件似的获得了承认。

武则天的头发已经长得很长了，妖娆万分，李治对她爱不释手。此时，朝廷里出了李治的两个姐姐与叔父荆王、哥哥吴王合谋造反的事，长孙无忌逼着李治严厉处置。善良而软弱的李治哭着求长孙无忌免他们一死，长孙无忌断然拒绝。此事对武则天刺激极大，她认识到李治不过是长孙无忌的傀儡皇帝，发誓有朝一日要除去这帮老臣，让李治做个真正的皇帝。

武则天与李治的爱情到了最浓的时期，两人十分恩爱，致使李治再也不去王皇后和萧淑妃那儿了。王皇后失宠，对武则天由妒生恨，便勾结萧淑妃。昔日的两个仇敌现在又联手，共同来对付武则天。小翠有所察觉，便偷偷提醒武则天。武则天只以为王皇后和萧淑妃是嫉妒她，没想到她们会合谋害她。

一日，武则天来看望王皇后，带了一些点心，说送给皇后和太子品尝。王皇后将早准备好的毒药悄悄撒到点心上，被侍女小翠看见。萧淑妃故意带李治过来，王皇后当着李治的面，把点心赐给一个宫女先尝，宫女当场毒毙。王皇后趁机责问武则天，她是不是想毒死皇后和太子，李治震惊，当即把武则天打入冷宫。小翠知道是皇后下毒手嫁祸于武则天，很是惊恐，想说出这个秘密，但又不敢，她反常的神情被武则天看在眼里。王皇后还不甘心，把有毒的点心赏赐给武则天，意思是要她自尽。武则天在这生死关头，毫不惧怕，捧着有毒的点心离开时，突然揪住李治的手，在他掌心里写了一个"翠"字。

王皇后、萧淑妃一计得逞，欢天喜地。武则天在冷宫里检查有毒的点心，发现了毒药残余的粉末，明白被王皇后下了手脚。李治心里不安，回想武则天写的"翠"字，猜出可能是小翠，便召小翠询问，小翠惊慌至极，语无伦次，不敢说出是皇后下毒，只是求李治别让武则天死，说武则天是无辜的。李治满腹狐疑，突然想起武则天可能自尽，心里一痛，连忙赶去冷宫，却见武则天正拿着有毒的点心像是要往嘴边送。李治大喊，叫她住手。武则天见李治这时候赶到，悲喜交集，两人抱头痛哭。李治责怪武则天，说两人有过山盟海誓，怎么可以真的撇下他自尽？武则天感动异常，说出对王皇后的怀疑，据她推测，王皇后下毒匆忙，另一些点心没沾上毒药。李治将信将疑，叫人找了一只猫来试，果然，猫吃了点心安然无恙。李治说出他已询问过小翠，武则天马上感觉到小翠有危险，让李治赶紧去救小翠。

王皇后得知李治询问小翠，怕事情败露，将小翠毒死。等李治赶到王皇后宫里，看见的已是小翠的尸体。王皇后告诉他，小翠是得急病死的。李治被王皇后的狠毒惊呆，怒气冲冲而去。

李治亲自把武则天接出冷宫，向她道歉，表示再也不要看见王皇后和萧淑妃这两个狠毒的女人了。武则天同情小翠因她而死，把李治赏赐给她的珠宝全给了小翠的父母，李治越发佩服武则天的为人。此时武则天显示了她从太宗那里学来的处理朝政的能力，帮李治批阅奏折。武则天的见解常令李治叹服，认为自己有所不及，对她言听计从。武则天学写李治的笔迹，有时甚至代李治批阅奏折。

李弘见武则天模仿父皇的笔迹，觉得好玩，无意中告诉了王皇后。王皇后嫉妒得发疯，说武则天要把持朝政，再次与萧淑妃密谋。武则天怀孕，王皇后便借口皇上不宜与武则天同房，设计让萧淑妃诱惑李治。李治果然被萧淑妃勾去。王皇后和萧淑妃又带着雍王素节去看望武则天，悄悄让素节把一个木偶藏在武则天的床角。然后两人一起诬告，说武则天要害皇上。

李治将信将疑，不料，却真的在武则天的床后捡到这个木偶，木偶的样子很像李治，胸前插满了钢针。李治虽然震惊，但还是不信武则天诅咒他死。王皇后又搬出当年的传闻，说武则天要灭唐，李治想起太宗遗旨，心里不寒而栗。王皇后逼李治杀武则天，李治心有不忍，武则天挺着大肚子为自己辩护，悲愤中拔出李治的佩剑，要以死证明自己的清白。佩剑刺破武则天胸口，血流如注，李治被吓呆，拼命夺去佩剑。武则天再次死里逃生。李治用佩剑劈碎木偶，让武则天烧毁，武则天却对着这个木偶发誓，有朝一日也用同样的手段置王皇后和萧淑妃死地。此时，她已明确意识到如果她不反击，将死无葬身之地。

永徽五年（公元654年）年初，武则天生下了女儿。李治很喜欢这个小公主，跟武则天的感情得以恢复。王皇后知道后，也装出喜欢这个小公主的样子，常来探望，其实是想再找机会暗算武则天。武则天也准备伺机跟王皇后决战一场。一天，武则天得知王皇后刚来看望过小公主，突然想出一个计策，忍痛含泪将小公主闷死，然后悄悄走开。李治来看小公主，却发现小公主已死，从宫女嘴里得知王皇后来过，怀疑是王皇后杀了小公主，勃然大怒，就要废了王皇后。

长孙无忌等人力谏李治，全力反对废掉王皇后。武则天见时机未到，反过来劝说李治，不要废除王皇后。李治被武则天的胸襟和宽厚感动，自此对武则天更是生死相依。

王皇后与萧淑妃合谋后，准备绝地反击。她让萧淑妃在宫里散布消息：小公主是武则天亲手掐死的。李治得知后也产生怀疑，责问武则天，武则天痛哭，说哪有当母亲的杀死自己的亲女儿，这是王皇后和萧淑妃诬陷。李治终于又信了武则天，完全冷落了王皇后和萧淑妃。不久，武则天又怀孕，因担心在她怀孕期间再生出变故，武则天做出一个大胆的决定，让她的姐姐进宫来照顾她。

武则天的姐姐贺兰氏貌美异常，这时已成寡妇，李弘因为出生后是贺兰氏抱去抚养的，跟她亲如母子。李治为了感恩，封贺兰氏为韩国夫人。风流而寂寞的韩国夫人喜欢上了李治，而李治也喜欢上了这个温柔可人的美妇，两人睡到了一张床上。武则天毫无所知。这年年底，武则天生下儿子李贤，让李治喜不自胜。韩国夫人十分喜欢李贤，包揽了养育李贤的所有事务，李贤也跟哥哥李弘一样，跟韩国夫人亲如母子。

王皇后幽居宫中，心情郁闷，无以排遣，常常对着侍女和太监发脾气，动不动就打骂。众人对王皇后恨之入骨。此时，后宫里的宫女和太监都成了武则天的耳目，王皇后身边的人常常把王皇后的情况报告给武则天，武则天便设下一计，让王皇后信任的太监替王皇后出主意，说宫内鬼气太重，应该使巫术驱鬼。王皇后果然上当，密召道士进宫作法驱鬼，萧淑妃寂寞难挡，也跟王皇后掺和到一块儿。这一来，王皇后竟迷上了巫术。这是宫中严厉禁止的，轻者流放，重者处死。武则天感觉到报仇的时机已到，便断然出手，向李治告密。李治本来就极厌恶这种行为，便马上派太监去查，结果在王皇后宫里搜出了搞巫术的器具，还在床下搜出了一个木偶。这个木偶雕刻得很像武则天，还写有"武媚"的名字，胸前插满了钢针。李治又惊又怒，下了废后的决心。他把王皇后连同萧淑妃一起打入冷宫，又把王皇后的舅舅柳奭免去宰相的职务，贬往外地。

但废后一事再次遭到长孙无忌的反对，李治束手无策，武则天想出妙计，建议先把她从昭仪升为妃，并且想出了在四妃之外再加一个妃的称呼，即宸妃。没想到长孙无忌联合众老臣，还是否定了李治的提议。武则天对长孙无忌等人恨得咬牙切齿，发誓有一天把这批老臣统统干掉。但她是个极有远大胸襟和手腕的人，她决定先来软的，便说服李治亲自到长孙无忌家里探望。长孙无忌看穿武则天的心计，断然否决李治要废去王皇后的念头。武则天回去后，再用李治的名义给长孙无忌送去整整十车赏赐，长孙无忌还是不买账，把赏赐的十车东西都退了回去。武则天见长孙无忌不吃这一套，便改变策略，决定在朝中培植自己的势力。李治也感觉到长孙无忌有凌驾在他这个皇上头上的权势，心里很生气，对武则天更加言听计从。

大臣李义府被长孙无忌打压，郁郁不得志，看准李治想立武则天为皇后的心思，便给李治上了奏章，李治大喜过望，武则天更是喜不自胜，当夜便派人赏赐李义府。然后她利用李义府发动对长孙无忌不满的大臣，上奏章弹劾长孙无忌党羽。有了这些奏章，武则天便让优柔寡断的李治不通过长孙无忌，而是直接下旨，贬走了长孙无忌的亲信裴行俭等人。

永徽六年（公元 655 年），决战时刻到来。李治召长孙无忌、褚遂良、李勣、韩瑗等人商议废立皇后，褚遂良坚决反对，磕头磕破了脑袋，鲜血直流。李治大怒，呵斥褚遂良在天子面前流血，是极不恭敬的行为，命人把他拉出去，而武则天就坐在帘幕之后，厉喝要杀了褚遂良。长孙无忌等人死谏，君臣僵持不下。李治要李勣说话，李勣回答，这是皇上家中私事，何必问外人的意见？李义府趁机支持，李治当机立断，下旨把王皇后、萧淑妃废为庶人，立武则天为皇后，又把褚遂良贬走。这样，长孙无忌的左膀右臂都被打压，失去了以往的势力。

武则天举行了盛大的册封皇后典礼，故意让反对自己当皇后的宰相韩瑗来主持仪式。她要通过这一手，来让反对她的人明白，从此以后，朝廷里她说了算，而且她还想跟这些人来玩一玩猫捉老鼠的游戏。韩瑗等人自然知道武则天的用心，都胆战心惊。为进一步打压长孙无忌的势力，树立自己的威望，武则天破天荒要求在册封仪式结束后，接受文武百官朝拜。看着众呼皇后万岁、跪倒一地的众大臣，武则天笑了。从第二次进宫到立为皇后，武则天用了五年的时间。她终于取得重大胜利，实现了自己的梦想。

但长孙无忌等人的势力毕竟还存在，朝中的许多大臣也在看着武则天有什么作为。谁也没想到，武则天当皇后以后，首先拿自家兄弟开刀。原来，武则天的几个同父异母兄弟在武则天父亲死后，对武则天母女很不好，使两人受尽欺凌。现在武则天当了皇后，武则天母亲杨氏被封为荣国夫人，几个兄弟也都沾光升了官。杨氏很得意，设酒宴请武氏兄弟，说他们现在还有什么话说。不料，武氏兄弟并不买账，说他们当官是因为自己是功臣之后，现在靠亲戚关系升官，并不感到荣幸。杨氏受了侮辱，便气冲冲跑到武则天那里告状。武则天正想做几件事标榜自己，树立一个贤德皇后的形象，便马上抓住机会，向李治恳求，把武氏兄弟降官退回原职。李治大喜，认为武则天敢于贬抑自己家里的亲戚，大公无私，实在难能可贵，马上下旨，把武则天的几个兄弟全都贬了官。这样一来，朝中大臣对武则天都刮目相看。武则天为宣扬自己的功德，又特意撰写了《外戚诫》，提出要约束外戚，防止历代出现的外戚之祸，让大唐长治久安。武则天的威望一下子得以提高。

武则天皇后的地位得到巩固后，任用亲信李义府、许敬宗等人，逐渐掌管了朝政。她意气风发，帮助李治处理政事。李治看着武则天光彩照人的样子，多愁善感的他，不由得想起了被废为庶人的王皇后和萧淑妃，便偷偷到冷宫探望。王皇后和萧淑妃被关在肮脏的小屋里，吃的都是残羹剩饭，李治不由得伤心流泪，答应改善她们的处境。

可是回到武则天身边，李治又不敢说了，武则天其实已经得到了消息，她期望李治能跟她开诚布公地谈谈，见李治瞒着她不说，武则天极为伤心，感觉李治跟她有了裂痕。李治偷偷让太子忠去探望王皇后、萧淑妃。太子忠这时才十四岁，害怕得罪武则天，心惊胆战，见了王皇后一面后赶紧溜走。武则天知道后意识到事态严重，她必须用严厉手段来处置，否则宫廷又将生出变乱。武则天派人将王皇后、萧淑妃毒打了一顿。萧淑妃骂不绝口，诅咒武则天，说自己来生要变成一只猫，武则天变成老鼠，生生世世咬她的喉咙。武则天怒极，让人砍去了王皇后和萧淑妃的手足，将她们装进一只大酒瓮，说要让王皇后和萧淑妃"如醉如痴骨软筋酥"。

王皇后和萧淑妃的惨死，让李治心里很难过，而且极度内疚，只能到韩国夫人那里寻找安慰。武则天撞见李治和韩国夫人两人的私情，嫉妒得发狂，但她还是深爱李治，为了疗治李治内心的痛楚，她放任姐姐与李治缠绵，但她发誓，一定要从别的女人手里夺回李治的爱。

后宫里的人都听到了萧淑妃的诅咒，恐惧中人人谈猫而色变。不久，宫中又闹起鬼来，说是王皇后和萧淑妃的幽灵。后宫不得安宁，武则天也在梦中见到王皇后和萧淑妃化作厉鬼向她索命，不由得害怕，知道自己做得太过残忍。有一夜，武则天在后花园撞见血淋淋的王皇后和萧淑妃，惊得出了身冷汗，等回过神来，却看见一只猫蹲在假山石上，吓得尖叫奔逃，自此得了一场大病。

李治探望病中的武则天，武则天恢复了一个女人的柔弱，让李治顿生怜悯，夜夜守在她身边，两人重归于好。武则天一边带病跪在菩萨前忏悔，一边却下令把宫中的猫全部处死。

这件事在武则天心里烙下了阴影，她觉得必须换个地方，摆脱这太极宫里的鬼魂。于是向李治提出，扩建永安宫，改名为大明宫，供她与李治居住。

武则天觉得大事都办妥了，便着手废立太子。在她的授意下，许敬宗上奏要求废太子忠，立李弘为太子。太子忠闻讯后大为惊恐，与他的老师上官仪商议，上官仪建议太子忠去见长孙无忌。太子忠带着心腹太监王伏胜，秘密去见长孙无忌。长孙无忌深感自己已斗不过武则天，担心太子忠被杀，便出主意让他自己上奏退位。太子忠悲不自胜，与长孙无忌抱头痛哭。王伏胜对太子忠忠心耿耿，见了这悲苦的一幕也忍不住落泪，他心里为太子忠打抱不平，恨死了武则天。

太子忠主动提出退位，李治顺水推舟，公元656年，也就是武则天当上皇后的第二年年初，下诏废了太子忠，立李弘为太子。这一年，李弘才五岁。武则天赏识上官仪的才干，为显示自己的宽宏大度，让李治把他封为西台侍郎，王伏胜则被李治留在身边当贴身的侍驾太监。上官仪感恩戴德，王伏胜则为自己能接近李治而窃喜，他偷偷告诉被废的太子忠，有朝一日他要击败武则天，帮忠夺回太子之位。

武则天担心李治原有的几个儿女将来谋反，全作了处置，萧淑妃生的儿子素节被贬，幽禁在外地，勒令终生不得入朝。萧淑妃生的两个女儿——义阳公主和宣城公主也被幽禁在冷宫，让她们自生自灭。就在这一年，武则天生下了第三个儿子李显。一连生了三个王子，她的地位更加稳固了。

武则天还要彻底消灭长孙无忌和他的党羽，把褚遂良贬到了更荒凉的潭州。韩瑗上疏替褚遂良求情，武则天抓住这一机会，反而把褚遂良贬到更偏远的桂林。李义府、许敬宗在武则天的授意下，诬告韩瑗和来济勾结褚遂良谋反，武则天便把这两人都贬往偏僻之地，最后这几个人都死在了遥远的外地。

除去了这些人，就剩下长孙无忌了，武则天等了这么久，现在已是稳操胜券，终于决定动手。许敬宗心领神会，抓住与废太子忠有牵连的一个案子，把长孙无忌也罗织进去，告他与废太子忠合谋谋反。一个是亲舅舅，一个是亲儿子，李治难过极了，心里不肯相信，流着泪说舅舅不会谋反，让许敬宗再查。许敬宗胡乱编造了一通犯人的供词，拿给李治看，李治不得不信，再次流泪。武则天趁机逼李治痛下决心，李治于是下旨，把长孙无忌贬为扬州都督，安置在黔州。为了斩草除根，武则天又把长孙无忌的儿子及亲属全部流放。废太子忠被贬为庶人，也流放到黔州。他这时才十八岁，虽身为皇帝的长子，但他过得却是惶惶不可终日的日子，经常担心武则天派人来刺杀他，神经高度紧张，变得疯疯癫癫。他希望自己用这种疯疯癫癫的样子躲过劫难，留一条活命。

公元659年，武则天让李治逮捕长孙无忌，又密令许敬宗派中书舍人袁公瑜去逼长孙无忌自杀。长孙无忌接到"赐死"的旨意，倔强的他保持了最后的尊严，不想为难别人，焚香喝酒，然后悬梁自尽。死前对等在一边的袁公瑜说："你也用不了多久了，咱们都一样。"至此，把持朝政多年的长孙无忌及其党羽全军覆没，武则天终于从他们手里夺回了皇帝的实权，实际上，就是她自己的实权。

公元 661 年，即龙朔元年，武则天生下第四个儿子李旦，武则天与李治都很高兴。但就在这个时期，李治的身体越来越差了，他患了头晕目眩的毛病，并且日益严重，无法看奏章，朝政都交给武则天来处理。武则天对李治的病情很焦急，请御医前来诊治，御医们都束手无策。武则天听说一个民间郎中崔鹤衣颇有本事，便召他入宫，请他给李治治病。崔鹤衣提出要用钢针刺进李治的脑门，放出瘀血。李治被吓坏，不肯医治，武则天却大胆支持崔鹤衣，认为可以一试。此事传到众大臣耳朵里，众人都惶恐不安，有人甚至怀疑武则天要谋害李治，想自己当皇帝。于是，宫廷里有了一番风雨欲来的紧张空气。

有大臣为此事上奏，弹劾崔鹤衣用江湖巫术谋害皇上，掀起了轩然大波。李治在众大臣的鼓动下，召崔鹤衣入殿，要予以治罪。崔鹤衣却愿以性命担保，治好李治的病。他掏出钢针对着自己的脑门比画，说放出一点瘀血就会好。李治受惊吓，头痛欲裂，眼睛竟突然间什么也看不见了。众大臣义愤填膺，要当廷杀了崔鹤衣。关键之时，武则天挺身而出。她爱夫心切，跪在李治跟前，流泪恳求李治当着众大臣的面接受治疗，李治被武则天的深情感动，加上此时的病痛简直让他生不如死，他答应一试。

崔鹤衣将钢针插入李治脑门中央的百会穴，再刺脑户穴，鲜血涌出，众大臣胆战心惊，全都跪伏于地。奇迹发生，李治大喊，说头不疼了，眼睛也复明了。武则天大喜，连声说此乃天赐也！她重赏了崔鹤衣，把他留在宫中专门替李治治病。众大臣人人佩服武则天的英明果断。

经过这一事件，李治对武则天的依赖越来越严重，两人的关系类似于姐弟，他需要武则天在精神和情感上的双重关爱。武则天则要求李治过一夫一妻的生活，李治身为皇帝，不得染指后宫佳丽，时间长了，觉得苦闷，对武则天有所不满，但又离不开武则天，心里颇为寂寞。

公元 662 年，即龙朔二年，武则天生下了一个女儿，就是太平公主。韩国夫人又来宫中照料武则天，她还带来了自己貌美如花的女儿贺兰敏月。李治喜不自胜，偷偷跟韩国夫人旧梦重温。太子李弘一向跟韩国夫人很亲，这时听到宫中传言，说他是韩国夫人所生，李弘好奇地去问武则天，武则天听后极为震惊，对李弘说他当然是自己的亲儿子。但李弘是很固执的人，不肯相信，跟韩国夫人越发亲近，对武则天则疏远起来。武则天很是忌恨，觉得自己的亲姐姐韩国夫人有可能夺走她的丈夫和儿子，何况李弘还是太子，她对太子是寄予了厚望的。于是她开始设计谋杀韩国夫人。

恰好韩国夫人生病，武则天表现得很关切，亲自派御医崔鹤衣给韩国夫人看病，暗地里却让太监把慢性毒药下在汤药里。韩国夫人喝了有毒的汤药，精神恍惚，噩梦连连。李治异常焦急，常来探望韩国夫人，李弘和李贤也来病榻前服侍。武则天见丈夫和儿子全都围着韩国夫人转而冷落了自己，越想越怕，令太监下了迷幻药。当夜，韩国夫人神情更加恍惚，武则天派太监扮成鬼魂，去吓唬韩国夫人。韩国夫人果然被吓得灵魂出窍，大喊大叫。李治听说后带御医崔鹤衣赶来，韩国夫人歇斯底里大发作，竟然抓破了李治的脸，把崔鹤衣和女儿贺兰敏月全赶出去。

就在韩国夫人气息奄奄的时候，武则天突然出现在她面前。韩国夫人清醒过来，望着武则天的笑脸，她顿时明白了，想杀她的就是她这个亲妹妹。韩国夫人恳求武则天饶了她，但武则天却说已经晚了。韩国夫人问她，现在连大唐的天下都是她的了，为什么非要置自己的亲姐姐于死地？武则天回答说，因为她是女人，一个女人是绝不允许别的女人夺走她的丈夫和儿子的。

武则天扬长而去，韩国夫人口吐鲜血，昏迷过去。临死前，她挣扎着用手指蘸了嘴边的血，在衣襟里写了两个血字：武媚。

第二天一早，等贺兰敏月去看母亲，发现母亲已经死了，衣衫凌乱，形容十分恐怖。贺兰敏月此时已十五岁，觉得母亲死得蹊跷，仔细检视衣襟，竟然发现母亲用血书写了"武媚"两个字。贺兰敏月明白是武则天杀了母亲，抱着母亲的尸体大哭，并发誓杀了武则天为母亲报仇。但她很有心计，知道这件事连李治都不能告诉，必须偷偷埋在心里。

李治极为哀痛，也怀疑韩国夫人之死是武则天干的。他下令拘捕御医崔鹤衣。崔鹤衣极为害怕，竟然上吊自杀。李治自此失去了一个可以医治自己疾病的良医。武则天表现得比李治还哀痛，她不但建议将姐姐厚葬，而且要李治罢朝三天，以示哀悼。李治却感觉武则天在演戏，对她产生了憎恶，并且动了废掉武则天的念头。但这个念头一冒出来，就把他自己给吓坏了，他感觉此时自己虽身为皇帝，却势单力薄，因此下不了决心，只能抱着韩国夫人留下的衣服，关上宫门独自垂泪。

贺兰敏月极其聪明机警，富有心计，她认为要报仇，就要先挑拨太子李弘与武则天的关系，便去向太子李弘哭诉，说母亲死得不明不白，宫里有人传说是武则天干的。李弘心里把韩国夫人当母亲，正在极度悲痛中，又年少气盛，极有正义感，当即跑去责问武则天。武则天没想到儿子竟敢犯上，气得将李弘痛打一顿。李贤跟哥哥感情很好，去探望被打得下不了地的李弘，兄弟俩抱头痛哭。此时，李弘更加相信自己是韩国夫人所生，他内心开始防备武则天。

武则天其实深爱李弘，她痛打李弘后，心里很难过，便亲自去看望李弘，并给他打伤的伤口换药。李弘被母亲的真情感动，母子俩重归于好，但内心的隔阂却无法再抹平。

贺兰敏月见一计不成，便再施一计，去接近李治，让自己装出孤苦无依的样子。李治心软，同时为感激韩国夫人对他的恩情，便不管武则天同不同意，把贺兰敏月封为魏国夫人。武则天心里觉得对不起姐姐，对这个十五岁的外甥女没有防范，真诚地向外甥女祝贺。她没想到，这个报仇心切又野心勃勃的外甥女其实是她身边最危险的敌人。

武则天杀死姐姐后，夜里常常做噩梦，梦见姐姐来向她索命，心神不宁。对废太子忠忠心耿耿的王伏胜察觉到了武则天的异常，在宫中放出风声，说内宫闹鬼，招道士进宫作法，必能去除。这话传到武则天耳朵里，她将信将疑，便偷偷派人召方士郭行真进宫，在寝宫的外室行魇胜之术。王伏胜见武则天中计，大喜过望，禀报给李治。巫术在宫中是绝对禁止的，当年王皇后被废，就是被武则天抓住了这个把柄，现在武则天也这样干，李治极为震怒，韩国夫人的死激发出来的悲愤终于爆发，他甚至怀疑武则天是想咒他死。他准备废掉武则天，可又没有豁出去的勇气。

就在这时，魏国夫人看破了李治的心思，为了替自己的母亲报仇，这个十五岁的少女主动去诱惑李治。李治在极度的苦闷与矛盾中把自己喝得大醉，临幸了魏国夫人。魏国夫人鼓动李治做一个真正的皇帝，在她的激励下，再加上王伏胜的挑唆，李治热血沸腾，当即派王伏胜召来宰相上官仪，与他商议废去武则天皇后之位。

上官仪对武则天早有看法，在李治面前历数武则天之罪，李治得到上官仪的支持，当场命他草拟了废后诏书。李治身边的太监都是武则天的耳目，他们连忙跑去禀报武则天。武则天大惊，急匆匆赶回。李治拿着废后诏书，由魏国夫人替他盖上御玺，命上官仪召集群臣，准备当场宣布。魏国夫人喜不自胜，替李治换上上朝的龙袍。就在这时，武则天衣衫不整地赶回，她责问李治，为什么要废了她？李治被武则天的气势震慑，刚刚生出来的勇气跑得无影无踪，居然不敢承认。武则天越想越伤心，悲从中来，不由得痛哭失声，说自己辅助皇上，为了大唐江山不辞辛劳，没想到落得这样的下场。这个刚强的铁腕女人，此时面对丈夫的背叛，变得十分柔弱可怜。李治被打动了，想起武则天的各种好处，觉得羞愧，便把废后诏书给撕了，说这些都是上官仪教的。武则天对上官仪恨之入骨，但不动声色。

上官仪领着群臣聚在殿外，等着李治出来宣读废后诏书，不料，李治牵着武则天的手一起出来，对众大臣说，宫里的牡丹开了，皇后请众大臣一起来赏花。上官仪惊呆，告密的王伏胜不胜惶恐，而魏国夫人眼见到手的胜利被武则天轻易化解，恨得咬牙切齿。但她也是心机极深的人，竟然装出欢天喜地的样子，挽起武则天一起赏花。

这场大变故虽然平息了，但武则天心有余悸，特别是对王伏胜和上官仪这两人，觉得必须除去。她密召许敬宗设法处置这两人。许敬宗阴狠毒辣，了解到王伏胜曾在宫中散布谣言，马上联想到跟废太子忠有关。他想出了计策，说废太子忠还没被废时，上官仪和王伏胜都在太子府供事，他们一定是受了那个废掉的太子忠指使，密谋造反。武则天虽然觉得再次把那个废太子忠拉出来派上用场不是太高明，但借这个机会除掉废太子忠，也可免除后患。她对这个一箭双雕的主意表示赞同，便让许敬宗去办。

许敬宗以上官仪、王伏胜串通废太子忠的谋逆罪上奏李治，李治看了奏章，信以为真，下令逮捕了上官仪和王伏胜，将他们两人和上官仪一家全部处斩。行刑之时，上官仪抱着孙女上官婉儿痛哭失声，此时上官婉儿才五岁，聪明伶俐，上官仪实在于心不忍。武则天亲自前来，上官婉儿见了，竟然哭骂武则天，说她如果不死，长大了一定找武则天报仇。武则天被这个小女孩的大胆震惊，豪气顿生，她下令不杀上官婉儿，把她留在宫中当奴婢。她自信地对上官婉儿说，她要亲眼看看上官婉儿长大了怎么报仇。众大臣都被武则天的气度震慑。

武则天又让许敬宗去逼废太子忠自杀，疯疯癫癫的废太子忠最后还是没逃过这一劫，自杀身亡。通过这一番杀戮，武则天的权势和威望再次提高，她索性与李治平起平坐，被称为"二圣"。

武则天如日中天，魏国夫人则在暗地里恨得咬牙切齿。为报母仇，她必须先在宫中立稳脚跟，于是，她极力侍奉李治，要李治封她为妃子。李治也真心喜欢她，因为他发现魏国夫人极像少女时期的武则天，他恍惚中把这两人合二为一，以为在魏国夫人的身上，找到了当年跟少女武则天在一起时的感觉，因此答应魏国夫人，封她为淑妃。

李治向武则天提议立魏国夫人为淑妃，武则天不便反对，常常借故把话岔开，李治很失望，又不敢强迫。魏国夫人心里忌恨，表面上对武则天却亲热无比，武则天对这个外甥女颇有内疚之情，放松了警惕。

魏国夫人见李治还是那么依恋武则天，终于忍耐不住，想先发制人，把母亲被武则天害死的秘密告诉了哥哥贺兰敏之。贺兰敏之恨得当场拔剑，要去杀武则天。兄妹两人一番密谋，决定让贺兰敏之伺机在宫中刺杀武则天。

贺兰敏之来宫中拜见李治和武则天。他生得一表人才，风度翩翩，李治和武则天都十分欢喜，让他常来宫中走动。贺兰敏之风流成性，结识太平公主的侍女窈窕，勾引了她。另有几个宫女也耐不住寂寞，争相跟贺兰敏之幽会。贺兰敏之有这么多宫女可供淫乐，早把报仇的事忘到了九霄云外。有一天，贺兰敏之与窈窕偷情，被太平公主撞见，气得要杀贺兰敏之。武则天心有不忍，没杀贺兰敏之，只是训斥了他一顿，并把跟贺兰敏之有关系的窈窕等宫女送往感业寺当尼姑。贺兰敏之却不思悔改，仍然时时找机会去调戏宫女，他甚至瞄上了太子李弘的未婚妻杨氏。

这个杨氏是司卫少卿杨思俭的女儿，美若天仙，被誉为"天下美玉"，是武则天亲自替儿子选的太子妃，只是还没行大礼。贺兰敏之去勾引杨氏，却被杨氏拒绝。他仍然使尽各种手段去讨杨氏的欢心。杨氏把这事告诉了太子李弘，李弘对贺兰敏之极其憎恶，但他害怕母亲生气，不敢把这事报告武则天，暗自忍了下来。

魏国夫人见哥哥这么不争气，厉声告诫他，他的使命是杀武则天报仇。贺兰敏之却无耻地说，等他淫遍宫中的宫女和妃子，就是最好的报仇。魏国夫人拔剑割破手指，逼着贺兰敏之歃血为盟，当夜就去刺杀武则天。贺兰敏之蒙面刺杀武则天，危急关头被太子李弘救下，贺兰敏之受伤逃走。李治听闻宫内有刺客，极其震惊，命人四处搜查，不料，这贺兰敏之就藏在魏国夫人的寝宫里，躲过了劫难。武则天面对这样的无头案也理不出头绪，只预感宫中又有一股势力在威胁着她，得加倍小心。

刺杀失败，宫中加强了警戒，再要向武则天下手已不可能。魏国夫人还是不甘心，准备联合其他力量来除掉武则天。恰好此时，武则天要举行封禅大典，被武则天贬到外地的两个兄弟武惟良、武怀远进京，带了许多贺礼要拜见武则天。武则天已听闻这两人在外地胡作非为，民愤极大，有心要惩治他们，便拒绝接见，同时与李治商议，准备拿武氏兄弟治罪。武氏兄弟感觉凶多吉少，忐忑不安。

魏国夫人从李治嘴里探知武则天要惩治武氏兄弟，同时也获悉武惟良、武怀远对武则天有仇，便偷偷出宫，秘密约见这两人，用离间计挑拨，说武则天已奏请皇上，要把他们贬到更偏远的地方，其实是想在路途中就把武氏兄弟干掉。武氏兄弟惊恐至极，对武则天更加怀恨。魏国夫人见火候已到，便和盘托出阴谋，叫武氏兄弟再次奏请皇上和武则天，在武家老宅举行家宴，她会设法让李治和武则天都去参加，到时就在席间突然动手，把武则天杀死。武氏兄弟决定孤注一掷，答应了魏国夫人。

武则天对魏国夫人秘密约见武氏兄弟很警觉，怀疑这几个人都心怀不轨。李治果然在魏国夫人的劝说下，答应去武家赴宴，武则天不动声色，也想去看个究竟。但武氏兄弟事到临头，又害怕起来，不敢在宴席上埋伏刀斧手，而是改了主意，把毒药下在他们从龙州带进京来的几条白鱼上。

这天，李治和武则天带着魏国夫人、贺兰敏之一起驾临武家参加家宴，武氏兄弟说从龙州带来的白鱼很鲜美，请皇上与皇后品尝。鱼端上来后，请武则天先尝，机敏至极的武则天突然产生了警惕，便笑吟吟地把鱼端到魏国夫人面前，请她先吃。魏国夫人不知鱼已下了毒，很开心地感谢姨妈，谁知魏国夫人吃了鱼后当即中毒，口鼻流血，倒地而亡。李治惊呆，抱住魏国夫人痛哭，武则天大怒，说是武氏兄弟想谋害皇上和皇后。李治这才恍然大悟，命人把武氏兄弟抓起来，盛怒之下当场斩立决。

李治对魏国夫人的死痛不欲生，事后回想起来，是不是武则天借刀杀人。他越想越怕，更感觉到孤独无援，对武则天也产生了厌恶。他把自己幽闭起来，拒绝见武则天。武则天去找李治谈心，吃了闭门羹。太子李弘担心父亲的身体，责怪母亲，李贤也站在哥哥一边，让武则天很伤心。这时她才发现，她为了朝政贬抑外戚势力，致使自己的武氏一族基本死光，后继无人，现在连儿子也反对她，真是悲从中来，唯有去跟自己最喜欢的女儿太平公主一诉愁肠。

李治一个人去魏国夫人的寝宫凭吊，触目都是魏国夫人的遗物，李治悲不自胜，痛哭失声。恰好贺兰敏之也来悼念，与李治相遇，他同样认定是武则天毒死了自己的妹妹。李治悲痛中顾不得皇上的身份，拉着贺兰敏之的手大哭着问他，魏国夫人到底是怎么死的。贺兰敏之不敢说出自己的怀疑，跪在地上泣不成声。有心腹太监马上把此事密报给武则天，武则天知道他们在怀疑自己，虽然外甥女不是她所杀，但因她而死，武则天对魏国夫人还是心怀歉疚的。为消除误会，她赶到寝宫，李治和贺兰敏之心里有鬼，对她的突然出现很惶恐。武则天看出贺兰敏之对她的怨怼，反而大度地做出一个决定，让贺兰敏之成为武家的继承人，赐为武姓，承袭父亲的周公爵位。李治非常感动，对自己误解武则天很愧疚，而贺兰敏之完全不敢相信武则天会对他这么好，等清醒过来后赶紧叩头谢恩，把额头都磕破了。

自此，贺兰敏之就变成武敏之，成为武氏家族唯一的继承人。他小人得志，一方面打着武则天的旗号为所欲为，另一方面仍不忘向武则天复仇。这个机会很快就来到了，他竟然强奸了武则天亲自替李弘选定但尚未成亲的太子妃杨氏，试图挑起李弘与武则天的矛盾。果然，李弘得知未婚妻被玷污，对母亲宠信武敏之怒不可遏，认为这个悲剧就是母亲骄纵武氏家族造成的，冲动之下拔剑要武则天严惩武敏之，否则他亲手去杀了这个禽兽。武则天极为震怒，但还想保住武家的这根独苗，便把武敏之判了流刑，押往雷州。杨氏含羞自尽，李弘痛苦得也差点自杀。武则天这才痛下决心，派人紧急赶去，在途中把武敏之勒死。

为安抚李弘，武则天又为他另选了太子妃裴氏。李弘在母亲的关爱下走出阴影，和裴氏结婚后，非常恩爱和睦，武则天心里很是宽慰。但李弘经过杨氏之死，跟母亲之间的裂痕加深了。他积极谋划，准备帮助父亲保住李姓江山，不让大唐江山被母亲夺走。

武则天为富国强兵，也着手实行改革。公元674年，即上元元年十二月，武则天以天后的身份向李治上了一道奏章，提出了治理国家的十二条意见，即"建言十二事"，这是武则天系统阐发自己政治主张的十二条政策，每一条都切中时弊，得到李治的大力支持。李治更敬佩武则天的治国才能，意识到她远远比自己高明。武则天的这些主张也受到朝廷大臣和百姓的欢迎，颁行实施以后，大大促进了国家的强盛。

在武则天大展宏图的时候，太子李弘也开始在政治上树立自己的形象，扩大影响。有一年，李治和武则天驾幸东都洛阳，让李弘留京都监国，刚好辽东大旱，李弘立刻下令把宫中的粮食分给百姓。此举赢得了大臣和老百姓的赞誉。李弘又针对朝廷处置士兵逃亡者，家属要没籍为奴的法令，上奏李治，根据实际情况放宽处置。李弘的仁慈之名于是天下皆知。

武则天为儿子的这番作为感到高兴，但她不知道，李弘这样做有他的目的。果然，武则天很快就发现，李弘越来越不听她的话，而且非常固执，常拿出圣贤的话来反驳，甚至批评母亲，武则天心里很不安。

李治旧病复发，意志越来越消沉，李弘常去看父亲，李治在李弘身上看见了希望，心里萌生了传位给李弘的念头，李弘暗自高兴。但就在这时，李弘和武则天之间爆发了一场冲突。原来，有一天李弘经过冷宫，发现了被幽禁在宫中二十多年的两个姐姐，即萧淑妃生的义阳公主和宣城公主。此时，这两位公主都成了三十多岁的老姑娘，还没嫁人。李弘非常同情她们，当即去向武则天求情，他在冲动之下指责母亲太过分。萧淑妃的死本来是武则天的心病，被李弘揭了伤疤，武则天非常恼火，感觉儿子跟她离心离德。但她还是答应了李弘，当即把两位公主嫁出宫去。

也许是心里还有仇恨，武则天把这两个公主嫁给了地位低微、年纪很大的军中小校，连嫁妆都没有。李弘十分激愤，给两位姐姐送去了礼物。大臣们都说李弘仁慈，反过来显得武则天十分冷酷无情。武则天跟李弘的矛盾激化。

李治被李弘的举动感动，终于提议传位给李弘，宰相郝处俊与李义琰等大臣都赞同，一时在朝中形成了拥戴李弘接位的阵势。李弘雄心勃勃，真的准备接替父亲登上皇位。武则天深为震惊，与李治召集众大臣商议，众大臣虽然预感到武则天不会同意，但还是战战兢兢地提出了这个主张。武则天见局势难以挽回，勉强答应。

李弘喜不自胜，和太子妃裴氏喝酒庆贺，并准备一旦武则天阻拦他接大位，就采用强行逼宫的办法，迫使武则天让步。他对裴氏说，武则天不是他母亲，他的亲生母亲是韩国夫人，他这样做，也是为了替韩国夫人报仇。武则天则夜不能寐，为了掌管朝廷，实现自己君临天下的梦想，她终于下了决心，除去这个已经跟她离心离德的亲生儿子。第二天，武则天请李弘到合璧宫与她和李治共进午餐，一家三人共赏歌舞，极尽欢乐。不料，李弘餐后回宫，到了晚上突然腹中剧痛，等御医赶来医治，已经晚了，李弘死去。御医的结论是李弘得了急腹症。李治极为哀痛，病情加剧，眼睛几乎失明。武则天内心也很痛苦，厚葬了这个儿子。李治经此事变，再也不敢提让位的事，并很快立李贤为太子。

李贤文武双全，很有才华，也很有雄心，深得李治和武则天的喜爱。他被立为太子后，很想有一番作为，好让李治早点让位给他。此时，上官仪的孙女上官婉儿长大了，她才貌双绝，成了武则天最宠信的人。而上官婉儿却忘不了自家的灭门惨案，总在找机会向武则天报仇，可另一方面，她又目睹了武则天的雄才大略，对她十分仰慕，这样，上官婉儿始终生活在矛盾中，很是痛苦。李贤爱上了上官婉儿，上官婉儿也喜欢李贤，两人常偷偷幽会。不过，上官婉儿内心还有一个目的，就是拿李贤来压倒武则天。

李贤为显示自己的才能，想做一件引起轰动的事，上官婉儿给他出主意，让他注释《后汉书》。李贤听了，心领神会，马上召集一帮饱学之士来做这件事。此举赢得了大臣们的赞扬，李治很高兴，对李贤大加赏赐，还号召诸王效仿太子，把国家社稷放在心中。李贤名震天下，大臣们一致认为，将来李贤承继大位，必定给大唐带来福祉。李贤听了这些赞扬，有点飘飘然，常常梦见自己当了皇上，像太宗皇帝一样威风。

其实，上官婉儿出这样的主意是有目的的，《后汉书》记载的是西汉大权落在吕后和外戚手里，注释这部书，实际上是在讥讽武则天。李贤心里当然明白，他也想用这件事来警示李治和朝廷大臣。武则天是何等聪明的人，她当然看穿了李贤的心思，但只是一笑置之。上官婉儿没想到武则天这样大度，便又把李贤梦见自己成为太宗一样贤明君主的事告诉了武则天，她希望看到母子相残的场景。武则天这才担忧起来，觉得李贤好高骛远，急于求成，便找李贤谈心，希望他先切切实实做点有益于国家的事。李贤心里紧张起来，上官婉儿见她的离间计有了效果，便又告诉李贤，武则天其实对他注释《后汉书》的目的心知肚明。李贤吓坏了，想去跟母亲解释，又怕反而引起母亲的怀疑。他想到哥哥李弘的下场，顿时不寒而栗。

李贤开始躲避母亲，整天待在东宫里不出门，他的意志慢慢消沉了，沉溺于酒色。上官婉儿没想到李贤这么不中用，心里开始鄙弃他。李贤也怀疑上官婉儿在他和母亲之间挑拨离间，心里很苦闷，便宠信起心腹侍卫赵道生，动不动就把金银珠宝赐给他。上官婉儿看出李贤有同性恋倾向，便跟李贤闹崩。武则天得知后异常焦急，亲自来看望李贤，给他带来一本《孝子传》，让他好好学习，领悟其中要旨。李贤误解了母亲的爱意，以为母亲认为他做了不忠不孝之事，用这本书来警示他。在赵道生的挑拨下，李贤跟母亲的矛盾加深。

武则天和李治移驾东都洛阳，李贤躲在东宫不肯跟去，天天跟宠妃宫女缠绵。武则天听说后，又亲笔给李贤写信，告诫他不要贪恋声色，当以国家为己任。武则天的信情真意切，但多有责备之意，李贤更加害怕，赶去洛阳向母亲谢罪。上官婉儿趁机又煽风点火，说武则天肯定在想除去李贤。李贤紧张万分，回来后即令赵道生去准备了五百套盔甲兵器，秘密藏在东宫的马厩里，以备危急时自保。

赵道生颇有野心，急切地想帮李贤登上皇位，便暗中训练武士，组成一支秘密武装，图谋叛乱。李贤开始还有点犹豫，但一想到哥哥李弘的惨死，就不得不走上与武则天对抗的道路。这期间，李贤和赵道生发生了感情，两人成为同性恋人，把东宫搞得乌烟瘴气。

正谏大夫明崇俨听闻李贤的所作所为，去向武则天进谏，说李贤聪明睿智，但福薄寿短，恐怕没有天子之命。武则天听后，对李贤更是担忧。不料，上官婉儿把明崇俨的话告诉了李贤，而且添油加醋，说武则天已相信了明崇俨。李贤极为愤慨，赵道生更是怂恿李贤杀了明崇俨这个奸人，以清君侧。上官婉儿见武则天母子之间形同水火，马上要火拼一场，暗中得意，她觉得，她马上就要替上官家报仇了。

李贤让赵道生派出杀手，暗杀了明崇俨，武则天令薛元超、裴炎等人追查，查出是李贤所为。武则天震怒，派兵马包围东宫，搜出五百套盔甲兵器，便把李贤逮捕。再审问赵道生，赵道生招供了暗杀明崇俨的事。武则天没想到儿子竟然想谋反，哀痛之余决心严惩。李治流泪恳求武则天饶李贤一命，武则天也痛哭失声，但还是表示要大义灭亲。武则天于是下令把李贤废为庶人，赵道生等人一律处斩。在行刑的时候，武则天亲至刑场，将从东宫搜出来的五百套盔甲当众烧毁，以警示朝野。

李贤被幽闭在宫中，心里害怕，日夜担心母亲会派人杀他，最后竟至心理变态，常常换上女人的衣服，把自己扮作一个婢女，而且每晚睡觉都换一个地方，以躲避刺杀。武则天得知后，心痛欲碎，她亲自来看望李贤。这一场母子俩的相见真是令武则天心如刀绞，她看见的是一个痴呆呆的男扮女装的儿子，只会在她面前发抖。武则天的心碎了，她感觉李贤在京城太紧张了，这样下去迟早会疯掉，于是把李贤贬到了遥远的巴州，让他在那里好好养病。

果然，李贤离开京城到了巴州后，神情立刻恢复正常，他同样每日沉浸在酒色里，并且作诗作曲，自娱自乐。这是在公元680年，就在这一年，武则天立第三个儿子李显为太子，上官婉儿在李贤离开后，极为寂寞，又跟李显发生了关系，她发现李显非常懦弱，极易驾驭。所以她期望有朝一日能像武则天一样掌控住皇帝，让自己君临天下。这个期待几乎很快就到来了，因为李治的身体越来越差，走路都要人扶持，眼睛到了快失明的地步。上官婉儿等着李治驾崩，李显当皇帝，她就可以掌控朝政。

在李治生命最后的日子里，武则天尽心尽力侍奉在他身边，两人相亲相爱，相濡以沫。公元682年，李治驾崩，武则天悲痛欲绝。上官婉儿试探她是否自己当皇帝，却被武则天否决。

处理完李治的丧事，武则天把李显扶上了帝位，是为中宗。武则天把朝政交给了李显，她自己完全沉浸在失去李治的哀伤中。上官婉儿到这时才明白，武则天对李治的感情是那么深，她还以为武则天是个极度冷血的女人。上官婉儿为自己的行为感到羞愧，对武则天日益敬慕。

李显是个极其平庸之人，他对皇后韦氏言听计从。韦皇后是个贪得无厌之人，她向李显提出要把父亲提为宰相，家人全部加官晋爵，甚至连奶妈的儿子也要封为五品官。李显全部答应，上官婉儿得知后，去劝李显要把目光放得长远一些。韦皇后反而把上官婉儿痛骂了一顿，上官婉儿对李显和韦皇后很是失望。

宰相裴炎把李显要大封韦皇后家族一事禀报给武则天，武则天大怒，指斥李显败坏纲纪，决定废去李显。上官婉儿亲眼看见这一幕，心里竟然没有一丝报复后的快感，她终于明白，自己对武则天有很深的感情，她决定放弃报仇，一心一意忠于武则天，并且让自己成为她这样威震海内的女人。从此以后，上官婉儿死心塌地为武则天效劳，成了武则天最信任的人。

武则天召集众大臣，宣布废李显为庐陵王。李显只当了两个月的皇帝就下了台，韦皇后的父亲也被流放。

武则天又立第四个儿子李旦为皇帝，是为睿宗。李旦忠厚老实，见几个兄弟都没好下场，便在武则天面前战战兢兢，任由武则天管理朝政。从此，武则天在紫宸殿内视朝听政，睿宗这个皇帝形同虚设。为了独掌大权，打压李姓皇族势力，武则天把武承嗣提升为宰相，重用武姓，李家王朝眼看就要被武家取代。

朝廷的变故全都传到了远在巴州的李贤那里，他眼看着母亲把弟兄们一个个都处置掉，心里很悲伤。有一天，他想起自己和弟兄们的命运，感慨万千，写了首《黄台歌词》："种瓜黄台下，瓜熟子离离。一摘使瓜好，再摘使瓜稀。三摘犹可为，四摘抱蔓归。"

　　李贤把这首歌词编成曲子，教给许多人吟唱。这首曲子一直传唱到了京城，传到了武则天的耳朵里。武则天听后心里悲凉，想安慰这个儿子，便派左金吾将军丘神绩专门去巴州，代她探视李贤。不料，丘神绩误会了武则天的意思，他以为武则天听了这首歌谣很生气，让他去探视李贤，实际上是要严惩李贤。于是，丘神绩到了巴州，就把李贤囚禁起来，要李贤反省做了什么不忠不孝之事。李贤也误会了丘神绩的意思，以为母亲是要杀他，于是在恐惧和绝望中，李贤上吊自尽。

　　武则天又失去了一个儿子，这一年，她六十岁了，已经经不起这样的打击，她把丘神绩贬往垒州，在宫中举行了盛大的吊唁仪式。武则天喃喃吟唱着李贤的《黄台歌词》，泪如雨下。这一刻，她感到了深深的孤独。

　　武则天还沉浸在丧子的哀痛中时，一场叛乱突然爆发了。徐敬业在扬州起兵，诸多李姓皇族都参加了讨伐武则天的大军，形势急转直下。在此之前，徐敬业等人在扬州秘密谋划时，曾派著名诗人骆宾王去京城秘密联络宰相裴炎，一举推翻武则天。为了让裴炎上钩，骆宾王精心设计了一个圈套，他让小孩在裴炎宅院门口唱一首儿歌："一片火，两片火，绯衣小儿当殿坐。"裴炎听了，觉得奇怪。他是心思很重、野心很大的人，总觉得这里面有名堂。

　　骆宾王见时机已到，便去见裴炎。闲谈中提及这首儿歌，骆宾王为裴炎解释，说"绯衣"就是"裴"字，"一片火，两片火"是"炎"字，"当殿坐"是说裴炎当有天下。裴炎听了大喜，认为自己将命中大贵。同时，裴炎因反对武则天为武氏祖先立七庙，让武则天很不满，心里畏惧，便答应骆宾王里应外合。裴炎先策划了一个阴谋，他准备乘武则天出游龙门之际，领军突袭，拘捕武则天，还政于天子。但武则天出行前天降大雨，龙门之行取消，裴炎的阴谋没有实施。徐敬业再次催促裴炎，并给裴炎一封亲笔密信，信中只有两个字：青鹅。裴炎心领神会，跟外甥监察御史薛仲璋密谋，让他表请奉使扬州，跟徐敬业等人会合。然后徐敬业假造圣旨，把扬州的军政大权掌握在手里，调集军队后一举起事。徐敬业还发布了由骆宾王写的《传檄天下文》，顿时朝野震动，广为传诵。

武则天命上官婉儿把这篇檄文读给她听，因檄文对武则天的攻击极为恶毒，上官婉儿捏了一把汗，读了几句就不敢读下去。武则天却极为镇定，非要让上官婉儿读完。听到精彩的段落，她不由得鼓掌叫好。说骆宾王这样有才的人没有为朝廷所用，那是宰相的失职。说完还特意把檄文收藏起来，妥为保管。上官婉儿和众大臣全被武则天的胸襟和气度震慑。

武则天召大臣们商议出兵讨伐叛军，裴炎却坚决反对，他说徐敬业打的旗号是匡复庐陵王，只要武则天归政于庐陵王李显，徐敬业便会不讨自平。武则天洞察到裴炎跟徐敬业等人有牵连，便下令逮捕了裴炎，严加审讯，果然审出裴炎谋反的证据，还有徐敬业的那封密信。但审案的大臣不知"青鹅"是什么意思，把密信交给了武则天，武则天一看就明白，说好一个逆贼，果然费尽心机。原来，这两个字是密谋起兵的日期，"青"字上下拆开就是"十二月"，"鹅"字左右拆开是"我自与"，意思是十二月准备在朝廷发动政变，与扬州的叛军相配合。

武则天明白裴炎在朝廷中还有同党，她非常沉得住气，先不动这些人，而是着手派兵进剿叛军。徐敬业的叛军很快被击败，徐敬业等人被杀死，骆宾王不知所终。武则天听说后，很是遗憾，下旨寻找骆宾王，说这样的人才一定要为朝廷所用。平息了叛乱，武则天着手处理裴炎的案子。她故意将其拿到廷上讨论，马上就有裴炎的同党为裴炎求情。武则天一下子掌握了这些党羽的情况，把他们全部流放。

平定了叛乱，武则天还是心有余悸，于是奖励告密，任用酷吏，以铁腕巩固了自己的统治。现在武则天终于天下无敌了，她积极为自己称帝做准备，但个人情感方面，她却越来越寂寞、孤独，以至于脾气越来越大。跟她最贴心的女儿太平公主当然知道母亲最缺什么，把一剂良药献给了母亲，这良药就是太平公主自己的情人冯小宝。

武则天一见冯小宝，喜出望外，当年在感业寺的时候，她被住持处罚，饿了三天，差点昏过去，是冯小宝拿了一条野鸡腿救了她。武则天感激冯小宝的情义，更享受冯小宝给她带来的快乐，把冯小宝留在了宫里，并将他改名为薛怀义。

武则天终于走到称帝的最后关头，为扫除所有障碍，她故意提出把皇权还给睿宗，自己就当个名副其实的太后。睿宗李旦吓得要死，战战兢兢恳求母亲当皇帝，他宁愿改为武姓。

武则天大喜，指示武承嗣大造舆论。武承嗣导演"天授圣图"的好戏，薛怀义也不甘落后，与高僧一起炮制《大云经》，说武则天是天女下凡，佛祖让她代替李唐做皇帝，一统天下。

一切准备就绪，武则天终于在公元 690 年九月初九这一天，登上则天门，举行盛大了的登基典礼。武则天成为中国第一个女皇帝。

游击英雄

1940 年的夏天，日军进攻浙东地区，山本清直大佐率领部队和国民党军队作战，连克数城，扬言半月内打下浙东各县城。国民党警卫营营长李昌鹏所在部队的将士以逃命者居多，李昌鹏很是恼火，带着警卫营战士杀了个回马枪，和山本清直激战，但上级要求他保卫陈军长的安全。

武家村猪倌武喜春要进城给母猪花花配种，满村子追着母猪跑，好不容易将猪制服，妇救会主任月芳拦着喜春让她和妇女同胞们一起给前线打仗的同志纳鞋，喜春以花花的配种大事耽误不得为由，拒绝了妇救会主任。妇救会主任硬是拉着喜春，把她关起来让她给抗日将士纳鞋。喜春认为打鬼子完全不关她的事，她的事情是管好她的猪。山本清直率领日军一路追击国民党军，李昌鹏负责殿后，让陈军长他们撤退，自己在巴山县和山本清直开火。两军交战两天两夜，山本清直使用各种手段想攻入城池，李昌鹏率领警卫营硬是把他打退回去三次。

得知打仗消息的喜春男人郑小驴半路中飞奔而来，拦住了喜春，说县城已经在打仗了，让喜春不要再去，喜春不但没有止步，反而大骂一顿自己的男人是个屃货。无奈之下，郑小驴撞开门帮着逃回家，喜春儿子狗蛋吵着要跟妈去县城里玩，喜春让郑小驴看好孩子，随后自己离去。

巴山县县长卢宇清礼遇抗日之士，亲自摆席给大家接风，卢雨菲看到李昌鹏的报国热情，深受感染，也强烈要求参加战斗，却遭到父亲的强烈反对。但她仍不听劝，被父亲锁在屋内。

山本清直攻不下巴山县城，只能暂时撤退。但撤退过程中遭到了朱山坡带领的巴山游击队的伏击，山本清直他们根本没有想到还有这么一支队伍来偷袭他们，藤野一郎拼死掩护山本清直，游击队打得山本清直灰头土脸。朱山坡他们打完就闪人，山本清直死里逃生回到军营，对中国人恨得咬牙切齿。

喜春赶着母猪到巴山县城门口，士兵们不给她进城，让她躲回到乡下去。喜春不听劝告，李昌鹏出面协调，劝说喜春。喜春软硬不吃，和李昌鹏交手，要硬闯进城去，被李昌鹏制服，李昌鹏命令士兵将她架走。喜春骂骂咧咧走开，绕道从一个狗洞里和母猪一起钻进了县城。

山本清直心生一计，他让亲信藤野一郎带着人马从正面进攻巴山县城，自己和一批手下乔装成游击队来到侧门中水门，作为抗日的支援部队，让国民党将士开门。守城的尖刀连连长王迅轻信了山本清直，把他们放了进来。山本清直带着手下赶往正门时，和喜春照上了面。喜春的母猪拱在了一个日本兵身上，藤野一郎要出手杀了喜春，被山本清直压了下去。山本清直认为，贸然杀人会惊动国民党军，还是以大局为重。山本清直他们继续往李昌鹏这边杀过来。

山本清直的计谋得逞，国民党军守卫遭到严重打击，卢宇清县长看大势已去，便托付李昌鹏照顾好女儿卢雨菲，自己抱着炸药跳城和冲上来的日军同归于尽。李昌鹏掩护卢雨菲逃走。

巴山县城城门边，山本清直来了个里应外合，外面的部队让武藤勇和川岛贞夫带领冲杀，把李昌鹏包了一回"饺子"，警卫营几乎全军覆没，李昌鹏拼死突围杀出。喜春听到激烈的枪声才知道事态的严重，想要逃出城去。山本清直围追李昌鹏，双方展开巷战。李昌鹏打得只剩下他一人，山本清直敬佩李昌鹏，让他投降于大日本天皇，被李昌鹏一口拒绝。藤野一郎要枪杀李昌鹏，李昌鹏提出和山本清直比拼刺刀。两人一阵刺刀交战，不分胜负。

喜春赶着母猪过来，冲散了李昌鹏和山本清直，让双方一阵尴尬。李昌鹏见机想要冲杀出去，交战过程中山本清直打死了母猪花花，喜春大为恼火，一口唾沫吐在山本清直的脸上。山本清直感到被羞辱，喜春出手极快，挥起杀猪刀就砍向山本清直，山本清直来不及防备，被喜春砍了一刀。

武藤勇要砍杀喜春，被李昌鹏一脚踢开，李昌鹏拉着喜春逃跑。喜春认为花花的死和李昌鹏也有间接关系，让他赔偿一半损失费。李昌鹏很无语，但还是答应只要能出城去，赔给喜春十头母猪。

山本清直占领巴山县城，命藤野一郎、武藤勇他们全城搜捕喜春和李昌鹏，发现后格杀勿论。李昌鹏带喜春躲进破庙里，喜春饿得不行，要出去找食物，被李昌鹏制止，但喜春还是一意孤行。喜春在县城中迷了路。

喜春摸进山本清直的驻地，偷吃了给山本清直准备的烤鸡和清酒。喜春溜出驻地，以为没事了，不料碰到藤野一郎的人马，藤野一郎要为山本清直受伤之事报仇，带着手下要轮奸喜春，喜春已被脱得只剩下一件肚兜，哭喊着救命。李昌鹏杀出来，打死了几个鬼子，救走喜春。

喜春虎口脱险，不但没有感激李昌鹏，还打了他一巴掌，并让他脱下衣服给她穿。山本清直大骂藤野一郎没用，天亮后，山本清直亲自带着队伍追捕喜春他们。李昌鹏知道自己已无路可退，打算杀身成仁，喜春拦住了他，大骂他也是一个没用的男人，带着李昌鹏来到城墙的狗洞边，说出自己就是从这个狗洞爬进来的。李昌鹏拒绝爬狗洞，喜春嘲笑他死要面子活受罪。山本清直他们已一步步逼近，喜春拉着李昌鹏从狗洞钻了出去。

喜春和李昌鹏逃出巴山县城后，遇到王迅和尖刀连战士。王迅向李昌鹏认错，承认是自己的误判，导致日军进城。李昌鹏打算带着尖刀连杀一个回马枪，王迅等人愿意誓死追随李昌鹏。喜春拦着李昌鹏不让他走，认为这样进城去，是自找死路，而且十头母猪还没有赔给她，不能说走就走。李昌鹏让王迅他们拿出身上的所有钱财交给喜春，喜春把钱扔在了地上，还是不想眼睁睁地看着李昌鹏他们去送死。李昌鹏无奈地打晕了喜春，把她放在草丛中，随后带着尖刀连，杀向巴山县城。

山本清直从大路向李昌鹏他们追击过来，而李昌鹏他们却走了小路，两队人马没有撞在一起。山本清直他们搜山，发现了昏睡过去的喜春。喜春蒙蒙眬眬醒过来，睁眼看到了山本清直，吓得跳了起来。喜春知道自己难逃魔掌，索性耍起泼妇风格，指着山本清直的鼻子，叫他赔母猪花花。

藤野一郎要开枪杀了喜春，山本清直要和喜春玩一下猫捉老鼠的游戏。喜春奔逃，山本清直骑着摩托车在后面追赶，时不时地朝着喜春的脚下开枪，喜春跑得实在没有力气，向山本清直求饶。山本清直以为喜春是真的服软了，谁知当他靠近喜春时，喜春一口咬住了山本清直的耳朵，山本清直痛得撕心裂肺。随后喜春又开始逃命，被藤野一郎他们逼到悬崖边。

此时，李昌鹏他们摸到巴山县城城楼下，尖刀连攀上城墙，杀了守城的日军，川岛贞夫带着大批日军向李昌鹏他们围攻过来，双方开战。喜春在悬崖边已无路可逃，山本清直一步步靠近喜春，让喜春跳下去。喜春闭着眼睛正要跳崖之时，早已埋伏在山崖边的朱山坡下令射击，山本清直他们连忙还击，双方展开激战。喜春趁机逃命，朱山坡把她拉到了自己身边。

山本清直攻势猛烈，大家被打散。日本兵一路追击李昌鹏，与其展开巷战，一番激战，李昌鹏脱身。卢雨菲与敌人周旋，在空巷被日本人围堵，情急之下负伤，不幸被日本人劫持，敌人欲对其实施兽行。其在绝望之时，李昌鹏及时赶到，解救了卢雨菲，二人一起脱身。

山本清直痛恨朱山坡他们这些游击队队员，下令不惜一切代价消灭他们。这时，从巴山县城中逃出来的川岛贞夫来报，县城就要被国民党军攻破了。山本清直权衡再三，向巴山县城赶去。李昌鹏他们这边，就快要夺回县城了，山本清直火速赶来。游击队队员为自己轻易打败了日军而高兴，喜春说出李昌鹏他们正在打巴山县，希望朱山坡前去帮忙。朱山坡觉得这是一个痛打鬼子的好时机，便从山本清直他们后面追击上来。

巴山县城中，李昌鹏和山本清直交上手，双方浴血搏杀，李昌鹏的兵马渐渐地被众多日军包围。喜春带着朱山坡他们赶过来，从背后袭击了山本清直，山本清直带着剩下的日军撤退。喜春和卢雨菲争风吃醋，在酒桌上，喜春两杯就把雨菲灌醉了。

喜春在李昌鹏面前邀功，要不是她，李昌鹏又要吃败仗了。李昌鹏请喜春和朱山坡他们喝酒，喜春喝了个酩酊大醉。李昌鹏继续守卫巴山县城，朱山坡送喜春回武家村。

山本清直他们退到武家村，山本清直为泄恨，带着藤野一郎他们扫荡武家村，屠杀无辜村民。郑小驴带着儿子逃命，躲在草料场的草堆里。

喜春唱着歌，和朱山坡他们来到武家村村口，被眼前的一幕立马惊醒了。喜春要冲入村中去找自己的儿子狗蛋，却被朱山坡拉住了，朱山坡认为这样冲进去就是去送死。喜春已完全失控，不听朱山坡的话。朱山坡让蒜头看好喜春，自己带着几个游击队队员摸进武家村去救狗蛋。

藤野一郎带着人马在草料场搜找躲起来的老百姓，狗蛋不小心打了一个喷嚏，藤野一郎叫着让躲起来的人出来，郑小驴吓得已不敢再发声。山本清直经过草料场，藤野一郎汇报了情况，山本清直不急不慢地在草料场抽烟，然后让手下在各个角落点了火，草料场慢慢地烧了起来。朱山坡他们发现目标，急忙向草料场赶过来。

草料场已是熊熊烈火，几个老百姓从草堆里逃出来，立马被日军刺杀，狗蛋也不断咳嗽。山本清直慢慢逼近狗蛋，正要开枪，朱山坡他们杀过来，和日军交战。朱山坡冒死冲到郑小驴他们身边，将狗蛋抱了出来。

游击队拼死突围，山本清直紧追不放，朱山坡身边的游击队队员一个个倒下。喜春几次想要冲进武家村去，都被蒜头拉住。

喜春在村口接应朱山坡他们，朱山坡把狗蛋交到喜春手中，让他们先撤退。山本清直他们杀上来，朱山坡中弹，朱山坡让蒜头他们几个队员带着喜春他们离开，自己来阻击山本清直。喜春含泪要和朱山坡一同作战，被朱山坡一口拒绝。朱山坡让喜春日后重振巴山游击队，继续杀鬼子，给自己报仇。朱山坡交代完大事后，向山本清直迎面杀了过去，喜春被蒜头强硬拉走。

卢雨菲和李昌鹏表明决心，自己也想做一名真正的抗日战士。朱山坡和山本清直拼完了最后一颗子弹，身上连中五枪，他拉响了身上的手榴弹，冲向日军。喜春他们逃进树林中，蒜头责怪喜春，要不是因为她，他们的朱队长和游击队的兄弟们都不会死。喜春也陷入深深的自责中，她给朱山坡立了衣冠冢，在他的坟前发誓，一定要给他和死去的游击队队员们报仇雪恨。

山本清直他们离开武家村后，在巴山县附近的走马岗驻军，准备继续和李昌鹏对战，夺回巴山县。喜春回到武家村，村庄已是满目疮痍，喜春要在武家村招募游击队队员，重整旗鼓。她连夜缝制了一面猛虎下山的旗帜，她要带着游击队狠狠地向小鬼子出击。蒜头不好看喜春，认为她是在做白日梦，小鬼子哪有这么好对付。喜春放下狠话，要是打不跑鬼子，她就去跳江。

郑小驴原先在喜春面前唯唯诺诺的，连大声说话都不敢，但对喜春要重建巴山游击队，对抗日本人表示强烈反对，认为女人就应该待在家里照顾老人小孩。喜春痛骂丈夫没出息，忘恩负义。小驴嘴上不说，心里却记恨喜春。

喜春回村子里招兵买马，遭到了村里乡亲的一致冷眼。山本清直在巴山县之战中大败，受到了江浙地区日军最高长官石原大将军的责备，让他保持清醒的头脑，限他一周内夺回巴山县，给日军大部队进军开路。山本清直打算故技重演，化装成中国百姓亲自带着川岛贞夫、武藤勇等几个精干的日军，潜入巴山县找李昌鹏报仇。李昌鹏让王迅日夜戒备，防止日军偷袭。山本清直他们进城来，王迅感觉到了他们的异样，山本清直强装镇定，王迅发现是日军，连忙出手，山本清直他们开枪，击退了一批国民党军，杀入巴山县城来。

李昌鹏带着王迅他们迎战山本清直，展开激烈的巷战，山本清直被击退，在巴山县城中躲了起来。李昌鹏让王迅仔细搜找日军，山本清直打算主动出击，秘密潜入国民党军的营部，刺杀李昌鹏，被李昌鹏发觉，两人一阵枪战搏杀。山本清直为保全自己，退出了军营。

藤野一郎在城外很是焦急，看到山本清直发出信号弹，他带着部队开始攻城接应山本清直。李昌鹏带着国民党士兵和日军开战，山本清直趁乱，杀出城去，差点丧命。李昌鹏本来打算乘胜追击，但上级有指令，让他防守巴山县城，不能有闪失。

喜春在村里找了好几个年轻人，让他们加入游击队，但都遭到了白眼。喜春豁出去了，就是砸锅卖铁也要筹到钱，给加入游击队的人发放粮食和工薪。在这样的条件下，也只有武家村的几个二流子来报名参加，气得喜春拍桌子骂娘。

喜春听说山本清直又被李昌鹏打败了，很是兴奋。她去找李昌鹏，希望李昌鹏的队伍能和游击队合兵一处，共同抗击日本鬼子。

李昌鹏认为喜春是在开玩笑，并认为女人应该远离战争，不让她打鬼子，气得喜春拍桌子骂娘。大战在即，李昌鹏劝说喜春尽快离开巴山县城。从小喜欢喜春的斯瑜来找喜春，愿意出粮出钱支持喜春。喜春不领情，让斯瑜滚回到他的地主老爹斯宏兴那里去，表示靠自己的能力，一定能把游击队重新组建起来。斯瑜有些失落。

喜春回到武家村后，还是跃跃欲试，认为这个时候是攻击小鬼子的最好时机，准备带着刚组建起来的游击队偷袭山本清直。入夜后，喜春带着游击队队员杀入日军军营，给山本清直来了一个出其不意的袭击，打死了十多个日军。喜春本想去杀山本清直，但被蒜头拉住了，蒜头认为这样打下去，他们也逃不出去，占点便宜就尽快撤。撤退时，喜春扛走了日军的一批牛肉罐头，一边还击藤野一郎，一边撤出日军军营。

喜春对自己打了这次胜仗扬扬得意，把牛肉罐头分发给游击队队员补充能量，打算找机会再去打鬼子。山本清直连遭挫败，连只有几杆破枪的游击队都来痛打他，他感到无比羞耻，准备切腹自杀向天皇谢罪，被藤野一郎和武藤勇劝阻。

山本清直要一雪前耻，请求石原将军给他增援。喜春则继续招兵买马，她吹牛自己带着游击队如何打得小鬼子屁滚尿流，武家村和周边村的许多年轻人听得入迷，有些亲人被日军杀害的男人愿意加入游击队，跟着喜春打鬼子。喜春老爹武三支持女儿抗日，给喜春拉来了不少人马，有几个六七十岁的老头子表示也愿意跟着喜春去杀鬼子。喜春封老爹为粮草总管，让他带着老头儿们去筹备粮食和寻找兵器。

武三和蒜头来到斯宏兴的千柱屋，让这个大土豪给游击队捐钱捐粮。斯宏兴带着家丁把武三和蒜头痛打一顿，扔出了千柱屋。武三回来，在喜春面前哭诉，喜春带着人马去千柱屋找斯宏兴算账，斯瑜让喜春不要动怒，喜春没有控制住火爆脾气，要和斯宏兴打架。斯宏兴让家丁们冲上去，喜春迎战，把家丁们都打倒了。附近的老百姓都称赞喜春，喜春为百姓们出了一口恶气。

石原将军给山本清直配备了一个联队和精良的武器装备。山本清直准备攻打巴山县城，李昌鹏得到情报后，命令全城将士守城。山本清直正向巴山县进军，喜春他们埋伏在途中。喜春以为他们可以像上回一样打得小鬼子嗷嗷叫，不料一开战，游击队就被山本清直打得溃不成军，新进游击队的年轻人不是逃跑，就是被日军消灭。喜春要和山本清直拼了，被蒜头他们拉住，游击队队员几乎全部被消灭，喜春他们逃进树林深处，才保住性命。

山本清直让皇协军钱益清带队进入湿地搜寻，活捉喜春，自己则带着大部队杀向巴山县城。喜春他们在湿地的芦苇丛中奔逃，钱益清带着皇协军在后面追捕，喜春打算先把他们绕晕了，再消灭他们。皇协军果然在芦苇丛中迷了路，喜春和蒜头他们潜在水里面，在皇协军经过他们身边时，把他们拉下水去，在水里面和皇协军搏杀，割破他们的喉咙。

巴山县城这边，李昌鹏摆出空城计，大开城门。山本清直明白李昌鹏是想用计来迷惑自己，他认为自己不会像司马懿这么傻，于是命令向城楼开炮。连打了二十多发炮弹，城里都没有反应，山本清直心里有些迷糊了，他决定亲自带着部队杀进去。藤野一郎劝阻山本清直，如果真要进城刺探情况，就让他带队进去。

山本清直答应让藤野一郎带队进城。早在山本清直他们来城之前，李昌鹏已让王迅他们在护城河的吊桥上安置了大量炸弹，准备把山本清直引进来，炸死他。李昌鹏看着藤野一郎只带着几个日本兵进城，忙阻止王迅炸吊桥。藤野一郎进城后，搜找国民党军的影子，发现了李昌鹏他们。李昌鹏让尖刀连和藤野一郎拼杀，双方一阵激战。

喜春他们进入密林后，本以为日军不会追上来了，却发现皇协军已逼近自己。喜春让钱益清放了他们，钱益清没有答应。一阵交战后，喜春他们继续逃命，皇协军死咬住他们不放。蒜头骂喜春，都是她把他们带进了绝路。喜春强装乐观，认为绝处一定能够逢生，凭着自己对湿地湖泊的了解，可以消灭这路皇协军，抢走他们的武器。蒜头觉得喜春是发疯了，现在的游击队根本不是什么猛虎，就要成为一只死虎了，喜春大骂蒜头没出息。蒜头无可奈何，觉得横竖是个死，答应和喜春联手对付皇协军。

藤野一郎和王迅拼杀，被王迅连砍了几刀后，活捉。李昌鹏让王迅暂时不要杀了这个鬼子。山本清直看着藤野一郎迟迟没有动静，便再次命令向城楼开炮，随后自己带着人马杀向城内。李昌鹏以为能把山本清直炸死在吊桥上，正在山本清直踏上吊桥的一刹那，藤野一郎拼尽全部力气，挣脱开王迅，向城楼下跳了下去，以此来提醒山本清直不要上前。李昌鹏急命炸了吊桥，山本清直连忙撤下吊桥，吊桥爆炸，死伤了冲在前面的鬼子。

李昌鹏下令开火，日军一边还击，一边往后撤退去。山本清直要抢回藤野一郎的尸体，并要把城中的国民党军碎尸万段。李昌鹏知道山本清直不会善罢甘休，打算死守巴山县城，城在人在，城破人亡。山本清直不惜一切代价拿下巴山县城，他一边让炮火猛打县城，一边命令部队架桥冲杀进巴山县城去。国民党军抵挡不住猛烈的炮击，死伤了一大批战士，李昌鹏拼死抵抗，但还是抵挡不住山本清直的猛攻。王迅告诉李昌鹏，战士们已经打光了子弹，现在巴山县已是一座空城，让李昌鹏撤退。李昌鹏不甘心就这么放弃，但又无可奈何。

山本清直抱着藤野一郎的尸体痛哭，命令川岛贞夫他们一定要抓住李昌鹏他们，给藤野一郎报仇。皇协军几乎被游击队消灭干净，钱益清被喜春割掉了耳朵，并让他滚回去，别再打中国人，不然下次定要他性命，钱益清狼狈逃窜。日军进入巴山县城，李昌鹏本想带走一批受伤的国民党军战士，但战士怕拖累自己的营长，决定用自己的性命掩护他们撤退，李昌鹏和这些生死兄弟诀别。国民党军战士们身上绑着手榴弹，冲向日军，给李昌鹏的撤退争取到了时间。李昌鹏带着王迅等人退出巴山县城。

卢雨菲逃离县城途中遭遇两个日本兵围堵，被打伤了腿，日本兵要强奸雨菲，关键时刻，李昌鹏赶到救了卢雨菲，两人一起逃走。喜春知道山本清直攻打巴山县城，李昌鹏肯定会有危险，便不顾蒜头的反对，来县城接应。山本清直猛追李昌鹏，李昌鹏撤退到虎扑岭，被日军追上来，李昌鹏凭着虎扑岭的险要地势阻击日军，直到打完了最后一颗子弹。李昌鹏和活着的几个尖刀连战士，插上了刺刀，正准备杀出去的时候，喜春从后面拉住了李昌鹏，李昌鹏看到喜春很是惊喜。喜春说自己是李昌鹏命中的福星，是老天爷派来救他的。

山本清直派了一支小分队往虎扑岭杀上来，被喜春和李昌鹏联手打退。喜春在上面大骂山本清直，山本清直看到喜春没死，极为气愤。日军几次进攻，但喜春他们凭着险要的地势，一次次打退了日军，山本清直损失了一批士兵。喜春认为这样打下去不是办法，绞尽脑汁想脱身之计。

山本清直本打算入夜后，派遣日军特战队员潜上去偷袭李昌鹏他们。喜春让李昌鹏他们把帽子和军装脱下，李昌鹏勉为其难。喜春把衣帽扮成人形，隐约露在山本清直的视线中，随后和李昌鹏等人悄然撤退。等山本清直率领日军杀上来时，喜春他们早已没有了踪影。山本清直恨得咬牙切齿。

喜春把李昌鹏他们带到武家村，打算和这几个国民党将士联手，重整旗鼓，把游击队再壮大起来。蒜头极力反对喜春这么做，认为游击队不能和国民党合作，国民党曾经围剿过游击队，是他们的仇人。喜春却认为，只要能打鬼子，和谁合作都可以。李昌鹏并不同意加入游击队，他只是为了有一个安身之所，能够再找机会反击山本清直，但他答应喜春帮她一起招兵买马。

山本清直虽然拿下了巴山县城，为日军大部队进军打开了大门，受到了石原将军的表彰，但对逃走的喜春和李昌鹏还是记在心上。钱益清灰溜溜地回到山本清直面前，山本清直很想一刀劈了他，钱益清吓得跪地求饶。山本清直扶起他，让他集结队伍，包围武家村，把喜春逮住。钱益清领命而去。

喜春到邻村招兵，遇到皇协军，钱益清下令围捕喜春，喜春和钱益清交战。喜春打不过皇协军，就带着剩下的人马逃跑，路过黑龙山，被钱益清包围在钟家岭。就在危急时刻，杀出一路土匪来，黑龙山大当家铁龙带着土匪杀来，把喜春抢上了山。喜春向铁龙拱手道谢，谁知铁龙要娶喜春做压寨夫人，喜春毫不畏惧，在洞房花烛夜和铁龙拼酒，把他灌得迷迷糊糊，随后和他大打出手，最终把铁龙绑了起来，自己躺到床上呼呼大睡起来。

钱益清一路跟踪，上黑龙山准备夜袭，结果被发现，与黑龙山土匪交手。李昌鹏得知喜春被土匪抓上了山，带着王迅他们赶来营救，勇闯匪巢。与钱益清撞上，李昌鹏表明敌我立场，钱益清被国民党和土匪赶走。

李昌鹏和铁龙交手，喜春让他们赶紧停火，铁龙向喜春认输，喜春很是得意，劝说铁龙带着黑龙山的土匪下山加入游击队。铁龙笑着拒绝，还想让喜春留在黑龙山，一起大块吃肉大口喝酒。二当家黑狼认为喜春是个祸害，要杀了喜春，但被铁龙阻止。铁龙佩服李昌鹏的身手不凡，请他和喜春喝酒。

喜春要和铁龙、李昌鹏三结拜，李昌鹏觉得不适合，被喜春臭骂一顿，喜春拉着铁龙结拜。喝酒中，喜春又提出让铁龙和她下山，一起杀鬼子，铁龙觉得自己还是当他的山大王比较舒坦。喜春吃饱喝足后，和李昌鹏离开黑龙山。

斯瑜知道喜春组建游击队不容易，就花光了自己所有的积蓄，托人给游击队买来枪支和药品。喜春心里对斯瑜有感激之情，但嘴上又骂斯瑜这个铁公鸡土豪终于肯拔毛了。斯瑜被喜春一骂，反而觉得浑身舒坦，再次请求喜春，让他也加入游击队。喜春让他在游击队里当账房，不过钱财也让他去想办法。斯宏兴对儿子给游击队送武器药品之事，大为愤怒，鞭打儿子，让斯瑜和喜春断绝来往。

李昌鹏开始训练招募来的年轻人，教他们突刺和枪法。喜春亲自给李昌鹏送茶水。喜春不服气李昌鹏突刺这两下子，要在晒谷场和李昌鹏比武。李昌鹏不屑和喜春比什么武，想要避开喜春，但被喜春死死黏住，无奈之下拔刀和喜春比试。喜春凭着一股蛮力，横冲直撞，打得李昌鹏连连后退。李昌鹏一开始还想让着喜春，没想到喜春如此不讲人情，于是使出真本事，只用了三招，便把喜春给制服了。喜春看不上和李昌鹏一起来的卢雨菲，要和她比试枪法，让游击队队员头顶南瓜。二人不分高下，却遭到了李昌鹏的批评。

喜春连战连捷，在游击队中的威望一下子提高了，她让大家叫她司令。喜春准备主动出击，去袭击山本清直，被李昌鹏劝阻。李昌鹏认为时机还没成熟，现在游击队去和日军作战，就是鸡蛋碰石头。

喜春不服李昌鹏的训练方式，吹嘘自己游击队队员如何勇猛。结果，李昌鹏一招就制服了队员，喜春嘴服心不服。游击队的战功得到了上级的表彰，为了喜春能够更好地开展抗战工作，上级给游击队派来了女指导员韩新枝。

山本清直欲要联合各路土匪来对付游击队，让武藤勇和钱益清一起去劝说铁龙归顺日军。铁龙接受了山本清直送给他的一把日本宝刀和一百条快枪，嘴上也答应了山本清直的条件，但等武藤勇他们下山后，铁龙便和大家商议决定把武器送给游击队。

　　李昌鹏注意到，喜春带着游击队虽然连战连捷，但基本都是以狡猾取胜，这样下去游击队迟早会被山本清直剿灭。李昌鹏想介绍喜春到省城国民党特训部，去参加特战训练。李昌鹏认为，喜春只有提高了自己的作战素养，才能把游击队带好，成为一支能和山本清直对抗的队伍。喜春一口拒绝了李昌鹏，喜春觉得游击队就是打游击战的，而且自己带的队伍是共产党领导的，她去参加国民党特训部的训练算什么。喜春坚决不去。

　　喜春逐渐对李昌鹏产生好感，然而却发现卢雨菲和李昌鹏越来越近，心里吃醋。喜春从一开始就拒绝要什么指导员，韩新枝一到游击队，喜春便给她来了个下马威。韩新枝虽然是个上海姑娘，但也不服软，尽管喜春不怎么待见她，但她还是打算把游击队改编得更加正规化，有部队纪律。喜春却认为，游击队就是游击队，不需要什么理论知识，只要能多杀小鬼子就行。

　　山本清直让铁龙尽快去袭击游击队，铁龙只是一味地敷衍了事，还派黑狼给游击队送来了五十条快枪。喜春对铁龙这个兄弟大加赞赏。山本清直知道自己被铁龙忽悠了，气得咬牙切齿。武藤勇要去攻打黑龙山，被山本清直喝退，他认为他们最大的敌人是游击队，而不是这些土匪。

　　韩新枝与喜春的做事风格完全不一样，她实在无法忍受喜春，就请求上级把她调离游击队，但上级没有同意。喜春更加瞧不起韩新枝，打发她去给游击队队员们做饭洗衣。韩新枝找喜春谈话，认为不应该让李昌鹏等国民党的人留在游击队里，喜春认为现在国共已经联手，老蒋都接受了共产党，我们共产党也要大度一点，让韩新枝抓紧去给大家做饭。

　　韩新枝对李昌鹏还是很有成见，李昌鹏表明自己的态度，他永远都是国民党的人，但现在是和游击队一起打鬼子，他不会加入共产党的游击队。喜春骂他是白眼狼，总有一天会让他心甘情愿地成为游击队的一员。

　　卢雨菲亲自下厨做鱼汤给李昌鹏，李昌鹏很是感动，对雨菲的感情再升温。可是，从未下过厨的她放多了盐，此时正被喜春进门撞见，喜春心生醋意，嘲笑了雨菲的下厨成果。

斯宏兴出卖了游击队的行踪，并把喜春老爹武三绑了起来，送给山本清直。山本清直想用武三的性命来要挟喜春投降，喜春带着游击队营救老爹，要攻打巴山县城。武三在山本清直面前宁死不屈，宁可自己跳下城楼殉命，也不愿让游击队受到打击，说完便以身殉国。喜春悲痛大哭，拼死夺回老爹的尸体。李昌鹏他们还击日军，撤离巴山城。

山本清直任命斯宏兴为巴山县维持会会长，斯瑜痛恨父亲投靠日本人，要和他断绝父子关系，连夜逃出巴山城。斯瑜跪在喜春面前，恳求她的原谅。喜春把斯瑜扶了起来，认为他和斯宏兴虽然是父子，但冤有头债有主，她明白斯宏兴才是她的杀父仇人。喜春说以后她要是杀了斯宏兴，也让他不要怪罪。李昌鹏敬佩喜春还能接受斯瑜回到游击队的做法。

钱益清回到巴山县城，向山本清直汇报说现在的游击队是越来越强大，只有日军亲自出马，才能打败喜春。山本清直本来打算亲自带兵去围剿游击队，但他接到了一项秘密任务，即让他全力保护一批日本专家，研制秘密武器，尽快投入大战场。

日军把一批制造秘密武器的设备往巴山县运过来，山本清直亲自带队出城护送。喜春得到山本清直将路过虎扑岭的情报，准备在虎扑岭埋伏日军，击杀山本清直，报仇雪恨。喜春正打算出击时，韩新枝拿着手枪上来，也要参战，喜春想要让她退下，一个弱女子怎么和小鬼子拼杀？但韩新枝不理睬喜春。

蒜头和王迅他们先拉响了早已埋好的地雷，战斗打响，喜春带着游击队向山本清直冲杀了下去，打倒一批日军。山本清直让身边的亲信少佐川岛贞夫和武藤勇不要乱了阵脚，让武藤勇全力保护好制造秘密武器的设备，自己则和川岛贞夫杀向喜春他们。喜春使出双枪，连连击毙了好几个小鬼子，双方激烈搏杀，韩新枝拿着手枪也打死了三个小鬼子。

卢雨菲按照之前的约定，在坦克冲上来之时，只身一人手拿手榴弹钻到坦克下，炸毁坦克，自己也负伤。大家及时掩护，救走卢雨菲，鸡毛趁乱抢走了敌人存放秘密武器的铁箱子，送武器设备的军官也被打伤。山本清直疯狂地进攻游击队，大家弹药缺乏，为了引开敌人，大家分头撤退。喜春和李昌鹏被山本清直紧逼，喜春急中生智，用假的秘密武器箱骗了山本清直，二人逃脱。

日本专家说明箱子特别重要，山本清直发誓天亮之前一定会抢回箱子。日军官兵化装成老百姓，趁夜袭击了武家村。武家村毫无防备，被敌人袭击成功，抢走了箱子。

卢雨菲在战斗中受伤，李昌鹏悉心照顾，这让喜春看在眼里，嫉妒在心里。国民党旧部来到武家村，找到李昌鹏，要求其尽快返回部队。卢雨菲也极力劝说李昌鹏返回驻地，但是喜春希望李昌鹏留下来帮助自己打鬼子，李昌鹏再三考虑决定留下。

山本清直的妹妹山本幽兰从日本来中国探望哥哥，结果被黑龙山的土匪半路劫持，大当家想到山本清直欠了喜春的杀父血债，就转手把山本清直的妹妹交给喜春。喜春本想一刀杀了她，替父报仇，但大家一致阻拦。山本幽兰让喜春放了她，以绝食抵触喜春，喜春痛恨山本清直，强忍着怒火没有杀山本幽兰。李昌鹏隐隐地感觉到山本清直不会善罢甘休，劝说喜春带着游击队离开武家村。喜春不听劝告，扬言要是山本清直敢来，就叫他有来无回。韩新枝出色的枪法，让喜春有些刮目相看。韩新枝让喜春做事不要太冲动，游击队就应该打完就撤，尤其是和山本清直这样装备精良的日军打仗。

山本清直回到巴山县城后，集结兵马，准备杀入武家村，将游击队一网打尽，救出妹妹。山本清直趁夜从村子的各个路口向游击队包围过来，等喜春发现有情况的时候，日军已近在眼前。喜春连忙带着人马起来反击，钱益清带着皇协军围捕喜春，想要报仇，喜春将他击退。日军攻势凶猛，游击队根本无法抵挡，一夜激战，游击队几乎全军覆没。

喜春和李昌鹏拼死突围，带着狗蛋逃出武家村。山本清直抓不到喜春很是恼火，下令把没有逃出去的村民抓起来，枪杀了一批村民，山本幽兰目睹了哥哥的残暴杀戮。郑小驴吓得尿裤子，山本清直让郑小驴不要害怕，让他说出喜春躲在哪里。郑小驴只说喜春已经逃出村去，躲在哪里自己真不清楚。武藤勇要杀了郑小驴，但被山本清直阻止。山本清直把郑小驴带回了巴山县城，让他跟在自己身边。郑小驴跪地叩谢，投靠了山本清直。

卢雨菲和其他队员逃往深山，被武藤勇率众追至悬崖边。卢雨菲受伤难以抵抗，日本鬼子欲轮奸卢雨菲，她最后跳崖保贞节。喜春和李昌鹏晚来一步，虽猛烈反击，但仍寡不敌众，躲进了深山中。喜春屡遭挫败，遭到蒜头等几个老游击队员的唾弃，他们不想再跟着喜春干，要自立门户。喜春承认是自己太大意，请求蒜头他们留下，韩新枝也劝说蒜头留下来帮游击队渡过难关。

山本清直让钱益清围山，将喜春活捉。喜春带着游击队和钱益清展开游击战，几次逃出皇协军的围捕。喜春想要去找铁龙求援，但派出去的人都被钱益清抓获。游击队的粮食和弹药越来越少，喜春知道再这样下去游击队队员们真要被饿死了，她准备背水一战。喜春和李昌鹏他们不断突袭皇协军，抢走他们的武器弹药。钱益清又惊又气，准备出山补充完弹药后再来追击喜春。

王迅跑来报告，日军已包围过来。喜春和李昌鹏会意，打算和鬼子血拼。武藤勇他们还没靠近游击队，突然从鬼子的背后杀出一路人马来，为首的是女匪王马燕。她带着五指山凤凰寨的土匪打得武藤勇措手不及，随后铁龙也带着黑龙山的土匪杀过来，救援喜春。喜春一见有了这么多援兵，立刻带着游击队扑上去，消灭了一大批日军。武藤勇大败，狼狈逃出五指山去。

喜春感激马燕和铁龙兄弟的相救，铁龙向喜春表示歉意，说自己差点来迟了。喜春劝说马燕让她带着凤凰寨的兄弟姐妹和游击队合兵一处，一起杀鬼子。马燕只说自己和日本人有仇，这次只是碰巧救了他们，随后带人离开。喜春追上去，但马燕对她很是冷漠，不予理睬。铁龙告知喜春这女匪王的身世，原来马燕的丈夫惨遭日军杀害，自己也被日本人轮奸，后来才上了五指山当了女土匪。喜春佩服马燕，放下话，一定会把这路人马招到自己麾下来。

喜春得到消息，皇协军将出山抓自己。喜春派人在路中伏击钱益清，将钱益清活捉。

山本清直已派出武藤勇带兵来救钱益清。喜春把钱益清吊起来暴打，钱益清求饶。喜春说游击队就是杀鬼子、打汉奸、为民除害的队伍，谁叫钱益清帮着日本人打自己中国人！钱益清说出郑小驴也当了汉奸投靠了山本清直，喜春不敢相信，她让钱益清跪向武家村的方向，一枪打死了钱益清，为父老乡亲报仇。

喜春让铁龙加入游击队，来帮自己的忙，等游击队壮大了，他还是可以再离开的。铁龙不好再推辞，答应暂时加入游击队，帮着喜春对付日军。二当家黑狼没有同意，铁龙让他带着一部分兄弟回黑龙山去守寨。

喜春带着游击队离开五指山，让游击队隐入密林中，一旦有情况，凭着自己熟悉地形，也方便和鬼子周旋。喜春还是不太相信自己的丈夫会成为汉奸走狗，她要亲自去巴山县城打听清楚。李昌鹏和韩新枝都想劝阻她，但喜春还是下定决心进城去。李昌鹏陪同喜春，混进巴山县城。山本清直知道钱益清已被喜春砍杀了，他让郑小驴接替皇协军大队长的位置。郑小驴不敢相信山本清直对他的任命，又惊又喜又担心，但郑小驴还是接受了。

喜春打听到丈夫已投靠日本人，而且刚刚还当上了皇协军大队长，她痛心疾首，拿着枪要去杀了他，被李昌鹏他们拦住。李昌鹏让喜春不要暴露了大家的目标，让她从长计议。喜春觉得自己没有脸面面对游击队队员，李昌鹏让她先出城去再说。喜春他们出城时被武藤勇发现，日军追击喜春他们，李昌鹏为了保护喜春而中了枪。

喜春背着李昌鹏躲进了密林，韩新枝他们赶来接应，击退了日军。山本清直亲命郑小驴为皇协军大队长后，让他带兵攻打喜春。郑小驴犹豫不决，山本清直给他打气，让他证明给喜春看，他郑小驴是一个真正的男人。山本幽兰劝说哥哥不要再打游击队，山本清直笑话妹妹太天真，并让她不要多管闲事。

山本清直让武藤勇陪着郑小驴一起去剿灭游击队。郑小驴他们来到密林边，他的心里还是有些胆怯，让手下人把喜春他们引出来。皇协军与游击队交战，郑小驴有意避开了喜春，没有和她照面。

皇协军被游击队追击，喜春追上了郑小驴。郑小驴看到喜春，双腿开始发抖。喜春大骂郑小驴不是个人，做了狗汉奸，她当着大家的面，休掉了自己的男人，并发誓一定会斩了他，给死去的游击队队员和老百姓祭灵。

武藤勇让郑小驴继续攻击游击队，郑小驴向武藤勇讨饶。武藤勇想自己带着皇协军杀向喜春他们，但感觉到了密林复杂的地形，自己会吃亏，便下令撤兵回城。

武藤勇向山本清直汇报了郑小驴的情况，希望立即撤了这个没用的东西的职务。山本清直笑着，不但没有训斥郑小驴，反而给了他更多的兵力和武器装备。郑小驴感激山本清直这么信任重用他，他一定会好好效力日军。

喜春细心照料李昌鹏，对他的感情进一步升温。韩新枝希望喜春能考虑去浙东游击纵队骆司令那里参加训练，这样不但能提升她个人的本领技能，也能让游击队变得更强大，才能消灭更多的鬼子。喜春犹豫，但最后还是被韩新枝说服。喜春答应只去训练两个月，李昌鹏答应两个月内，给喜春再拉起一支队伍来。喜春临走时，把游击队的指挥权交给了李昌鹏，此事令韩新枝和蒜头很是不爽。韩新枝找喜春谈话，认为喜春完全是胡闹。喜春让韩新枝也去给游击队招兵买马，如果她也能拉来一支能打鬼子的队伍，她喜春以后就听她的话。郑小驴带兵秘密潜回武家村，要带走儿子狗蛋。李昌鹏一时失误，导致郑小驴得逞，把狗蛋带到了巴山县城。韩新枝批评李昌鹏，李昌鹏承认是自己太大意

喜春到了骆司令那里后，接受政治教育，总是犯困；学习特战本领，又打不过对手。在她思索如何学习的时候，跳崖没有死的卢雨菲找到了她。二人相逢叙旧，相约一起回村找李昌鹏。

李昌鹏要去皇协军军营救出狗蛋，却被韩新枝阻拦，韩新枝认为这样做实在过于冒险。李昌鹏知道那里是虎穴，但他不能让喜春失去最爱的儿子。李昌鹏带着王迅等几个人勇闯皇协军军营。郑小驴看对方弹药缺乏，请求山本清直支援，围困李昌鹏。李昌鹏冲出门时被埋伏好的日军开枪突袭，陈二舍命挡在李昌鹏前面，中弹牺牲。李昌鹏以死相逼命令大家撤离，自己被抓。

山本清直好酒好菜招待李昌鹏，希望李昌鹏投降，但遭到李昌鹏的拒绝，山本清直将其收入监牢。山本清直对郑小驴的表现大加奖赏，希望郑小驴继续为日本效力。但说到要抓喜春时，郑小驴仍很犹豫。山本清直不满。郑小驴为发泄心中对李昌鹏和妻子暧昧的怨恨，在监牢中折磨李昌鹏。

喜春在骆司令那里，不论是枪法还是特战，甚至在智谋上都取得了巨大进步，骆司令很满意地送书给她，希望她回去好好发展游击队以抗日。拜别骆司令后，喜春和卢雨菲一起返回村里。回到游击队后，得知狗蛋和李昌鹏都落入郑小驴和山本清直的手中，喜春带着游击队攻打皇协军军营，让卢雨菲带一队人马吸引主力，自己则带人马闯入监牢营救。监牢锁难以打开，紧急之时，鸡毛偷来钥匙，救出李昌鹏。山本清直设下圈套，在城门外埋伏，最后李昌鹏的兄弟用生命掩护大家出城去，自己则壮烈牺牲。

李昌鹏被救回武家村，对狗蛋被郑小驴带走之事感到抱歉，任由喜春处罚，但喜春却克制住了自己，没有对李昌鹏发怒。李昌鹏保证一定会救回狗蛋。卢雨菲抢在喜春前面照顾李昌鹏，日夜守护，李昌鹏对其感情不断升温。喜春感觉尴尬，心里喜欢李昌鹏却没机会说，自己一个人躲起来喝闷酒。

喜春和卢雨菲意见不合，发生冲突，李昌鹏在中间很是为难，但还是劝说喜春，让喜春同意卢雨菲的训练方式。喜春答应白天由她来训练，晚上交给卢雨菲，一时间游击队队员们经历了一段魔鬼式的训练生活。蒜头、铁龙他们向喜春诉苦，但喜春觉得这样能快速提高他们的战斗力，他们也就默认了她的训练方法。

喜春决定逃避李昌鹏。李昌鹏发现喜春逃避自己，想表明自己心意之时，碰巧国民党散部和日军激战，李昌鹏等人救下余部。

日本病毒研究进入更加残忍的阶段，实验取得进步。他们把目标盯上了狗蛋，想用狗蛋做活体实验，然而郑小驴却一无所知。捣毁秘密武器基地迫在眉睫，此时韩新枝去各村各户动员，已招来不少人马，积极备战。

喜春说服李昌鹏加入游击队，同时也说服了被救的国民党残部一起加入游击队抗日。铁龙愿意替喜春去五指山劝说马燕加入游击队。铁龙到了凤凰寨，使尽手段，最后都说出愿意以身相许，但马燕还是没有答应。铁龙自凤凰寨回来后，对马燕一直念念不忘，喜春说等自己收服了马燕，就去给他说亲，铁龙很是高兴。

山本清直拉拢黑狼，许以丰厚的条件让他带着黑龙山的土匪下山。黑狼枪杀了反对他的几个土匪，来到巴山县城和山本清直合作，愿意为他做事。

喜春劝说李昌鹏，让他也加入游击队，自己可以把"司令"的位置让给他。李昌鹏同意加入游击队，但领导权还是归喜春。喜春心里对李昌鹏越来越有感觉，但又不知道怎么向他表白。

卢雨菲希望能和李昌鹏重归于好，喜春对卢雨菲的举动醋意喷发，大叫后悔把卢雨菲带到游击队来。山本幽兰一次次目睹哥哥的杀戮，决定离开山本清直，回到游击队，并请求喜春能够收留她，她愿为游击队做随军医生，救治伤员。

日本把秘密武器试验残忍地用在了狗蛋身上，郑小驴还以为狗蛋得了怪病四处求医，日本军医抽取试验成功血清，妄图用秘密武器毁灭中国人。铁龙得知黑狼叛变，破口大骂黑狼，三当家王大牛要带着兄弟去干掉黑狼，被铁龙喝住，铁龙念及曾经的兄弟情义，觉得黑狼也应该有自己的选择。

山本清直没想到游击队一时间会变得这么强大，武藤勇汇报，喜春手中的兵力不会少于他们日军。山本清直要亲自试探游击队的实力，于是集结了巴山县城所有的日军和皇协军、黑狼的兵力，向喜春他们围攻过来。喜春知道敌我力量有些悬殊，但还是决定和山本清直拼个你死我活。

游击队和日军在虎扑岭地带展开战斗，喜春他们渐渐不敌，山本清直吸取教训，分出一路兵马，从山后偷袭喜春。铁龙和黑狼交战，黑狼被铁龙拿下。黑狼让铁龙杀了他，铁龙却放了黑狼，说出他不会对自己兄弟下手。黑狼心有愧疚，但还是回到了日军部队。

游击队的处境越来越危险，正在喜春准备亲自带着人马突围时，马燕带着凤凰寨的土匪杀了过来，杀退了偷袭的一路日军。马燕和喜春联手，喜春大赞马燕是中国最漂亮的女土匪。喜春他们从虎扑岭山上，由上往下向山本清直扑了下去，日军和皇协军死伤无数。山本清直下令撤退，日军退守进巴山县城中。

虎扑岭大战，游击队取得了扭转性的胜利，喜春宴请游击队队员，拉着马燕的手，让她留在游击队中，一起喝酒一起吃肉，一起杀鬼子。铁龙向马燕求爱，喜春有意撮合他们，让他们尽快成亲。

喜春带着游击队向巴山县的日军和皇协军出击。喜春用特战本领加上游击战术，和山本清直交手。郑小驴本想戴罪立功，带着皇协军上，但是山本清直让武藤勇先出兵攻击游击队。喜春倾其兵力，自己带一路，李昌鹏带一路，蒜头带一路，铁龙带一路，四面夹击武藤勇。武藤勇心高气傲，一时大意，被游击队穷追猛打。李昌鹏带着人马直接杀入武藤勇的阵营中，和武藤勇交手，武藤勇差点丧命，鬼子惨败而归。

这次战斗，蒜头他们活捉了几个鬼子，其中还有一个日本军医关谷，山本幽兰劝降他们，不要再和中国人打仗。李昌鹏在审问中，关谷说出了一个惊天的秘密：日军打算把秘密武器投入大战场中，而制造秘密武器的地点就在巴山县城的防空洞里。李昌鹏心中的疑惑一下子解开了，先前山本清直拼死保护的那批设备，原来是用来制造秘密武器的。

李昌鹏把山本清直的阴谋告知了喜春，喜春毫不犹豫，一定要摧毁山本清直的阴谋。喜春和李昌鹏带着蒜头、铁龙等游击队几个骨干队员化装成日本军医，进入巴山县日军的秘密武器基地，让韩新枝、马燕和卢雨菲在城外接应他们。喜春他们本来可以成功运出秘密武器，不料，喜春发现了自己的儿子狗蛋。此时的狗蛋得了一种怪病，喜春悲痛地大哭，喜春想要救出儿子。

武藤勇和郑小驴带着兵马赶来，阻击喜春他们。交战中，狗蛋被打死，令她痛不欲生，现场昏厥。郑小驴跪在儿子的尸体面前，悲痛大哭。李昌鹏带着喜春他们突围，蒜头为掩护喜春，被武藤勇他们一群鬼子包围，最后壮烈牺牲。喜春很是伤心，韩新枝他们从外面攻打巴山县，接应了喜春和李昌鹏。

喜春回去后，大病一场，李昌鹏日夜守护。山本清直亲自带兵围攻游击队，欲将游击队一网打尽。游击队在李昌鹏和韩新枝的带领下，及时撤退。

李昌鹏对喜春悉心照料，每天守候在喜春身边，对着昏睡不醒的喜春吐露心扉，回忆他们在一起的点点滴滴。卢雨菲无意听到了李昌鹏的心里话，决定要退出。喜春终于苏醒，李昌鹏更加细心呵护。喜春的身体渐渐地恢复了，她变得更加沉稳，记起了他们的任务极其紧迫。她鼓舞游击队队员的战斗士气，为死去的英雄烈士报仇雪恨。

郑小驴无意间得知消息，潜入秘密武器基地，目睹了日本人拿中国人做实验，还得知了儿子狗蛋的怪病也是日本人所为，决定一心抗日为子报仇。秘密武器就要被运出去，郑小驴反省自己的罪过，打算帮助喜春。在山本清直进攻武家村的战斗中，郑小驴趁机向游击队投降，讲明了日本拿狗蛋做实验的真相。喜春仇恨万分，决定捣毁可怕的实验。

喜春带着游击队队员攻破巴山县城的侧门中水门，枪杀了制造秘密武器的日本专家，成功地将秘密武器运出了巴山县城。山本清直大怒，追击游击队，喜春向山本清直反扑过来。

喜春和李昌鹏联手向山本清直这边杀过来，山本清直和喜春他们用刺刀搏杀。李昌鹏本想上阵，喜春拦着他说不要跟她抢功，她要亲手斩了这个大鬼子。喜春拔出杀猪刀冲向山本清直，山本清直迅速迎战，和喜春大战十个回合，喜春打得气喘吁吁。李昌鹏要上去帮忙，川岛贞夫向李昌鹏杀了过来，他们俩也展开刺刀拼杀。在战斗中，郑小驴为保护喜春而死，临死时，郑小驴说自己终于有个男人样了，保护了自己曾经的女人。

喜春失去了孩子，又失去了丈夫，这痛苦的经历让她更加坚定了抗日的决心，她把自己学到的所有本事都用在了训练队伍的身上。韩新枝看到了喜春的进步，介绍喜春光荣加入中国共产党。山本清直受到了石原将军严厉的批评，将他降职为少佐。石原将军来巴山县城，亲自坐镇，消灭游击队。

游击队队员们回到驻地，喜春心里很难过，她想给游击队带来一点喜事，即打算给铁龙和马燕操办婚礼。铁龙和马燕成婚，喜春让他们以后不要打架，把打架的力气花到鬼子身上去。铁龙下定决心，要一辈子都对马燕好，马燕感动得热泪盈眶。喜春看着他们幸福地流泪，自己也哭了，哭着哭着拿起李昌鹏的衣袖，就擦了起来。李昌鹏连忙抽出自己的手，喜春说："有什么好害臊的，你迟早都会是我的男人。"

喜春他们得到情报后，准备伏击石原将军，她要来亲自狙击坐在车里面的这个日军大将。喜春成功狙击了"石原将军"，大喜，带着游击队跳了出去，杀向日军。原来真正的石原将军根本没有死，被打死的只是他的一个替身。石原将军下令和游击队拼杀，游击队被日军击败，喜春带着游击队队员们撤退。

喜春不甘心这次埋伏的失败，和李昌鹏商议，来一个破釜沉舟，夜袭巴山县的日军指挥部，暗杀石原。石原来到山本清直的指挥部，有些惊魂未定，山本清直请老师喝酒，为他压惊，并汇报接下来的行动，立誓一定会把游击队消灭掉。

喜春他们在城中遇到斯宏兴，喜春逼斯宏兴说出石原将军的住处。斯宏兴说了出来，请求喜春饶他性命。喜春听了李昌鹏的话，放过斯宏兴。不料，斯宏兴回身便要大叫，喜春飞出杀猪刀，刺进了他的后背。

喜春和李昌鹏他们摸进了日军指挥部，但喜春不打算和日军硬干，便想出计策：她和卢雨菲、马燕三人化装成唱戏卖艺的去陪石原将军，伺机刺杀。石原将军异常好色，见到喜春她们来陪他顿时很兴奋，但他也有着防备。大家同时开枪，石原将军四处躲藏，李昌鹏和喜春紧追不舍，石原将军拼死一搏，和他们展开白刃战。喜春和李昌鹏不敌石原，马燕及时赶到，冲上去被石原将军刺伤。但她仍然抓住石原将军不放，喜春和李昌鹏同时刺死石原将军，石原将军死在水池中，二人带受伤的马燕离开。

此时，山本清直已赶过来，和李昌鹏、铁龙他们交战。战斗中，王迅牺牲，黑狼向铁龙开枪，马燕挡在了铁龙身前身中数枪倒下。铁龙抱着马燕悲痛地大哭，他要给妻子报仇，和黑狼展开一对一枪击，二人同归于尽。铁龙握着马燕的手，死在了一起。战斗中，为掩护喜春他们离开，王迅牺牲。喜春他们突围逃出巴山县城去。大家回到驻地，仔细分析了战斗的得失，誓死要拿出秘密武器。喜春制定了新的战术，安排鸡毛去钟楼盗取日本专家的秘密武器，鸡毛打开保险锁盗取秘密武器成功，然而阿飞被困。

阿飞被日军围困，山本清直残忍地让大家一起开枪打死阿飞。鸡毛带着秘密武器，被山本清直围困在钟楼上。李昌鹏和喜春前来接应，李昌鹏被武藤勇击中，和武藤勇展开枪战，双双中枪。李昌鹏为了让喜春能够杀出去，甘愿献出自己的性命。李昌鹏至死没有对喜春说出心中的爱，但千言万语喜春心里都已明白。山本清直一看大势已去，要和游击队来个鱼死网破。钟楼被炸，李昌鹏拖住武藤勇一起被炸死。山本清直倾其兵力，包围了游击队。

日本接受投降，山本清直不甘心就此失败，要与喜春决战。山本幽兰含泪劝说哥哥，让他放下武器，但山本清直根本不听。喜春和山本清直用刺刀搏杀，喜春砍断了他的右臂，山本幽兰跪求喜春绕过哥哥的性命，然而日本军人却丧心病狂地向喜春开枪。山门幽兰挡在喜春前面，被日军打死，山本清直悲痛欲绝，向喜春冲杀，韩新枝前来救喜春。喜春、韩新枝和游击队一起开枪结束了山本清直的性命。

喜春带着游击队来到李昌鹏和所有烈士坟前，向所有的死难者敬酒。喜春带领游击队走向新的征程。

　　消防中队队长鹿钟励和赵勋一起转业，和战友们泪别。随后和车队队友方一舟、叶新、张学睿等人开着越野车到郊外，遇见了刚从英国留学回来的医生白蓦然。方一舟为了避开一只小狗，发生翻车事故，被困车中。鹿钟励和白蓦然等人合力，将方一舟救了出来。不料，就在这时车子开始燃烧，赵勋用车载灭火器去救火，关键时刻，灭火器竟然不管用，车子发生爆炸，赵勋为了保护鹿钟励而脑部受伤，昏迷过去。

　　赵勋被送到医院抢救，鹿芳华得知鹿钟励在医院，连忙赶来，看到了白蓦然为鹿钟励包扎伤口，随后围着白蓦然问长问短，并提出要加微信，弄得鹿钟励和白蓦然都哭笑不得。鹿钟励守护在赵勋身边，直到他苏醒过来。鹿钟励心想，如果当时车祸发生时，有民间救援队及时出现，赵勋也就不会受伤，于是心里萌生了组建民间救援队的想法。鹿钟励召集车队队友，说出了自己的想法，方一舟认为鹿钟励不切实际，张学睿本人很想加入救援队，但是新婚妻子不答应。

　　鹿钟励在医院陪护赵勋，又梦见了自己小时候的事情。原来当年的鹿钟励家，是江州市数一数二的做消防器材的大企业，但一次火灾让鹿家家破人亡。小钟励被消防队队员救出，大声地痛哭。一个穿着白色连衣裙的女孩（小蓦然）递给小钟励一把玩具水枪，并且义正词严地告诉他，水枪可以给他带来力量，勇敢地活着才是对死去的亲人最好的报答。鹿钟励被抱走，小女孩微笑着向鹿钟励告别。此后火灾现场和微笑的小女孩无数次出现在鹿钟励的梦境中。鹿钟励清醒后，发现自己一直紧握着白蓦然的双手，两人尴尬地放开了手。

消防中队指导员沈倩来医院探望赵勋，方一舟对这个比他大三岁的女军人一见钟情，展开追求攻势。陈江海请女儿白蓦然吃饭，表示自己老了，希望她能够回江海集团继承他的事业。白蓦然拒绝，表示要靠自己的能力成就一番事业，也能继承母亲救死扶伤的遗志。原来，当年蓦然的妈妈也是一名白衣天使，后倒在了支援非洲的岗位上。陈江海认为她们母女俩都是不可理喻之人，白蓦然说自己的父亲是个自私鬼，父女俩不欢而散。

白蓦然见鹿钟励精神状态一直不佳，主动宽慰。鹿钟励告诉她，赵勋是他大学同学，那时候他少言寡语，不知道怎么跟其他人交流，其他的同学都觉得他是怪人，只有赵勋每天陪着他，陪他参加各种社团活动，鼓励他争取各种比赛名额。赵勋就像他的亲哥哥般存在，带着他走向阳光。白蓦然带着鹿钟励爬山看夜景，白蓦然对着震撼的夜景，劝导鹿钟励："你生活在这个城市二十多年，你一直以为你很熟悉它，但其实那只是万千世界的一面。"白蓦然借此希望鹿钟励换个新的角度去看待这个世界。两人对着山下喊出了愿望。

鹿钟励来找吴政委，说出了自己想要组建民间救援队的想法，因为在现实生活中，冲在一线的都是消防战士，还有专业的救援队，如果自己也能组建一支救援队，就可以帮助社会上更多的人。吴政委被鹿钟励的执着感动，鹿钟励决定去意大利学习先进的救援技术。鹿钟励到医院看望赵勋，发现白蓦然正在认真地给赵勋擦背，鹿钟励问起为什么是白蓦然给赵勋擦背，白蓦然说出这两天护工请假，所以她主动干了这事。鹿钟励向白蓦然表示了感谢，白蓦然离开后，鹿钟励陪着赵勋聊天，怀疑起了那批车载灭火器有问题。

鹿钟励召集了方一舟他们，让方一舟等人发出民间救援队招募令。鹿芳华把鹿钟励出国的消息告诉了白蓦然，白蓦然请假，鹿芳华还给白蓦然订好了机票，两人俨然成了忘年交好友。鹿钟励出国去意大利学习，收拾行李的时候拿起儿时的一个水枪出神，然后放进了行李箱。方一舟发出救援队招募令后，就有人来报名，但真心要加入的不多，有人还表示年薪低于一百万就不干。叶新他们都认为做这种公益救援，是异想天开的事情。

鹿钟励在机场里遇到了白蓦然，结果发现两人不但同一个航班，而且连头等舱的座位也相邻。鹿钟励猜到了大概，虽嘴上生气，但眼神却不自觉地瞄向白蓦然。两人到达意大利后，一起参加救援培训。第一天的培训内容就是地震救援。地震模拟实验室极其真实，意大利的救援培训老师，指导鹿钟励和白蓦然进行地震救援。按照 USS&A 国际救援作业流程，使用有害气体测试仪以及雷达射线测试仪，对废墟进行最后的生命探寻和危险气体泄漏监测。先进的国际救援技术让鹿钟力叹服，不料白蓦然因为旅途劳累过度，在余震模拟空间里，差点晕倒。鹿钟励急忙抱住了白蓦然，意大利培训老师夸赞鹿钟励真是一个称职的男朋友，白蓦然和鹿钟励都有些尴尬。

一天的培训课程结束后，鹿钟励被白蓦然拉着一起吃饭，一起逛街。黄昏时分，在米兰大街上，他们遇到了被抢书包的留学生宋影青，鹿钟励潇洒地制伏了抢劫者，夺回了宋影青的书包。宋影青感谢鹿钟励，表示这书包里有她的毕业证书和护照等重要物件，要是丢失了她就没法回国。白蓦然笑话鹿钟励处处留情，鹿钟励没有理会白蓦然。宋影青要请鹿钟励和白蓦然吃饭，鹿钟励拒绝，却被白蓦然拉去。

用餐时，白蓦然发现宋影青囊中羞涩，本要去买单，却发现鹿钟励已经买过单，宋影青表示她是在意大利勤工俭学，并没有说出自己的家庭背景。三人去看足球赛，在观众席中有人突发心脏病，白蓦然及时抢救，指挥鹿钟励协助她。为了救人，鹿钟励全力配合白蓦然，两人一起把患者抢救了过来。患者家属是一名足球队员，感谢白蓦然和鹿钟励。足球巨星内马尔在一旁看到了这一切，为白蓦然和鹿钟励点赞，但误认为他们是日本人，鹿钟励说出他们都是中国人。内马尔欣然与鹿钟励他们三人合影。

鹿钟励和白蓦然一同把宋影青送到了学校，宋影青心里隐隐地喜欢上了鹿钟励，白蓦然对鹿钟励也有了更多的了解。宋影青把鹿钟励和白蓦然完美合作完成救援的这次行动，拍成照片并做成小视频发到了公众平台上，标题是"内马尔为中国人点赞"，转发量十万以上。国内的人也知道了鹿钟励和白蓦然在国外的救援事迹。沈倩打来电话说鹿钟励在国外的英雄事迹，为国争光了。鹿钟励让宋影青以后不要发照片到公众平台上，宋影青向鹿钟励道歉认错，觉得鹿钟励这人有些奇怪。

宋影青邀请鹿钟励和白蓦然到自己的校园里玩，细心的宋影青发现，鹿钟励虽然经常绷着脸，话也不多，但他的眼神却不自觉地跟随着白蓦然转动。白蓦然大笑，鹿钟励也会嘴角上扬，对鹿钟励一见钟情的宋影青暗自难过。宋影青带白蓦然和鹿钟励去看阿尔卑斯山脉雪山，宋影青穿的不多，鹿钟励摘下围巾围在了宋影青的脖子上，这一幕，被离开了一会儿的白蓦然看到。白蓦然顿时醋意大发，借口提前结束训练先回了国。

白蓦然回国，和鹿钟励独处的宋影青感到格外轻松。宋影青主动约鹿钟励去做陶瓷。她开导鹿钟励，人生就如一件瓷器，瓷泥只有经过两千度烈火的煅烧，才能成为完美的作品。鹿钟励不置可否，表示自己现在的状态就很好。宋影青希望鹿钟励能够坚强起来。宋影青伸出手和鹿钟励拉钩，鹿钟励答应宋影青，自己会坚强起来。宋影青内心充满了甜蜜感。

白蓦然怒气冲冲地下了飞机，方一舟赶来接机，白蓦然诧异，方一舟解释是鹿钟励担心她，所以让他送白蓦然回家，并添油加醋地加了鹿钟励的担心和相思之情。白蓦然顿时气消，说鹿钟励还是有点良心的，不过不会原谅鹿钟励的。方一舟发微信语音告诉鹿钟励顺利接到了"嫂子"，鹿钟励让方一舟不要胡说，白蓦然在一旁却微微一笑。

鹿钟励和宋影青一同回到国内，宋影青在江州寻找工作，没有找到理想的，家里打来电话说已经给她安排好了一份工作，但被宋影青拒绝了。宋影青被江州的景色吸引，留在江州拍下了许多湖光山色，随后到一家旅游公司上班，成了一名导游。宋影青带着旅游团来到湘湖游玩时，遇到有轻生女子跳入水中，宋影青想救轻生女子，但自己不会游泳。正在这时，鹿钟励出现，直接跳入水中奋力游泳过去，背着落水女子把她救上了岸。围观的游客都称赞鹿钟励的救人行为，宋影青感谢鹿钟励，要了他的电话号码。鹿钟励躲开了人群，独自离开。

宋影青下班后联系鹿钟励并要请他吃饭，问鹿钟励为什么这么着急离开。鹿钟励表示自己不想被媒体宣传，他只想过平淡的生活。鹿钟励问起宋影青的情况，宋影青表示自己很喜欢江州的自然风光，她做了一名导游。鹿钟励开车带宋影青认识车队的朋友们，介绍她认识了车队队长方一舟。他们准备组织车队去遂昌山区赛车，邀请宋影青加入，给他们车队拍照。他们支付报酬给宋影青，宋影青答应。

在木言木语酒吧里，白蓦然和她的闺蜜美琳走了进来，白蓦然看到了鹿钟励，正准备过去打招呼，却发现了旁边的宋影青。方一舟看到白蓦然，热情地把她们迎了过去。鹿钟励刚准备开口向白蓦然打招呼，白蓦然直接忽略，在宋影青身边坐下。白蓦然再次遇到宋影青，心里很高兴，宋影青也表示和白蓦然能再次遇见确实有缘。当得知他们准备自驾去遂昌山区时，白蓦然表示也要加入，可以为他们提供医疗服务。鹿钟励担心白蓦然的安危，坦言赛车不适合女孩，也没有把他们的行程告诉白蓦然。白蓦然误会，很是生气。白蓦然在美琳等人面前立下豪言壮语，一定会让这个鹿钟励向她投降。

赵勋出院后，消防中队这边为他安排了工作，但他主动提出去江海集团工作，以调查有问题的消防器材。但这一决定被鹿钟励否决，他不希望自己最好的朋友牵涉到复杂局面。赵勋还是背着鹿钟励前去江海集团上班。陈江海安排他做集团安全副总监，但具体工作是负责白蓦然的安全工作。赵勋觉得很奇怪，为什么这个陈江海要派他保护白蓦然，但是心里却有点小兴奋，暗中跟踪着白蓦然。

白蓦然夜班下班后，赵勋也跟在她身后保护着她，白蓦然很快就发现了赵勋。赵勋老实向白蓦然交代，是受陈江海所托来保护她的。赵勋要请白蓦然吃饭，感谢白蓦然在医院里照顾自己，白蓦然答应了他。赵勋暗自惊喜，找到鹿钟励说白蓦然答应他的邀请，言谈之中，不小心透露了他去江海集团面试的事情。鹿钟励让赵勋赶紧离开那个是非之地，却被赵勋拒绝，并表示一定会帮鹿钟励查明真相且一定注意自己的安全。鹿钟励感动。

鹿钟励看出赵勋的心思，问他是不是对白蓦然有意思，赵勋默认，并表示对白蓦然的感觉很特别，并让鹿钟励帮忙分析。鹿钟励表示这个白蓦然看着很单纯，其实古灵精怪。鹿钟励等人开始筹划遂昌山区自驾的细节，宋影青忙前忙后地给鹿钟励端茶倒水，并一起出谋划策。方一舟偷偷地拍下鹿钟励和宋影青的照片发给白蓦然，表示会替她当好卧底工作，并嘱咐白蓦然要加快行动。

白蓦然问赵勋要带她去哪里吃饭，赵勋说他想带她去高档的餐厅吃。白蓦然却表示能不能找一家大排档去吃，赵勋觉得奇怪，但还是带着白蓦然去吃大排档。赵勋心里更加喜欢白蓦然，白蓦然让赵勋做她的司机，让陈江海配了一辆越野车，并让赵勋去打听鹿钟励他们去遂昌山区的时间。赵勋去问鹿钟励，鹿钟励知道赵勋是为白蓦然来问的，没有告诉赵勋，并让赵勋不要被这个白蓦然牵着鼻子走。白蓦然自己找到了方一舟，威逼利诱，知道了他们车队去遂昌山区的时间和路线，便跟着车队一同进入了遂昌山区。

鹿钟励发现了白蓦然和赵勋，有意想要避开白蓦然，便甩开了白蓦然的车子。宋影青看到白蓦然开着豪车，暗示鹿钟励，白蓦然小小年纪竟然开得起豪车，如果不是富二代那就一定不简单。鹿钟励皱眉生气，宋影青赶紧解释，自己没有其他意思。白蓦然和赵勋在山区里迷路，就在这时，山洪暴发，白蓦然他们遇险。鹿钟励想到白蓦然他们有可能出事，宋影青劝阻，说前面非常危险，但鹿钟励还是义无反顾地掉头回去。白蓦然开着的车子挂在了悬崖上，千钧一发之际，鹿钟励拼死将白蓦然从车子里救出，车子跌入悬崖。鹿钟励看到白蓦然在瑟瑟发抖，脱下自己的外套给白蓦然穿上，然后紧紧地抱住了她，温柔安慰。白蓦然虽然还在后怕得发抖，但是心里暖暖的。赵勋也看在眼里，鹿钟励注意到了赵勋的神情，连忙推开白蓦然后离开，并让赵勋上去保护白蓦然。宋影青将一切看在眼里，眼神复杂。

车队队员们见环境恶劣，有一些人打算回江州，此时遂昌地区大量老百姓受灾，白蓦然不顾自己受伤，决定留下来救助老百姓。鹿钟励对白蓦然也另眼相看，此举也赢得了乐乐、方一舟等车队队员的好感，他召唤车队的队友们，赶在消防队到达之前展开对灾民的救援。王浩楠本想离开，女友乐乐认为他是个胆小鬼，王浩楠表示自己会证明给她看。鹿钟励他们在第一时间抢救出许多将被山洪淹没的灾民。

山洪引起了山体滑坡，山上的碎石向宋影青和白蓦然滚落下来，鹿钟励和赵勋见状，向两人冲去，鹿钟励拉起了离自己最近的宋影青，赵勋扑向了白蓦然，两人得救，宋影青吓得紧紧地抱住了鹿钟励的脖子不松手，鹿钟励担心地看向白蓦然，白蓦然露出失望之色。此时，传来方一舟的声音——一个小朋友被困，鹿钟励和白蓦然向方一舟方向跑去。小朋友被困废墟之下，众人合力将其解救。深夜，鹿钟励鼓足勇气发微信给白蓦然，告诉她第一时间去救助宋影青的原因，解释了灾难面前生命平等，救援顺序不能被亲情爱情左右。白蓦然释怀，故意反问为什么要向她解释，鹿钟励坦言不想让她误会。两人的好感进一步加深。

吴政委和沈倩他们到达受灾现场，指挥消防队救援，鹿钟励带着队友们配合救援，专业的民间救援队也到达。鹿钟励看着专业的救援队和消防队一起冲在第一线，心里甚是羡慕。在吴政委的引荐下，鹿钟励认识了公羊队、民安救援队的队长，约定日后去学习讨教。灾难过去三日，专业的救援队挖出了几具遗体，救援队队员们和消防队队员向死者默哀。鹿钟励和白蓦然的内心触动都很大，宋影青表示活着真好。连日搜找，让雪狼也累趴下了。

回到城市后，鹿钟励心里燃起新希望，向众人提议，正式组建民间救援队。并表示他们的救援队不能只是车队的救援队，而是整个社会的救援队，要担负起社会职能。随后救援队向全社会招募救援队员，社会上有许多精英层人士加入了这支民间救援队，沈倩表示她在空闲时间里也可以为救援队提供 GPS 搜救服务。

鹿芳华在江州市市区开了一家户外运动品店，自己做个小老板。陈江海平时也热爱户外登山运动，周末的时候来到鹿芳华的店里购买户外运动品，鹿芳华热情介绍，并表示在哪里见过陈江海。陈江海说自己周末一般都会去户外运动，鹿芳华表示下次一起约定去爬山。宋影青偶遇赵勋，想要套取白蓦然的身份背景，赵勋表示不清楚。刚巧白蓦然过来，宋影青主动约白蓦然喝酒。白蓦然触动，向宋影青说起自己逝去的母亲，以及那个弃她们而去的父亲。宋影青假装安慰，套问白蓦然一定有一个爱她且非常有钱的男朋友，这时，白蓦然电话响起，鹿钟励向白蓦然求救。

原来鹿芳华装病，再一次向鹿钟励提出抗议，不想让他再参与救援行动。鹿钟励内疚地安慰鹿芳华，坦言让她担心是他不孝，鹿芳华感动。蓦然劝慰鹿芳华，与其担心他的安危去阻止，还不如做好后勤工作，让他们出勤的时候少一份牵挂。鹿钟励忙着组建救援队，宋影青几乎和鹿钟励形影不离，鹿钟励感觉到宋影青其实是个很干练的女孩。救援队人数已达到三十人，救援人员来自各行各业。鹿钟励忙着组建救援队的事情，却忘记照顾雪狼，雪狼生了病被白蓦然发现，白蓦然细心照料雪狼，雪狼渐渐康复，鹿钟励心里有愧疚感，再次感谢白蓦然，主动邀请白蓦然喝咖啡。白蓦然提出以后她可以和美琳等闺蜜组成一支紧急医疗队，配合救援队的行动，前提是她能够成为救援队的一员，鹿钟励答应了白蓦然的请求。

陈江海得知白蓦然加入了救援队，非常生气。白蓦然误会是赵勋通风报信，将赵勋臭骂了一顿，赵勋觉得很委屈，却不辩解，被鹿钟励听到，狠狠地训斥了白蓦然，白蓦然和鹿钟励再次陷入冷战。周末的时候，陈江海参加户外登山运动，遇到了鹿芳华，鹿芳华其实是第一次参加登山活动，背了很多食物，只爬到半山腰就吃不消了。陈江海帮助鹿芳华背包，到达山顶的时候，两人聊心事（陈江海没有透露自己的身份信息），坦言不知道怎么管教女儿。鹿芳华开导他，表示自己虽然没有生儿子，但她对侄子的管教却是做得很好。两人约定回到市区去，可以一起喝茶。

吴政委和沈倩代表消防队向鹿钟励他们表示感谢，鹿钟励向吴政委提出了自己的想法：组建一支强有力、随机应变的民间公益救援队。吴政委赞成鹿钟励的做法，并表示消防队会全力支持这支民间救援队。民间救援队正式成立，救援队想不好名字，白蓦然看着雪狼，说还不如就叫雪狼救援队，像雪狼一样敏锐、忠诚，鹿钟励他们都同意白蓦然的建议。鹿钟励亲自挑选消防设备，在对比消防器材的过程中，鹿钟励发现了江海集团的消防设备存在问题。鹿钟励的梦境中又出现了父亲和赵勋受重伤的场面，惊醒后的他把两起事故联系在了一起，他觉得江海集团一定存在着严重的问题，决定亲自着手开始调查江海集团。

鹿钟励通过赵勋的关系，假扮成工人，来到江海集团的生产车间调查，但没有查到什么结果。赵勋表示自己先前已经来查过两次，就是没有发现什么问题。鹿钟励坚信伪劣产品肯定是从江海集团出来的，他怀疑这批产品很有可能藏在某个角落里。白蓦然看到了鹿钟励，打电话给赵勋问他在哪里，赵勋没有骗白蓦然。赵勋挂了电话后，催促鹿钟励离开。白蓦然发现了鹿钟励的行为，问赵勋，鹿钟励是来干吗的。赵勋直说鹿钟励是来购买江海的消防产品，并说自己已经正式加入了雪狼救援队。鹿钟励总结了遂昌山体滑坡事件的救援经历，召集了救援队队员进行一周的魔鬼式训练。白蓦然、美琳和宋影青也报名参加，鹿钟励直言不会因为她们是女生就会降低训练标准，宋影青表态不管多苦一定会完成训练。白蓦然觉得鹿钟励的话在针对她，暗下决心一定要做到最好。

鹿钟励请赵勋出马作为此次训练的总教练，让他以特种兵的训练方式训练救援队队员，救援队队员们开始了各种高难度和艰苦的训练任务。训练第三天，便有队员体力不支倒下，甚至开始有队员要求退出。王浩楠表示自己也吃不消了，但看到在现场做着直播的乐乐，他不想在女友面前丢脸，还是咬牙坚持着训练。

方一舟认为鹿钟励就是个疯子，本想离开，却看到消防参谋沈倩来救援队指导工作，随即表现得很努力，并对沈倩秀自己的肌肉，又对沈倩大献殷勤，还表现会永远留在了雪狼救援队。沈倩让方一舟好好训练，方一舟表示自己肯定会完成训练任务。训练的最后一天，是野外生存项目。增强野外搜救技能，大家都不能带手机和干粮。队员们两两一队，徒步寻找目标。宋影青提出和鹿钟励一队，鹿钟励同意。鹿钟励本来让赵勋或是方一舟照顾蓦然他们，不料蓦然说自己要和美琳一组。

宋影青负责发放野外生存器材，无意中把失灵的指南针给了白蓦然。白蓦然和美琳进入山林，由于指南针失灵，白蓦然她们迷失了方向，两人不经意间走散了。集合时间到了，唯独缺少白蓦然和美琳。鹿钟励开始担心，方一舟在盘点器材的时候发现那个坏掉的指南针不见了，宋影青连忙解释自己并不知情。众人开始分头寻找。

美琳在绝望之际遇到了鹿钟励，鹿钟励嘱咐宋影青照顾好美琳，只身一人扎进了森林去寻找白蓦然。鹿钟励找到了冻得瑟瑟发抖的白蓦然，白蓦然在鹿钟励面前又表现出了坚强的一面，鹿钟励脱下自己身上的衣服披在白蓦然身上，白蓦然找到了前所未有的安全感。两人坐在山间看着天上的星星，鹿钟励和白蓦然分享星座知识，白蓦然没有想到鹿钟励对星象有这么深的了解。鹿钟励说自己从小就很孤单，到了晚上就开始观察天上的星星，白蓦然对鹿钟励有了更深的了解，两人度过了美好的一晚。赵勋等人在天亮的时候找到了鹿钟励和白蓦然，赵勋向白蓦然道歉，说自己当时应该坚持和白蓦然组一队的。白蓦然表示自己也体验了一把被救援的感受，化解了尴尬的气氛。

训练结束，只有一半人留在雪狼救援队。救援队正式成立后，接到的第一个救援求助竟然是帮忙寻找失踪的老人。方一舟觉得他们雪狼救援队做这种事实在太可笑了。鹿钟励说服大家，城市救援是一支民间救援队最基本的救援任务，这次寻找失踪老人会被列入年度考核。原来这位老人是空巢老人，有些老年痴呆，平时也喜欢独来独往，子女在外办厂。老人从城市监控视频中消失已经二十四小时，老人的儿子徐东是一位民营企业家，为人还有些刻薄，消防中队的队员们都拿他没有办法。吴政委亲自给鹿钟励打电话，希望民间救援队出力。宋影青晓之以理动之以情，说服了众人，鹿钟励表示感谢。

白蓦然得知消息后也赶来，从监控里面查看，老人那天穿了一件几十年前款式的旧衣服，扛了把锄头。救援队分头行动，寻访了老人的好友，以及经常去的地方。白蓦然和鹿钟励在老人房间看到了日历，失踪当天被红笔描写。原来那天是老人和妻子的结婚纪念日，他们开始逐个排查老人与死去妻子常去的地方。赵勋和白蓦然一队，白蓦然知道老人已经失踪快五天，要是再找不到很有可能会有生命危险。赵勋劝说白蓦然不要着急，他们一定能够找到老人的。鹿钟励和宋影青在市郊的湿地公园里找到了老人，老人已经快脱水了，白蓦然紧急治疗。老人从怀里掏出死去老伴的相片，说出离家出走的原因，只是想带着老伴去他们经常劳作的地方看看，那里有他们最美好的青春，那一天是他们的结婚纪念日。众人听着老人的故事，潸然泪下。

众人对老人的故事很触动，在会议上对当初不想参加这种"小事"救援进行检讨。本有些动摇和怨言的方一舟坚定了留下来的决心，尤其是沈情近来对救援队的关注越来越多。就在这时，江海集团无偿捐助给雪狼救援队一百万，江海集团的副总裁肖涛找到鹿钟励，表示他们老板陈江海只有一个要求，让鹿钟励远离白蓦然，鹿钟励表示自己和什么人交往不需要他人干涉。他拒绝了江海集团的捐助，但鹿钟励怀疑起了白蓦然的真实身份。方一舟对鹿钟励拒绝江海集团的捐助表示不解，鹿钟励坦言希望更多的力量关注、帮助救援队，但不是什么钱都能收。同时，他也让队员们不要忘记他们救援的初衷。

宋影青对陈江海非常好奇，怀疑陈江海就是包养白蓦然的背后之人。趁着陈江海从鹿钟励这里出去那会儿，宋影青拦下了陈江海，故意透露自己是白蓦然的好友，问陈江海是谁。陈江海知道白蓦然不喜欢在别人面前承认是他的女儿，只请求宋影青好好照顾白蓦然。宋影青觉得两人的关系不简单，然后在鹿钟励面前暗示性地分析了一番。

雪狼救援队接到紧急情报，江宁高速上发生了大巴客车翻车事故。鹿钟励他们赶到事故现场时，众人都惊呆了，整车的乘客跌入了山坡下。吴政委已在一线指挥救援队，白蓦然她们的医疗队也在抢救重伤人员，雪狼救援队配合政府的消防队寻找有生命迹象的乘客。鹿钟励和白蓦然再次合作，救出两个被困者。鹿钟励问起白蓦然和江海集团的关系，白蓦然表示自己和江海集团没有关系。回到医疗现场，雪狼救援队的队员们已是疲惫不堪。

事故现场已经找不到生命迹象，就在大家要放弃寻找时，雪狼叼来一个芭比娃娃，并带着鹿钟励来到一处坍塌的地方，白蓦然表示受伤的乘客中没有小女孩。鹿钟励坚持要留下来，白蓦然支持鹿钟励的做法。雪狼开始在坍塌处搜寻，他们探测到一道狭窄的缝隙中确实有一个女孩活着。挖掘机无法开挖，鹿钟励又下不去，白蓦然因为个子小巧，主动站了出来要下去救小女孩。鹿钟励坚决不同意，他建议小女孩通过自救的方式，从下面往上爬。白蓦然和鹿钟励合作，白蓦然在黑暗中鼓舞小女孩一点一点从缝隙中往上爬。鹿钟励慢慢地碰到了女孩的手指，白蓦然在一旁继续鼓励着，鹿钟励终于拉住了女孩的手。

当鹿钟励刚把小女孩救上来的时候，坍塌再次发生。白蓦然检查了小女孩的身体后，让美琳先护送女孩去医院，女孩在昏迷前看到了救她的鹿钟励，随后被送到了医院去。白蓦然留下来继续急救受伤者，因为极度疲惫，差点晕倒在地，被赵勋抱住，急忙送上救护车。雪狼救援队低调地回到了江州，宋影青对鹿钟励无微不至地关怀，让鹿钟励有些不知所措。他心里喜欢的女孩，还是那个儿时给他水枪的白色连衣裙女孩，他决定寻找到这个女孩。

赵勋找到鹿钟励，问鹿钟励是否有心仪的女孩，鹿钟励告诉了他小女孩的故事，并直言已经装不下其他女孩。赵勋高兴，表示要正式开始追求白蓦然。陈江海到医院看望女儿，劝说白蓦然以后不要再去参加救援行动，让她回来继承家业，白蓦然还是拒绝了父亲。陈江海在病房外严厉地批评了赵勋，要把他开除，被白蓦然阻止。白蓦然为赵勋说好话，并表示如果陈江海开除了赵勋，她就再也不来见他。陈江海只能向女儿服输，并让赵勋时刻不离开白蓦然，不然下次就开除他。赵勋知道了白蓦然是陈江海的亲生女儿。白蓦然请求赵勋不要把这事说出去，尤其是鹿钟励，她不想让鹿钟励知道她是陈江海的女儿。赵勋心里觉得很疑惑，但还是答应了白蓦然的请求。

鹿钟励想去探望白蓦然，但是想起白蓦然说过要交往的话，以及赵勋对她的追求，不知道该怎么面对。赵勋在医院对白蓦然忙前忙后，照顾得无微不至，但白蓦然心情一直不佳，敏感的赵勋知道白蓦然在等其他人的出现。方一舟告诉白蓦然赵勋喜欢上了她，如果没意思就应该尽早拒绝，白蓦然半信半疑。

白蓦然在医院等着鹿钟励来探望，却一直到她康复出院，鹿钟励也没有来。白蓦然有些生气，到木言木语酒吧去喝酒，赵勋劝说白蓦然刚恢复身体不要喝酒。这时，刚好鹿钟励也到了木言木语酒吧。白蓦然故意说自己的身体反正也不会有人来关心，然后故意对着赵勋大献殷勤。宋影青故意在旁煽风点火，说赵勋和白蓦然郎才女貌。鹿钟励表面上很淡定，并问候白蓦然的身体状态，并对公路救援行动中白蓦然的英勇行为，表示出敬佩之色。白蓦然直接问鹿钟励，为什么不来医院探望她。鹿钟励被白蓦然问住了，白蓦然心里隐隐觉得鹿钟励其实是喜欢她的。方一舟约了白蓦然，让她加强攻势，一鼓作气，拿下鹿钟励这一块难攻的阵地。

雪狼救援队接到求助电话，市区一个婴儿被陌生妇女抱走，至今下落不明，警方请雪狼救援队协助他们寻找婴儿。宋影青迅速编辑好了一条寻找婴儿的微信，王浩楠通过各种平台把信息内容发送了出去。雪狼救援队展开全城搜找，鹿钟励分析了这个陌生妇女的容貌衣着特征，感觉她应该来自外省。鹿钟励和宋影青迅速赶往汽车站，陌生妇女已经换了衣服，想坐着大巴车离开江州市。紧急关头，鹿钟励看到了这个妇女，警方也出动，逮捕了这个妇女。

婴儿的父母出来感谢救援队，结果这个孩子的爸爸竟然是徐东。徐东面对鹿钟励他们，这一回说了感谢的话，表示幸好有这样的民间救援队，不然自己是丢了老爹又丢娃。原来徐东是一家皮革厂的老板，他要拿出钱来资助雪狼救援队，被鹿钟励拒绝。宋影青让徐东以后多陪陪家人，不要一心只想着赚钱。徐东连声称是。徐东感激救援队，表示要加入救援队。在他的再三要求下，鹿钟励答应可以让他进救援队，但要看他表现，如果考核不合格，就自觉退出。

白蓦然打来电话让鹿钟励赶紧看江南卫视，当日动车事故被救援队救出来的女孩呦呦通过电视台寻找恩人鹿钟励。电视台想要采访鹿钟励，被鹿钟励拒绝，呦呦和她的爸爸妈妈一同来到救援队的驻地，希望和鹿钟励等救命恩人见上一面。呦呦见到鹿钟励后伤心痛哭，原来她是一位留守儿童，偷偷地跑出来去找爸爸妈妈，不料途中发生车祸。如果没有救援队发现呦呦，说不定她就会永远被埋在下面，无人知道。呦呦希望认鹿钟励做大哥哥，雪狼救援队的人都很感动，也觉得自己身上担负着神圣的使命。鹿钟励表示呦呦应该感谢白蓦然姐姐，呦呦的妈妈以为鹿钟励和白蓦然是一对小夫妻，在场的宋影青面上没有表现出来，但心里却在吃醋，鹿钟励当场澄清了他和白蓦然只是合作朋友关系。为了缓解尴尬气氛，白蓦然带着呦呦去吃比萨，呦呦一定要叫上鹿钟励。比萨店里，呦呦童言无忌说大哥哥和大姐姐就是天生一对。白蓦然红着脸让呦呦不要乱说，鹿钟励也不知道该说什么。

鹿钟励一直没有放弃寻找问题消防器材的事情，他知道真相就在眼前。

鹿钟励独自一人潜入了江海集团的仓库，发现仓库中竟然有一批从外面生产的灭火器被运到仓库中，有一些已经贴上了江海集团的标志。鹿钟励迅速拿了一件，就在这时，被安保人员发现，鹿钟励还是把刚贴上江海集团标志的灭火器拿走了。赵勋有意放走鹿钟励，掩护他离开仓库，但保安队还是包围过来。肖涛下令必须抓住鹿钟励，不能让他把灭火器抢走。白蓦然突然出现，带着鹿钟励离开了江海集团。

鹿钟励感谢白蓦然帮助了他，白蓦然知道鹿钟励从江海集团的仓库里得到了消防产品，是在怀疑她的爸爸陈江海生产假冒伪劣产品。白蓦然虽然内心也充满了怀疑，却一直坚称江海集团的产品不会有问题。白蓦然告别鹿钟励，找到陈江海质问，陈江海对于被女儿怀疑一事非常生气。肖涛向陈江海汇报是鹿钟励闯入了仓库，并故意说鹿钟励和赵勋调查江海集团是受人指使。因为刚被女儿怀疑，气头上的陈江海将赵勋开除了。

鹿钟励找到了吴政委，并把江海集团生产的消防器材拿出来，吴政委答应交给检测组检测。鹿钟励在回救援中心的路上遭到了肖涛的报复，肖涛的手下让鹿钟励把抢走的灭火器还回来。赵勋及时出现，一个人打退了五六个人，为鹿钟励解了围。消防器材的检测结果出来，果然不达标，灭火器中所含的干粉根本不能扑灭火灾。鹿钟励看着灭火器上的标志，思索着这批会不会是从外面运进来的。白蓦然看到检测报告单，坚称这中间必有误会，她认为江海集团很有可能是被人栽赃了，希望鹿钟励不要轻举妄动，伤害了好人。鹿钟励问白蓦然她和陈江海的关系，白蓦然只表示如果查明真相，真是江海集团的问题，她会第一个举报。鹿钟励答应了白蓦然，表示会进一步寻找证据。他们的对话被宋影青听到，宋影青怀疑白蓦然的身份，并开始着手调查，得知白蓦然竟是陈江海的亲生女儿。宋影青以鹿钟励的名义曝光了江海集团。

一时间，鹿钟励成了打假英雄。白蓦然质问鹿钟励为何出尔反尔，宋影青故意说一个不负责任的企业，每个公民都有曝光它的权力，只有让伪劣产品尽快被消除，才能不再伤害无辜的生命。言辞间隐射白蓦然和江海集团有关系。鹿钟励虽然不知道是谁泄露了这件事，但他认为宋影青说的不无道理，并没有向白蓦然解释。白蓦然哭着离开，赵勋陪在她的身边，表示不管发生什么事，他都选择相信。白蓁然感动地趴在赵勋肩膀上哭泣。这一幕被随后追来的鹿钟励看到，鹿钟励心里觉得自己对不起白蓁然。

宋影青找到白蓁然，故意替鹿钟励解释，说那天答应白蓁然不曝光江海集团只是不知道怎么拒绝。白蓁然直言她和鹿钟励的事情不需要第三人解释。赵勋默默地陪伴在白蓁然身边，白蓁然问赵勋是不是喜欢她，赵勋承认，白蓁然提出交往，赵勋拒绝，直言这是她盛怒之下做出的决定，不希望白蓁然后悔，但是他会一直守在她的身后。

白蓁然不相信自己的爸爸会生产假冒伪劣产品，陈江海也向女儿表示，自己绝对不会做这样不合法的勾当。陈江海认为鹿钟励是在诬陷栽赃江海集团，让肖涛调查鹿钟励的身份，发现鹿钟励就是鹿山的儿子。陈江海想起了二十年前发生在江州市的一起重大火灾，当年鹿山也是做消防器材生意的，但是因为这一起火灾，企业倒闭。肖涛挑拨说这个鹿钟励是来复仇的，陈江海说当年的事故他也不知情，他和鹿山虽然是同行，但是并不熟悉。江海集团的消防器材问题虽然被曝光，但事情很快就平息了下去。

赵勋找到鹿钟励，道出白蓁然的近况不是很好，希望他去安慰她一下。鹿钟励虽然担心，但嘴上却说让赵勋照顾好白蓁然就行。鹿钟励借酒消愁，他认识到江海集团的曝光反而打草惊蛇了，对于当年父母亲的死，更加难以查实。鹿钟励把他的身世告诉了宋影青，本想告诉鹿钟励白蓁然真实身份的宋影青决定寻找更合适的机会。宋影青找到赵勋，直言已经知道了白蓁然的真实身份，而且这其中可能涉及鹿钟励亲生父母的死因，希望以后赵勋不要在鹿钟励的面前提起白蓁然，并尽可能地将他们分开。

陈江海心情不好，约了鹿芳华一起去爬山，巧遇白蓁然。鹿芳华惊讶得知白蓁然竟是陈江海的女儿。白蓁然也很惊讶自己的爸爸竟然认识鹿芳华，鹿芳华关心白蓁然和鹿钟励的进展，被白蓁然转移了话题。陈江海知道鹿芳华是鹿钟励的亲姑姑，坦言自己做生意一直以来都是清清白白的，鹿芳华有些难为情，说自己的侄子在这件事情上做得就是太冲动。

雪狼救援队的名声已经传开，江南卫视邀请雪狼救援队录制真人秀节目。方一舟他们担心鹿钟励不答应，就先答应了江南卫视，到参加录制真人秀那天才告知鹿钟励。鹿钟励本来要转身离开，却被队友们拉住。鹿钟励见白蔓然在场，选择了留下。方一舟表现得很积极，认为他们雪狼救援队来做真人秀，也是能够让更多的人民群众知道他们这支队伍，让更多的人参与进来。

白蔓然她们的医疗队也被邀请来，让人意想不到的是救援队第一次上节目，表现得竟然很完美，和医疗队也配合得很好。方一舟、乐乐等人在一旁全力撮合，但白蔓然全程就跟不认识鹿钟励一样，没说一句话。在主持人波波的要求下，救援队队员们还秀了一把胸肌，得到全场的欢呼声。主持人采访鹿钟励，问他最遗憾的事情是什么，鹿钟励对视着白蔓然，直言有一个问题他没有好好回答，如果时光倒流，他想说他愿意。白蔓然满眼热泪。三线谐星演员庆哥和他的民间艺术团也在录制真人秀节目，庆哥表示自己从小的梦想就是做一名消防队员，自己还买了一辆消防车，希望能够加入雪狼救援队。鹿钟励看着庆哥的样子，没有答应他加入。

江南卫视的这一期真人秀播出后，收视率和社会反响都极高，雪狼救援队几乎家喻户晓，越来越多的社会爱心人士加入了救援队伍中来，人数已有三五百人，各地都有雪狼救援队的支队。肖涛看着电视上的雪狼救援队，目光变得阴狠，他向陈江海汇报，表示这个鹿钟励所率领的雪狼救援队如果社会影响力加大的话，对他们江海集团来说会带来更大的威胁。陈江海却让肖涛不要再去为难鹿钟励，肖涛看着陈江海很是不解，但也只是无奈离开。陈江海单独把鹿钟励约了出来，坦诚说自己的江海集团不会做违法勾当。鹿钟励心里仍存在着疑惑，陈江海表示可以配合鹿钟励这边来追查出不法分子。临走时，陈江海向鹿钟励伸出手，鹿钟励还是和他握了一下手。

鹿芳华自从得知陈江海是白蔓然的亲爸之后，想要调和父女二人的感情。陈江海夹带着负罪感，给鹿芳华送各种高档的礼物，鹿芳华心泛涟漪，认定自己找到了命中的白马王子。雪狼救援队接到了大大小小的各种救援任务，在消防中队沈倩的协助下，救援队队员们出色地完成了所有任务。白蔓然见鹿钟励还是一副闷闷不乐的样子，拉着他到路边摊吃炸鸡喝啤酒。白蔓然看到旁边还有个小孩子玩的游乐场，又拉着鹿钟励进入了游乐场。

鹿钟励被白蔓然的清纯感化，看着白蔓然一身的白色连衣裙在风中起舞，看呆了，被白蓦然拍了一下，鹿钟励又装出一副高冷的样子。白蓦然和鹿钟励比赛玩卡丁车游戏，要是鹿钟励输了，就答应白蓦然一个条件。鹿钟励本来不想玩，却被白蓦然激将，鹿钟励故意让白蓦然取胜。白蓦然让鹿钟励穿着她的高跟鞋在游乐场跑一圈，引来了孩子们的一片欢笑声。鹿钟励假装生气，白蓦然嘟嘴卖萌，鹿钟励拉过白蓦然，摩天轮下相吻。

就在这时，游乐场的摩天轮突然发生事故，情况万分危急，鹿钟励一边让白蓦然给救援队和消防队打电话，一边飞奔上摩天轮。鹿钟励爬到摩天轮顶端，让被困的孩子牛牛不要害怕。白蓦然打完电话后，立即对受伤的儿童实施救治。雪狼救援队火速赶到，鹿钟励已来到牛牛身边，牛牛坐着的椅子就要往下掉，但他的身子被安全带绑着脱不了身，下面的宋影青和白蓦然都很紧张。鹿钟励在千钧一发之际抱住了牛牛，椅子垂直往下掉了下去，大家为鹿钟励点赞，乐乐在游乐场现场直播了鹿钟励救人的过程，突然鹿钟励抓着的钢架发生了断裂。幸好赵励他们早有准备，在下面安置了气垫床，鹿钟励抱着牛牛跌到了气垫床上。

鹿钟励假装昏迷躺在气垫床上，白蓦然非常着急，对鹿钟励实施抢救。鹿钟励还是假装不醒来，白蓦然发现鹿钟励是在装昏迷，想要戳穿他，但鹿钟励却轻声地说了句话，让她帮忙离开这里。白蓦然和美琳等人把鹿钟励送上了救护车。救护车上，鹿钟励睁开眼睛，白蓦然见鹿钟励没有事，但她已经泪流满面，鹿钟励表示自己是不想被大家围观，所以才会装昏迷的。白蓦然让鹿钟励下次再穿着高跟鞋在江州市区奔跑，鹿钟励向白蓦然道歉求饶。美琳见两人一脸暧昧，恭喜两人修成正果。回家的路上，白蓦然让鹿钟励不要再查江海集团，鹿钟励反问为什么，白蓦然坚定地表示江海集团的产品不会有问题，鹿钟励如果再查下去，就会把自己逼入绝境，还不如一心做救援事业。鹿钟励一路上都沉默着。

沈倩和方一舟他们几个救援队骨干混得已经很熟络，方一舟喜欢沈倩，但一直没有开口表白过，沈倩年过三十但一直没有男朋友。原来沈倩家是拆迁户，她的爸爸一直想要找一个上门女婿，沈倩对方一舟说出了自己的顾虑，不料方一舟表态男人的尊严大于天，老方家还指望他传宗接代，自己断然不做这种丢人现眼的事情。这事让沈倩有些难堪，表示不会放过方一舟。宋影青劝慰沈倩，只要方一舟是真心喜欢沈倩，就会回到她的身边。沈倩觉得宋影青说得有理，她也看出来了宋影青对鹿钟励的感情，让她大胆去追鹿钟励，认为如果她不主动，鹿钟励就会被人抢走。

鹿钟励开始和白蓦然暗中约会，每天的甜蜜写在了脸上。周末的时候，鹿芳华主动约陈江海一起去爬山。两人因为走在后面和大部队失去联系，后来迷失在了老虎山的山坳中。两人身上的干粮也吃完了，陈江海让鹿芳华不要惊慌，鹿芳华表示只要陈江海在她身边，她什么都不怕。陈江海向外界求助，却发现山里根本没有信号。白蓦然得知陈江海和鹿芳华出去后已经失踪三天，向鹿钟励说起了这事，因为老虎山那边曾经发现过失踪驴友的尸体，但还是有冒险者到那里。

雪狼救援队向老虎山出发，老虎山区域的山崖都很险，白蓦然也要加入一线搜救队。鹿芳华陷入脱水状态，迷糊中一直喊着鹿钟励的名字，并且说救援队一定会来救他们。陈江海也相信女儿会出现，他脱下身上的红色冲锋衣，挥动起来。雪狼救援队发现了山谷中有红色的东西挥动，连忙赶过去，成功营救了陈江海和鹿芳华。鹿芳华看到鹿钟励后，笑着昏迷了过去。

营救完陈江海和鹿芳华后，救援队正准备回江州市区，这时沈倩这边向鹿钟励打来电话，说老虎山旁边有一个叫先进村的小村子，那里有一个孕妇羊水已经破了，当地的医生没法接生，120救护车需要一个小时才能到达，现在雪狼救援队是离那个孕妇最近的。鹿钟励让美琳和叶新等人护送鹿芳华去江州市人民医院，自己立即和白蓦然等几个救援队的精英分子赶到了先进村，把孕妇送上了车子，随即赶往江州市。

不料，刚进入江州市区，恰逢下班高峰期，道路严重拥堵，孕妇的生命岌岌可危，白蓦然都无计可施。就在这时，江州市"交通之声"主持人虎哥的声音传了出来，希望江州市的过往车辆为雪狼救援队让出一条绿色通道。不到五分钟的时间，拥堵的江州市道路上，车辆纷纷为鹿钟励的车子让开了一条道路，雪狼救援队及时地把孕妇送到了江州市妇幼保健院，鹿钟励和雪狼救援队队员们的心里都很温暖。鹿钟励到人民医院看望姑姑，鹿芳华表示自己之前不支持侄子做公益救援这件事很不应该，并说自己也要加入救援队。白薯然笑着让她先养好身子再说。

雪狼救援队已成为江州市的城市之星，救援队队员们信心十足。鹿钟励心里虽然一直放不下追查江海集团的事情，但他的心情开朗了许多，为雪狼救援队的迅速成长感到欣慰。雪狼救援队在木言木语酒吧聚餐，队员们喊出口号："不忘初心，继续前行。"方一舟喝高了，对着沈倩大喊要娶她，要和她生儿子，他的儿子也姓方。众人哄堂大笑。难堪的沈倩拎着方一舟的耳朵送他回家，鹿钟励帮忙搀扶着方一舟送他们上车。

宋影青也喝了一些酒，到酒吧外面吐，刚好被在外面的鹿钟励看到。鹿钟励上前去照顾，被宋影青抱住，醉酒的宋影青说自己其实很喜欢他。鹿钟励推开了宋影青，说出自己已经有喜欢的人了。宋影青伤心地哭起来，这一幕被白薯然看到，白薯然上前扶起宋影青，并让鹿钟励先行离开。宋影青正式向白薯然宣战，直言鹿钟励不可能会和白薯然在一起，并将白薯然推开，独自打车离开。

江州市又多了一支救援队伍——老虎救援队，配备了直升机等各种高端的行头，老虎救援队也通过关系上了电视台，还对每次救援行动做直播。江州市遭遇台风，老虎救援队乘着直升机来救援，从天而降，现场已叫来各种媒体和视频直播，媒体对老虎救援队展开报道，老虎救援队队长宣洋大肆宣传老虎救援队才是江州市的第一救援队。老虎救援队作秀完成后，队员们拿着斧头去路边砍倒下的树枝。

老虎救援队的势头猛超雪狼救援队，宣洋把战果报告给了肖涛。原来这支老虎救援队的幕后老板是陈江海，因为上次他和鹿芳华被困老虎山，所以便出资组建救援队，希望可以帮助到更多人。但是老虎救援队却被肖涛利用去打压雪狼救援队，同时以救援队的名义成立基金会以此来洗钱。陈江海隐隐地感觉到了肖涛在利用他进行一些不法勾当，肖涛掩饰说自己是为了江海集团的形象做宣传。方一舟他们有些羡慕老虎救援队，白薯然直接指出了这支救援队就是在作秀，鹿钟励让大家不忘自己救援队的宗旨。

雪狼救援队接到紧急救援电话，一家化工厂发生火灾，鹿钟励他们赶到现场的时候，消防队还没有赶到，救援队展开救援。庆哥开着自己买来的消防车也赶来救火，由于庆哥的消防车是经过改装的，庆哥又是个喜剧演员，雪狼救援队的队员们都觉得庆哥是来救火现场演出的。庆哥不服气，冲上去救火。鹿钟励凭着多年的消防救援经验，认为火势很容易被扑灭，不料火灾现场发生爆炸，有毒的化工原料散发开来。救援队紧急疏散群众，村民中有人挑起事端，认为是救援队本事不够，导致了这样的结果。鹿钟励他们被围攻，肖涛的手下光头强躲在暗处暗暗得意，并给肖涛打了电话汇报情况。宋影青劝说愤怒的村民，却被愤怒的村民砸伤了脑袋。鹿钟励英勇地站出，护住了宋影青并将她带离至安全地带。事态刚刚平息了一些下去，媒体赶到，夸大了这次事件。

　　雪狼救援队遭到了社会的质疑，陆陆续续有救援队员退出，方一舟觉得很窝囊，他们拼了命去救援，不但不被老百姓理解，队员还被老百姓打伤。沈倩敲打方一舟，做公益的事就得有一颗公益的心，公益的内心必须得装下各种质疑和不理解，他们不是在作秀，无愧于心自然顶天立地。方一舟感动。吴政委鼓励鹿钟励坚持把救援队做下去，不要被一时的挫折打败，鹿钟励表示自己心里有数。鹿钟励开着赛车独自到了九里山，白蓦然也开着红色赛车上来，两人一决高下，同时到达了目的地。白蓦然劝慰鹿钟励，让他不忘初心，还告诉鹿钟励这座九里山以前隐居了一个叫王冕的诗人，他写出了千古名句："不要人夸颜色好，要留清气满乾坤。"鹿钟励明白了这句诗的意思，感谢白蓦然的鼓励，表示他会振作起来。

　　肖涛想要彻底搞垮雪狼救援队，他亲自找到了赵勋，表示江海集团愿意高薪重新聘用他，前提是他离开雪狼救援队。赵勋一口拒绝了肖涛，并让他们江海集团的人死了这条心。赵勋把肖涛来找他的事告诉了鹿钟励，鹿钟励感谢赵勋能够一直支持他。赵勋表示无论怎样，他都是鹿钟励的好兄弟，兄弟之间，永不背叛。鹿钟励很感动，召集雪狼救援队的队员们，希望大家齐心协力，渡过眼前的难关。

　　雪狼救援队王浩楠收到了桐庐传来的救援消息，三个孩子离家出走后一直没有回来，家长报警后，警察和消防战士已经寻找了一天一夜，虽然将线索锁定到了一座山林里，但至今没有一点最新线索。方一舟认为那座山林面积太大，而且存在着巨大的危险系数，雪狼救援队没有必要冒这个险，但鹿钟励还是下令救援队出发去救援。雪狼救援队到达桐庐，已经有好几个救援队到达，老虎救援队随后也赶到，还带着一批媒体过米报道。茫茫林海，寻找三个孩子实在有些困难，山里气温急剧下降，孩子身上也没有带食物。老虎救援队在接受完媒体的采访后，宣洋认为干这种事太浪费他们救援队的时间，悄悄离开了。

鹿钟励下令雪狼救援队分成三个小组分头寻找，沈倩负责卫星定位，给小组及时发射救援方向，鹿钟励、赵勋、方一舟各带一个小组。白蓦然本来想要跟着鹿钟励，但鹿钟励已经带上了宋影青。雪狼救援队向深山进发，鹿钟励小组找到了孩子的一只鞋子，鹿钟励知道孩子两天没有进食，身体可能已经不行。他向白蓦然发射定位，让她们医疗队抓紧时间过来。白蓦然她们和鹿钟励会合，当地的向导告知鹿钟励前方有一处叫情人谷的地方，平时也不会有人过去。

救援队向情人谷进发，情人谷附近的山路已经很难走，白蓦然不慎滑入山谷，鹿钟励想要去拉住她，也一起滑了下去。赵勋和宋影青急忙去找下山谷的路，鹿钟励和白蓦然在山谷谷底醒来，鹿钟励问白蓦然有没有受伤，白蓦然虽嘴上埋怨鹿钟励为什么和她一起跌入了这山谷，但是心里还是暖暖的。救援队队员们也想办法要去搜救鹿钟励和白蓦然，但风雨越来越大，救援队许多队员们都要退缩。王浩楠站了出来，表示如果他们连自己人都救不了，还怎么去救别人，无论怎样，他们一定要救自己的队长。乐乐被男朋友的话感动，说王浩楠已经是一个真正的男子汉，自己会永远陪在他身边。

天色转黑，山谷中传来野狼的叫声，白蓦然吓得躲到了鹿钟励怀里。鹿钟励再次问起了白蓦然的身份，白蓦然说自己是医学世家出身，她的妈妈和外公都是江州很有名的医生。鹿钟励拿出身上的小水枪把玩，白蓦然说出小时候她也有一把，但是后来送给了一个男孩。鹿钟励找到了日思夜想的白色连衣裙小女孩，两人在谷底私订终身。山谷底下很冷，两人相拥而睡。天亮时赵勋和宋影青等人从一条小路下来，鹿钟励听到了救援队友的喊声，叫醒了白蓦然，和赵勋他们会合。

鹿钟励和白蓦然等人回到了雪狼救援队，立即召集队员们讨论下一步的搜救行动。方一舟这边带着队员们寻觅，完全找不到孩子们的线索，对鹿钟励表示，希望不要再浪费大家的时间。沈倩听到了方一舟的话，批评了他几句。鹿钟励看着疲惫不堪的队员们，表示大家再寻找一天，多找一天就多一分希望。雪狼救援队继续寻找失踪孩子，宋影青发现了山坡下有一处水源，鹿钟励考虑到了如果孩子们没有食物和水，他们有可能也会去寻找水源解渴。救援队顺着小河流，终于找到了孩子。白蓦然迅速检查孩子的身体，孩子的父母差点跪在救援队队员面前。鹿钟励低调离开，雪狼救援队顺利地完成了任务。

　　媒体发现了鹿钟励，围着他又要采访他，鹿钟励却带上白蓦然驾驶着直升机潇洒地飞走了。宋影青看着鹿钟励带着白蓦然飞上天空，她的心里空荡荡的。赵勋想要安慰宋影青，宋影青问赵勋现在心里什么感受，赵勋说其实他也会吃醋，但是他可以为心爱的女孩和好兄弟放弃一切。直升机上，白蓦然责怪鹿钟励不应该这样做，至少也应该带上宋影青。鹿钟励却握住了白蓦然的手，表示现在他们两个人在一起，谁也不能打扰到他们了。蓦然心里很感动，她和鹿钟励说，以后不管发生什么，她都希望能够永远这样下去。鹿钟励答应了白蓦然。

　　鹿钟励没有放弃追查消防事故的真相，他开始研究陈江海其人，包括调查他创业时的经历，收集江海集团合作伙伴的信息。白蓦然感觉到了鹿钟励在调查她的父亲，她的心里很是纠结，她知道父亲是个自私的人，但相信父亲做人还是有底线的，不会做见不得人的勾当。白蓦然提出要和鹿钟励一起调查，还江海集团一个清白。

　　白蓦然开始暗中调查江海集团。宋影青拦下白蓦然，告知了鹿钟励父母双亡的那场大火是他的父亲陈江海造成的。宋影青直言真相即将大白，让她尽快离开鹿钟励，以尽可能地减少对鹿钟励的伤害。

　　鹿钟励因为找到了梦中的女孩，生活也燃起了激情，经常约白蓦然一起出来打高尔夫，到木言木语酒吧唱歌。白蓦然却开始有意无意地躲避鹿钟励，让鹿钟励摸不着头脑。鹿钟励和赵勋喝着酒，赵勋说鹿钟励其实没有真正地了解白蓦然，鹿钟励问赵勋是不是还喜欢着白蓦然，赵勋承认自己喜欢白蓦然，但喜欢不是占有，只要她开心。鹿钟励听出来赵勋的心里很难过，赵勖希望鹿钟励好好地去爱白蓦然，并让他不要再去调查江海集团。鹿钟励不明白为什么大家都劝说他不要追查这家问题企业。

鹿钟励约白蓦然，被白蓦然婉拒。鹿钟励突然觉得自己和白蓦然的距离被拉开了，却一直找不到原因。方一舟看在眼里，给鹿钟励出主意，告诉鹿钟励白蓦然的生日马上就要到了，可以给她准备一个惊喜，并嘱咐鹿钟励欲擒故纵，这段时间不要主动联系。乐乐连忙应和，她是这方面的高手，可以帮忙。宋影青眼神复杂。

陈江海打电话给鹿芳华，询问女儿的生日礼物送什么最好，鹿芳华直言再贵重的礼物都比不过爸爸一颗爱她的心。鹿芳华决定教陈江海烧饭，让他得以在女儿生日当晚大秀厨艺。鹿钟励查到了几家和江海集团合作过的企业，他们也曾因为消防器材不合格而遭受过损失，但都敢怒不敢言。鹿钟励不想放弃，宋影青是救援队里唯一支持鹿钟励追查真相的人，她陪同在鹿钟励身边和他一起调查。鹿钟励找到了绿都物业公司的老总邱峰，动之以情劝说邱峰，希望以后能够杜绝钱江港湾小区里的悲剧再次发生。邱峰不想得罪江海集团，只是应付了鹿钟励和宋影青，随后对鹿钟励闭门不见。

鹿钟励每天守在邱峰上班的必经门口，邱峰答应和鹿钟励再聊一聊。鹿钟励晓之以理，认为只要把这些假冒伪劣的消防产品彻底清除了，全中国的小区才会真正地安全，而绿都作为物业界龙头企业，如果能带头站出来打假，对他们的企业也是一个宣传作用。邱峰承认了他们曾经购买过江海集团的一批不合格产品，但也是在不知情的情况下购买的。邱峰愿意帮助鹿钟励来做这个证人。鹿钟励说动了其他几家企业的负责人联起手来做证人，吴政委也极力支持鹿钟励的打假行为，表示无论鹿钟励这边遇到什么阻力，他都会全力协助，就算是丢了铁饭碗，他也会全力支持鹿钟励。鹿芳华在厨房忙前忙后，陈江海感受到了家的温暖和一种不一样的情愫。

白蓦然许久没有接到鹿钟励的电话，又不敢主动慰问，夜深人静，只能黯然神伤。鹿钟励编辑好微信，结果又删掉，他不知道白蓦然最近是怎么了，他没办法揣摩到白蓦然的心意，怕自己的慰问打扰到她，又想起方一舟的建议，决定给白蓦然的生日一个惊喜。鹿钟励决定带雪狼救援队的队员们在千岛湖拉练，宋影青故意去找白蓦然道歉，并装作无意间透露了千岛湖之行。白蓦然惊讶鹿钟励竟然没有通知她，有点失落。宋影青趁着白蓦然不注意，拿走了白蓦然小时候和陈江海的合影。

宣洋带着老虎救援队的队员们在千岛湖湖心岛上喝酒吃野味，浑然不知水涨起来了。老虎救援队被困蛇岛，无奈发出求救信号。雪狼救援队收到了求救信号，方一舟得知是老虎救援队的人，让鹿钟励不要去救，让这些作秀的家伙吃吃苦头。水势越来越大，鹿钟励还是带着雪狼救援队进入湖心岛，营救了宣洋他们。宣洋被救后，向鹿钟励道歉，并说出了他们的幕后老板其实是江海集团。鹿钟励更加确定了自己的判断，是陈江海在背后和雪狼救援队作对，目的就是阻止他追查真相。

陈江海四面楚歌，他一直不明白自己认认真真做消防器材为什么会有这么多伪劣产品。他亲自对自己的产品展开调查，但此时江海集团已经面临着巨大的危机。肖涛让陈江海去国外躲避一段时间，但被陈江海拒绝，陈江海认为他人正不怕影子歪，他要是出国了，事情就更加说不清了。白蓦然来找陈江海，父女两人畅聊心事。白蓦然询问他有没有做过让自己后悔的事。陈江海痛苦坦言自己这辈子最对不起的人是白蓦然的妈妈，年轻时为了创业，不顾妻子的感受，也没有好好照顾女儿。陈江海身体突发不适，白蓦然没再细问，把陈江海扶到了床上休息。

宣洋来找肖涛，希望能够退出老虎救援队，却被肖涛怒打了两耳光。宣洋心里痛恨肖涛，但觉得自己也有错，他和队员们商量着，就算要做救援队，也要向雪狼救援队学习，做一支能够真正为老百姓解忧的公益救援队。媒体舆论要求严惩罪魁祸首，陈江海被警方传唤，江海集团的生产车间停止生产。陈江海住院，鹿芳华着急探望，并将陈江海练习厨艺的事情告诉了白蓦然。鹿钟励和乐乐、方一舟等人一起布置生日宴会，宋影青悄悄地将陈江海和白蓦然的合影放在了蛋糕桌旁边。方一舟催促鹿钟励赶紧打电话约白蓦然，但想着替爸爸道歉的白蓦然先一步打电话过来。

白蓦然进来，浪漫的场景和唯美的蛋糕出现在她的眼前，大家齐声高唱生日快乐歌，白蓦然感动得抱住鹿钟励，失声痛哭。乐乐第一个发现了相框，白蓦然坦言陈江海是她的爸爸。鹿钟励很震惊，白蓦然告诉鹿钟励，其实她内心也很有负罪感，但是因为不想失去鹿钟励，所以才隐瞒自己的身份。白蓦然还是希望鹿钟励能够原谅她的爸爸，鹿钟励表示让法律来审判陈江海，白蓦然痛苦地离开。宋影青拦住白蓦然，直言两份再浓烈的爱意也抵不过杀父之仇，希望白蓦然彻底放手，鹿钟励的幸福由她守护。赵勋拉开宋影青，希望她朋友一场不要落井下石。鹿钟励感叹造化弄人，独自坐在宴会场地，流下了眼泪。白蓦然失魂落魄地走在雨夜，赵勋默默地跟着。白蓦然一夜高烧，赵勋一直守护在她的身边，为她熬粥，想要喂她吃一口，但白蓦然一口都没有吃。

陈江海最终被告上了法庭，被审判的前夜，陈江海突然人间蒸发，只留下一张纸条：我是清白的，没有罪。鹿钟励看到纸条后，他心里也觉得真正的幕后黑手可能另有其人，这一回鹿钟励没有再打草惊蛇。江海集团的老总跑路，集团暂时由副总裁肖涛管理，肖涛假意奉迎白蓦然，并挑衅是鹿钟励拆散了他们父女，白蓦然和鹿钟励再次形同路人。赵勋一直默默地陪伴在白蓦然身边，白蓦然发脾气，让赵勋离开，但是赵勋还是守候在她身边。

沈倩和方一舟坐下来心平气和地商量，表示她家虽然是拆迁户，但是他们可以找一个平衡点，在市区买房，也可以把方一舟的父母接过来住。方一舟答应和沈倩在一起，两人商量婚姻大事，准备结婚。赵勋一直陪在白蓦然身边，说怕她自杀。白蓦然让他去寻找属于自己的幸福，赵勋表示就算她不喜欢他，他也会心甘情愿地守护着她。白蓦然心里被赵勋感动，她和赵勋坦白，如果她没有遇上鹿钟励，她也许会选择他赵勋。

陈江海消失后，没有离开江州市，他潜伏在江海集团的生产车间边上，观察着江海集团的人，他怀疑是他身边的人在利用他进行着不法勾当。陈江海看到了肖涛带着之前被他否定过的采购商进入江海集团，他不敢相信自己一手培养起来的肖涛、视同儿子的肖涛会是罪魁祸首。鹿芳华担忧陈江海，到处寻找他的踪迹。鹿钟励劝导姑姑，不料鹿芳华表示如果陈江海真要是出什么事了，她也不会原谅鹿钟励。鹿钟励用高强度的作业来麻痹自己，宋影青心疼，再次表白，希望他可以忘记过去，从头再来。鹿钟励直言所有东西都能将就，唯独感情不可以。宋影青压抑内心的愤怒，称一定会等到他回心转意。方一舟来开导白蓦然，让她能够不计前嫌，因为鹿钟励喜欢的人，只有她白蓦然一人。

雪狼救援队成了全国救援队的标杆，意大利阿马特里切发生了大地震，鹿钟励向吴政委请战，希望出动雪狼救援队，参与国际救援。吴政委同意了鹿钟励的请战，并给雪狼救援队配备了直升机，直飞阿马特里切地震现场救援。白蓦然也接到了医院的通知，参与阿马特里切救灾。白蓦然猜到了鹿钟励也很有可能会参加这次行动，她本来不想和鹿钟励会面，但美琳劝说她，她们作为白衣天使，不要顾及个人的感情，要以最快速度赶到有病痛的人身边。白蓦然回想起了当年妈妈赶去非洲时的情景，她表示自己不会让妈妈失望的。雪狼救援队和白蓦然所在的医疗队在机场相遇，白蓦然和鹿钟励形同路人。

飞机上，鹿钟励和白蓦然还是一路无话。沈倩也参加了这次救援行动，她把她和方一舟的结婚喜讯告诉了大家，缓解了沉闷的气氛。雪狼救援队到达阿马特里切灾区，展开了紧急救援。白蓦然带着医疗队医治受伤的当地灾民，宋影青带着几个女救援队队员安抚失去父母的孤儿。鹿钟励率领雪狼救援队使用雷达射线测试仪，进行最后的生命探寻。

废墟中，雷达射线测试仪探测到下面还有生命的迹象，是一位老太太被压在下面。鹿钟励刚要下去救老太太之时，发现下面竟然还有一个青年男子，如果把老太太从废墟之下拉出来，就会发生二度塌陷，青年男子会被废墟掩埋。老太太已经奄奄一息，在这种情况下，只能救出一人，需要雪狼救援队尽快做出决定。鹿钟励虽然听不懂老太太的语言，但从她的眼神中还是看出了她对活着的渴望，但是下面的青年看上去才二十多岁。鹿钟励做出了决定，先救青年，随后指挥救援队队员张学睿和赵勋两人合作救援。张学睿先下去救青年男子，赵勋来救老太太，张学睿救出了青年，但赵勋和老太太被困在下面，赵勋用尽全力把老太太送到了上面，白蓦然开始对老太太抢救。鹿钟励把赵勋拉了上来，两人坐在废墟堆里，感叹活着真好。医疗队没有把老太太抢救过来，鹿钟励心里深感愧疚。宋影青安慰鹿钟励。

就在这灾区里，几双阴毒的眼睛在盯着救援队，他们向奸商头子汇报了雪狼救援队的情况，奸商让手下们去实施他布置的阴谋。白蓦然发现当地的医疗物品奇缺，他们带来的药品也用完了。鹿钟励和赵勋、方一舟等人出去寻找药物，发现了有大批的药品被当地的一个奸商控住起来，垄断了阿马特里切灾区的药品市场，以谋取高价。赵勋和方一舟都很是恼火，赵勋要打那个奸商，被鹿钟励阻止。白蓦然建议捐款买药，鹿钟励捐出了自己身上所有的钱财。刚得到一批急救药品，白蓦然就倒下了，感染了一种奇怪的病毒，而医疗队刚好没有这种药物。

时间紧迫，从国内寄送药物过来已经来不及，如果再拖延下去，白蓦然就会有生命危险。赵勋为了救白蓦然，独自去找那个奸商拿药，奸商侮辱了赵勋的人格后，还是不肯拿出药来。赵勋愤怒了，出手伤了那个奸商，夺到了药品。鹿钟励赶来，和赵勋会合，奸商下令手下追杀赵勋。鹿钟励和赵勋奔逃，奸商的手下开枪打中了赵勋，赵勋倒在血泊中，把药品交到了鹿钟励手中，并交代父母的恩怨不应该牵扯到下一代，叫他好好待白蓦然。鹿钟励要带着赵勋走，赵勋让他赶回去救白蓦然。白蓦然醒了过来，赵勋却没有回到救援队。宋影青看着鹿钟励为白蓦然奋不顾身的样子，落泪扭头，选择了退出。

鹿钟励向当地警方报了案，但警方迟迟不行动。雪狼救援队的王浩楠、方一舟、庆哥等人，一致表示靠他们自己的力量去营救赵勋。鹿钟励带上了王浩楠他们五个人，其他人留下继续救援。鹿钟励等人秘密潜入了奸商的住处，设计控住了奸商，但奸商坚决不承认自己绑架了雪狼救援队的赵勋。阿马特里切当地警方劝说鹿钟励他们放了奸商，认为救援队没有权力这样做。方一舟认为阿马特里切警方说得有理，奸商趁着鹿钟励他们起身之时，脱身而去，并带着当地势力要来对付鹿钟励他们，雪狼救援队被围攻。紧急关头，驻守意大利的中国警察出现，逮捕了奸商，鹿钟励想要寻找赵勋，但是没有发现一点踪影。雪狼救援队完成了阿马特里切灾区的救援行动。

白蓦然和鹿钟励抛开了前嫌，两人重归于好，在德尔孔亚帕斯萨托拉圣殿里，鹿钟励和白蓦然相拥而泣。鹿钟励放不下兄弟，心里也很愧疚。就在鹿钟励他们回国时，赵勋回到了雪狼救援队。大家都以为赵勋牺牲了，不料老虎救援队的宣洋他们救了他，并在意大利当地医生的帮助下，取出了赵勋身上的子弹。鹿钟励紧紧地拥抱住了赵勋，赵勋表示不管发生什么，他们都是好兄弟，也真心地祝福白蓦然和鹿钟励。

雪狼救援队回到了国内，鹿钟励去找宣洋，宣洋说出了老虎救援队的基金会其实是肖涛用来洗钱的，真正的幕后黑手是肖涛，而不是陈江海，鹿钟励说服宣洋来做人证。此时，陈江海一直潜伏在江州市，他也找到了肖涛用江海集团合格的消防产品，偷梁换柱，把假冒伪劣产品销售出去的证据。鹿钟励对白蓦然说出了自己心里的疑惑，从他找到的人证物证中分析，她的父亲可能真的是被冤枉，如果现在能找到她父亲的藏身之处，让陈江海自己出来把事情说明白，就能抓住那个真凶。

白蓦然相信鹿钟励，她在妈妈的墓地那里找到了陈江海。在墓前，陈江海表示这次事情过去后，他也会退休，如果白蓦然不想要江海集团的资产，他就做公益，把所有资产捐献给有需要的人，余下来的时间陪同白蓦然。白蓦然赞同父亲这么做，并让父亲好好珍惜鹿芳华，父女俩终于冰释前嫌。

鹿钟励带着雪狼救援队的队员们找到了小山村的消防器材造假点，配合警方一举剿灭了造假点。光头强等人当场被捕，肖涛却逃出了警方的包围。就在陈江海准备去找警察时，肖涛突然出现，绑架了陈江海，白蓦然愿意用自己来换回父亲。陈江海故意骂白蓦然，让她离开，但白蓦然表示自己心里其实也是对父亲有极大的愧疚感，希望能够以此来偿还。肖涛嘲笑他们父女，鹿钟励赶到，再次劝说肖涛自首。肖涛挟持着陈江海离开，鹿钟励召集了雪狼救援队开始全城搜找肖涛，但是一天一夜过去都没有一点消息。

肖涛把陈江海绑架到了小木屋，陈江海问肖涛为什么走上这条不归路。肖涛在陈江海面前表示自己也是迫不得已，因为赌博，欠了高利贷。鹿钟励和白蓦然等人分析了肖涛的行动路线，认为被他们剿灭的小山村造假点他们后来没有再去搜寻过，肖涛很有可能是把陈江海带到了那里。鹿钟励和雪狼救援队的队员们悄声潜入了小山村，雪狼寻觅着白蓦然的气味，找到了小木屋。肖涛想要用陈江海来换取救援队的直升机，以此来逃逸。鹿钟励答应肖涛的条件，不料肖涛看出了救援队和警方布置下的天罗地网，挟持着陈江海往山崖边逃去。陈江海希望肖涛能够回头是岸，肖涛心生忏悔之意，但突然脚下一滑，鹿钟励想要拉住肖涛，把他救上来，但肖涛还是摔下了悬崖去。

沈倩和方一舟的婚礼如期举行，婚礼现场异常热闹，吴政委给他们做证婚人，陈江海和鹿芳华在婚礼上宣布他们也要结婚了。沈倩有意把新娘捧花抛给了白蓦然，方一舟询问鹿钟励什么时候娶白蓦然，鹿钟励答应一定会娶白蓦然为妻，而且这辈子也永远爱她白蓦然一个人。宋影青订好了回意大利的机票，鹿钟励和白蓦然把她送到了机场。宋影青真心祝福鹿钟励和白蓦然，随后转身去登机。望着远去的飞机，鹿钟励和白蓦然的手机同时响起，新的救援行动已来到……

奔跑吧，小孩

　　风华幼儿园要进行一次义卖活动，刚上大班的小元宝（沈志远）拿出自己心爱的几件玩具，爸爸徐家辉（平面设计师）认为这几辆玩具汽车花了不少钱，大学讲师沈曼却支持儿子的行为，赞扬小元宝有爱心。沈曼任教的树人大学是一所三流大学，生源质量一般，点名的时候发现有个叫周小海的学生连着一周没有来上课，仿佛对自己的人生完全是一副无所谓的样子。徐家辉在设计公司里开早会的时候，老总马明表示今年经济情况很不乐观，公司准备精减员工。

　　幼儿园的义卖活动开始，小元宝的玩具汽车很受同学们的欢迎，被一抢而空。小元宝看着自己女同学肉肉的布娃娃卖不出去，准备买一个，不料肉肉却不卖给他，让小元宝有点伤心。在下午吃水果的时候，小元宝故意吃掉了肉肉的水果，结果肉肉哭了起来，班主任罗老师批评了小元宝的行为。沈曼去幼儿园接儿子，罗老师把小元宝的近况告诉了沈曼，沈曼表示自己回去后会好好教育元宝。沈曼回到家后把事情问清楚，没有批评儿子，但是让他和小伙伴好好相处。小元宝拿出了义卖所得的钱交给妈妈，沈曼把钱存到了小元宝的储蓄罐里。小元宝有一个梦想，就是长大后捐一所爱心幼儿园。

　　富二代白一晨难得在家里吃早餐，女儿艾迪让他周末陪她一起玩。白一晨表示自己周末还要去公司开会，叶贝怡知道丈夫肯定是和他的那帮狐朋狗友去喝酒，艾迪从出生到现在七岁一直是她和保姆陈丹桂带着，白一晨几乎没有完整地陪伴过女儿一天。叶贝怡有些生气，认为他们家就是失偶式教育，约了闺蜜沈曼周末一起逛街。沈曼带着小元宝一起来，沈曼发现读双语民办小学的艾迪已经能说一口流利的英语，而小元宝上了一年的英语兴趣班只是会说几个简单的单词，小元宝在艾迪面前完全是一个没有信心的小男孩。叶贝怡认为孩子能够赢在起跑线对他的一生很重要，艾迪从幼儿园开始上的就是民办学校，沈曼表示赢在起跑线上需要用钱堆出来，但心里的焦虑感已经油然而生。

沈曼回到家，看到丈夫徐家辉正在修改广告海报，看着奋斗的丈夫，她心里的怨气又发不出来。徐家辉却发现了沈曼不开心的样子，他哄着沈曼，问是不是学校里有不开心的事。沈曼希望他们夫妻双方以后都能在元宝的教育上多花些精力，尤其是英语教育这方面。徐家辉认为他们自己读书时都是到了初中才上英语的，现在生活得也还可以，关键是能够让孩子快乐成长。沈曼一听徐家辉这话就反驳他，认为现在的孩子不应该和他们这一代人比较。她下定决心，准备让小元宝在升到小学时，成为一个信心十足的孩子。

沈曼到学校，系主任孙浩找沈曼，希望她及时解决班级里出勤率不足一半的现象，因为学生的成绩也会影响她职称的评定。沈曼送小元宝去英语兴趣班上课，她偷偷地去看了儿子的学习态度，发现小元宝上课不专注。回家路上，沈曼希望小元宝上课能认真一点，小元宝却撒谎自己身体不舒服，这让沈曼更加感觉到对小元宝的教育迫在眉睫。晚上在床上，沈曼有意给小元宝讲"狼来了"的故事，小元宝知道谎言被拆穿，向妈妈道歉。

周末的时候，白家人聚在一起，叶贝怡在婆婆面前显得很卑微。叶贝怡大学刚毕业时在一家化妆品公司上班，认识了富二代白一晨。那时白一晨刚从国外回来，看中了叶贝怡的清纯。当时白一晨的妈妈何玉飞虽然没有同意，但两人还是迅速结了婚，第二年就有了孩子，随后叶贝怡一直做着全职妈妈。白一晨在叶贝怡生完二胎后，几乎夜不归宿，现在叶贝怡的二宝儿子白思聪由奶奶何玉飞带着。已经是两个孩子爸爸的白一晨也是个没有长大的成年人，虽然本性不坏，但是玩心很重，完全不照顾家庭。白一晨和叶贝怡从学校接回艾迪后，来到父亲白勇家吃饭。艾迪给大家表演了刚学习的走秀，白一晨看了也很开心，婆婆何玉飞没有太大的反应。叶贝怡告诉白一晨和公公，她觉得艾迪在走秀上很有天赋。白勇表示赞同，说何玉飞没有眼见，走秀能培养艾迪的气质，对于女孩来说是个不错的选择。

沈曼刚到学校办公室，就听到同事钱莹在吹嘘自己的儿子又获得了江州市"小歌手"奖，钱莹问起小元宝"幼升小"的打算，沈曼说不出个所以然。钱莹告诉沈曼，现在这年代，孩子要从小抓起，很多家长都从小班开始抓起，这样"幼升小"才能进入一流的民办小学，像小元宝这样将来可是会吃亏的。沈曼很不解，为什么 Nike 已经稳进优质的公办小学还要去搏民办小学。钱莹觉得沈曼这是对自己孩子的不负责，她的目标就是要让 Nike 考上江州前三的民办小学——蓝城小学。沈曼想起上民办小学的艾迪确实很自信。到教室里上课的时候，沈曼发现周小海还是没来上课，下课后她和辅导老师一起去走访学生寝室，周小海还在床上睡觉，同学说他玩了通宵的游戏。辅导老师认为周小海无药可救，沈曼却不打算放弃这个学生，主动约谈周小海。周小海让她不要管他，随后蒙起头继续睡觉。

叶贝怡给白一晨发微信问他晚上回不回家，白一晨说自己去应酬，其实已经到了酒吧门口。挂掉电话后，白一晨和几个狐朋狗友走进酒吧潇洒去了。沈曼开车路过，看到了白一晨，拍了一张照片，回家时本要发给闺蜜，被徐家辉阻止，让她不要多事。陈丹桂向叶贝怡请假，说下周要回去看老家的女儿，叶贝怡知道陈丹桂的丈夫身体不好，住在乡下带着一个女儿。陈丹桂提出能不能结算这个月的工资，叶贝怡怕陈丹桂一去不回，没有答应陈丹桂的要求。沈曼去幼儿园接小元宝的时候，罗老师告知她小元宝今天又欺负了女同学肉肉。沈曼先道了歉，随后询问小元宝。小元宝一直不肯承认自己做错事，沈曼觉得肯定有隐情，但小元宝又不肯说出来，这让沈曼有些郁闷。

小元宝起床睁眼第一句话就是"不要上幼儿园"，沈曼心里恼怒但克制了自己的脾气，让徐家辉送孩子上学去，徐家辉答应保证能开导好儿子。徐家辉在送儿子上学的路上，希望儿子不要有心理压力，小元宝说自己喜欢班里的女同学肉肉，有什么错误？徐家辉很是惊讶，但还是一笑而过，并告诉儿子，如果喜欢这位女同学就好好说，不应该欺负她。到了学校，肉肉的妈妈李梅子刚好来送肉肉上学，她认出了徐家辉。徐家辉刚要向肉肉妈妈道歉，结果认出了肉肉妈竟然是高中同学。徐家辉请李梅子喝咖啡，李梅子说出自己现在是一位单亲妈妈，独自带着肉肉。徐家辉表示歉意，李梅子说自己已经从离婚的悲伤中挺过来了，徐家辉出于同学之情，让她有困难找他。

叶贝怡在家无所事事，带着陈丹桂一起去美容院做 SPA，陈丹桂不舍得让叶贝怡多花钱，坐在一边陪她。叶贝怡想劝说陈丹桂不要回老家，如果想女儿了可以让她节假日来江州玩。陈丹桂说出了丈夫卧床需要人照顾，女儿走不开，向叶贝怡保证自己去一周就回。陈丹桂老家，女儿葛萱萱放学和同学们讨论外出务工的父母已经多久没回家了，大家都表示了对在外务工父母的思念。葛萱萱回到家里，爸爸告诉她，妈妈这几天要回来看他们，萱萱激动得一晚上都没有睡着。

今天的外教是南非的一名老师，小元宝一上课就坐在了最边上，沈曼和家长们陪在外面。快下课的时候，沈曼提前走到英语教室门口看了一下，结果发现其他小朋友都在积极配合外教老师念英语，只有小元宝一个人坐在一旁，外教和他互动，他却害怕地躲开。沈曼差点冲进教室去，和小元宝对接的英语助教老师告诉沈曼，小元宝的英语水平确实不如其他孩子，让沈曼回家的时候也要给他多复习。回家的路上，沈曼问小元宝为什么不喜欢学英语，小元宝说自己怕那个黑人叔叔，沈曼知道不能有种族歧视，只能教育小元宝，黑人外教只是和我们肤色不同。

陈丹桂在房间里准备回家的行李，放学后的艾迪看到陈丹桂的行李，很舍不得她回家，陈丹桂表示她会回来的。她从艾迪两岁时就开始带她，已经把她当成自己的孩子，艾迪说自己好想去乡下陈丹桂的老家看看。叶贝怡听到了女儿的话，说她身在福中不知福，现在有多少乡下人想要来大城市。陈丹桂趁机向叶贝怡说了她很想让自己的孩子葛萱萱来江州市读书的事情，叶贝怡为了留住陈丹桂的心，随口说了句只要这边的学校愿意接收葛萱萱，就可以让她来读书。

徐家辉做了一桌好菜，沈曼和小元宝回到家，徐家辉本要和沈曼讲碰老同学李梅子的事情，却发现母子俩的尴尬气氛。沈曼说起小元宝不要上英语课，徐家辉连忙做和事佬，一边哄妻子开心，一边和儿子讲好话。小元宝还是说很不想上这个英语课，沈曼又来气，认为别人家的孩子十个兴趣班都在上，已经把小元宝甩在了后面。徐家辉认为儿子还这么小，他们夫妻俩读书成绩都不差，小元宝上了学肯定能迎头赶上。沈曼责怪徐家辉这种心态是不对的，徐家辉连忙拉着沈曼坐到餐桌旁吃饭。徐家辉主动承担洗碗的任务，沈曼趁着休息之际思考是否要给小元宝换一家英语培训机构。徐家辉本来觉得没有必要，但小元宝赞成妈妈的想法。

　　陈丹桂回到乡下，女儿葛萱萱很懂事，向妈妈汇报第一学期考了全班第一名的成绩。陈丹桂提出了要奖励一下女儿，葛萱萱提出了买课外书的奖励。陈丹桂心疼地抱紧葛萱萱，夸赞葛萱萱懂事，这么多年来葛萱萱向家里要的奖励都是买书。葛萱萱现在读小学五年级，因为父亲身体不好，所以放学一回家就干家务活。陈丹桂的丈夫前些年因为工伤而不能劳动，他埋怨自己拖累了妻女。夫妻俩商量着能不能带着葛萱萱进城读书，但如果葛萱萱进城，丈夫卧床没人照顾的事情还得想办法解决。萱萱听到了爸妈的谈话，进门来，哭着说她要留在农村照顾爸爸，她知道妈妈在城里做保姆也不容易。陈丹桂心里对女儿愧疚，心里暗暗发誓，努力要让女儿去大城市上学，改变她的人生命运。

　　沈曼在上课时发现周小海还是不来上课，到办公室查阅周小海的家庭状况，发现他的父母是离异的。钱莹让她不要管这类学生，因为本来就是不可救药的。沈曼坚持自己的原则，不放弃任何一个学生。沈曼离开学校后，去给小元宝选择新的英语兴趣班。她去了一家没有外教老师的培训机构，陪着儿子先试听了一节课，发现这里的老师口语发音有点不标准，小元宝也没有什么感觉，她放弃了这一家，带着元宝疲惫地回到家里做晚饭。晚饭后，家长群里跳出一条信息：教师节要不要送老师礼物？沈曼想起当时小元宝刚上小班的时候，家长群就讨论过这个问题，当时大家一致表示不送礼，但还是有家长悄悄地送了。徐家辉认为小元宝马上就要"幼升小"了，这礼物还不如送给小学班主任。沈曼觉得还是应该送点东西，徐家辉思考后，准备和小元宝一起制作手绘画贺卡。

肉肉放学回到家里后就一副病恹恹的样子，李梅子教她拼音字母，肉肉也没有心思，到了十点多就开始发高烧，吃药也降不下体温。沈曼在网上搜找优质的英语培训机构，徐家辉收到了一条微信，是李梅子发来的，说肉肉突然发高烧已经超过三十九度，深夜打不到车子。徐家辉不好拒绝，找了个借口和沈曼说忘记明天要交一份设计图，资料也没带回来，现在要去公司加班。徐家辉把李梅子和肉肉一起送到了医院里，还跑去挂号忙前忙后，医生对李梅子说这个爸爸真是好，让徐家辉有点尴尬。肉肉睡下后，李梅子把徐家辉送到停车场。徐家辉回到家里，沈曼还没睡，给他煲了汤一直保温着，并让丈夫早点休息，工作不要太拼。徐家辉看着妻子，对自己说谎的事情有歉意。

叶贝怡一个人带孩子，早上她把艾迪送到国际小学后，开着法拉利去菜市场买菜，晚上她想在自己家做一顿饭给孩子吃。买好菜看时间还早，她约沈曼喝茶。沈曼刚好上完课，答应一起喝茶。沈曼匆忙赶到，看到闺蜜贵太太今天买了菜，觉得非常新奇，叶贝怡说自从陈丹桂请假回老家后，她们已经吃了三天的外卖，而且她也不想把艾迪送到婆家去吃饭。沈曼在喝茶时一直在刷手机查看孩子教育类的信息，叶贝怡问沈曼脸色这么难看，是不是有了。沈曼说自己哪敢生二胎，小元宝都忙不过来。叶贝怡提醒沈曼，如果想要上一流小学，现在就应该找关系了，沈曼点头。沈曼的电话响起，周小海失踪两天了，现在民警已经在他们学校里。

周小海因为借贷未还，催债公司找了几个社会人员到树人大学里找他，他在外面躲了几天，室友联系不到他，报告给了班主任沈曼，同时也报了警。沈曼赶回学校，配合警方调查。沈曼承认自己在教学过程中说过让这个学生上课努力一点。周小海的爸爸赶到学校，误以为是沈曼的逼迫让周小海离校出走，沈曼被周小海的家长打了一巴掌。沈曼感到委屈，孙浩劝说她为了职称的事情也得忍。沈曼表示这个学生心理上确实有问题，不是她的错。

徐家辉在公司画设计图，徐止给他来了一个电话，说是要来城里住几天。徐家辉很为难，他明白父亲来他们家住几天的意思。随后他给母亲打电话，让母亲劝说一下父亲。沈曼让徐家辉早点下班去接小元宝放学。小元宝在幼儿园里倒是没有闹事，因为之前和肉肉之间的事情，一直躲着大家，没有和小朋友玩耍。罗老师和徐家辉说了这事，希望家长引起重视。徐家辉给李梅子发了微信，放学后一起聊一下。李梅子得知了小元宝的事情，让肉肉主动和小元宝说话。肉肉却不情愿，并让妈妈也不要和小元宝的爸爸说话，弄得徐家辉有些尴尬。

徐家辉本要送李梅子和她女儿回家，这时他的电话响起。电话传来了沈曼的哭声，徐家辉带着小元宝赶回家。沈曼说出了这一天的委屈来，徐家辉心疼妻子。沈曼说这次的职称她一定要评上，也要找到周小海让他走上正道。徐家辉欣喜表示，他们一家子都要好好努力，但小元宝还是闷闷不乐。李梅子骑着电瓶车带肉肉回家，半路上差点被一辆汽车撞倒，李梅子被擦伤了一点皮肉，司机要送李梅子去医院，李梅子只是让他赔了钱。回到家里，肉肉给梅子端洗脚水，李梅子心疼地夸赞肉肉懂事。肉肉羡慕那些有爸爸的小朋友，李梅子问肉肉为什么不喜欢和小元宝在一起，肉肉说小元宝总是想让大家都听他的话，反正她不是很喜欢小元宝，让妈妈也不要喜欢元宝爸爸。李梅子听了这话，一阵脸红，想起学生时期自己曾暗恋徐家辉的事情。

徐家辉陪伴着小元宝，和他一起合作完成了手绘画贺卡。徐家辉表扬小元宝有绘画的天赋，沈曼看着父子俩的完美合作，这几天来的委屈都消减了，赞同徐家辉说的培养孩子的兴趣这一说法。夫妻俩难得在教育观念上有吻合。沈曼送小元宝去学校，遇见其他家长给罗老师送卡，正被罗老师退回。小元宝牵着沈曼的手，一看见罗老师，就拿着画跑了过去。小元宝把画递给罗老师，罗老师很开心，并夸奖元宝的画有进步。沈曼向学生们了解失踪学生周小海的情况，其中一个男同学说出周小海最近在网上贷了一笔钱。沈曼向周小海发信息，表示无论怎样，家长和老师都会帮助他，希望他能回来。周小海没有回沈曼的信息，沈曼打了几个电话，周小海到后来就直接关机了。

叶贝怡今天去接艾迪的时候早到了半个小时，结果她发现艾迪所在的国际小学上课纯粹就是玩。虽然之前她就听说国际小学的培养方向就是让孩子快乐，但她还是有她的忧虑。车子上，叶贝怡问艾迪今天学习到了什么，艾迪说老师教他们观察小动物一天的进食情况。叶贝怡很惊讶，观察小动物吃饭能学到什么知识，艾迪却说可有意思了，叶贝怡百思不得其解，觉得国际小学很多教育方法其实都很奇葩。叶贝怡约沈曼吃饭，向她诉说民办小学的一些问题，尤其对国际小学有意见。沈曼内心对小元宝选择上公办还是民办有摇摆，决定亲自去比较一下。

白一晨在参加公司董事会的时候，被他父亲白勇训了一顿，认为当初就不应该把他送到国外去读书，而应该留在身边严加管教。白勇让白一晨晚上回家多陪陪妻女，别总是长不大，白一晨口头上都一一应允。叶贝怡知道丈夫要回家吃晚餐，亲自下厨做了几个菜。不料白一晨回到家就发火，还打了叶贝怡一巴掌，认为是她在他爸面前告状。叶贝怡哭着说自己没有告状，白一晨没有吃一口饭就离开了。沈曼和徐家辉说起了叶贝怡对他们那所国际小学的意见，徐家辉认为还是要给小元宝上公办小学，因为以他们的经济条件，以后要出国还是有点困难的。

徐母在家里劝说徐正不要去儿子家里，徐正坚持要去教育自己的儿子，自顾收拾行李。老两口闹了别扭，徐正坚持自己的想法。沈曼找了周小海要好的同学，询问周小海躲在哪里。原来周小海没有离开江州市，而是躲在出租房里。沈曼找到了周小海，周小海有些惊讶。沈曼让周小海不要放弃自己，并表示已经说通了他父亲帮他还掉借贷的钱。沈曼带着周小海回到了学校，周父要打他，被沈曼阻止。周父让他不要读书，回去帮他跑生意。周小海不肯，孙浩他们也劝说，周父觉得反正学费交了，读完这一年再退学，并告诉周小海，如果再犯事，他可不会再帮他擦屁股，他会亲手把他送到派出所。沈曼承诺一定会把周小海教好，周小海心里有点感动。

徐母告诉徐家辉没有劝阻住徐父，徐正还是坚持要来江州市。沈曼晚上回到家，徐家辉以沈曼最近要评职称会很忙为由，觉得不如让他爸来待几天，给他们接送一下小元宝。沈曼觉得很无语，认为公公和媳妇生活在一个屋檐下，就算没有矛盾也会很不自然。徐家辉表示再和父亲这边商量一下，随后回到小书房里加班。沈曼在房间里给小元宝讲童话故事，小元宝自己突然说想爷爷了，要爷爷来陪他。徐家辉第二天到公司的第一件事就是给徐正打电话，不料徐正已经买好了车票，傍晚就能到江州火车站。徐家辉无奈，只能说自己来火车站接他。徐正来的时候，徐母还在劝他最好不要去管他们小两口的事情。徐正却表示自己好歹也是当过中学老师的人，为了他们徐家的后代必须得管。

沈曼准备着评职称的材料。钱莹和沈曼是同一年进这所学校的，钱莹笑沈曼竟然还有评职称的激情。沈曼表示，这说明自己还有青春梦想。钱莹去找系主任孙浩，孙浩认为评职称都是公平竞争，谁优秀谁就可以评上副教授。钱莹私下里也开始准备评职称的材料。徐家辉上班时不安心，到了快下班的时候，他和沈曼说了晚上他爸就要到他们家，希望她能理解，并保证他爸来他们家，不会添乱只是帮他们带一下孩子。沈曼挂了电话，有些郁闷，这时叶贝怡约她。沈曼让徐家辉去幼儿园接小元宝，随后她离开学校去见叶贝怡。

沈曼发现叶贝怡脸上有点红肿，问是不是白一晨家暴了。叶贝怡搪塞过去，拉着沈曼去买衣服，一口气花掉了几乎是沈曼三个月的工资。沈曼问叶贝怡是不是遇到了什么不开心的事情，叶贝怡还不承认。沈曼说其实自己心情也不太好，徐家辉的父亲要住到他们家来，而且她还猜到徐父来江州的目的是催他们生二胎。叶贝怡也认为像徐家辉爸爸这样的，确实很奇葩，不过让沈曼也可以考虑生二胎，这样两个孩子可以一起成长。沈曼表示打死也不生二胎，叶贝怡不理解自己的闺蜜为何这般坚决。叶贝怡去接艾迪迟到了半小时，艾迪质问叶贝怡为什么每次接她都不准时，如果在国外像叶贝怡这样不守时的人，就会被社会淘汰。叶贝怡完全没有想到女儿会这样来教育自己。

沈曼来找大学同学林枫。林枫现在在一所二流民办小学教书，沈曼向他请教"幼升小"的事。林枫给沈曼介绍了目前江州小学方面的状况，现在的"牛蛙"孩子刚上大班就会认将近一千个汉字，英语词汇量和阅读量更是大得惊人，一些"牛蛙"还能做一百以上的加减算术。像元宝这样就算全力准备一年，还是不太可能考得上。如果进入不了一流的民办，退而求其次，还不如读好的公办学校。沈曼听完林枫的分析后心烦意乱。到校门口的时候，沈曼看到很多骑电瓶车接孩子的家长，完全不按照次序排队接孩子。沈曼担心小元宝的人生前途。

徐家辉接上小元宝和徐正后，去菜场买菜。徐正问沈曼去干吗了，为什么买菜都让一个大男人来做。徐家辉说沈曼最近在评职称，比较忙。回到家，徐家辉就开始准备晚饭。徐正带着小元宝在小区楼下玩耍，看到沈曼回来，但沈曼没有看到徐正，徐正以为是儿媳妇故意不叫他。吃饭的时候，徐家辉看出了父亲和妻子的脸色，连忙打圆场。徐正却认为儿子这样做人是卑躬屈膝，徐家辉只能再劝说父亲要家和万事兴，不要忘记他这次来江州的任务。

叶贝怡把艾迪接到家里后，叫了外卖，没有做饭。艾迪说现在的外卖其实是很没有营养的，说妈妈太懒了。叶贝怡觉得女儿是在挑衅自己，但又觉得有道理，就给陈丹桂打电话，让她尽快回来。陈丹桂挂了电话面露忧愁，葛萱萱把自己的考卷给妈妈看，陈丹桂看到女儿考了很高的分数，心情好了一些。她和丈夫商量女儿这么要求上进，更加应该给她一个好的学习环境，她会在农村给他找一个钟点工照顾他。葛萱萱听到了他们的谈话，哭着不想离开爸爸。

沈曼上午没有课，去了两家英语兴趣培训机构。她决定退了之前给小元宝报的那个英语兴趣班，换一个能真正帮助他上民办小学的。力甜英语的外教老师米娜带着沈曼体验了一节英语课，课程全部用英语。沈曼考硕士研究生时虽然是六级英语过关，但还是跟不上外教的节奏，她担心小元宝会听不懂。米娜连着和她解释，说孩子就是要从小有一个这样的语言氛围，才能把英语当作中文一样学习。沈曼觉得挺有道理，交了钱，把小元宝转到力甜英语学习。学费的增加让徐家辉有些心疼，他提出能否给小元宝减少几个兴趣班。沈曼权衡过后决定取消绘画班。小元宝得知后却不同意，因为他最喜欢上的就是绘画课。徐家辉哄着儿子表示自己来教他画画，沈曼也说爸爸是美院的优秀毕业生，很厉害。

白一晨在西湖酒吧喝酒，遇到了当年在国外读书时的老同学李涛。李涛回国后混得很一般，刚开始时连工作都找不到，他羡慕白一晨有个富爸爸，又有儿有女，他现在还是单身一人。白一晨表示单身很好很自由，李涛说他们就是钱锺书小说《围城》中的人，让白一晨早点回去陪老婆孩子。

白一晨认识到那次自己打叶贝怡不太好，浑身酒气地回到了家。叶贝怡看着喝醉的丈夫回家，白一晨亲吻了女儿的额头。周小海晚上突发肚子疼，送到医院后被确诊为急性阑尾炎，周父因为跑货途中晚上赶不来，沈曼半夜匆匆赶往医院陪护了一夜。周小海的外地主播女友小可半夜赶到医院，陪护中和周小海拌了嘴，责怪他这么久不去找她玩，闹着要和他分手。沈曼劝说了两人。

周末的早晨，沈曼着急去学校，让徐家辉送元宝上兴趣课。徐家辉开车到半路上接到公司的电话，让他二十分钟内到公司见客户。公司与小元宝兴趣班的路程又是相反的，徐家辉着急万分。刚好遇见正在散步的徐正，徐家辉忙把小元宝交给徐正，让徐正打车送小元宝去上兴趣课。元宝跟爷爷抱怨自己上了一周的课周末还要上课，想让爷爷带自己去玩。跷了课的小元宝心里有鬼，吃完饭后自己端来小凳子，站上洗碗，徐正心疼得不得了。沈曼觉得让小元宝学习自己洗碗能培养他的责任心，让他更早体验劳动以及劳动带来的快乐，增强他的动手能力。徐正不能理解儿媳妇的想法。

陈丹桂要返城，葛萱萱请了半天假来送陈丹桂到车站，母女俩落下眼泪，葛萱萱乞求妈妈不要去江州上班了，她一定好好读书考上好学校。陈丹桂表示让葛萱萱先安心在农村上学，她会想办法尽快把她接到城里上学。徐家辉在公司里遇到了烦心事，连着改了两次的设计图都没有过关，老板找了徐家辉，表示现在设计行业竞争很大，让徐家辉用心一点做出有创意的设计。下班的时候，徐家辉遇到了白一晨，白一晨请徐家辉去酒吧，徐家辉答应了，给沈曼和徐正打了个电话，说晚上要加班。徐正去接小元宝，小元宝要骑在徐正的脖子上。徐正答应孙子的各种无理要求，回家前还带着他去肯德基吃了一顿。沈曼回到家做好了饭菜，等徐正他们回来。吃饭的时候，小元宝没有吃。沈曼一问，是徐正给他买了肯德基的快餐。她有火难出，给徐家辉打电话。徐家辉在酒吧里喝酒，没有接电话。

徐家辉看着手机有五个未接来电，白一晨嘲笑徐家辉都什么年代了，还是个"妻管严"，徐家辉据理力争说自己这是尊重老婆。酒过三巡，徐家辉问白一晨当初为什么让艾迪上民办国际小学。白一晨说自己对艾迪的教育完全放手不管，都是叶贝怡安排，他自己从内心里排斥民办学校，并支持徐家辉让小元宝上公办小学。徐家辉回到家里，沈曼闻到了他身上的酒气，徐家辉说自己吃饭的时候和同事喝了点。沈曼让他和徐正说如果想给他们带孩子，就不能太宠着小元宝。徐家辉和徐正说了这事，徐正却说小孩子就是用来宠爱的，不同意沈曼"男孩严教"的观点，不希望小元宝上民办小学。徐家辉说不通自己的父亲，又在妻子面前不好交代，工作上又不顺心，睡觉的时候一个人睡在了小书房里，看着江州的夜景失眠了一晚上。

陈丹桂回到了叶贝怡家里，家里乱得一塌糊涂，她赶紧收拾起来。叶贝怡责怪她这么晚回来，陈丹桂只是默默忍受着责怪。沈曼要求小元宝每天认十个字，看半小时的课外书，全力冲刺"幼升小"。徐家辉觉得元宝大班了学习认字也是好事，但没必要规定每天认几个，如果有兴趣他自己就会多学。让沈曼欣慰的，元宝对认字还是挺感兴趣的，徐正想教孙子练书法，结果弄得小元宝一脸墨水。到了洗澡时间，沈曼连着叫了两遍小元宝还是不来洗。元宝不想洗澡，沈曼让小元宝晚上不要再睡觉，元宝哭了起来。徐正心疼孙子，但又不能把话对沈曼说得太重。徐家辉给小元宝洗好澡，来到沈曼面前讨好她。小元宝看出了大人之间的微妙关系，变得稍微乖了一点，在沈曼面前复述昨晚上讲的童话故事。沈曼的心情好了一些。

沈曼把最近了解到的一些民办小学的情况告诉了徐家辉，并和他商量准备给小元宝定哪个目标小学，希望大家能站在一条战线上好好地为小元宝博民办小学做准备。徐家辉希望沈曼不要用有色眼镜看待自己的父母，沈曼觉得丈夫误会了自己，两人争执起来。徐正在门口听到了两人谈话，沈曼为了避免这个尴尬问题，告诉徐正没有吵架，他们只是在争论小元宝上小学的事情。徐正也想听听孙子上小学的事，徐家辉把公办民办的事说了下，并说沈曼想让小元宝上一流民办小学。当得知一流民办小学的录取率只有百分之六时，徐正表示反对，觉得千军万马过独木桥式的入学太难，不希望孙子这么小的年纪就去拼命，不如早点把心思花在找好的公办学校上。

沈曼与徐正生活上的一些冲突，让徐家辉心里不舒服。沈曼向公公道歉，说自己这两天心情不太好。徐正表示让他们忙自己的事情，以后小元宝就归他管了。沈曼没有说什么，但让爷爷带孩子，她心里还是有些担忧。到了学校后，沈曼给学生们上课，她发现周小海又没有来上课。钱莹让沈曼睁一只闭一只眼算了，沈曼不想放弃这个学生，跑去周小海的寝室。周小海沉迷于游戏不能自拔，沈曼直接拔掉了电源。周小海说自己从小就是个让人讨厌、读书不好的孩子，让沈曼不要管他。沈曼表示就算周小海读书不好，但是他的人生才刚刚开始，还没有踏入社会，只要努力就有希望，而且他如果有上进心，女朋友也会看得起他。周小海的内心稍微有所触动，但还是以沉默面对沈曼。

徐家辉送小元宝去幼儿园的时候，徐正跟在身边。路上，他继续开导父亲，但徐正坚持自己的想法。徐家辉觉得父亲不讲道理。把小元宝送进幼儿园后，徐正让徐家辉不要管他，并质问儿子什么时候要二胎。徐家辉告诉徐正，现在有小元宝这么一个儿子就让他经济压力这么大了，而且元宝"幼升小"的事也都还没弄清楚，二胎的事先缓缓，以后再考虑。徐正责怪儿子没有和他站在统一战线上，到学校门口自顾离开了。

今天叶贝怡送艾迪去学校，班主任丽莎叫住了叶贝怡，说最近艾迪已经有叛逆倾向。叶贝怡认为是学校导致的，表示要给艾迪换学校。叶贝怡在回来的路上冷静下来，担心自己私自给女儿换学校，会让婆婆不开心。她去找了何玉飞，何玉飞当场就否定了叶贝怡的想法，认定以后艾迪是要送到国外去受教育的，如果叶贝怡不能带艾迪，就把艾迪接到她身边，和弟弟白思聪生活在一起，叶贝怡悻然离开。

小元宝五点钟要上逻辑思维课，沈曼给小元宝买了汉堡让他快速吃下后，就把他送了进去。只有在这时候，沈曼觉得是最轻松的。她刷了一会儿"朋友圈"，徐家辉发来一条信息，问他爸爸去哪儿了。沈曼觉得有些搞笑，她反问徐家辉这么大个人连爸都找不到。徐家辉来到小区门口问保安，这个保安和徐正聊过天，但是今天徐正出去后，就没有回来过。徐家辉去监控室看监控，也发现父亲确实从早上出来后就没有回家过，电话也一直打不通，他担心徐正会迷路回不了家。沈曼带着小元宝回到家，徐家辉电话里已经告诉她，他父亲很有可能走失了。徐家辉开着车把附近地方都找了个遍，无奈之下只有报案，派出所的民警让徐家辉不要着急。

徐家辉深夜回到家，沈曼一直等着他，沈曼有些愧疚说是不是自己的态度让徐正离家出走了。徐家辉没有责怪沈曼，觉得是父亲责怪自己不生二胎，责怪沈曼不够尊重他。他给表妹发了信息，让她一早去他们老家的家里看看徐正有没有回家，他怕母亲担心不敢告知徐正不见了。第二天一早，徐表妹说徐正没有回来，徐家辉又去派出所，派出所的民警立了案，让民间公益救援队帮助徐家辉寻找徐正。在民警和公益救援队的帮助下，终于在江州城的郊区找到了徐正。徐正已经饿了两天一夜，徐家辉把他带回家后，沈曼给公公做了一碗热腾腾的面条。徐正狼吞虎咽地吃完，并表示自己真的老了，对不起儿子和儿媳妇，这大城市也不适合自己，自己准备回乡下去。

　　小元宝哭着不让爷爷走，沈曼无奈之下也劝说公公再住一段时间。徐正非要等到徐家辉和沈曼亲自来接他，问徐家辉是不是不想生二胎。沈曼为了让徐正回家只好暂时妥协，答应徐正早生二胎。第二天沈曼问小元宝想不想要个小弟弟或者小妹妹，元宝却哭着说妈妈已经准备不爱自己了。沈曼把这件事告诉徐家辉，徐家辉又告诉徐正，徐正觉得沈曼是故意拿小元宝当挡箭牌，忽悠自己。徐正亲自过问了小元宝，知道元宝不同意爸爸妈妈生二胎，这让徐正非常头疼。他不停地告诉元宝有弟弟妹妹的好处，元宝就是不听，徐正顿时不知所措。

　　叶贝怡纠结于要不要给艾迪换学校的事情，找沈曼商量。沈曼知道自己这个闺蜜的顾虑之处，让她说服白一晨去找何玉飞。叶贝怡本要去公司找白一晨，又担心白一晨不高兴。白一晨说晚上回家吃饭，叶贝怡赶紧让陈丹桂做了白一晨爱吃的菜肴，并让艾迪在爸爸面前好好表现一下最近学到的东西。艾迪觉得妈妈很虚伪，但还是在爸爸面前弹奏了一首钢琴曲，白一晨夸赞了艾迪，叶贝怡趁机和白一晨商量艾迪换学校的事情。白一晨是上初中的时候被父亲接到城市里读书的，他上的也是民办学校，没有经历过高考，他也想改变一下自己孩子的教育路线，答应了叶贝怡，他去和何玉飞商量给艾迪换学校的事情。

　　早上，徐家辉没有让父亲去送小元宝，但徐正还是坚持要送，说自己还没有老年痴呆。沈曼让丈夫跟在公公后面，她也不希望老人家出事。不料，徐正误会他们是对他的不信任。沈曼在上课前先跑到周小海的寝室，去把周小海从床上拉起来，周小海硬着头皮来上课。钱莹在背后说沈曼是为了得到领导的赏识，为了评上副高职称才这么做，现在这个社会怎么可能还会有这样的老师，让问题学生改过自新完全是在作秀。沈曼没有理会老师们对她的议论，安心准备自己的教育论文。

白一晨约了母亲何玉飞喝下午茶，聊艾迪的教育问题。何玉飞惊讶自己的儿子也会关心孩子的教育，并直截了当地问他是不是叶贝怡让他来找她的。白一晨表示，这也是自己的意思。何玉飞不同意艾迪换学校，认为读公办学校的都是一些没钱的家庭。白一晨当面指责何玉飞思想老化，表示他自己的孩子，就得他们自己来做主，随后扬长而去，气得何玉飞拍桌子。何玉飞到公司里向白勇告状，白勇说没有想到自己的儿子也会有自己的主见了，并让何玉飞不要去管孩子们的事情。

叶贝怡得知白一晨和他妈对着干，心里很是开心，在白一晨脸上亲了一口，白一晨却说把艾迪换到公办学校后，辅导孩子家庭作业的事情，他还是不会负责的，让叶贝怡考虑清楚。叶贝怡和艾迪的班主任丽莎说了转学的事情，丽莎让叶贝怡考虑清楚，转学后对艾迪会有很大的影响，因为公办和民办的教育方式完全不同，但叶贝怡还是坚持要给艾迪转学，认为改变孩子的跑道，跑上正确的道路，才是对孩子负责任。艾迪的同学们得知艾迪要转学，都舍不得她走，艾迪也不想离开现在这个学校。

叶贝怡开始给艾迪找江州市最好的公办学校，最后通过朋友关系约了排在江州市前五位的人民小学的赵副校长，叶贝怡向副校长表示只要这学期让艾迪进人民小学，他们家可以赞助三十万。赵副校长笑着婉拒了叶贝怡，因为他们家的学区也不在人民小学这边。等叶贝怡再给赵副校长发消息的时候，赵副校长已经把她拉黑。叶贝怡觉得很郁闷，她不相信自己家这么有钱还进不了一所公办小学。晚上回到家，陈丹桂终于鼓起勇气向叶贝怡提出让自己女儿来城里读书的想法，叶贝怡认为陈丹桂是异想天开，让她放弃这种念头，给她泼了一头冷水。

晚上吃饭的时候，小元宝向沈曼提出要看动画片。沈曼其实很久没有让儿子看动画片了。徐正说徐家辉小时候也爱看动画片，所以现在当了设计师。沈曼知道肯定是公公说过给元宝看动画片，就答应了小元宝先吃完饭再看动画片，而且只能看十分钟。小元宝看了十分钟动画片意犹未尽。

沈曼要把小元宝带到房间里学英语，徐正却说要教孙子念宋词，认为传统的经典文化比什么英语重要多了。沈曼不想反驳，徐家辉赶紧附和说英语和国学同等重要。读完英语后，沈曼让元宝跳绳。因为元宝的体育不太好，而民办小学的入学考试一般都有体育测试环节。

李梅子给女儿洗漱好后，开始教肉肉写数字，肉肉表示幼儿园老师都不教她们写数字，她为什么要学这个。李梅子让肉肉听话，因为到了小学一年级所有的小朋友都要学，肉肉如果赶在他们前面学会，以后说不定能当班长。肉肉很听话地开始写数字。李梅子看着女儿认真的样子有些欣慰，她拿着手机想给徐家辉发信息，但没有发出去。李梅子和丈夫离婚后，她把希望都寄托在了女儿身上，和很多家长不一样，她是一心想让肉肉去公办小学读书，但肉肉在这边属于"二表生"，如果要上育英小学还得拼一下。

叶贝怡在为艾迪跑进公办学校的事情，太差的公办她又不想让艾迪去读。艾迪告诉了她内心想法，她只想留在国际小学里读书，因为那里有她的好朋友。叶贝怡表示读公办学校可以让她学到更多知识，艾迪觉得自己的妈妈很无语。白一晨周末难得陪老婆和女儿，把儿子也一起接了过来。叶贝怡觉得自己很幸福，虽然白一晨还是自顾玩手机。叶贝怡在考虑让大宝和二宝生活在一起，白一晨表示他妈不会同意的，而且现在光是艾迪一个人她都教育不好，让她别再想这个事情。

周小海找到沈曼说自己要请假，沈曼问他原因，周小海说周父决定下学期让他退学帮他跑货，因为没有驾驶证，所以报了驾校，这几天教练联系他练车。沈曼打电话给周父，告诉周父她都没有放弃周小海，做父亲的就更不能这么快放弃周小海。沈曼和周小海约定如果按时来上课，就让他去学车，周小海同意。小元宝幼儿园举行"老爸俱乐部"的活动，这也是元宝他们幼儿园最后一次集体活动。徐家辉带着小元宝参加，又遇到了李梅子，他们两家刚好被分到了一组。晚上，小朋友住在民宿里，小元宝和肉肉睡下后，李梅子约了徐家辉谈心事。徐家辉从李梅子的言谈中听出了她喜欢他，徐家辉明确拒绝了李梅子，随后匆匆回到了房间里，发现小元宝没有睡着，徐家辉连忙掩饰自己的情绪。

叶贝怡终于找到一所愿意让艾迪来做插班生的公办学校，但她一比较发现这所学校在他们南湖区的教学质量顶多排进前十名，她又担心起来，刚好沈曼约她出来喝茶。沈曼劝说闺蜜应该找一份工作，或是让白一晨家出一笔钱自己开个店，不然做家庭主妇会和社会脱轨。叶贝怡埋怨沈曼说白一晨在外面的事情，但也开始认真考虑自己的前途。陈丹桂趁着中午休息的时间去南湖区的民办小学了解外地务工者子女入学的情况，人民小学的赵副校长接待了她，让她先登记了葛萱萱的一些信息。

　　白一晨深夜回家，叶贝怡一直坐在客厅等他。白一晨让她不要管他的事情，两人拌嘴，白一晨差点又动手，被艾迪和陈丹桂劝阻。叶贝怡一个人在房间哭泣，艾迪觉得自己的妈妈很可怜也可悲，安慰了妈妈，并请求不要给她换学校。叶贝怡抱着女儿答应了她的请求。家长开放日的时候，沈曼发现儿子吃饭也不乖，这种现象在小元宝上小班的时候出现过。罗老师问沈曼是不是家里出了什么状况，沈曼表示家里一切都好。李梅子有些愧疚地看着沈曼和小元宝。

　　沈曼的母亲胡芬和小元宝视频的时候，也发现小元宝好像没有之前那样开心，追问下沈曼才说了实话。胡芬要来女儿家照顾外孙，沈曼劝导说家里已经乱成一锅粥了，但胡芬也不听劝告还是跑了过来。徐正答应徐家辉一定会和亲家母和平共处。胡芬来的当天，徐正还亲自下厨给亲家母做菜，不料遭到了胡芬的嫌弃，让徐正有些难堪。小元宝看到外婆来了很高兴，胡芬站在女儿沈曼的立场上教育小元宝，陪小元宝去上兴趣课。小元宝想吃零食，胡芬表示晚上给他做好吃的，拒绝了小元宝的要求，这让元宝有点不开心。

　　沈曼这段时间因为家里有两个老人帮忙照顾小元宝，所以一心扑在了教育论文上。好不容易完成松了口气，送到省级刊物的编辑手上，编辑告知如果想要尽快发表的话，需要两千元版面费。沈曼认为这样做很不合理，编辑让她慢慢等。让沈曼欣慰的是，这几天周小海都主动来上她的课，沈曼让周小海学得一技之长，等毕业走上社会一定会有用。周小海表示这段时间学车也很顺利，沈曼打算带着周小海一起参加大学生物流信息技术的比赛，周小海担心自己的专业知识不够强，沈曼鼓励他要对自己有信心。

小元宝这几天在幼儿园睡觉都很不听话，还有意和同学打架。罗老师也拿他没办法，只能再找沈曼谈话。沈曼开导小元宝，元宝表示自己心情不太好，沈曼感觉是因为"幼升小"的各种准备给小元宝太大的压力，答应元宝到寒假了带他出去旅游。沈曼开始怀疑自己非要让小元宝上一流民办小学到底是对是错，徐家辉趁机表示不要逼着儿子去冲民办小学，在公办小学读书以后压力也会小一点。沈曼内心有点动摇，不料胡芬不同意女婿的观点，她认为现在的孩子有哪个是不拼的，如果在小时候就放松了，长大了要奋斗就更加难。

　　这几天小元宝点名要爷爷接送，徐正觉得孙子不能被胡芬给"收买"了，在接他放学后，特意带着他去了一家玩具店。小元宝挑选了小汽车、变形金刚，一下子又变得和爷爷亲热了。晚上吃饭的时候，徐正故意问小元宝和谁最亲，元宝开口就说是爷爷，然后是妈妈、爸爸、奶奶，把胡芬排到了最后，气得胡芬吃不下饭。沈曼劝说胡芬，让她不要放心上，胡芬让女儿在教育小元宝的事情上坚持自己的原则。沈曼内心很纠结，但到学校看到了钱莹晒的Nike幼儿园的活动，明显比小元宝他们的幼儿园高大上，还是打算拼一下，让小元宝接受更好的教育。

　　陈丹桂早上接了一个电话，回到客厅里干活时很是开心，叶贝怡问她是不是捡到钱了。陈丹桂说人民小学教务处这边给她打电话，说下学期有五个插班生名额留给外来务工子女。叶贝怡觉得很可笑，让陈丹桂不要想太多，人民小学是不容易进去的。沈曼在网上对比公办和民办学校的优劣，钱莹说他们家的孩子肯定要在民办小学读，现在已经在为他们家儿子Nike准备面试的问题，而且认为家里有钱的话就一定要给孩子上民办学校。中午在食堂吃饭的时候，沈曼向钱莹打听现在民办学校的面试情况，钱莹让沈曼给小元宝报一个钢琴培训班，这个对民办学校面试肯定有用。

　　沈曼的焦虑感在不断上升，约叶贝怡出来聊聊，叶贝怡本来想拒绝，沈曼说已经到她家门口了。叶贝怡认为沈曼比小元宝更应该去看心理医生，沈曼发现叶贝怡脸上有乌青，叶贝怡还不承认是被白一晨家暴的。沈曼让闺蜜去向妇女维权组织求援，叶贝怡觉得没有必要。这时，刚好碰见了白一晨，沈曼没有忍住气，冲上去指责白一晨，叶贝怡却拉住了沈曼。沈曼明白自己的这个闺蜜其实是没有勇气起来反抗，做了这么多年的家庭主妇已经让她丧失了工作能力。叶贝怡和白一晨回到家，白一晨反而责骂妻子。叶贝怡让白一晨给她一笔钱说自己想要创业，白一晨却讥笑叶贝怡放着贵太太不做，创什么业，认为现在创业也不容易。叶贝怡表示只要给她五十万就行，她想要做少年书法培训班，因为她从小也练过书法，写得一手好字。白一晨表示要和他爸说一下，如果他爸不同意，他也没有办法。

在选择公办小学还是民办小学的问题上，徐家辉的意思还是就近上公办学校，却被沈曼立即反驳。沈曼认为，小元宝在幼儿园的起跑线上已经没有给他最好的，如果小学的起跑线上再随便的话，他的人生就会落后于别的小朋友。徐家辉认为沈曼考虑得太多，徐正同意他儿子的观点，也觉得孩子的人生好不好，关键还是要看他自己的努力。胡芬说了句不能把小元宝当成农村来的孩子一样培养，直接刺激了徐正和徐家辉，徐正气得直接跳了起来，一家人乱成了一锅粥。小元宝站出来问他们有没有问过他的意见，并表示自己很不喜欢外婆这样子。

胡芬一晚上没有睡着，第二天一早拿着行李要回家，沈曼劝说不住只能送她回去，徐家辉有些难为情，开车送丈母娘。徐正虽然心里觉得不好意思，但还是和小元宝击掌表示打败了"狼外婆"，元宝趁机想要爷爷买零食，徐正却表示小孩子少吃零食为好，让元宝觉得大人太有"心计"。沈曼不想和徐家辉父子俩争论，表示读公办学校可以，但必须选择一所在江州市前五位的小学。徐家辉一算，前五位的小学基本上都要求有学区房，他们又没有特别厉害的社会关系。沈曼决定做两手准备，要么冲上民办小学，要么进前五位的公办小学。

周末的时候，小元宝由徐正照看，沈曼和徐家辉就去看学区房。沈曼很中意翠玉小区的学区房，但徐家辉觉得这个小区建造于二十世纪八十年代，而且房价差不多要十万一平，没有必要换这样的房子。沈曼心里也在打退堂鼓，她其实也不喜欢这样的老小区。夫妻俩跑一整天，回到家很是疲惫，徐正怪他们太会折腾。第二天起床，沈曼还要再去中介处看看，小元宝要跟着去，沈曼只能带着这个"拖油瓶"。看了两套房子沈曼都不满意，元宝又吵着要去商场玩，这时叶贝怡刚好打来电话约吃饭。小元宝也很喜欢和艾迪小姐姐一起玩，沈曼问起叶贝怡的近况，叶贝怡表示只要白一晨给她创业资金，她就不闹。沈曼说是叶贝怡她自己把白一晨宠坏的。沈曼对叶贝怡说起最近在为小元宝"幼升小"的事情烦心，叶贝怡让沈曼早做打算，现在好的学校对孩子和家长的面试要求也很高。

　　徐家辉所在的设计公司今年整体的业绩都不好，他最近做的广告海报又连着被客户公司退回来，老板找了徐家辉谈话，让他考虑换家公司。徐家辉明白老板这是在辞退他，心情很是落寞。从大学毕业到现在他已经工作十个年头，没想到现在却被人辞退。白一晨和白勇说了叶贝怡想要一笔钱自主创业，白勇夸赞儿媳妇这种独立精神，表示可以从他自己的账户上转钱给叶贝怡，这让白一晨始料未及。徐正这段时间晚上都在让孙子背诵唐诗宋词，小元宝在爷爷面前很调皮。沈曼却让小元宝指读英语，而且要求很严格，这让小元宝有些厌倦。去找爸爸想让他教自己画画，徐家辉让他跟着妈妈把英语学好。

　　徐家辉到公司收拾自己的物品，同事们有点可惜他，幸好他这几年下来人缘还不错，设计总监还给他介绍了两家公司，让他去面试。周末的时候，徐家辉想要散散心，和沈曼说一家人去爬宝石山。沈曼却要去给元宝报钢琴培训班，元宝本要跟着妈妈去，但还是被爷爷和爸爸哄着去爬山。祖孙三代去爬南湖边上的宝石山，徐家辉想要打开小元宝的心扉，小元宝却爬到半山腰不肯再爬。徐家辉让儿子坚持下去，好不容易把元宝带到了宝石山顶。徐家辉趁机开导，小元宝和爸爸拉钩，要他以后和妈妈好好的。徐家辉答应了儿子，但他自己还是心事重重。徐正问他是不是有什么事，徐家辉不想让父亲担心，没有说出自己已经被公司辞退的事情。沈曼去了南湖区新开的一家钢琴培训基地，星空音乐的老师和沈曼说现在很多想上民办学校的孩子都会来他们学校学钢琴。

　　沈曼回到家，徐家辉已经做好了饭菜。饭桌上沈曼和徐家辉说起了小元宝上钢琴课的事情。但是需两百多一节的学费，小元宝学会弹钢琴至少得两三万，徐家辉当即就没有同意。沈曼却说钢琴对小元宝以后面试民办小学有帮助，他们必须做两手的准备。徐家辉没有把被辞退的事情告诉家人，还是像往常一样去"上班"，去他们设计总监介绍的新媒体公司里面试，对方觉得他的设计不够年轻化，而且他只有一个本科学历，现在很多研究生都找不到工作。一次次的打击，让徐家辉有些落寞，他开始怀疑自己的才能，觉得自己的人生很失败。

叶贝怡因为培训班选址的事，这段时间忙前忙后，连艾迪都让陈丹桂去接送。沈曼去星空音乐给小元宝的钢琴培训班交了两万块钱，想在小元宝去民办学校面试前，多一个技能。回到学校后，钱莹和她聊天，说最近她又给他们家 Nike 报了一个小主持人班，这一回面试就百分之百可以通过了。沈曼没有说什么，去班里上课。下课后，周小海主动来找沈曼聊，说自己找了一份兼职在做，接下去可以慢慢地不向父母要生活费了，以后还能养活女朋友。沈曼鼓励周小海坚持下去，并带着周小海一起准备参加比赛的事情。

这一天，小元宝在幼儿园午睡的时候前半段没有入睡，罗老师怕他会吵到别的小朋友，所以一直陪伴在他的身边。小伙伴们起床后，也都是轻手轻脚的，没有打扰到小元宝，罗老师的女儿小杧果还在小元宝耳边轻声说了让他安心再睡一会儿。小元宝这时差不多睡醒了，他被小伙伴感动，起床后主动向肉肉道歉，表示之前是自己不好。肉肉拉着小元宝的手说愿意和他做好朋友。罗老师看着小元宝最近的表现，给沈曼打了电话，说小元宝内心关闭的那扇窗被小朋友打开了。沈曼心里很开心，接上小元宝后奖励他吃比萨，随后把他送到星空钢琴班去学习。小元宝对钢琴还有点兴趣，学了三次后基本可以把音符都弹完整了，沈曼觉得这个两万块钱花得还算值得。

徐家辉得知沈曼瞒着他已经给小元宝报了钢琴班，有些不高兴，认为现在经济情况这么紧张，不应该这样做。沈曼却认为，为了小元宝不输在起跑线上，他们花多少钱都值得。沈曼不想当着小元宝的面和徐家辉争执，等小元宝睡下后，沈曼叫着徐家辉去书房谈一谈。徐家辉还是没有把失业的事情告知妻子，沈曼认为他不支持儿子去冲刺民办小学，父母要是不努力，就会让孩子输在起跑线上。徐家辉没有和沈曼多争执。叶贝怡去找培训基地的场地很晚才回到家，白一晨认为她不管艾迪，还在外面瞎忙。叶贝怡表示，一定会做出一番事业来让他们另眼相看。

半夜的时候，沈曼的电话响起，辅导员说周小海要跳楼，让沈曼赶紧来学校。徐家辉送沈曼到学校里，原来周小海的女朋友小可要和他分手，周小海想以死来威胁小可，小可却觉得无所谓。沈曼赶到先是劝说周小海，周小海表示自己对不起沈曼的一番好意。就在周小海要跳楼时，沈曼奋身扑上去抓住了他的手，徐家辉冲上来抱住了沈曼。沈曼把周小海拉上来后就是一顿训斥，问他有没有想过生养他的父母亲。在和周小海聊了一晚上，等周小海睡着后，沈曼才离开。

沈曼回到家，徐家辉已经做好了早餐，徐正说他们一起把小元宝送到了幼儿园，徐家辉就去上班了，让沈曼好好休息一下。徐家辉跑到了人才市场，和刚毕业的大学生争工作，好不容易有一家公司觉得他还可以，让他回去等消息。白一晨在公司开会的时候，白勇向股东们宣布白一晨以后将负责北京公司的财务，并担任集团的财务副总监，为明年的公司上市做准备。会后，白一晨来到白勇办公室，感谢白勇对他的信任。白勇表示这是给他的压力，希望不要辜负他的期望，并让他晚上接上叶贝怡，一家人吃个饭。白家人聚在一起，白勇对叶贝怡的创业精神夸赞不已，也让白一晨多多支持叶贝怡。唯有何玉飞感到不爽，时不时冷嘲叶贝怡，叶贝怡只有笑脸相迎。就在这时，艾迪和弟弟吵了起来，艾迪还打了白思聪。何玉飞维护孙子，叶贝怡说婆婆太重男轻女。幸好白勇有着家长的权威性，及时阻止了这场婆媳战争。

周小海来找沈曼，表示不想去参加物流信息技术比赛。沈曼让周小海不要放弃，并给他补习理论知识，一直到深夜。徐家辉在家里辅导小元宝画画，陪他一起指读英语。小元宝连着问了两次妈妈什么时候回家。周小海看到了徐家辉发给沈曼的信息，让她快点回家去。沈曼回到家后，徐家辉责问她不管自己的儿子，反而去管一个"问题学生"。沈曼表示，自己还是不想放弃这个学生。眼看着就要过年，徐家辉的工作还是没有着落，他很是焦虑，晚上在教小元宝绘画的时候，因为元宝调皮，批评了儿子。沈曼维护儿子，徐正也当面教训了一顿徐家辉，让徐家辉有些落寞。徐家辉一个人待在书房里，小元宝悄悄来到书房安慰爸爸，向他认错，徐家辉也向儿子道歉。

沈曼本来打算过年的时候带着元宝去旅行看看外面的世界，徐家辉以两年没有去老丈人家里过年为理由，说服了沈曼不出国旅行。不料在送徐正回老家时，小元宝提出要去农村看奶奶。过年回到了徐家辉的老家，小元宝在农村玩得很开心，沈曼本要给他补习英语，徐家辉表示让孩子放松几天。大年三十的时候，一家人吃团圆饭，徐正问起儿子和儿媳妇明年是不是应该考虑生二胎。沈曼有点尴尬，不料徐家辉站起来明确拒绝了生二胎，并说他们现在的目标是把小元宝培养好，拼上好的民办小学。徐母溺爱孙子，结果因为小元宝贪吃，导致了拉肚子，沈曼一家三口只好提早回江州市。徐正假装责怪妻子不懂事，随后自己收拾好了行李，跟着儿子他们上了回城的车。

　　徐正最近听小区里老王说起民办小学的种种优点，等儿媳妇回家后，虚心向她打听民办小学的事。沈曼耐心地给他讲解，徐正觉得确实可以先冲一下民办小学。徐家辉因为自己的烦心事，总是躲在书房里，不参与讨论孩子的教育问题。叶贝怡最近忙得不可开交，选好了书法培训基地后，就开始装修、招生。晚上回家的时候，陈丹桂和她商量，把萱萱接来后，在他们家里寄宿一段时间。叶贝怡当即拒绝了陈丹桂的请求，这让陈丹桂没有想到。叶贝怡还说葛萱萱就算来了大城市进了人民小学，也会和城里的孩子脱轨的，让陈丹桂还是不要把女儿接到城里。叶贝怡心直口快，却伤到了陈丹桂的自尊心。

　　徐家辉如往常一样，都是按照正常上班时间出门。沈曼今天刚好没有课，下午把小元宝送到幼儿园后，就想着买点菜早点回家去，结果看到了在小区附近闲逛的徐家辉。沈曼跟着徐家辉，发现丈夫只是在公园里傻坐着，沈曼有些奇怪，没有惊扰丈夫，自己先回了家。徐家辉接到李梅子发来的微信问他在干吗，但他没有回。李梅子有些沮丧，下午去接肉肉的时候，发现是小元宝的爷爷来接的，有意和徐正套近乎，问起小元宝爸爸妈妈的事情。徐正很警觉，并且说了他们一家人的关系很和睦，自己有一个很好的儿媳妇。晚上回到家，徐正没有让小元宝背诵唐诗宋词，而是鼓励他认真学习英语，沈曼对徐正态度的改观感到奇怪，但又很欣慰小元宝今天能完整地唱一首英语歌。

早上的时候，沈曼把小元宝送到幼儿园后，给丈夫打过去电话问他在哪里，徐家辉说自己在上班，沈曼问他还要骗自己多久。夫妻俩在街角的一家咖啡馆相见，徐家辉承认自己已经失业，如果沈曼觉得他没用，可以选择离婚。沈曼一杯冷水泼在了徐家辉的脸上，让他清醒一点，一个男人怎么能为这点事情打倒！徐家辉冷静下来后表示自己会振作起来的。沈曼回到了学校里，钱莹又在聊孩子教育的事情，说他们家Nike最近获了小主持人金话筒奖，下周就要去江州市前三位的民办教育集团蓝城小学面试。沈曼本想和她聊一会儿，孙主任找她说问她论文发表的情况。沈曼表示论文还没有发出来，随后沈曼赶紧联系了那家杂志社的编辑，表示自己愿意交版面费。

　　叶贝怡准备把自己的名牌包包都卖掉，叫上了沈曼。沈曼觉得叶贝怡疯了，这些都是白一晨买给她的包包，卖了怎么和白一晨交代？叶贝怡不屑地一笑，说除了头几年的几个包，后面的包都是她自己拿白一晨的卡自己刷的，严格意义上来说都不算他给买的，就算是，那又怎么样！原来不敢反抗丈夫的叶贝怡突然变得如此果敢，沈曼夸赞闺蜜勇气可嘉，叶贝怡表示自己要做一个自力更生的女强人。徐家辉找了一份差强人意的工作，在一家小广告公司做平面设计，拿的工资很低。公司里大多数都是"九五后"，小女生们都已经叫他大叔。徐家辉都笑脸相对，他发现"九五后"的思维都很活跃，尤其是互联网思维，这些都值得他学习。

　　江州市新开了一家"幼升小"的综合培训中心，被传得神乎其神。钱莹先把这个消息告诉了丈夫，袁宇觉得自己家的Nike应该能面试上蓝城小学，但钱莹还是觉得保险起见再给Nike加强一下。钱莹叫上了沈曼，沈曼有些心动，两人下午三点半上完课后决定一起去看看。沈曼和钱莹来到这家名叫"快乐小学"的培训中心，中心还未正式开始营业，培训老师接待了包括两人在内的一批家长，向他们介绍了机构中心的培训理念。中心是从全方位去帮助幼儿园的大班学生顺利过渡到小学，老师把中心形容成大海，海纳百川，尤其是民办小学的面试、体育测试、心理测试、一年级语文、数学等，只要能帮上孩子更好地适应小学的课程，这里全都有。

　　钱莹参观后觉得非常好，培训老师接着告诉大家，中心专家组还对往年来前五的民办和公办小学的面试内容进行过综合的研究，能够更有针对性地培养孩子，帮助孩子更好地通过面试。钱莹和沈曼从其他家长口中得知，这家培训中心的校长叫王文之，而江州教委小学组的组长名叫王文德，这其中的关系不言而喻。沈曼回到家和徐家辉介绍"快乐小学"培训中心，觉得"快乐小学"是元宝临时抱佛脚的最好去处。徐家辉让沈曼保持清醒的头脑不要被人骗，沈曼有些将信将疑，但还是打算给小元宝报班。"快乐小学"一月后正式开业，第一期学生限额三十人，沈曼觉得现在正是抢名额的时候，无论如何也要让元宝上一期"快乐小学"。

沈曼和钱莹约定好周末一起去交钱，出门前沈父给沈曼打了个电话，说他和沈曼母亲已经在来江州的路上，半小时左右就能到达江州。原来沈母最近身体不适，在当地医院检查出子宫有癌细胞，想到江州来再检查一下。沈父沈母为了不让沈曼过早担心，特意在要到达江州时给沈曼来电。徐家辉刚要领着小元宝出门，看着沈曼一脸土灰色，连忙询问发生了什么事情。沈曼告诉他，她母亲可能得了宫颈癌，马上就到江州，徐家辉也愣在那里。他和沈曼都是独生子女，现在对于他们来说，上面就是四位老人，下面还有小元宝要"幼升小"入学。徐家辉去车站接上了岳父母，把他们送到了江州市肿瘤医院。徐家辉跑上跑下为丈母娘安排住进了医院里。沈曼让徐家辉带元宝回家，医院里的事情就交给她来做，徐家辉说什么也不肯先离去。徐正匆匆赶到，表示他会把他所有的积蓄拿出来，一定要让亲家母好好治病，也希望她能原谅他之前的行为。

沈母治病还要花大把的钱，沈曼最终还是没给小元宝报"快乐小学"。沈曼询问钱莹和王文之进展如何，钱莹隐瞒了她与王文之已经搭上了关系，并已经交了学费。不料一周后，"江州晚间新闻"报道：警方接到报案，诈骗机构"快乐中心"，卷资逃跑，某学生家长被骗财骗色。沈曼幸亏自己没去交钱，但又不解一切为何如此真实。徐家辉猜测到，骗子集团以短期的租期租了套现成的场地，"学费"一收齐，骗子们就跑路。徐家辉认为这种坑就是挖给急功近利、走歪路的家长跳的。钱莹被骗了钱，在办公室里还不敢说出来，看到沈曼很是尴尬。

沈曼带着周小海和另外两名同学参加物流信息技术比赛，周小海得了第二名。看着周小海开心的样子，沈曼的心里更开心。叶贝怡通过新媒体宣传手段，又招了一批来学书法的孩子。忙了一整天浑身疲惫回到家的叶贝怡却发现艾迪不见了。打陈丹桂的电话又打不通，叶贝怡开始着急，去物业调了监控后，发现陈丹桂送艾迪去上学后，就没有回来过。打给艾迪学校的老师，又说艾迪今天没有来上学。叶贝怡着急万分，报了警。白一晨在派出所里要打叶贝怡，被警察阻止。叶贝怡痛骂白一晨对女儿不负责，警察让他们先把孩子找到再说。

晚饭的时候，沈曼主动和徐家辉聊工作的事情。徐家辉表示自己会努力工作，不会对生活失去信心。夫妻俩的手又握在了一起。徐正很开心，说得喝点小酒庆祝一下，小元宝给爷爷倒了酒。就在这时，叶贝怡给沈曼打来电话，说艾迪不见了。沈曼和徐家辉连忙赶去叶贝怡那里。白一晨在责怪叶贝怡不务正业，现在把孩子也丢了。叶贝怡说一定是陈丹桂把艾迪给拐走了。沈曼让叶贝怡不要着急，问她能不能找到陈丹桂老家的住址。叶贝怡找出了陈丹桂的身份证复印件，随后沈曼和徐家辉赶往陈丹桂的老家，叶贝怡夫妻留在江州市区继续寻找。原来，艾迪想要通过"离家出走"，让叶贝怡也担心一下她，所以说服了陈丹桂带她去老家接萱萱姐姐。在陈丹桂老家，艾迪和萱萱很玩得来，等沈曼和徐家辉赶到的时候，艾迪还不肯回城里。在视频里，她和叶贝怡谈条件，说必须把萱萱也一起接到城里面。叶贝怡无奈答应。

沈曼夫妇把艾迪和陈丹桂母女接了回来，萱萱和爸爸分别时很伤心，表示自己一定会好好学习。叶贝怡见到了艾迪抱着她哭，把责任推到了陈丹桂身上，并坚决要辞退了她，但被白一晨阻止。白一晨说了句公道话，并让陈丹桂母女先住在他们家里。艾迪很开心地带着萱萱参观他们的家。叶贝怡答应让陈丹桂母女在他们家暂住，但一个月后必须找好房子搬出去，陈丹桂很感激叶贝怡。

沈曼和徐家辉刚松了口气，沈曼接到电话，说星空音乐教育机构倒闭了，现在很多家长跑过去要求退还学费。沈曼连忙跑去小元宝所在的星空音乐兴趣班，发现那里的老板早已经不见，剩下两个老师被家长们围着都快哭了。沈曼到培训机构里面一看，音乐器材都已经被搬空了。旁边一位家长说这个培训机构倒闭了，一分钱都退不到手，沈曼傻眼了。回到家里，徐家辉虽然很心疼这两万块钱，但还是安慰沈曼，表示他们家小元宝这么厉害，就算是不学钢琴，也有希望进民办小学的。

江州市的民办小学开始陆陆续续地面试学生，沈曼和徐家辉经过综合考虑，让小元宝去面试蓝城小学。沈曼给小元宝在网上报了名，钱莹家的孩子也在准备面试蓝城小学。钱莹在沈曼面前表现出很无所谓的样子，晚上回到家里却拼了老命给 Nike 预习各种历年的面试题目。沈曼也开始给小元宝准备面试问题，她请教了叶贝怡以及已经在蓝城小学上学的孩子家长，一直忙到深夜。小元宝在她怀里睡着了，沈曼很心疼孩子，但还是决定咬咬牙挺过去。

面试那天，沈曼他们碰上了钱莹一家。沈曼看着 Nike 自信满满的样子，又看看自己儿子一副胆小害羞的样子，心里没底。果然，小元宝在表现才艺的时候，英文歌也忘记唱了。沈曼一家在外面着急，徐正灵机一动给小元宝表演了几个动作，小元宝想起了爷爷教过他的宋词《满江红·怒发冲冠》，评分的老师还是有点满意地点了点头。面试家长环节，是先让家长写一篇作文。徐家辉自告奋勇进入"考场"，觉得自己写了一篇很不错的文章。随后是老师对谈家长，不料沈曼和徐家辉事前也没有通过气，当蓝城小学的老师面试他们的时候，父母双方的教育观念有许多不合之处。老师让沈曼他们回去等消息。沈曼一家从蓝城小学出来的时候又碰见了钱莹他们，看到钱莹笑嘻嘻的样子，沈曼心里完全没有底了。

葛萱萱已经在办人民小学的转学手续，这段时间里她和艾迪玩得很好。萱萱的数学学得不错，她就像个小老师一样辅导艾迪的数学，叶贝怡看在了眼里，假装无意地问艾迪想不想和萱萱姐姐一起上同一个学校，艾迪觉得如果和萱萱姐姐在一起是可以的。钱莹在办公室里夸耀自己家的 Nike 在面试过程中的优越表现，沈曼还是想让小元宝进入蓝城小学，就放下身段和钱莹商量能不能帮忙约见一下招生办的老师。钱莹说招生办的领导她也认识，但是他们不会帮这个忙，现在民办学校招生也是很透明的。

徐家辉在现在的公司里虚心向年轻人请教，在他们身上学到了很多互联网思维的知识，年轻人还挺尊重这位"大叔"。那天，沈曼让徐家辉去小元宝，在校门口，徐家辉遇见了李梅子，梅子问他是不是有意在避开她，徐家辉表示自己和她只能是同学朋友关系，但是如果李梅子有什么地方需要帮忙的，他也一定会帮。李梅子让徐家辉好好珍惜现在的家庭。

叶贝怡的少儿书法培训班最近有了起色，生源不断增加，现在她最紧缺的就是书法老师。她想起徐家辉当年在美院学的就是国画，在去看望沈母的时候，就问沈曼能不能让徐家辉到她那里帮忙。沈曼也告诉了她们家最近的情况，叶贝怡表示愿意出高薪聘请徐家辉来做书法老师，沈曼说和徐家辉商量一下。

徐家辉这两天在给小元宝物色好的公办小学，通过朋友的关系他来到育英小学亲自感受校园的氛围，比较后发现现在江州市的教育资源其实都很不错，关键是要发现小元宝的兴趣。晚上，沈曼回家和徐家辉商量去叶贝怡的书法培训班做老师的事情。徐家辉怕自己如果忙工作的话，就没法为小元宝"幼升小"的事情操心，拒绝了去叶贝怡那里工作。不过，他觉得书法培训班这个创意很不错，可以开一个线上培训班。

李梅子每天晚上都会辅导肉肉算数、拼音之类的入学考试的基础内容，肉肉很听话，表示要为妈妈争光。现在她已经可以做到一百以内的加减乘除，梅子感到很欣慰，心里对肉肉进入育英小学也更加有底了。沈曼这几天都陪在她妈妈身边，她看着母亲苍白的脸感到愧疚，恨自己在妈妈健康的时候怎么不多陪陪她带她出去走走看看！徐家辉带着小元宝来看望外婆，沈母在外甥面前表现得很积极乐观，表示等出院后就每天和小元宝一起玩。沈曼和徐家辉在外面商量，检查报告已经出来，她妈妈是肝癌早期，只要好好治疗，还可以多活几年。徐家辉明白沈曼说这话的意思，表示一定要给丈母娘最好的治疗。

徐家辉到广告公司上班，和年轻人一起开会的时候，徐家辉提议可以开设一个线上网络书画艺术班，如果成功了可以增加公司的收益。"九〇后"老板威廉让徐家辉负责这一块业务，并且给他配了互联网技术人员做推广。徐家辉和年轻人火热地打拼起来，把线上培训的消息发布了出去。晚上回家的时候，沈曼看到了丈夫久违的笑容。徐家辉和她商量让小元宝去上育英小学的事情，并表示他已经亲自去"考察"过。

沈曼到学校里上课，孙主任把她叫到了办公室，表示这一次评职称可能轮不上她了，因为钱莹已经在省级刊物发表了两篇论文，还在国家级刊物上发表了一篇，而且她准备的材料也很充分。沈曼表面上很平静，但内心却是很厌恶钱莹在不动声色的情况下把这个评副高的名额给抢走了。沈曼回到办公室，钱莹正在夸耀自己家的 Nike 在蓝城小学的面试通过了，说要请大家吃饭。沈曼终于爆发出来，质问钱莹为什么暗地里和她抢评职称的事情，钱莹却嘲笑沈曼不努力，还责怪人家，应该自己反思才对。李强连忙把她们拉开，并劝沈曼职称的事情明年还可以继续评，现在她带的班级在学校里表现都很不错，接下去要评选"我的大学好老师"活动可以努力一把，沈曼没有把这事放在心上。

陈丹桂去人民小学给女儿办理好了入校的事情，她也开始在外面找房子。叶贝怡忙了一天回到家，陈丹桂和她说这几天就搬出去住，叶贝怡反而希望她不要搬出去了，认为葛萱萱和艾迪也玩得很好，陈丹桂对叶贝怡态度的改观有点摸不着头脑。沈曼这段时间里几乎忙疯了，医院、学校、家庭三边跑，她和徐家辉开始全力为小元宝进入育英小学而冲刺。这一次，沈曼让徐家辉和她达成教育观念上的一致，不能在面试家长的时候观念上有分歧。徐家辉表示，他们的教育目标只有一个，就是让小元宝快乐成长。

江州市开始评选"我的大学好老师"，周小海在同学和"朋友圈"中为沈曼"拉票"。他真情实感地写了一篇文章，讲述沈曼对他人生的影响，让他从一个"问题学生"成为一个积极向上的人。文章在一个教育公众号中推出后，点击率一下子就十万以上。这让沈曼也一下子成了红人，连他们学校的校长也知道了她。沈曼其实也不怎么喜欢这些"虚荣"，倒是小元宝"幼升小"的事情让她很操心。小元宝属于性格内向的小孩，上一次在民办小学面试的时候，就是没有表现好。沈曼向上公办小学的朋友大厅询问，知道进校的摸底考试很重要。她和徐家辉才临时抱佛脚，让小元宝学习一些简单的数字以及加减法。小元宝还算争气，学习能力很强。

白一晨在他们公司里的表现，让白勇还是挺满意的。白勇让儿子多陪陪家人，白一晨说现在的叶贝怡已经是叶董了，比他还要忙，叶贝怡的少儿书法培训班办得风生水起。徐家辉开设的线上网络书画培训班，还引来很多大人小孩在网上报名，老板给徐家辉加了工资，徐家辉表示自己一定会竭尽全力把这个书画班办好。育英小学的入学摸底考试开始，沈曼一家人把小元宝送进了考试教室，这一次小元宝感觉自己的表现很不错。在校门口，他们一家碰见了李梅子的和肉肉，徐家辉和梅子打了个招呼，小元宝拉着肉肉的手表示他们要上同一所小学，两个小朋友都很开心。

学期结束时，沈曼被评选上了"我的大学好老师"。周小海告诉沈曼，他在一家物流公司找到了一份好的实习工作，待遇还算可以，他就要踏上社会，感谢沈曼让他开始新的人生起跑线。沈曼拿到了小元宝的分班考试成绩，发现小元宝只排在中间，徐家辉安慰她说他们夫妻俩读书时候成绩都不差，相信小元宝上了小学后就会迎头赶上。叶贝怡让沈曼把徐家辉约出来，想把徐家辉挖过来。徐家辉提议两家公司是否可以合作，来一个线上线下联合教学，威廉觉得这个方法可行。

小元宝在公办学校育英小学上学的事情终于定下来了。开学那天，沈母要做化疗，小元宝却一定要妈妈陪着去上学，沈曼让丈夫赶去医院。沈曼送小元宝去上学，发现肉肉和小元宝分在了同一个班级。李梅子说，两个孩子以后可以照应着点，她们家肉肉在分班考试中是全班第一名。让沈曼更加预料不到的事情是，半学期后的期中考试，小元宝的成绩全班垫底，这让沈曼和徐家辉夫妇一下子崩溃了。也就是在这时，沈曼发现自己怀上了二胎。